DROEMER

Über die Autorin:
Michaela Küpper wurde im niederrheinischen Alpen geboren und ist in Bonn aufgewachsen. In Marburg studierte sie Soziologie, Psychologie, Politik und Pädagogik. Dann zog es sie zurück ins Rheinland, wo sie nach einem Volontariat viele Jahre lang als Projektmanagerin in einem Verlag tätig war. Heute arbeitet sie als freie Autorin, Redakteurin und Illustratorin.

MICHAELA KÜPPER

KALTEN BRUCH

ROMAN

DROEMER ✶

Besuchen Sie uns im Internet:
www.droemer.de

Vollständige Taschenbuchausgabe April 2019
Droemer Taschenbuch
© 2019 Droemer Verlag
Ein Imprint der Verlagsgruppe
Droemer Knaur GmbH & Co. KG, München
Alle Rechte vorbehalten. Das Werk darf – auch teilweise – nur mit
Genehmigung des Verlags wiedergegeben werden.
Redaktion: Dr. Clarissa Czöppan
Covergestaltung: Sabine Kwauka
Coverabbildung: arcangel / Marie Carr;
shutterstock / TWStock, Ensuper
Satz: Nadine Clemens, München
Druck und Bindung: GGP Media GmbH, Pößneck
ISBN 978-3-426-30640-6

2 4 5 3 1

MARLENE

1.

Erdbeerzeit. Marlene und Dana saßen unter der Kastanie vor dem Haus, an dem alten Küchentisch aus Vorkriegszeiten, den sie aus der Scheune geschleppt hatten. Ein plötzlich aufkommender Wind rauschte durch das dichte Blätterdach über ihnen, und zu ihren Füßen wirbelte Staub auf. Stundenlang hatten sie auf dem Feld hinter dem Silo Erdbeeren gepflückt, Reihe um Reihe, die stechende Sonne im Nacken, jetzt brannte die Haut auf ihren Schultern und Armen – die kühle Brise tat gut.

Sie putzten die überreifen Früchte, die sie nicht würden verkaufen können, entfernten das Grün und die schadhaften Stellen, zerteilten die Beeren grob und warfen sie in den großen Topf in der Mitte des Tisches. Alles war rot und klebte, der Tisch, die Finger, die Gesichter der Zwillinge Konrad und Ilse, die um sie herumsprangen, von einem Ohr zum anderen mit Erdbeersaft beschmiert.

Eben war Renate zum Helfen herübergekommen, und auch die Metzgerstochter Brigitte putzte mit, weil sie sich nie die Gelegenheit für einen kleinen Schwatz entgehen ließ.

Eine neuerliche Böe fegte über den Hof. Marlene wandte den Kopf und schaute zu der Wäsche hinüber, die auf der Kälberweide zwischen den Apfelbäumen im Wind flatterte; das Weiß der Laken und Handtücher bildete einen scharfen Kontrast zu der blauschwarzen Wolkenfront, die unweigerlich heranzog. Von ferne grollte der Donner. Es würde Regen geben. Nun doch.

»Ich gehe mal, ehe alles nass wird.« Dana war bereits aufgestanden und wischte sich mit einem nassen Tuch die Hände sauber.

Brigitte plapperte unverdrossen weiter, während sie das Grün häufchenweise zusammenkehrte und in den Zinkeimer unter dem Tisch warf.

»Dat Kleid kannsse doch nicht auffe Hochzeit von deine einzige Schwester anziehen, hab ich gesacht. Da musse dir schon wat Besseres zulegen.«

Marlene begutachtete die Erdbeerflecken auf ihrem Rock, die sie wohl nicht mehr herausbekommen würde, stufte den Schaden aber als nicht weiter tragisch ein: Der alte Fetzen taugte ohnehin nur noch für die Arbeit. Heini, der eben von der Feldarbeit heimgekommen war, gesellte sich zu ihnen und zog sich Danas Stuhl heran.

»Heute wieder Krauskopfwetter?« Wie üblich zog er seine Schwester Renate wegen ihrer Locken auf, worauf diese über den Tisch langte und ihm mit gespieltem Zorn durchs Haar raufte.

»Pah, glatt wie Schnittlauch, pfui Deibel!«

Konrad und Ilse kamen angerannt, um ihrem älteren Bruder einen mumifizierten Frosch zu zeigen, den sie gefunden hatten, stoben jedoch sofort wieder davon und stellten den jungen Katzen nach, die mit hohem Buckel und in gestelzten Hüpfern den umherwirbelnden Blättern hinterherjagten, die der Wind den Bäumen entrissen hatte. Konrad bekam die Graugescheckte zu fassen, hob sie hoch und presste sie an seine Brust. Es folgte ein gellender Schmerzensschrei: Sie hatte ihre Krallen in seinen Hals geschlagen. Marlene war bereits dabei, aufzustehen, um ihm zu helfen, aber das Tier hatte schon wieder von ihm abgelassen. Ihre Augen noch halb auf das Kind gerichtet, setzte sie sich wieder, und als sie vor sich auf die Tischplatte blickte, lag dort eine einzelne tiefrote Beere, die in Form eines perfekten Herzens geschnitten war. Irritiert sah sie auf. Renate schaute gerade nach ihrer Tochter Gudrun, die neben dem Tisch auf dem Boden herumkrabbelte. Mit einem hohen Kreischlaut warf sie ihr Knippchen hin, als sie erkannte, dass Gudrun auf dem getrockneten Frosch herumkaute. Brigitte schüttelte sich schaudernd und brach in Gelächter aus.

Nur Heini erwiderte Marlenes Blick. Er kniff die Augen zusammen und sog die Wangen ein, während er gelassen sein Taschenmesser wegsteckte. Einen Atemzug lang musterte sie ihn ausdruckslos, dann lächelte sie: ein kleines, komplizenhaftes Lächeln, das anhielt, bis sie nach dem Erdbeerherz griff und es mit einem Happs verspeiste.

»Schluss für heute«, befand Renate und nahm ihre lauthals protestierende Tochter auf den Arm. »Besser, ich bin mit Gudrun daheim, bevor es losgeht.«

»Ich komme mit euch.« Brigitte wischte sich die Finger an einem Küchentuch ab, stand auf und strich ihren Rock glatt. Auch Marlene war aufgestanden. Heini schob seinen Stuhl zurück und nahm den schweren Einkochtopf, um ihn für sie in die Küche zu tragen. Als er an ihr vorbeiging, strich sie sanft über seinen Unterarm und schüttelte kaum merklich den Kopf. Fragend hob er die Augenbrauen, doch sie reagierte nicht mehr.

Das Licht unter der Kastanie veränderte sich, ein seltsames Leuchten umspielte die Szenerie. Auch die Geräusche veränderten sich. Als hätte ihnen jemand eine große grüne Glasglocke übergestülpt, dachte Marlene, und ihr Blick schweifte wehmütig über die Kälberweide, hin zu den kniehoch wogenden Weizenfeldern, die sich gen Kaltenbruch zogen.

»So fasziniert von der Aussicht?« Plötzlich stand Dana neben ihr, den Wäschekorb auf der Hüfte abgestützt, und starrte sie an.

»Jesus! Ich hab dich gar nicht kommen hören.«

»Soll ich demnächst hupen?« Dana verzog den Mund. »Hättest mir ruhig helfen können mit der Wäsche. Erdbeeren in einen Topf werfen kann sogar Ilse.«

»Nun sei nicht beleidigt und gib her.« Marlene nahm ihr den Wäschekorb ab, worauf Dana achselzuckend die Messer einsammelte. Schweigend gingen sie nebeneinander ins Haus zurück.

Zwei Stunden später waren die Zwillinge abgefüttert und zu Bett gebracht, die Hühner weggesperrt. Marlene stand am Küchenfenster, die Rhabarberstangen in Händen, die sie noch verarbeiten musste, und beäugte kritisch das Stückchen Himmel, das sie von ihrem Blickwinkel aus sehen konnte: Zwischen braunrotem Kuhstalldach und braunrotem Scheunendach trieben eilig schiefergraue Wolkenfetzen dahin. Noch immer war kein Tropfen gefallen, aber lange konnte es nicht mehr dauern. Die Felder brauchten den Regen, dachte sie und seufzte tief, um fast im selben Moment erschrocken herumzuwirbeln: Heini hatte sich lautlos herangeschlichen und sie in die Seite gekniffen.

»Was fällt dir ein!« Sie schlug mit einer Rhabarberstange nach ihm, doch statt sich wegzuducken, schnappte er danach wie ein Hund nach einem Wurstzipfel und biss blitzschnell zu.

»Köstlich!«, log er kauend und zog eine Grimasse. Marlene hob drohend den Rest ihrer Rhabarberstange. Seine Hand schnellte vor, um sie ihr zu entreißen, aber sie hielt eisern daran fest, und es begann ein Tauziehen, das bald zur wilden Rangelei geriet. Als Dana die Küche betrat, hatte Heini Marlene in den Schwitzkasten genommen.

»Sie will den schönen Rhabarber für sich allein haben«, schnaufte er. »Komm, wir sperren sie in den Keller.«

»Ilse hat Durst«, war alles, was Dana erwiderte.

»Ich geh schon«, keuchte Marlene.

»Amüsiert euch nur weiter.« Den Blick stur nach vorn gerichtet, schob Dana sich an ihnen vorbei, holte ein Wasserglas und füllte es über der Spüle.

»Spaßbremse«, murmelte Heini, als sie gegangen war. Er griff erneut nach Marlene, die sich losgekämpft hatte.

»Es reicht, Heini!« Sie schlug nach seinen Fingern, aber ihr Widerstand befeuerte ihn umso mehr. Dann war auf einmal Martin da.

Mit eingezogenem Kopf trat er durch die Tür, die von der Küche auf den Hinterhof hinausführte, wie immer der Letzte, der Feierabend machte.

»Hier geht's ja lustig zu«, brummte er, während er sich die

Schuhe an der Matte abstreifte. Eilig wand Marlene sich los und drehte den Brüdern den Rücken zu. Ihr Herz pochte, ihre Wangen glühten.

»Wir kämpfen um die letzten Rhabarberstangen. Die sind ja so köstlich, was Besseres gibt's gar nicht auf der Welt«, spottete Heini und warf seine Beute lässig in den Spülstein. Martin sagte nichts.

»Möchtest du Bratkartoffeln?« Marlene schaute ihn nun doch an. »Wir haben Stullen gegessen, aber ich hab noch Kartoffeln übrig.«

»Bratkartoffeln«, wiederholte er und kratzte sich am Kopf. »Ja, das wäre nett.« Er schenkte sich ein Glas Milch aus dem Krug ein, der auf dem Tisch stand, und setzte sich. Heini hockte sich neben ihn auf die Eckbank, langte nach einer Scheibe Brot und tunkte sie in die Schale mit dem Rest heißer Erdbeermarmelade.

»Auch eins?« Er deutete auf seine Stulle, doch Martin meinte, er würde auf die Kartoffeln warten.

Wieder einmal bemerkte Marlene, wie ähnlich die beiden Brüder einander sahen: dieselbe Statur, dasselbe hellbraune Haar, die graublauen Augen.

»Ihm machst du Bratkartoffeln, und ich krieg nur Marmeladenstullen«, beschwerte sich Heini, als sein älterer Bruder gegangen war, um sich die Hände zu waschen.

»Martin hat ja auch gearbeitet«, entgegnete Marlene provokant, die Betonung lag auf dem Satzende. »Außerdem hast du vorhin den Rest vom Braten gegessen, ohne ihm etwas übrig zu lassen.«

»Du magst ihn lieber als mich, oder?«

Auf diese Frage war sie nicht gefasst. »Wie kommst du darauf?«

»Komm ich halt.«

»Blödsinn, Heini. Es war nur Spaß.«

»Aber –«

Sie legte den Finger an die Lippen. »Still, er hört dich!«

Martin kehrte zurück und setzte sich auf seinen Stuhl, während sie sich wieder an die Arbeit machte. Sie pellte die Kartoffeln und schnitt sie in Scheiben, häutete eine Zwiebel, würfelte ein großes

Stück Speck, gab Schmalz in die Pfanne, ließ den Speck aus und briet die Kartoffeln und Zwiebeln darin an. Die jungen Männer redeten währenddessen über eine Kuh, die weniger Milch gab als sonst, und eine, die bald kalben würde.

»Heiner, Martin!« Der alte Leitner rief nicht nach seinen Söhnen, er brüllte. Wie üblich. »Könnte sich wohl einer von euch herbequemen, oder soll ich das Trumm allein die Treppe raufschleppen?«

»Was will der denn?«, fragte Heini in abschätzigem Ton. »Ich dachte, der hätt sich's schon oben gemütlich gemacht.« Er deutete mit dem Kinn in Richtung Zimmerdecke.

»Die Truhe soll nach oben«, erklärte Marlene. »Er schafft das nicht allein.« Martin war im Begriff aufzustehen, aber sein jüngerer Bruder hielt ihn zurück.

»Lass mal, ich mach das schon.«

Heini verließ die Küche, und Marlene dreht sich um. »Das Essen ist gleich fertig«, verkündete sie, die Hände haltsuchend auf die Spüle gestützt. Martin schwieg, doch sein Blick ruhte auf ihr. »Es regnet noch immer nicht«, fügte sie leise hinzu.

»Nein, es regnet nicht«, wiederholte er langsam. Im selben Moment gellte das Geschrei der kleinen Ilse durchs Haus, die nicht an Schlaf zu denken schien.

»Marli, Marli! Meine Marli soll tommen!«

2.

Ein Abend im Juni. Gab es Schöneres auf Erden? Die Luft war lau, das Gras wogte hüfthoch im goldenen Licht der untergehenden Sonne, die Vögel sangen ihr Abendlied – und das Unwahrscheinliche war eingetreten: Die Wetterfront hatte sich verzogen, ohne dass das geringste bisschen Regen gefallen war.

Sie lief am Erdbeerfeld vorbei, bog in einen klatschmohngesäumten Weg ein, dann am Waldrand entlang, durch die kühle, feuchte Senke, in der es schon fast Nacht war und sie der herbe Duft des allseits wuchernden Storchenschnabels umfing, wieder aufwärts, durch den jungen Birkenhain, zurück ins Licht. Ihre Schritte wurden schneller, fast war ihr nach Hüpfen zumute, so leicht fühlte sie sich, so voll brennender Erwartung. Nie hätte sie gedacht, dass das Leben solche Überraschungen bereithielte, dass sie vor Gefühl überschäumen könnte wie ein Waschbottich.

Als sie den Weiher erreichte, stand die Sonne als glühender Ball über der Fichtenschonung am jenseitigen Ufer. Einen bangen Moment lang fürchtete sie, er wäre nicht gekommen, und die Enttäuschung fuhr ihr in alle Glieder. Sie legte die Hände schützend über die Augen, schaute in das blendende Licht, erkannte vage den Steg, die kompakte Baumgruppe daneben – und die einsame Gestalt, die sich daraus löste. Ihr Herz tat einen Sprung. Er war da! Oh, sie liebte, liebte, liebte ihn, und endlich durfte sie es zeigen! Blindlings rannte sie los, den ausgebreiteten Armen entgegen.

LISBETH

3.

Dieser Tag war nicht ihr Tag, das machte er Lisbeth gleich nach dem Aufstehen deutlich. Erst kam sie mit der Wimperntusche nicht zurecht, die sie sich extra angeschafft hatte: das rechte Auge schwarz wie das eines Kohlenbengels, das linke nackt wie ein frisch geworfenes, spinnenbeiniges Karnickel – so konnte sie nicht vor die Tür. Dann kochte ihr die Milch über, weil die Schminkerei ungebührlich viel Zeit in Anspruch genommen hatte. Ihr Kaffee – vermutlich der letzte, den sie sich würde leisten können – musste ohne auskommen, was ihr wiederum der Magen krummnahm. Dazu dieser Regen. Jedes vorbeifahrende Auto ließ das Wasser in Fontänen auf den Gehsteig spritzen. Die neuen Stöckelschuhe wären ruiniert, ehe sie auch nur einen Fuß ins Polizeipräsidium gesetzt hätte.

Sie gab ihren Fensterplatz auf, stellte ihre Tasse in die Spüle und warf einen letzten prüfenden Blick in den Spiegel: In der feinen Bluse und dem biederen Jäckchen erkannte sie sich kaum wieder. Mit einem Seufzer griff sie nach Schirm und Handtasche, zog die Tür hinter sich zu und schlich auf Zehenspitzen die Treppe hinunter, an der Wohnungstür der Breuninger vorbei. Ein zweckloses Unterfangen – einer wie der entging man nicht.

»Ah, das Frolleinchen! Schon so früh unterwegs?«

»Guten Morgen, Frau Breuninger. Ich hab's ein bisschen eilig.«

»So? Mit der Miete haben wir's dann hoffentlich auch bald ein bisschen eilig.« Die Breuninger zeigte ihr Wolfsgrinsen.

»Ja, Frau Breuninger. Ich denke dran, ganz bestimmt. Aber jetzt muss ich gehen, ich habe einen Termin wegen einer Anstellung.«

»Donnerwetter, so früh am Morgen schon einen Anstellungstermin!«

»Frau Breuninger, es ist gleich acht Uhr.«

»Ich mein ja nur, wo das Frollein doch immer so spät heimkommt.« Für die Breuninger herrschte gleich nach der Abendandacht tiefste Nacht.

Nein, heute würde Lisbeth sich nicht provozieren lassen. »Einen schönen Tag, Frau Breuninger.« Sie drückte sich an ihrer Vermieterin vorbei und spürte deren missliebige Blicke noch im Rücken, als sie zwei Straßen weiter in die Tram stieg.

Der Regen hörte in dem Moment auf, in dem sie das Polizeipräsidium betrat. Das Erste, was sie registrierte, war ein penetranter Geruch nach Bohnerwachs. Angebrannte Milch zu Hause, nasser Hund in der Tram und jetzt das – sie versuchte, den olfaktorischen Großangriff zu ignorieren. Nur nicht ablenken lassen, Lisbeth. Es geht um so viel. Es geht um alles.

Sie zeigte einem dicken Beamten am Empfang ihr Einladungsschreiben vor, woraufhin ein deutlich magerer Kollege sie zu Kommissar Peter Hoffmanns Büro im ersten Stock begleitete. Auf ihr zaghaftes Klopfen hin forderte eine Stimme von drinnen sie auf, einzutreten.

Hoffmann saß hinter einem wuchtigen Schreibtisch, der auf Lisbeth wie ein Bollwerk wirkte, und musterte sie ausdruckslos.

»Herr Hoffmann? Mein Name ist Lisbeth Pfau, Sie haben mich eingeladen.« Sie hielt ihm schüchtern das Schreiben entgegen, das sie noch immer in der Hand hatte.

»Ja, richtig.« Er stand auf und trat auf sie zu. »Schön, dass Sie hergefunden haben.« Lisbeth ergriff seine ausgestreckte Hand und deutete einen Knicks an. Herrje, tat man so etwas heutzutage noch?

Sein Äußeres passte zu den bohnerwachspolierten Fluren: das gestärkte Hemd, die von Brillantine glänzende Tolle, die blitzenden Zähne, so exakt in Reih und Glied, dass jeder vor Neid erblassen musste. Bei einem Mann in seiner Position hätte sie allerdings vorausgesetzt, er würde auch eine gewisse Reife ausstrahlen, die ihm in ihren Augen jedoch völlig abging: Hoffmann sah aus wie ein Pennäler.

Er rückte ihr einen Stuhl zurecht, wartete, bis sie Platz genommen hatte, setzte sich wieder hinter seinen Schreibtisch und taxierte sie prüfend.

»Fräulein Pfau«, begann er, »wie Sie wissen, suchen wir eine Sekretärin, eine Mitarbeiterin, auf die ich mich – auf die wir uns – hundertprozentig verlassen können. Eine fleißige Biene, die uns entlastet.«

Sie nickte eifrig und ärgerte sich darüber, dass er ihre neuen Schuhe gar nicht sehen konnte. Aufgepasst wie ein Luchs hatte sie, und gesprungen war sie wie ein Hase, um dem Spritzwasser zu entgehen.

»›Fräulein‹ ist doch richtig?«

»Wie bitte? Oh, ja.« Sie nickte wieder. Nicken, nur immer schön nicken.

Hoffmann lehnte sich in seinem Stuhl zurück. »Einen ulkigen Namen haben Sie«, befand er mit der Andeutung eines Lächelns. »Aber den sind Sie ja sicher bald los.«

»Wie bitte?«

»Tja, es wird doch wohl einen netten jungen Mann geben, der Sie in den Hafen der Ehe –«

In ihren Ohren klang es, als traue er ihr etwas Anrüchiges zu. »Nein, nein«, widersprach sie schnell. »Ich stehe Ihnen voll und ganz zur Verfügung. Ich meine, ich könnte Ihnen jederzeit zur Verfügung stehen, wenn Sie mich haben würden, also nehmen wollten ...« Ihr wurde klar, welchen Unsinn sie redete, und sie spürte, wie ihr das Blut in die Wangen schoss.

»Fräulein Pfau, ganz so sehr möchte ich Sie nicht strapazieren.« Er machte sich lustig über sie, eindeutig. Mein Gott, sie benahm sich wie ein dummer Backfisch.

»Tut mir leid, ich habe mich ungeschickt ausgedrückt«, nahm sie erneut Anlauf. »Ich meinte nur, dass ich keine Absichten in diese Richtung hege.«

»Schön, schön.«

Nein, überhaupt nicht schön. Sie hatte das unbestimmte Gefühl, die Scharte auswetzen und sich rechtfertigen zu müssen. »Ich hatte eigentlich nie ein Problem mit meinem Namen«, redete sie drauflos. »Für Männer mag er schwieriger sein.«

»Ach ja?« Hoffmanns Augenbrauen wanderten nach oben. »Wieso das?« Da er mit dem Rücken zum Fenster saß, bemerkte er den Fensterputzer nicht, der plötzlich angeschwebt kam wie der Weihnachtsengel im Kurtheater.

»Weil man bei einem Mann vom Namen auf den Charakter schließen könnte«, erklärte Lisbeth und bemühte sich, ihren Blick nur auf Hoffmann zu richten. »Bei einer Frau besteht die Gefahr nicht so sehr, die weiblichen Tiere sind ja recht unscheinbar.«

»Soso.« Hoffmann schien ihr nicht recht zuzuhören und griff nach ihren Unterlagen. »Sie haben ein Zertifikat in Aquarellmalerei erworben, und ein Abzeichen der Deutschen Lebens-Rettungs-Gesellschaft in Silber haben Sie auch. Sehr schön, sehr lobenswert, nur legen wir hier Wert auf andere Fähigkeiten.« Er blätterte weiter, während der Fensterputzer von ihm gänzlich unbemerkt die Scheibe einseifte. »Ich sehe, Sie haben des Weiteren als Küchenhilfe gearbeitet und eine Hauswirtschaftsschule besucht, diese aber nach einem halben Jahr Unterricht abgebrochen. Weshalb?«

Der Blick des Fensterputzers drang plötzlich durch das Glas zu Lisbeth vor. Er grinste breit und zwinkerte ihr zu.

»Es ... es war nicht das Rechte für mich.« Sie fuhr mit den Händen über ihren Rock, der ihr plötzlich zu kurz vorkam.

»Warum nicht?«

»Ich habe mir beim Nähen in die Finger gestochen.«

»Sind Sie immer so ungeschickt?«

»Nein«, log sie und schaute Hoffmann in die Augen. »Ich kann nur nicht nähen.«

»Tja, wissen Sie, ich brauche eine Person mit Geschick, eine, die absolut zuverlässig ist, die Akten anlegt und Anrufe entgegennimmt, die gut organisieren kann. Und fehlerfreies Tippen sollte selbstverständlich sein.«

»Selbstverständlich«, pflichtete sie ihm bei. »Alles kein Problem, solange ich keine Knöpfe annähen muss!« Sie lachte ein bisschen über ihren kleinen Scherz und fing den Blick des Fensterputzers auf. »Ich belege Abendkurse in Maschinenschreiben und in Stenografie«, setzte sie eilig hinzu. »Sie müssten die Bescheinigungen vor sich haben ...«

»Ja, ja, habe ich gesehen, danke. Aber wie sieht es mit einem Abschluss aus?«

»Den mache ich demnächst. Ganz sicher. Ist quasi nur eine Formsache.« Er quittierte ihre Bemerkung mit einem leichten Stirnrunzeln.

»Nun, wichtig ist vor allem auch eine gewisse Robustheit.«

»Robustheit? Ich bin gesund, wenn Sie das meinen.«

»Ich wollte sagen, dass wir hier nicht beim Straßenverkehrsamt sind. Wir jagen Verbrecher, Gewalttäter, Mörder. Bei uns kommen manchmal Bilder auf den Tisch, die eine zarte weibliche Seele aus dem Gleichgewicht bringen können.«

»Oh, damit habe ich kein Problem«, verkündete Lisbeth im Brustton der Überzeugung. »Mein Onkel Rudolf war Schlachter, bei dem war ich oft zu Besuch. Ich kann Blut sehen.«

Hoffmann lächelte kühl. »Das spricht für Sie, Fräulein Pfau, aber der Ernst unseres Geschäfts erfordert doch auch eine gewisse Reife.«

Sie holte tief Luft. Reife? Ausgerechnet dieser Kerl sprach von Reife? Einer, der aussah, als würde Mutti ihm morgens mit ihrem spuckegetränkten Taschentuch die Wangen polieren? Reiß dich zusammen, Lisbeth! Mach ein freundliches Gesicht, damit sind die meisten Männer schon zufrieden.

»Sie kommen vom Dorf?«

Auch das noch. »Nun ja, das tun viele.« Sie legte ihren ganzen Charme in ihr Lächeln, oder hatte das zumindest vor, aber so recht wollte es ihr nicht mehr gelingen. Der Fensterputzer leckte sich schon die Lippen und machte zweideutige Gesten. Er dachte wohl, sie sei zum Verhör einbestellt und mit so einer könne er sich diese Frechheiten erlauben.

»Warum sind Sie in die Stadt gezogen?«, erkundigte der Kommissar sich jetzt, lehnte sich in seinem Stuhl zurück und verschränkte die Arme hinter dem Kopf, gab diese Pose jedoch sofort wieder auf, da sie ihm unverhofft Schmerzen zu bereiten schien.

Lisbeth gab sich locker. »Wie heißt es so schön: Stadtluft macht frei, nicht wahr?«

»Stadtluft?« Hoffmann hielt irritiert inne, dann fiel offenbar der Groschen. »Ach ja, die auch.«

Herrje, sie war schon wieder ins Fettnäpfchen getreten! Dass dieser vermaledeite Hitler aber auch alles und jedes hatte verwursten müssen!

»Sie haben vier Monate in einem Kaufhaus gearbeitet, wie ich sehe. War das auch nichts für Sie, oder weshalb haben Sie dort so schnell wieder aufgehört?«

»Ähm. Tja.« Was sollte sie dazu sagen? Mit der Wahrheit herauszurücken schien ihr keine gute Idee. »Die Abteilung, in der ich gearbeitet habe, wurde aufgelöst – zu wenig profitabel.« Sie hoffte, er würde das nicht nachprüfen können. »Hat aber nicht an mir gelegen«, schob sie schnell hinterher.

»Das klingt beruhigend«, kommentierte Hoffmann trocken. »Sonstige Berufserfahrung haben Sie nicht?«

»Wie bitte? Ach so, leider nein.«

Er begann, leise mit dem Zeigefinger auf die Tischplatte zu klopfen. Schließlich drehte er sich um und erblickte den Fensterputzer, der gewissenhaft seiner Arbeit nachging.

»Wie schön, dass wir uns wieder um Dinge wie saubere Fenster kümmern können, nicht wahr? Tja, Fräulein Strauß, ich bin mir sicher, dass Sie in einigen Jahren eine tüchtige Kraft abgeben werden. Momentan benötigen wir leider eine Person mit etwas mehr

Erfahrung. Genießen Sie weiterhin die Stadtluft. Und arbeiten Sie an Ihren Qualifikationen, das ist meine Empfehlung.«

Als Lisbeth das Polizeipräsidium verließ, hatte der Regen wieder eingesetzt und sorgte dafür, dass ihr Äußeres ihrer Befindlichkeit entsprach: Sie fühlte sich wie ein begossener Pudel.

HOFFMANN

4.

Hoffmann musterte zum wiederholten Mal die junge Frau, die so hastig redete, als peitschte sie jemand durch dieses Gespräch: ihre blasse, sommersprossige Haut, das kupfrige Haar. Fussig, sagte man im Rheinland dazu. Diese Rüschenbluse, und erst die altbackene Strickjacke: unmöglich! Wo kam nur diese Landpomeranze her? Allein ihr Name: Lisbeth Pfau. Sie habe eigentlich nie ein Problem damit gehabt, schwatzte sie gerade drauflos. Für Männer sei er schwieriger.

»Ach ja? Wieso das?«

»Weil man bei einem Mann vom Namen auf den Charakter schließen könnte«, erklärte sie mit eigentümlich stierem Blick. »Bei einer Frau besteht die Gefahr nicht so sehr, die weiblichen Tiere sind ja recht unscheinbar.«

»Soso.« Hoffmann fühlte sich unbehaglich. Es kam ihm vor, als hätte sie ihm gerade persönlich überzogene Eitelkeit unterstellt, dabei war doch nicht er derjenige, der diesen albernen Vogelnamen trug. Und warum starrte sie ihn so an? Er griff nach ihren Unterlagen.

Ein Zertifikat in Aquarellmalerei, ein Abzeichen der Deutschen Lebens-Rettungs-Gesellschaft in Silber, na prima! Küchenhilfe, danach Besuch einer Hauswirtschaftsschule, nach einem halben Jahr abgebrochen. Das klang wenig überzeugend, und auch der weitere Gesprächsverlauf brachte wenig Erfreuliches.

»Sie haben vier Monate in einem Kaufhaus gearbeitet, wie ich sehe. War das auch nichts für Sie, oder weshalb haben Sie dort so schnell wieder aufgehört?«

»Ähm. Tja.« Wieder wirkte ihr Zögern, als müsse sie sich erst eine plausible Ausrede aus den Fingern saugen. »Die Abteilung, in der ich gearbeitet habe, wurde aufgelöst – zu wenig profitabel.« Und schnell schob sie hinterher: »Hat aber nicht an mir gelegen.«

Das klang ja beruhigend!

»Sonstige Berufserfahrung?«

Sie schien erst in ihrem Gedächtnis kramen zu müssen. Hoffmann begann, ungeduldig mit dem Zeigefinger auf die Tischplatte zu klopfen. Dieses Fräulein Pfau wirkte reichlich unkonzentriert. Sie schien durch ihn hindurchzusehen, als sei da etwas in seinem Rücken, weshalb er sich umdrehte und einen Fensterputzer erblickte, der gewissenhaft seiner Arbeit nachging. »Wie schön, dass wir uns wieder um Dinge wie saubere Fenster kümmern können, nicht wahr?«

Plötzlich hatte er genug. Der Hansel dort draußen war offenbar interessanter für die Dame als das, was sich hier drinnen abspielte. »Tja, Fräulein Strauß. Ich bin mir sicher, dass Sie in einigen Jahren eine tüchtige Kraft abgeben werden«, machte er der Quälerei ein Ende. »Momentan benötigen wir leider eine Person mit etwas mehr Erfahrung. Genießen Sie weiterhin die Stadtluft. Und arbeiten Sie an Ihren Qualifikationen, das ist meine Empfehlung.«

Du meine Güte, dachte er, als er die Tür hinter ihr geschlossen hatte. Was war denn nur los? Es fiel ihm gewöhnlich leicht, sich eine kleine Freundin zu angeln, wenn ihm nach weiblicher Gesellschaft zumute war, aber niemals hätte er sich träumen lassen, dass es so anstrengend sein könnte, eine geeignete Mitarbeiterin zu finden. Und dabei hatte er schon Abstriche gemacht! Er hätte sogar die ältliche Witwe genommen, wenn sie ihm nicht angedroht hätte, jedem Täter mit Nachsicht und Milde gegenüberzutreten, da auch er von Gott geschaffen sei. Das Gegenübertreten würde er schon noch selbst übernehmen. Er brauchte doch nur eine, die das gottverdammte Telefon bediente, während er unterwegs war, die in der Lage wäre, bis zu seiner Rückkehr ein paar einfache Dinge festzuhalten.

Er warf einen schnellen Blick in die zweite Mappe, die er vorliegen hatte. Eine gewisse Pauline Kern, vierundzwanzig Jahre alt, Stenografie und Maschinenschreiben, drei Jahre Berufserfahrung bei einer Versicherungsgesellschaft: Vielleicht würde der Tag sich doch noch zufriedenstellend entwickeln.

Als Peter Hoffmann auf dem Weg zu einer frischen Tasse Kaffee die junge Dame erblickte, die bereits im Flur auf ihren Termin wartete, war er plötzlich sicher, dass sich dieser Tag ganz hervorragend entwickeln würde.

WOLFGANG

5.

Nicht nur dumm, sondern auch noch faul. Frustriert hockte Wolfgang vor der Baracke und bohrte seine Schuhspitze in den Staub. Fast zwei Wochen war es jetzt her, dass Schürmann die Katze aus dem Sack gelassen hatte. Einen Tag vor den Pfingstferien, die nun bereits auf ihr Ende zugingen. Ständig musste Wolfgang daran denken, doch er hatte noch immer mit niemandem darüber gesprochen.

»Tasche auf, Kaminski!«

»Ich habe nichts getan«, wagte Wolfgang einzuwenden.

»Tasche auf, aber dalli!« Lehrer Schürmann duldete keine Widerrede.

Wolfgang blieb nichts anderes übrig, als zu gehorchen. Er öffnete seinen Tornister und hielt ihn Schürmann hin, der sich nur ein wenig hätte vorbeugen müssen, um einen Blick hineinwerfen zu können, doch das reichte ihm offenbar nicht.

»Ausleeren!«, kommandierte er.

Wolfgang griff in seine Tasche und legte ihren mageren Inhalt auf das Lehrerpult: zwei Hefte, ein Bleistift, ein Radiergummi, ein paar lose Zettel, ein Apfel mit brauner Stelle. Keine Schinkenstulle.

»Bestimmt hat er sie sich schon reingestopft!«, ließ Franz Thierse sich von seinem Platz aus vernehmen. »Ich hab doch gesehen, wie er an meinem Ranzen war.«

Schürmann kniff die Augen zusammen. »Stimmt das, Kaminski?«

Wolfgang schüttelte den Kopf und hielt den Apfel fest, der vom Pult zu rollen drohte.

»Wie?« Schürmann hielt sich die Hand ans Ohr.

»Nein, Herr Lehrer. Ich habe nichts genommen. Die Tasche ist umgefallen und lag im Weg. Da hab ich sie aufgehoben und an ihren Platz zurückgestellt.«

»Sprich lauter!«

Wolfgang stockte einen Moment und raufte sich durch sein mausbraunes Haar. Es kostete ihn alle Kraft, das Gesagte zu wiederholen, doch es würde nicht viel besser zu verstehen sein. Mit seiner gespaltenen Oberlippe klang er nun einmal, als hielte er sich beim Sprechen die Nase zu. Dagegen war nichts zu machen, selbst wenn er sich noch so sehr bemühte. Schürmann fixierte ihn mit strengem Blick, entschied aber offenbar, die Sache nicht auf die Spitze zu treiben.

»Wer einmal lügt, dem glaubt man nicht. Du kennst das Sprichwort, Kaminski.«

»Aber ich hab nicht gelogen!«, wagte Wolfgang einen letzten Verteidigungsversuch, wohl wissend, dass er nicht fruchten würde.

»Du wirst Franz deinen Apfel geben, verstanden?«

Wolfgang antwortete nicht.

»Ob du verstanden hast?«

»Ja, Herr Lehrer.«

»Wegtreten.«

Wolfgang stopfte seine Siebensachen zurück in die Tasche, machte kehrt und eilte zurück zu seinem Platz. Im Vorbeigehen legte er den Apfel auf die Schulbank, die Franz sich mit seinem Kumpan Georg teilte, und registrierte aus den Augenwinkeln deren hämisches Grinsen.

»Raus mit euch!«, polterte Schürmann noch einmal, die Pause hatte längst begonnen. Augenblicklich brach der Lärm los. Vierzig Stühle wurden zurückgeschoben, gefolgt von vieltönigem Stampfen und Rennen, Geschrei und Gelächter. Wolfgang wartete, bis der Pulk draußen war, achtete aber darauf, nicht der Letzte zu sein, damit Schürmann ihn nicht noch einmal zurückpfeifen konnte.

Auf dem Schulhof stellte er sich ein wenig abseits und hielt sich von seinen Mitschülern fern. Ein solcher Tag roch nach Prügelei, und darauf wollte er es keinesfalls ankommen lassen. Er fühlte sich niedergeschlagen und war zugleich wütend. Niemals würde er diese Geschichte loswerden. Sie klebte an ihm wie Federn am Teer.

»Was glotzt du so dämlich, Polacke?« Franz Thierse hatte Wolfgang aufgespürt. Etwas kam auf ihn zugeflogen, verfehlte ihn aber und zerplatzte drei Schritte hinter ihm auf dem Pflaster. Es war der Apfel, den er Franz hatte abtreten müssen.

»Da hast du deinen Appel!«, grölte Franz und stopfte sich etwas in den Mund, das verdächtig nach Schinkenstulle aussah. Mit einem fetten Grinsen zog er von dannen.

Sicher hatte Franz sich die Geschichte mit dem gestohlenen Pausenbrot nur ausgedacht, um von irgendeiner eigenen Schandtat abzulenken. Und ihm schoben sie mal wieder den Schwarzen Peter zu, dachte Wolfgang. Doch der Tag sollte noch weitere unangenehme Überraschungen für ihn bereithalten.

»Hefte raus, Diktat!« In der Schulstunde, die auf die große Pause folgte, diktierte Schürmann ein ellenlanges, kompliziertes Gedicht über die Pflanzenwelt, in dem es nur so rankte und blühte, keimte und sprießte. Für Wolfgang klang es wie ein einziges Kauderwelsch. Lag es an seinen Ohren, wie er manchmal vermutete, oder war er einfach zu dumm?

Mit einer Hand den Text haltend, die andere hinter seinem Rücken verborgen, schritt Schürmann die Bankreihen ab und inspizierte flüchtig über die Schultern seiner Schüler hinweg, was diese bislang fabriziert hatten. Bei ihm blieb er stehen. Wolfgang hasste Schürmanns abgestandenen Tabakatem, der seinen Nacken streifte, er hasste den Mottenkugelgeruch seines Anzugs.

»Nun, Kaminski. Da möchten wir uns an der Anmut und

Schönheit edler Rosen erfreuen, aber du bringst nur Kraut und Rüben zu Papier! Wir möchten von betörenden Düften träumen, doch was du lieferst ist bloß Gestank.«

Verhaltenes Lachen, das sofort wieder erstarb. Niemand wollte durch überzogene Schadenfreude auf sich aufmerksam machen und womöglich selbst zum Opfer werden. Lehrer Schürmann trat kopfschüttelnd in den Gang zurück, und Wolfgang hoffte schon, er hätte von ihm abgelassen, doch dem war nicht so.

»Kraut und Rüben, Kaminski. Dazu eine Handschrift wie ein besoffener Hilfsarbeiter. Das wird wohl nichts werden mit der Versetzung.«

Wolfgang erstarrte. Er wagte es nicht, den Blick zu heben.

»Das kommt davon, wenn man nicht nur dumm ist, sondern auch noch faul«, ergänzte Schürmann in selbstzufriedenem Tonfall.

Keine Versetzung. Wolfgangs Hände krampften sich zu Fäusten, sein Herz hämmerte gegen seine Brust. Am liebsten würde er ihn umbringen. Die Finger um Schürmanns dürren Hals mit dem hüpfenden Adamsapfel schließen und zudrücken, ganz fest, so fest, dass ihm die Zunge aus dem Hals hängen würde und die Augen aus dem Kopf springen würden.

Es blieb still im Raum. Mucksmäuschenstill. »Der bleibt sitzen, der bleibt sitzen!«, hatten sie damals geschrien. Heute, drei Jahre älter und gewitzter geworden, brüllten seine Klassenkameraden nicht mehr, sie feixten nur. Die ungebremste Häme hoben sie sich für die Zeit nach dem Unterricht auf.

Schürmann wollte ihn nicht versetzen. Schon wieder. Nach den Pfingstferien würden es nicht einmal mehr sechs Wochen bis zu den Sommerferien sein, da war nicht mehr viel zu holen.

Warum? Warum traf es immer und immer wieder ihn?

Er schämte sich und war verzweifelt. Wie sollte er die Sache nur seiner Mutter erklären? Ein weiteres Jahr Schule, das war einfach nicht drin. Er würde arbeiten müssen, und das wollte er ja auch. Endlich zupacken. Endlich Geld verdienen. Er war ohnehin älter als die meisten anderen, er hatte ja schon eine Ehrenrunde gedreht.

Flüchtlingspack. Von Anfang an hatte Schürmann keinen Hehl aus seiner tiefen Abneigung gegen die Vertriebenen gemacht. Aber die anderen wurden versetzt. Selbst Otto Marek, obwohl er ständig fehlte. Otto war allerdings auch noch nie beim Klauen erwischt worden. Oder hatte sich nicht erwischen lassen, was wohl wahrscheinlicher war. Wolfgang fragte sich, ob Schürmann ihn weniger hassen würde, wenn er ihn nicht für einen lausigen Dieb hielte.

Wie sie gehungert hatten damals! Nicht nur während ihrer Flucht aus der Heimat, sondern auch später. In diesem ersten Kaltenbrucher Winter. Bei ihrer Ankunft sollten die Baracken eigentlich fertiggestellt sein, aber das waren sie nicht, weshalb man ihnen eine eisige Kammer über den Stallungen des Bauern Thierse zuwies, in der einmal ein Knecht gehaust hatte. Ein Wunder, dass der nicht erfroren war. Aber vielleicht war er es ja, wer konnte es wissen.

Ein winziges Zimmer für sechs Menschen, fünf davon Kinder, seine jüngste Schwester Monika noch im Wägelchen. Sie konnte damals zwar schon laufen, aber eben noch nicht marschieren. Darüber mokierte Bauer Thierse sich besonders. Über das Wägelchen. Eine Frau mit Kinderwagen war als Arbeitskraft nicht zu gebrauchen.

»Kommen daher und setzen immer weiter Bälger in die Welt, die wir dann durchfüttern müssen. Das tut doch keine Not!« Während er sprach, saß er in seiner warmen Küche mit dem Rücken zu ihnen am Tisch und löffelte seine Suppe, er drehte sich nicht einmal zu ihnen um.

Das tut keine Not. Wolfgang, damals sieben oder acht Jahre alt, begriff nicht, was Thierse damit sagen wollte, und so recht verstand er es bis heute nicht, denn die Not war groß gewesen.

Dieser Winter. Kein Strom, kein Wasser, keine Heizung. Ohne Strom und Wasser ließ sich leben, aber die Kälte! Der Wind pfiff durch jede Ritze, das einzige Fensterchen war mit Eisblumen übersät. Hinausschauen konnte man nicht, da der eigene Atem sofort zu einer milchigen Eisschicht gefror und die Scheibe blind machte.

Auf ihren Strohsäcken schmiegten sie sich aneinander und hofften auf ein Ende der Kälte – oft im Dunkeln, wenn das Petroleum mal wieder ausgegangen war. *Wer hungert, soll auch frieren.* Wie sehr der Spruch auf sie zutraf! Offenbar konnten die Kaltenbrucher sich nicht vorstellen, was eine sechsköpfige Familie zum Überleben brauchte. Oder es war ihnen gleichgültig.

Dabei hatten die Bauern immer genug zu essen, einem wie Franz mangelte es nie an Nahrung. Wer satt war, brauchte sich nicht an fremdem Eigentum zu vergreifen. Der musste nicht auf krumme Ideen kommen.

Seine Mutter sagte immer, man müsse die alten Geschichten ruhen lassen, aber das konnte Wolfgang nicht. Was Hunger war, das vergaß man nicht. Die Magenschmerzen, die Schwäche, die Wehrlosigkeit. Tief in seinem Innern bohrte dieser Schmerz noch immer, als wäre da etwas in ihm, das nie mehr satt werden würde. Nein, vergessen konnte er die Geschichte nicht. Wie sollte er auch, wenn man sie ihm heute noch nachtrug? Wenn die Kaltenbrucher ihm Dinge vorwarfen, für die sie sich eigentlich selbst bitter hätten schämen müssen.

Damals. Es musste im Februar gewesen sein, als die Mutter das Elend nicht mehr mit ansehen konnte, sich einen Kartoffelsack schnappte und loszog, den kleinen Wolfgang im Schlepptau. Warum sie nicht Rudi oder Elke mitgenommen hatte, wusste er bis heute nicht. Vielleicht, weil sie für ihre beiden ältesten Kinder härtere Strafen fürchtete, falls sie erwischt würden. Vielleicht wollte sie auch nicht, dass der draufgängerische Rudi sie bei etwas unterstützte, das ihn zu weiteren Sünden verleiten könnte. So war es Wolfgang, der Schmiere stand, während seine Mutter sich auf das erstbeste Huhn stürzte, das sie erwischen konnte, ihm den Sack über den Kopf stülpte und mit einer einzigen, schnellen Bewegung den Hals umdrehte. Drei Tage lang konnten sie sich von dem herrlich fetten Vieh satt essen.

Wolfgang würde nie vergessen, wie heiter und zufrieden er gewesen war. Als dann wieder Schmalhans Einzug hielt, wollte er es seiner Mutter gleichtun. Er wollte essen. Er wollte satt sein. Er wollte, dass die anderen stolz auf ihn waren.

Leider ging sein Plan nicht auf. Zwar gelang es ihm ganz allein, ein Huhn in die Enge zu treiben und ihm den Sack über den Kopf zu werfen, aber er schaffte es nicht, dem Vieh den Hals umzudrehen. Es gab ein wildes Gezerre und Gegacker, und auf einmal stand die Bäuerin vor ihm, mit der Mistgabel drohend.

»Wollt'st uns wohl ein Huhn stehlen, du Kanaille!«

»Wollt ich gar nicht!«

Dann kam Bauer Thierse und prügelte ihn windelweich, und keine zehn Schritte entfernt stand der kleine Franz und lachte sich kaputt.

Hühnerdieb. Kaminski ist ein Hühnerdieb! Der Ruf hing ihm bis heute nach. Nicht nur ihm, sondern der ganzen Familie, auch wenn der Flüchtlingshelfer kurz nach dem Vorfall einen Sack Kartoffeln und zwei Pfund fetten Speck gebracht hatte; irgendjemanden musste offensichtlich das Gewissen geplagt haben.

Im März hatten sie dann in die Baracke einziehen können, und seine Mutter hatte Arbeit gefunden. Es war wohl als Ironie des Schicksals zu bezeichnen, dass sie ausgerechnet auf einem Hühnerhof unterkam. Auch Rudi fand Arbeit in Schlüters Besenfabrik, und alles wurde besser. Die Hungerzeit war vorbei. Doch Lehrer Schürmann hatte ein gutes Gedächtnis, und andere Lehrer offenbar auch.

Wolfgangs Schwester Angelika war es zumindest anfangs kaum besser ergangen als ihm. Das Fräulein Rumpf, das sie unterrichtete, hatte ihr strikt verboten, während des Unterrichts aufs Klo zu gehen, bis sie sich eingepullert hatte. Auf dem Heimweg von der Schule war die Pisse an ihrer Strumpfhose festgefroren, man hätte sie hinstellen können wie Rudis Arbeitshosen, wenn die bei Frost auf der Leine hingen. Doch im Gegensatz zu ihm war es Angelika später gelungen, die Lehrer durch Fleiß und Höflichkeit zu überzeugen und sogar ein paar Freundschaften zu schließen.

Die Kaminskis konnten ja noch froh sein, dass sie katholisch waren, obwohl die Kirche in der Familie nie eine große Rolle gespielt hatte. Frieder Platzek, der aus der Oberlausitz stammte, war evangelisch, und mit ihm hatten die Kaltenbrucher Kinder in den ersten Jahren nicht einmal reden dürfen. Dazu wohnte er in Gödern, was für ihn jeden Morgen einen Fußmarsch von gut vier Kilometern bedeutete. Er hatte Wolfgang einmal die Frostbeule an seinem linken großen Zeh gezeigt. Wo steckte Frieder überhaupt? Wolfgang hatte ihn schon seit Längerem nicht mehr gesehen. Wahrscheinlich half er irgendwo bei der Ernte, das war auskömmlicher als die Schule.

Und wenn er abhauen würde, überlegte Wolfgang. Einfach auf und davon ginge? Sich irgendwo eine Arbeit suchte und sich hier nie wieder blicken ließe? Das konnte er der Mutter nicht antun.

»Was guckst du so trüb, Brüderchen?« Rudi riss ihn aus seinen Gedanken. Er war eben von der Schicht heimgekommen und blieb neben Wolfgang stehen. »Guckst seit Tagen drein wie die Kuh wenn's donnert. Was ist los mit dir? Hast du Liebeskummer?« Wolfgang schluckte hart, antwortete jedoch nicht. »Nun spuck's schon aus, mir kannst du's doch sagen.«

»Ich werde nicht versetzt«, bekannte er kleinlaut.

»Was denn, schon wieder nicht?«

»Schürmann meint, ich sei zu dumm und zu faul.« Wolfgang hob den Blick und sah Rudi verschämt an.

»Und, bist du's?«

»Muss wohl stimmen, wenn er's sagt.«

»Unsinn, Wolfi! Lass dir nichts einreden von dem Kerl.«

»Aber er hat recht. Ich sag ja auch nicht viel. Wenn ich's doch tu, lachen die anderen, und er muss dreimal nachfragen, was ich gemeint hab. Also sag ich lieber nichts. Und das mit der Rechtschreibung will auch nicht besser werden.«

»Rechtschreibung! Wen interessiert die schon?« Rudi zog eine verächtliche Miene. »Wolfi, du kannst lesen und schreiben, und im Kopfrechnen bist du fixer als ich. Mehr brauchst du nicht im Leben, alles andere kommt dann schon von selbst. Warum solltest du noch ein Jahr in der Schule absitzen?«

»Aber was soll ich denn tun?«, fragte Wolfgang verzagt.

»Gar nichts tust du. Lass das nur meine Sorge sein. Ich werd mit Schürmann reden.«

»Der lässt nicht mit sich reden.«

»Wart's ab! Man muss nur die richtigen Argumente haben.« Rudi zwinkerte ihm zu. »Verlass dich auf mich, Brüderchen. Ich hab da so meine Methoden.« Er grinste breit, begann zu tänzeln und boxte Wolfgang gegen den Oberarm. Der reagierte nicht darauf, doch Rudi ließ nicht locker. Er zog ihn auf die Füße und drohte ihm scherzhaft mit den Fäusten. »Nun los, zeig's mir!« Nur halbherzig wehrte Wolfgang einen neuerlichen Schlag ab und wollte sich abwenden, doch Rudi ließ ihn nicht gehen. So war er, sein Bruder. Immer auf Zack, immer in Aktion. Rudi, der Boxer. Rudi mit seinen hellen Augen unter den dunklen Brauen, mit seinem strubbeligen Blondhaar und dem ansteckenden Lachen. Kein Wunder, dass ihm die Mädchen nachliefen.

Der nächste Treffer tat weh. Wolfgang brachte sich in Stellung und schlug zu, einmal und noch einmal, wieder und wieder, bis er völlig außer Puste war.

»So ist's gut, Wolfi! Lass dir nichts gefallen!« Rudi nahm die Hände herunter und sprang leichtfüßig die Stufen zur Haustür hoch. »Verlass dich auf mich. Und denk dran, die Kaminskis kriegt keiner klein.«

MARLENE

6.

Marlene saß schon seit Stunden an dem behelfsmäßigen Obststand an der Straße nach Kaltenbruch, den die Männer eilig zusammengezimmert hatten. Der alte war im letzten Winter unter der Schneelast zusammengebrochen, und niemand hatte es für notwendig gehalten, einen neuen zu bauen, solange er nicht benötigt wurde. Als es dann so weit war, hatte es schnell gehen müssen.

Das Ergebnis war nicht sonderlich ansehnlich, aber zweckdienlich. Vier Stützen links und rechts, eine Bretterwand gegen den Westwind, ein Teerpappendach, ein Tisch für die Auslagen, eine Holzbank, auf der Marlene auf Kundschaft wartete.

Es war Samstagvormittag und schwülwarm wie die Tage zuvor, die Nacht hatte kaum Abkühlung gebracht. Hier, unmittelbar an der Straße, die sich saumlos durch die Felder wand, war die Luft besonders stickig. Jedes Fahrzeug, das vorbeifuhr, wirbelte körnigen Staub auf, der Marlene in die Augen geriet und sich als grauer Film auf ihre Haut legte.

Sie war müde, das konnte sie nicht leugnen, doch die Müdigkeit störte sie nicht, im Gegenteil, durch ihre dämmrige Schläfrigkeit fühlte sie sich noch immer von jenem nächtlichen Traum umfangen, den sie nicht loslassen wollte: der brennende Sonnenuntergang am Weiher, die aufflammenden Sterne, die sich im Wasser spiegelten, ihr Erlöschen im silbrigen Morgengrauen; seine Arme, die sie umschlangen, seine Brust an ihrem Rücken, die warmen Hände, die ihre Füße rieben. Sie wollte den Zauber bewahren, ihn tief in ihr Herz betten, ihn schützen gegen alle Ödnis, gegen dieses triste »zwei Pfund Erdbeeren und sechs Stangen Rhabarber – und ein Glas von der Marmelade, wenn's recht ist«.

Sie hatte gut verkauft an diesem Morgen. Jetzt, wo es auf Mittag zuging, ließ der Verkehr jedoch nach, bereits seit einer Viertelstunde war kein Wagen mehr vorbeigefahren. Die Sonne stand hoch am weißglühenden Himmel, die Luft vibrierte vor Hitze, sogar die Vögel verstummten. Marlene fielen die Augen zu. Sie registrierte den schwarzen Mercedes erst, als er bereits hinter der Erdbeerhütte angehalten hatte. Unverkennbar der Wagen der Familie Schlüter – niemand sonst in der Gegend besaß einen solchen.

Gegen das Licht blinzelnd, erkannte Marlene die Töchter Anneliese und Margarethe auf der Rückbank. Die Beifahrertür schwang auf, Frau Schlüter stieg aus und kam mit strahlendem Lächeln auf sie zu.

»Marlene! Wie schön, dich zu sehen. Das Wetter ist ja mörderisch, nicht wahr? So schwül und drückend, und dabei fällt nicht ein Tropfen! Aber es kann nicht mehr lang dauern. In Köln regnet es schon Katzen und Hunde, wie ich hörte, und die Meteorologen sagen auch für uns hier starke Regenfälle voraus. Behauptet zumindest mein Mann. Nun ja – den Erdbeeren hat die Trockenheit offenbar nicht geschadet, sie sehen ganz wunderbar aus.«

»Und so schmecken sie auch«, bekräftigte Marlene lächelnd.

»Das glaube ich dir aufs Wort, meine Kleine.« Frau Schlüter fixierte sie mit eigentümlich intensivem Blick, ehe sie weiter drauflosplauderte. »Wir waren bei der Schneiderin in Kaltenbruch. Mein Gott, war das eine Hitze! Dann dieses Hin und Her: Nein, ich möchte diesen Stoff, oder doch lieber den anderen? Das Kleid kürzer oder länger? Oder ganz mutig: eine Hose? Puh! Aber wir haben es wacker durchgestanden, und jetzt hoffen wir, dass die gute Frau alles so hinbekommt, wie wir uns das vorstellen, nicht wahr?« Sie sprach, als wüssten sie beide nur zu gut, dass die Tücken der Maßschneiderei im Detail lagen. Marlene lächelte, lächelte und lächelte.

»Nun mal her mit den süßen Früchtchen!«, beendete Frau Schlüter ihren Redefluss und orderte vier Pfund Erdbeeren. Marlene empfahl die Stiege zu fünf Pfund, die praktisch dasselbe kostete, und beschloss, auch einmal so jung und frisch wie Frau Schlüter auszusehen, wenn sie alt wäre.

»Wenn du es sagst, Kind!«, meinte diese gerade. Marlene hatte den Faden verloren. »Einer Person wie dir glaubt man ja alles aufs Wort. Weißt du das? Nein, nein, schau nicht so bescheiden, Marlene! Ich weiß, wovon ich rede. Da drüben sitzen meine Töchter im Wagen, du kennst sie doch, sie sind ja mit dir zur Schule gegangen. Aber ich sage dir, keine von beiden hat dein Potenzial. Ja, lach nur! Es ist das Vorrecht der Jugend, sich über die Erwachsenen lustig zu machen. Manchmal haben wir allerdings den größeren Weitblick, und eines Tages wirst du merken, dass ich recht habe. Ah, ich sehe es dir an, du weißt es schon jetzt, nicht wahr?« Da war es wieder, dieses feine Lächeln, das einen so für diese Frau einnahm. »Eine Person wie du, hübsch und praktisch veranlagt, sollte nicht im Straßenstaub sitzen«, befand sie jetzt. »Hier verdorrst du ja, ohne jemals geblüht zu haben!«

Marlene war verwirrt, sie fühlte sich geschmeichelt und gedemütigt zugleich. Sie öffnete den Mund, doch ihr fiel nichts Passendes ein, das sie hätte erwidern können.

»Entschuldige, das war vielleicht ein bisschen hart«, ruderte Frau Schlüter zurück. »Aber du könntest gut leben mit dem Geld, das mein Gatte dem Herrn Leitner bietet, ihr alle könntet das. Es hätte ein Ende mit den Erdbeeren – auch wenn das natürlich bitterschade wäre, unsere Köchin würde Tränen vergießen. Trotzdem –«

»Ich habe mit Herrn Leitners Geschäften nichts zu tun«, brachte Marlene endlich hervor.

»Natürlich nicht.« Frau Schlüter klang milde, doch ihre braunen Augen blitzten wie die eines vom Jagdfieber gepackten Terriers, der nicht aufzugeben bereit war. »Wenn du ihn allerdings gelegentlich darauf hinweisen würdest ...«

Marlene lachte trocken. »Wenn Sie glauben, dass er auf mich hört, täuschen Sie sich gewaltig!«

Die Ältere winkte ab. »Sag so etwas nicht! Wenn meine Töchter meinem Mann gegenüber einen Wunsch äußern, dann tut er alles, um ihn zu erfüllen, egal, wie idiotisch er ist.«

»Ich bin nicht Leitners Tochter!«, entgegnete Marlene scharf, worauf eine eigentümliche Stille eintrat.

»Ach ja, das vergesse ich immer wieder«, sagte Frau Schlüter schließlich. »Es tut mir leid, ich wollte dich nicht verletzen.« Sie bezahlte, nahm die Erdbeeren in Empfang und verabschiedete sich. »Komm uns bald einmal besuchen! Meine Töchter würden sich freuen.« Der als Chauffeur abgestellte Arbeiter der Firma Schlüter war inzwischen ausgestiegen, nahm ihr die Erdbeeren ab und verstaute sie im Kofferraum. Als der Mercedes davonfuhr, sah Marlene die Gesichter von Anneliese und Margarethe, die sich zu ihr umdrehten und sie anstarrten; zwei bleiche Flecken vor dunklem Grund, die immer kleiner wurden, bis der Wagen hinter der nächsten Kurve verschwunden war.

Marlene schluckte, sie fühlte sich völlig ausgetrocknet. Der Staub, die Hitze, diese Frau. Diese Frau, die mindestens vierzig sein musste, aber immer noch wunderschön war, die lächeln konnte wie eine Heilige. *Hier verdorrst du ja, ohne geblüht zu haben.*

Sie bückte sich nach ihrer Wasserflasche, musste aber feststellen, dass sie umgefallen und ausgelaufen war. Als sie wieder aufsah, erblickte sie Kaminskis Berta, die auf ihrem rostigen Drahtesel angeradelt kam, schweißgebadet, wie immer im Kittel, mit geblümtem Kopftuch. Berta hielt an, lehnte ihr Rad gegen den Unterstand und wischte sich mit einem knittrigen Taschentuch die Stirn, während sie die Spankörbchen mit den Erdbeeren ins Visier nahm, jedes sorgfältig prüfend, ehe sie sich für eines entschied. Marlene reichte ihr das Gewünschte und gab noch eines dazu, weil sie wusste, wie sehr Berta sich strecken musste mit ihren fünf Kindern.

»Die bekomme ich heute sowieso nicht mehr quitt«, behauptete sie, um die Frau nicht in Verlegenheit zu bringen. Vermutlich entsprach das sogar der Wahrheit, und vom Marmeladekochen hatte Marlene vorläufig genug. Berta bedankte sich ohne Überschwang, der ihr ohnehin nicht zu eigen schien, deponierte die Erdbeeren in der offenen Holzkiste, die sie auf den Gepäckträger geklemmt hatte, und griff in ihre Kittelschürze. Für einen Augenblick erstarrte sie, dann begann sie hektisch, ihre Schürzentaschen abzuklopfen.

»Mei Portjuchhe!«, stammelte sie erschrocken. »Ich muss es im Hofladen vergessen haben.« Sie sprach in ihrem eigentümlichen breiten Dialekt, der kurze Wörter in die Länge zu ziehen und lange zu stauchen schien.

»Du kannst später bezahlen, Berta.«

»Aber das Portjuchhe!«

Marlene winkte ab. »Es ist wirklich kein Problem.«

»Das sagst du! Ich muss sofort zurück. Die Köchin von Schlüters war doch da und hat die Pute abgeholt, die sie bestellt hatte, und die Höhner konnte nicht wechseln, weil sie mir gerade den Wochenlohn ausbezahlt hatte, und da hab ich ... da muss ich ... Ich muss es liegengelassen haben.« Berta schnappte ihren Drahtesel, wendete und schwang sich in den Sattel.

Arme Frau, dachte Marlene. Jetzt muss sie noch einmal den ganzen Berg rauf, und das bei der Hitze. Sie sah Berta lange nach: eine gebeugte, krumme Gestalt unter bleiernem Himmel, die immer kleiner wurde und irgendwann von den Kornfeldern verschluckt wurde. Wieder übermannte Marlene die Müdigkeit, und sie nickte ein, bis das Motorengeräusch eines Schleppers an ihr Ohr drang, das rasch lauter wurde. Ihr Herz schlug unweigerlich schneller.

Dann erkannte sie, dass es Heini war. Er parkte den Traktor am Straßenrand und stellte den dröhnenden Motor ab. Die plötzlich eintretende Stille war so intensiv, dass sie glaubte, das Blut in ihren Ohren rauschen zu hören.

»Hallo, Liebchen!« Grinsend sprang er vom Trittbrett, quetschte sich zu ihr auf die Bank und legte seinen Arm um ihre Schulter. »Wie schaut's aus?«

»Als würd's bald Regen geben, so schaut's aus.«

»Ach, das tut's seit Tagen, und nix passiert.« Er seufzte wohlig. »Wunderbar – wir beiden Hübschen so ganz unter uns, nicht wahr?«

»Das nennst du ›unter uns‹? Wir sitzen quasi auf der Straße, dazu im Dreck, und jeden Moment kann jemand vorbeikommen.«

»Hoppla, hat hier jemand schlechte Laune?« Er schob sie etwas von sich, um sie besser betrachten zu können, und wurde plötzlich ernst. »Marli, lass uns nicht die Zeit vergeuden. Wir haben so selten Gelegenheit, allein miteinander zu reden. Das Gerede um den heißen Brei führt doch zu nichts.« Auf ihren fragenden Blick hin wurde er deutlich: »Lass uns Nägel mit Köpfen machen und unsere Verlobung bekannt geben. Dann ist es vorbei mit der Heimlichtuerei.«

Marlene schnappte hörbar nach Luft. »Das ist nicht dein Ernst, oder?«

»Ich wollte dich gestern schon fragen. Den Anfang gemacht habe ich ja, wie du dich vielleicht erinnerst ...« Er lachte, ohne den Satz zu Ende zu sprechen, und hielt einen Moment inne. Dann klopfte er sich entschlossen auf die Schenkel. »Aber jetzt sind wir allein. Jetzt können wir's ausmachen.«

»Heini, du bist erst siebzehn.«

»Na und?«

»Ich bin älter als du.«

»Glaubst du, die zwei Jährchen würden mich stören?«

»Jetzt vielleicht nicht, aber wenn ich mal dreißig bin, fragst du dich, wie du dir so eine alte Schachtel zulegen konntest.« Sie lächelte gezwungen, und er zog seinen Arm zurück.

»Ich mag es nicht, wenn du so redest, Marlene.«

»Ich mag auch nicht, wie du redest.«

Die Heftigkeit, mit der sie das sagte, ließ ihn zusammenfahren. »Du magst mich also nicht?« Er schaute plötzlich drein wie der kleine Konrad, nachdem er eine Ohrfeige kassiert hatte – zutiefst gekränkt.

»Doch, Heini.«

»Ehrlich?«

»Selbstverständlich mag ich dich.«

Er schlang seine Arme um sie und presste sie an sich. Sie ließ es geschehen, ohne seine Umarmung zu erwidern.

»Heinrich, es geht nicht«, murmelte sie gegen seine Schulter.

»Oho! Wenn du mich Heinrich nennst, kann das nichts Gutes bedeuten!« Er gab sie ein Stück frei, ließ sie aber nicht los. »Du musst Mut haben, Marlene. Wir schaffen das, ganz bestimmt! Der Alte hält nicht mehr lange durch, schau ihn dir doch an! Nächsten Monat werd ich achtzehn, und dann sind es nur noch drei Jährchen. Oder wir türmen schon vorher und schlagen uns durch, bis es so weit ist. Hey, lach nicht! Ich kann zupacken, ich bring uns schon durch. Und wenn ich einundzwanzig bin, verkauf ich meinen Anteil am Hof.«

»Du willst deinen Anteil verkaufen?« Marlene starrte ihn entgeistert an.

»Warum denn nicht?« Jetzt lächelte er wieder. »Ich muss nicht auf dem Land meiner Ahnen begraben werden, den Blut-und-Boden-Zirkus haben wir ja wohl hinter uns! Ich will meine Freiheit. Ich will, dass wir beide frei sind.«

»Aber was wird dann aus Martin?«, fragte sie und spürte ihr Herz wild gegen ihre Brust hämmern. »Er will den Hof übernehmen, er muss dich auszahlen!«

»Auszahlen?« Heinis Lachen klang bitter. »Du weißt doch selbst, dass er nie und nimmer das aufbringen kann, was der Hof eigentlich wert ist – was mein Anteil wert ist. Schlüter zahlt mir das Doppelte, mindestens. Martin wird sich die Sache auch noch überlegen, glaub mir. So eine Chance bekommen wir nie wieder.«

»Und Renate?«

»Renate hat kein Interesse an dem Land, seit sie in den Melzerhof eingeheiratet hat. Sie und ihr Mann haben Großes vor mit ihren Schweinen, da können sie jeden Pfennig brauchen. Ich wette, sie liebäugeln auch schon mit Schlüters Angebot.«

Marlenes Miene erstarrte vollends.

»Mädel, nun sieh mich nicht so entsetzt an!« Heini umfasste ihre Schultern und drückte sie fest. »Du kannst mir vertrauen, Marli!« Er schaute ihr tief in die Augen. »Und ich? Kann ich dir vertrauen?«

Sie antwortete nicht.

GRUBER

7.

Der Hilfsarbeiter Hans Gruber war kein humoriger Mensch, an einem Tag wie diesem schon gar nicht. Er hätte die Finger von Schulzes Selbstgebranntem lassen sollen. Was von Schulze kam, konnte ja nicht gesund sein.

Schulzes Fusel mache blind, hatte Grubers Vorarbeiter Reuss behauptet, einem Schwager seines Bruders sei das mal so ergangen mit Selbstgebranntem, und bei der Fahne, die Gruber habe, sei es ratsam, sich schon mal die Binde mit den drei schwarzen Punkten zuzulegen – solange er sie noch sehe, haha. Sollte Reuss sich um seinen eigenen Dreck scheren! Trotzdem – bildete Gruber es sich nur ein, oder war da wirklich etwas mit seinen Augen? Verdammt! Wenn Schulze ihn vergiftet hatte, würde er ihm die Fresse polieren! Vielleicht lag es auch nur daran, dass er eigentlich eine Brille bräuchte, aber die war ja hin. Er würde irgendwann in die Stadt müssen, um sich eine neue machen zu lassen, wofür mindestens ein halber Tag Urlaub draufginge, wenn nicht ein ganzer. Das wäre zwar weniger tragisch, als blind zu werden, aber noch schlimm genug. Verflixt und zugenäht!

Zu allem Überfluss schickte ihn Reuss jetzt auch noch nach Kaltenbruch rüber zu Latteks Dreherei, wo er die geschweißte Gabelstaplerschaufel abholen sollte, damit sie sie noch vor Feierabend montieren konnten und der Stapler am Montag wieder einsatzfähig wäre. Hatte ja alles lange genug gedauert. Zuerst hatten sie es selbst mit dem Schweißen versucht, aber das Ergebnis war alles andere als überzeugend gewesen, und so musste dann doch der Lattek ran, was ein echtes Ärgernis für Gruber war, denn beim

Lattek schaffte auch der Gremberger Alfred, und mit dem hatte er sich am letzten Sonnabend eine ordentliche Wirtshausprügelei geliefert. Den Grund dafür hatte Gruber nicht mehr richtig parat, es war Alkohol im Spiel gewesen. Aber all das war nicht wichtig, wichtig war nur, dass er nicht unbedingt als Sieger aus dieser Angelegenheit hervorgegangen war. Das Veilchen, das sein rechtes Auge zierte, blühte noch immer in den schönsten Farben. Und die Brille war hin.

Leise fluchend schlurfte Gruber in den Aufsichtsraum, um die Schlüssel für den Laster zu holen, dann verließ er die Werkshalle. Sein Blick wanderte prüfend zum Himmel, der sich weiter zugezogen hatte und von einer weichen, wabenartig geformten Wolkenfront verdunkelt wurde, die nichts Gutes versprach.

»Herr Gruber?«

Er war schon auf halbem Weg zum Pritschenwagen und drehte sich um. Tatsächlich, da stand der Herr Schlüter persönlich auf dem obersten Treppenabsatz des Verwaltungsgebäudes und hob die Hand, als wolle er ihn stoppen; kam jetzt auch noch die Stufen runter, ohne Jackett, mit aufgekrempelten Hemdsärmeln. Gottverdammich, was war denn nun wieder los?

»Herr Gruber, könnte ich Sie einen Moment sprechen?« Schlüter war fast bei ihm angelangt. Er lächelte vage und streckte ihm den Arm entgegen, mit offener Hand, als wolle er sie ihm in den Rücken legen, sobald er nur nah genug rangekommen wäre. Misstrauisch setzte Gruber sich in Bewegung. »Kommen Sie, Gruber! Lassen Sie uns ein Stück gehen.« Zumindest nahm Schlüter jetzt den Arm runter, ohne ihn berührt zu haben. Sie liefen nebeneinander her, um das Gebäude herum, vorbei an den üppig blühenden Blumenrabatten. Schlüter hatte es mit der Botanik. Die Anfahrt zum Verwaltungsgebäude war von sattgrünen Büschen eingefasst, denen der Gärtner in regelmäßigen Abständen mithilfe einer Drahtschablone eine kreisrunde Form verpasste. Auch um die Rosenbeete, die sie gerade passierten, kümmerte er sich. Sie blühten wie wild und dufteten so stark, dass Gruber noch schwummriger wurde, als ihm ohnehin schon war. Er selbst roch nicht gerade blütenfrisch, das war ihm bewusst, aber Himmel noch mal! Er war ja auch nicht zu einer Tanzerei unterwegs, und nach Kölnisch Wasser duften tat kein Kerl im Werk. Von Schlüter mal abgesehen.

Sie erreichten die rückwärtige Seite des Hauses, die zum Fluss hin lag. Die Wiese war frisch gemäht, und zwischen dem dichten Gesträuch am Ufer blitzte das Wasser auf. Am Rand der Wiese stand eine offene Laube, die Grubers Meinung nach das Beste am ganzen Garten war. Die Laube wurde als Raucherecke genutzt, denn auf dem übrigen Werksgelände war das Rauchen aus Sicherheitsgründen verboten. Allerdings hatte Gruber in dem Garten, der den Büroangestellten vorbehalten war, normalerweise nichts verloren, abgesehen vom jährlichen Sommerfest für die Belegschaft im August, mit Bierzelt, Würstchengrill und Familie – sofern man eine hatte. Gruber hatte keine.

Schlüter steuerte auf die Laube zu und fingerte ein Päckchen Zigaretten aus der Brusttasche seines Hemdes. Amerikanische. Er schlug das offene Päckchen gegen seine Handfläche und hielt es Gruber hin. Gruber griff zu und revanchierte sich mit Feuer.

»Muss jeden Moment losgehen«, meinte Schlüter und deutete mit der glühenden Spitze seiner Zigarette gen Himmel.

»Jau.« Gruber blies den Rauch durch die Nase.

»Wird auch Zeit. Die Natur braucht den Regen.«

»Jawoll, Herr Schlüter. Da sagen Sie was.«

Ein paar Züge lang rauchten sie schweigend, dann straffte Schlüter sich, und seine Miene wurde geschäftsmäßig.

»Gruber, ich will's kurz machen«, erklärte er in einem vollkommen anderen Ton. »Sie saufen zu viel. Punktum. Sie steuern Maschinen, Sie fahren den Laster, da ist das ewige Bechern nicht drin. Ihr Vorarbeiter hat sich mehrfach beschwert, wie Ihnen nicht neu sein dürfte, aber alle Warnschüsse sind leider ungehört verhallt. Dann immer diese Prügeleien, als wären Sie noch ein junger Spund, der sich die Hörner abstoßen muss. Und wie Sie wieder aussehen! Schauen Sie eigentlich morgens in den Spiegel?«

Gruber spürte, wie ihm das Blut aus dem Gesicht wich. Er öffnete den Mund, brachte aber nichts heraus. Schlüter erwartete aber offenbar auch gar keine Antwort.

»Sie sind seit mehr als zwanzig Jahren bei uns, und Sie waren immer ein verlässlicher Mitarbeiter. Diese Treue weiß ich zu schätzen, doch Fakt ist, dass ich Sie unter diesen Umständen nicht weiterbeschäftigen kann.«

Gruber spürte, wie sich ihm der Magen umdrehte. »Aber, aber ... das können Sie doch nicht machen«, stotterte er.

»Herr Gruber, das Problem liegt nicht bei mir.« Schlüter hob die Hände zum Zeichen seiner Machtlosigkeit.

Gruber schluckte hart und räusperte sich mehrfach. »Geben Sie mir noch eine Chance, eine letzte«, brachte er schließlich hervor. »Ich weiß doch sonst nicht –«

»Es tut mir leid, Sie haben Ihre Chance gehabt.«

»Ja, aber das ... Wo soll ich denn hin? Ich hab doch sonst nichts. Die Firma, das ist doch mein Zuhause.«

»Ich dachte, das sei die Kneipe«, erwiderte Schlüter kalt, nahm einen letzten Zug von seiner Zigarette und drückte sie aus. Dann schaute er Gruber lange an. »Also gut«, meinte er. »Eine Möglichkeit gäbe es vielleicht, eine allerletzte.«

BERTA

8.

Berta Kaminski wusste nicht, ob sie sich freuen oder ärgern sollte. Die Geldbörse hatte genau dort gelegen, wo sie sie vermutet hatte: auf dem Beistelltischchen zwischen den fertig abgepackten Paketen mit getrockneten Eiernudeln. Sie hatte *noch* dort gelegen. Soweit die gute Nachricht. Ärgerlich war nur, dass sie den ganzen Weg ein zweites Mal hatte machen müssen, und das, obwohl sie schon vorhin spät dran gewesen war. Doch was, wenn sie ihr Portjuchhe nicht wiedergefunden hätte? Der Lohn von einer Woche Plackerei: dahin. Kein anständiges Essen für die Kinder, nicht mal die zwanzig Pfennig für Monikas Ausflug. Da war diese zusätzliche Fahrt nun wirklich das kleinere Übel – zumal sie ihr auch nicht erspart geblieben wäre, wenn jemand sich an ihrem Geld vergriffen hätte. Nicht auszudenken, wie sie sich in diesem Fall gefühlt hätte! Berta erschauerte kurz, trotz der Hitze. Oder gerade deswegen? Sie wusste langsam nicht mehr, ob sie schwitzte oder fror, sie wusste nur, dass die Strampelei sie ungeheuer anstrengte.

Ein krachender Donnerschlag riss sie aus ihren Gedanken, und als sie sich umdrehte, sah sie die schwarze Wolkenwand, die wie aus dem Nichts gekommen war. Gut, dass es bald bergab ging. Noch ein paar Tritte in die Pedale, dann auf schnurgerader Strecke den Berg hinab in die Senke. Im vollen Schwung der Schussfahrt ließ sich die folgende Steigung fast ohne Anstrengung nehmen.

In der Senke trafen sie die ersten Tropfen, und als sie die neuerliche Steigung genommen hatte, war sie bereits völlig durchnässt. Es war, als hätte der Himmel plötzlich einen Riss bekommen. Im strömenden Regen radelte sie weiter durch die Felder in Richtung Kaltenbruch und erkannte die blutroten Flecken auf der Straße erst spät. Sie blinzelte mehrmals und strich sich mit einer Hand das klatschnasse Haar aus der Stirn. Es waren Erdbeeren, jede Menge Erdbeeren, als hätte ein Traktor seine Ladung verloren. Aber Berta wusste instinktiv, dass der Schlepper, der da am Wegrand parkte, mit dem Malheur nichts zu tun hatte. Die Erdbeeren stammten von dem Obststand, an dem Marlene sie erst vor Kurzem bedient hatte. Und durch eine Wand aus Wasser hindurch bemerkte Berta jetzt den Mann, der neben dem Schuppen stand.

Eine innere Stimme sagte ihr, sie solle in die Pedale treten, was das Zeug hielt, weg von diesem Ort, von dem Mann, der sich ihr mit erhobenen Händen in den Weg stellte, weg von der Kreatur, die leblos über dem Erdbeertisch hing. Weg, nur weg, ins Trockene, zu ihren Kindern, zu der Kleinen, die sie schon sehnsüchtig erwartete, zu den Größeren, die ihr ganzer Halt waren. Aber der Mann war stur, und er war stärker als sie. Als sie sich an ihm vorbeilavieren wollte, packte er den Lenker ihres Rades und zwang sie zum Halten.

»Was soll ich jetzt nur machen?«, jammerte er. »Sie müssen mir helfen!« Sein Arbeitskittel war mit Blut besudelt, und Berta grauste es.

»Ich kann nicht helfen!«, kreischte sie, kämpfte sich frei und schwang sich wieder in den Sattel. Aber es brachte nichts, denn der Kerl hielt ihr Rad jetzt an der Holzkiste fest, in der sie die Erdbeeren und frischen Eier deponiert hatte, und er ließ nicht locker. Berta gab auf. Sie stieg vom Fahrrad und klappte den Ständer herunter, atmete tief durch, nahm allen Mut zusammen und wandte sich dem Erdbeerschuppen zu, während der Regen auf sie herabprasselte. Sie sah die leblose, seltsam verrenkte Gestalt, sah das viele Blut, das den Tisch herunterrann und sich mit dem Regenwasser mischte, sah die am Boden liegende Axt. »Das ist einer von Leitners Söhnen«, sagte sie tonlos. »Das ist der Heini. Du Saukerl hast den Heini erschlagen!«

HOFFMANN

9.

»Und, Hoffmann, schon was vor am Wochenende?« Kriminalhauptkommissar Müller stand vor ihm, breitbeinig, mit leicht nach vorn schaukelndem Oberkörper, die Hände tief in den Taschen seiner Anzughose vergraben. Eine ungewohnt lockere Pose für ihn, ganz und gar unmilitärisch. Gewöhnlich trug er eine Miene grimmiger Entschlossenheit zur Schau, als wäre jeden Moment mit Feindkontakt zu rechnen. Heute herrschte offenbar Gefechtspause, und der Heimaturlaub stand unmittelbar bevor.

»Noch nichts Konkretes«, antwortete der junge Kommissar in gelangweiltem Ton. »Die kulturellen Verlockungen sind hier ja recht überschaubar.« Er lehnte sich in seinem Stuhl zurück.

»Finden Sie? Irgendeine Mundart-Laienspielgruppe wird schon was zum Besten geben«, meinte Müller mit undurchdringlicher Miene.

»Mit Verlaub, Herr Kriminalhauptkommissar, aber Laienspielaufführungen treffen eher selten meinen Geschmack.«

Müller nickte verständnisvoll. »Trifft sich gut, dass Sie keine Pläne haben! Ich habe Arbeit für Sie. Es gibt einen Mord, drüben in Kaltenbruch.«

»Wo?«

»In Kaltenbruch.«

»Nie gehört.«

»Nun, das wundert mich nicht, Hoffmann. Aber jetzt haben Sie ja Gelegenheit, es kennenzulernen. Nettes Örtchen, urwüchsiges Bauerndorf mit viel Natur drum herum. Ich habe mit der dortigen Dienststelle telefoniert – man erwartet Sie bereits.« In Müllers

Stimme lag ein Anflug von Schadenfreude. Er wandte sich ab und schaute zum Fenster hinaus. Hoffmann folgte seinem Blick. Draußen ging wieder ein Wolkenbruch nieder, das Wasser peitschte geräuschvoll gegen die frisch geputzte Scheibe. »Das war's wohl vorerst mit dem Sommer«, stellte Müller nüchtern fest. »Aber die Natur braucht den Regen.«

»Das ist kein Regen, das ist die Sintflut«, brummte Hoffmann schlecht gelaunt. »Dass so was immer samstags passieren muss.« Er brauchte nicht zu erklären, dass sich die letzte Bemerkung nicht aufs Wetter bezog.

»Ich wusste gar nicht, dass Sie so arbeitsscheu sind.« Müller grinste breit.

Nun, dann weißt du es jetzt, dachte Hoffmann aufsässig. Wobei arbeitsscheu eigentlich nicht die rechte Bezeichnung für ihn war. Gegen einen soliden Mord hatte er nichts einzuwenden, gegen das Jagdfieber, das ihn jedes Mal packt, gegen das Kribbeln in der Magengrube, die Überstunden, die durchgearbeiteten Nächte. Aber bei dem Gedanken, irgendwo dort draußen im hinterletzten Kuhkaff herumzustapfen, verließ ihn der Eifer – beziehungsweise packte ihn gar nicht erst. Zumal nicht die geringste Aussicht bestand, sich mit dieser Bauerntölpel-Geschichte irgendwie zu profilieren.

Müller musste ihn bereits gut genug kennen, um zu wissen, was er von Bauernkäffern hielt. Sicher freute er sich, dem jungen Schnösel aus der Großstadt das Wochenende verhagelt zu haben. Hoffmann ärgerte sich: Sein Vorgesetzter hatte ihn vorführen wollen, und er war ihm prompt auf den Leim gegangen. Er hätte besser auf der Hut sein sollen, aber immerhin war er fürs nächste Mal gewarnt: Gute Laune hatte bei Müller nichts Gutes zu bedeuten. Zumindest nicht für ihn, Hoffmann.

»Vergessen Sie nur ja Ihre Gummistiefel nicht«, riet Müller und machte nun keinen Hehl mehr daraus, dass er sich auf Kosten des jungen Kommissars amüsierte.

10.

Die Scheibenwischer fuhren wild hin und her, doch so sehr sie auch kämpften, sie kamen kaum gegen die Wassermassen an. Hoffmann beugte sich nach vorn und spähte durch das Guckloch, das ihm halbwegs freie Sicht gewährte. Das Gebläse machte einen Höllenlärm, er hatte es auf höchste Stufe geschaltet, ebenso wie die Heizung, die verhindern sollte, dass sämtliche Scheiben beschlugen – mit äußerst bescheidenem Erfolg. Um Luft hereinzulassen, hatte er die kleinen Dreiecksfenster in den Seitentüren aufgestellt, was allerdings auch nicht viel brachte, es war bullenheiß im Wagen.

Er lockerte seine Krawatte, öffnete den Hemdkragen und schob die Ärmel hoch, wobei er die Zähne zusammenbiss, weil sein rechter Arm wieder schmerzte. Langsam wurde die Sache lästig.

Schon vor einer Weile hatte er die Stadt hinter sich gelassen und fuhr nun am Fluss entlang, Kilometer um Kilometer, über Brachland und Felder, durch Straßendörfer und Siedlungen, an einsamen Gehöften vorbei, die im Regen kaum auszumachen waren. Der direkte Weg zum Ende der Welt. Er zündete sich eine weitere Zigarette an und schlug sich hastig die glühenden Tabakfäden vom Schoß, die sich im Durchzug gelöst hatten. Endlich kam die Brücke in Sicht – die einzige im Umkreis von 20 Kilometern und vermutlich noch im vorletzten Jahrhundert erbaut. Hoffmann fragte sich kurz, ob man ihr überhaupt trauen konnte, schließlich waren sie damals nur mit Eselskarren unterwegs gewesen. Aber was blieb ihm übrig?

Heil am anderen Ufer angelangt, kämpfte sich sein Käfer einen bewaldeten Höhenzug hinauf, der fast unmittelbar an den Fluss grenzte. Die Straße war in einem Zustand, als wäre der Krieg gerade erst seit gestern vorbei, und so fuhr es sich auch auf ihr. Kurve um Kurve arbeitete sich der Volkswagen höher, bei jedem Schaltvorgang verzog Hoffmann schmerzvoll das Gesicht. Einmal lichtete sich der Wald, und hinter dem Vorhang aus Wasser erkannte er vage die Umrisse geduckter graubrauner Häuser, die verlassen wirkten. Gottverlassen. Wo war er hier nur gelandet? Hoffmann fühlte sich wie abgeschnitten von der Welt, die ihm in ihrer Düsternis seltsam unwirklich erschien, dazu ermüdete ihn das unaufhörliche Prasseln. *You are now leaving the British sector*, dachte er zynisch. Irgendwann hatte er den Kamm des Höhenzuges passiert und rollte bergab. Die Spule lief rückwärts – wieder verfallene Häuser, wieder Wald, wieder enge Kurven – bis zu dem Punkt, an dem er am Straßenrand anhielt, nochmals die Karte prüfte und sich eingestehen musste, dass er sich verfahren hatte. Auf einem matschigen Waldweg setzte er zum Wendemanöver an. Fehlte nur noch, dass er sich festfuhr in dieser Einöde.

Wieder der Pass, dann die Talfahrt, die anstrengend war, weil das Wasser ungehindert die Straße hinabschoss und Geröll und Erdreich mit sich führte, das die Fahrbahn zu einer glitschigen Rutschbahn werden ließ. Endlich hatte er es geschafft: Hinter Regenschleiern wälzte sich graubraun und ohne jegliche Anmut der Fluss durch die Landschaft, als hätte er alle guten Manieren über Bord geworfen.

Hoffmann hielt an und studierte nochmals die Karte. Entnervt stellte er fest, dass er unmittelbar hinter der Brücke hätte abbiegen müssen. Vor rund einer Stunde. Mein Gott, da waren die Tommies im Stockdunkeln, mit nichts als einem Kompass ausgestattet, in ihren Segelfliegern auf einem handtuchgroßen Wiesenstreifen gelandet, und er verpasste am helllichten Tag auf einer asphaltierten, beschilderten Straße die einzige Abzweigung weit und breit! Fluchend setzte er den Blinker und rumpelte weiter.

Endlich, er hatte selbst kaum noch daran geglaubt, erreichte er Kaltenbruch. Zumindest die Polizeistation war schnell gefunden: Ein an der Hauptstraße gelegenes Eckhaus aus rotem Backstein, an das eine Metzgerei grenzte. Hoffmann parkte unmittelbar neben dem Eingang, stieg aus und nahm die Stufen mit federnden Schritten, für den Fall, dass man ihn von drinnen beobachtete. Er hatte lange genug in der Gegend herumgetrödelt, da erschien es ihm ratsam, zumindest seine Ankunft dynamisch zu gestalten – was sich als müßig erwies, denn er fand die Tür verschlossen vor. Auch auf sein Klopfen öffnete niemand. Unschlüssig blieb er unter dem Vordach stehen, das ihn wenigstens vor dem Regen schützte. Sollte er jetzt auf eigene Faust sein Glück versuchen? Ihm war bekannt, dass die Tat sich an der L 348 ereignet hatte – die Straße hatte er auf der Karte schnell gefunden –, aber wo genau, wusste er nicht. Er könnte Glück haben oder weitere Zeit vergeuden, in der er sinnlos in der Gegend umherirrte.

Die Entscheidung wurde ihm rasch abgenommen. Ein Polizeifahrzeug – ebenfalls ein Volkswagen – schoss die Straße hinunter, direkt auf ihn zu. Hoffmann hielt die Kollision mit der Hauswand für unvermeidlich, doch der Wagen kam unmittelbar davor zum Stehen; zwischen Stoßstange und Backstein passte kaum noch ein Blatt. Der Fahrer stellte den Motor ab und schälte sich aus dem Wagen. Er war jung, jünger noch als Hoffmann, dazu lang und schlaksig wie eine Lakritzstange.

»Kommissar Hoffmann? Da sind Sie ja endlich! Ich dachte schon, Sie kommen überhaupt nicht mehr.« Der Schlacks war im Nu bei ihm und streckte ihm die Hand hin. »Polizeimeister Kröger. Bin schon zweimal umgefahren, um zu sehen, wo Sie bleiben. Sie haben Glück, dass ich grad noch mal schnell vorbeigeschneit bin.« Sein freundliches Grinsen gestattete den Blick auf eine Reihe langer Zähne.

»Es ging leider nicht früher«, entgegnete Hoffmann steif und war nicht gewillt, eine nähere Erklärung für sein Ausbleiben zu liefern.

»Die Männer vom Erkennungsdienst sind schon vor einer ganzen Weile angerückt. Gott sei Dank, sonst hätte es ja alles weggespült bei dem Regen«, verkündete der Polizeimeister. »Kommen Sie! Sie fahren bei mir mit, dann gibt's auch kein Vertun.« Er drehte sich auf dem Absatz um und sprang bereits wieder die Stufen hinab.

Hoffmann stand der Mund offen. Er wollte widersprechen, weil er sich nicht gern befehligen ließ, schon gar nicht von unteren Dienststrängen jüngeren Geburtsdatums, und noch weniger gern war er auf andere angewiesen. Doch dann sagte er sich, dass es in diesem Fall klüger wäre, seine Befindlichkeiten zurückzustellen und auf Nummer sicher zu gehen.

»Steigen Sie ein, Herr Kommissar!« Kröger hatte bereits die Beifahrertür aufgerissen. »Immer rein in die gute Stube.«

»Einen Moment.« Hoffmann holte einen Schirm aus seinem Wagen, vergewisserte sich, dass die Türknöpfchen heruntergedrückt waren, und platzierte sich auf Krögers Beifahrersitz.

»Sie fahren auch einen Käfer«, stellte der Polizeimeister mit Blick auf Hoffmanns Wagen fest. »Da fühlen Sie sich bei mir ja ganz wie zu Hause!«

Hoffmann fühlte sich keineswegs wie zu Hause. Er war kilometerweit davon entfernt, sich zu Hause zu fühlen, genauer gesagt an die fünfzig Kilometer, seinen Schlenker durchs Gebirge nicht einberechnet, oder, um noch genauer zu sein, mehr als einhundert Kilometer, denn richtig zu Hause fühlte er sich nur in Düsseldorf, und das erschien ihm in etwa so weit weg wie der Mond. Aber er zog es vor, nichts zu sagen, sondern nickte nur.

Krögers Scheibenwischer waren nicht minder tüchtig wie die seines eigenen Wagens, aber auch nicht nutzbringender, im Gegenteil: Sie fuhren quasi im Blindflug. Hoffmann fragte sich mehr als einmal, wie der junge Kollege es schaffte, nicht im Straßengraben zu landen.

»Ist es weit?«, erkundigte er sich mit Blick auf Krögers pickligen Hals.

»Ach wo, gleich ums Eck. Nur zwei, drei Kilometer.« Kröger umkurvte ein Schlagloch von der Größe eines Ententeichs und ließ eine mannshohe Fontäne aufspritzen.

»Gehen Sie von einem Tötungsdelikt aus?«

»Sicher doch, Herr Kommissar! Dem Opfer steckte quasi die Axt im Rücken.«

»Ein Arbeitsunfall vielleicht?« Hoffmann konnte sich die Frage nicht verkneifen – die Hoffnung starb bekanntlich zuletzt.

»Wie sollte denn das möglich sein?«

Er erntete einen irritierten Blick und zuckte die Achseln. »Beim Holzhacken ungeschickt ausgeholt, was weiß ich.«

Kröger lachte auf. »Da hätte er aber weit ausholen müssen! Nein, nein, das war ganz sicher kein natürlicher Tod.« Nun war es an Hoffmann, die Stirn krauszuziehen, was Kröger bemerkte.

»Wenn bei uns ein Bauer stirbt, können wir in der Regel von einem natürlichen Tod ausgehen«, dozierte er eifrig. »Vom Heuboden gefallen, vom Trecker überfahren, vom Bullen totgetrampelt: alles natürliche Todesursachen. Im Gegensatz zu den unnatürlichen, als da wären: Bombenexplosion, Aushungern, Totschießen und so weiter. Oder mit der Axt erschlagen, wie in unserem Fall.«

Hoffmann zeigte sich beeindruckt angesichts Krögers eigenwilliger Interpretation von Natur und Unnatur. »Und Selbstmord, wie sieht's damit aus? Ist das auch ein natürlicher Tod?«

Kröger grinste. »Sie sind ein Scherzbold, wie? Was ist denn daran natürlich, wenn sich jemand das Leben nimmt? Also das ist ganz und gar unnatürlich. Kommt auch bei uns alle Jubeljahre vor, leider, zum Beispiel damals, als die Braunen den Stegemann ... ach, was soll's mit den alten Geschichten! Was ich sagen wollt: Die Selbstmörder, die hängen sich weg oder erschießen sich mit dem Jagdgewehr, aber das war beim jungen Leitner ja nun nicht der Fall. Hier handelt es sich mindestens um Totschlag. Und das ist es eben: So was ist hier ganz und gar unüblich.«

Sie hatten das Dorf hinter sich gelassen. Kuhweiden links, Kuhweiden rechts, grüne Weizenfelder und jede Menge weiterer Schlaglöcher, denen der Polizeimeister geschickt auswich – eine Fahrt im Schleudergang. Hoffmann krallte sich mit einer Hand am Haltegriff fest, was wiederum seinem Arm nicht guttat. »Sie kennen also das Opfer?«

»Jawoll. Ist einer von Leitners Söhnen. Heini Leitner, der zweitälteste Sohn von Gregor Leitner, Bauer vom Leitnerhof.«

»Wer hat ihn gefunden?«

»Eine gewisse Berta Kaminski, wohnt hier in Kaltenbruch. Sie kam zufällig mit dem Rad vorbei und hat ihn dort liegen sehen. Und daneben stand der Gruber, ganz mit Blut besudelt.«

»Was denn? Diese Kowalski hat den Täter noch angetroffen?«

»Kaminski. Berta Kaminski. Sie war vollkommen aufgelöst, als sie auf die Wache kam. Er ist wohl auch auf sie losgegangen.«

»Wer? Dieser Gruber?«

»Sieht so aus.«

»Und weshalb lebt sie noch?«

»Wie?«

»Wenn er es auch auf sie abgesehen hatte, weshalb lebt sie dann noch?«

»Keine Ahnung. Sie ist ihm davongefahren, hat sie gesagt.«

»Mit dem Rad?«

»Ja.«

»Und Sie kennen den Mann?«

»Gibt's 'ne schöne Klopperei, ist der Gruber stets dabei«, dichtete Kröger in Wilhelm-Busch-Manier und bremste abrupt. Eine Straßensperre hinderte an der Weiterfahrt, auf dem Seitenstreifen parkten die Einsatzwagen der Spurensicherung. »Da wären wir.«

Hoffmann nahm erleichtert die Hand vom Haltegriff. »Die Kaminski kannte ihn also auch?«

»Den Gruber? Ich glaube nicht. Wenn dann vielleicht vom Sehen.«

»Woher wissen Sie dann seinen Namen?«

Kröger deutete auf einen in der Nähe geparkten Mannschaftswagen. »Er sitzt in der grünen Minna da drüben, Herr Kommissar. Als ich hier ankam, hockte er ein Stück weiter die Straße runter im Matsch. Ich habe angehalten und ihn gefragt, was los ist, aber er gab keine Antwort. Ich also weiter zum Obststand – und da sah ich dann die Bescherung.«

»Und was dachten Sie da?«

»Was ich dachte? Wie meinen Sie jetzt?« Der Polizeimeister kratzte sich am Hinterkopf.

»Was war ihr erster Eindruck von der Geschichte? Was kam Ihnen in den Sinn, als Sie mit der Situation hier vor Ort konfrontiert wurden?«

»Nun, dass es früher schon mal so eine Sache gegeben hat. Mit Gruber. Vor meiner Zeit bei der Polizei.«

»Was war das für eine Sache?«

»Eine Prügelei. Gruber hatte sich mit einem Burschen aus dem Dorf in die Haare gekriegt, mit Manfred Kuhnt. Kurz darauf ist Manfred gestorben. Er ist dann auch obduziert worden, aber man hat wohl nichts festgestellt. Also keinen Zusammenhang zu der Schlägerei. Soll so eine Art Gehirnschwäche gewesen sein, hieß es damals, und so konnte man Gruber nichts anlasten. Aber jetzt sitzt er wieder hier – das ist es, was ich gedacht habe.«

»Danke, Kröger.« Hoffmann nickte zufrieden. Den Täter hatten sie also auch schon. Die Sache war zwar noch etwas unsortiert, klang aber nicht weiter kompliziert. Ein Streit unter Bauerntölpeln, ein Wort gab das andere, bis Gruber die Nerven verloren hatte. Wie damals. Aus die Maus. Dann trat eine unverhoffte Zeugin auf den Plan, die der Täter in seiner Panik ebenfalls zum Schweigen bringen wollte, wozu ihm aber letztendlich der Schneid fehlte. Auch die Flucht war ihm misslungen, also hatte er aufgegeben. So in etwa musste es gewesen sein. Hoffmann schöpfte Hoffnung: Man müsste diesem Gruber nur schnellstmöglich das Geständnis rauspressen, dann hieße es: Leb wohl, Kaltenbruch, war nett hier. Wenn der Fall auch nicht spektakulär wäre, so könnte er sich immerhin rühmen, ihn in Rekordzeit aufgeklärt zu haben. Trotz der langen Anfahrtszeit.

Er hatte bereits die Tür geöffnet, zögerte aber noch einen Moment. »Was ist mit der Familie, weiß sie es schon?«

»Jawoll. Ist informiert.«

»Hätte das nicht noch warten können?«

Kröger nahm die Hände vom Lenkrad und wandte sich ihm zu.

»Na, Sie sind gut, Herr Kommissar! Ist ja nun schon ein Weilchen her, dass es passiert ist, und wir können auch nichts dafür, dass der Weg aus der Stadt so weit und beschwerlich ist, gelle? Der Obststand da, das ist ihrer, der von den Leitners. Die haben doch gemerkt, dass was nicht stimmte. Waren nur mit Müh und Not von hier wegzuhalten.«

»Haben Sie denn nicht sofort alles abgesperrt?«

»Aber sicher doch! Nur – dort drüben, das braune Dach da, das ist der Leitnerhof.« Er deutete mit dem Zeigefinger durch das Wagenfenster die Richtung an. »Von da sind sie übern Acker gerannt und hier eingefallen wie die Heuschrecken. Ich wollt ihn noch aufhalten, den alten Leitner, aber der hat sich nicht aufhalten lassen, als er gesehen hat, was passiert ist, und da hat er einen Anfall gekriegt. Hab den Doktor und den Pfarrer gerufen, und der hat ihm eine Spritze gegeben, also, der Doktor, nicht der Pfarrer, und jetzt schläft er. Den Leitner mein ich. Ja, so sieht's aus.« Mit einem erschöpften Seufzer lehnte sich Kröger in seinem Sitz zurück.

»Habe verstanden, Kröger.« Hoffmann tippte sich an die nicht vorhandene Mütze, stieg aus und spannte seinen Schirm auf. Noch immer schüttete es wie aus Eimern. Es gab keine Drainage, keinen Graben, nur Schlaglöcher, die randvoll mit Wasser standen. Was überlief, schoss sturzbacharting am Straßenrand entlang und fraß eine Rinne in die festgefahrene Erde. Er hätte seine Galoschen mitnehmen sollen, wie Müller ihm geraten hatte. Aber auf Müllers Rat konnte er pfeifen. Dann lieber nasse Füße.

Hoffmann war beinahe froh, als er Dr. Wolgast an dem Obststand entdeckte. Er hatte noch nicht oft mit ihm zu tun gehabt, aber er schätzte dessen kompetente, unprätentiöse Art. Der Rechtsmediziner verstand sein Handwerk, und bei ihm spürte er nicht die Ablehnung, die ihm die meisten seiner Kollegen entgegenbrachten. Peinlich war nur, dass auch Wolgast offenbar früher als er vor Ort gewesen war. Er richtete sich auf und hob die behandschuhte Hand zum Gruß. Ein junger Beamter war sofort zur Stelle, um Hoffmann Schutzkleidung zu reichen. Es kostete ihn Mühe hineinzuschlüpfen, ohne das Gleichgewicht zu verlieren. Endlich war er bei dem Rechtsmediziner angelangt, und sie begrüßten einander.

»Wissen Sie schon etwas?«, erkundigte sich Hoffmann mit Blick auf den Toten.

Dr. Wolgast blies die Backen auf und atmete hörbar aus. »An Altersschwäche gestorben ist er jedenfalls nicht. Nein, im Ernst: Er wurde erschlagen, wie's aussieht. Mit einer Axt vermutlich. Hier hat sie gelegen.« Er deutete auf eine kaum drei Schritte entfernte, bereits markierte Stelle. »Die Techniker mussten sich beeilen, das Wetter spielt uns ja nicht gerade in die Hände.«

Über den kompletten Obststand war mithilfe provisorischer Stützen eine Plane gespannt worden, um den Regen notdürftig abzuhalten, aber ein Teil der Spuren war vermutlich bereits zuvor hinweggeschwemmt worden. Hoffentlich nicht die relevantesten, dachte Hoffmann, und trat so nahe wie möglich an das Opfer heran, darauf bedacht, dem Rechtsmediziner nicht in die Quere zu kommen.

Der junge Mann lag rücklings auf dem Verkaufstresen, inmitten von Erdbeeren, deren größten Teil er jedoch wie eine Bugwelle vom Tisch geschoben hatte. Sein Gesicht war halb zur Seite gewandt, die Augen geöffnet, der Blick gebrochen. Sein rechter Arm lag diagonal über seiner Brust, der linke hing schlaff herab – eine höchst unnatürliche Position. Sein Hals wirkte seltsam überdehnt, was wohl von der tiefen Wunde am Schulteransatz herrührte, die unter seinem blutdurchtränkten Hemdkragen zu erahnen war. Überhaupt, das Blut. Es war meterweit gespritzt, und Hoffmann war Profi genug, um zu wissen, warum. Mit akribischer Ruhe nahm er die Fakten in sich auf, ganz so, als betrachte er ein komplexes Gemälde, dessen Feinheiten es zu erforschen galt.

»Der Tod ist vermutlich zwischen 12.30 Uhr und 14.30 Uhr eingetreten«, ließ Dr. Wolgast sich vernehmen.

»Das ist ja schon mal ein Anhaltspunkt.« Hoffmann wandte

sich zu ihm um. »Und da sagen Sie immer, Sie könnten keine Ad-hoc-Auskünfte geben.«

»Kann ich auch nicht. Gegen Mittag wurde er noch lebend gesehen, wie ich hörte. Gegen 14.30 Uhr war Ihr junger Kaltenbrucher Kollege bereits vor Ort. Nach Adam Riese ergibt sich also ein Zeitfenster von zwei Stunden.«

»Leuchtet ein.«

»Sieht aus, als wär's sein eigenes Werkzeug gewesen.« Dr. Wolgast deutete auf den am Straßenrand geparkten Traktor, über den ebenfalls eine Plane gespannt worden war. »Auf dem Hänger des Schleppers liegt noch mehr.«

Hoffmann nickte und rieb sich den schmerzenden Arm. »Sonst irgendwas gefunden?«

»Die Kasse ist noch da«, berichtete einer der Erkennungsdienstler, der zu ihnen getreten war. »Er hat das Geld in einer Zigarrenkiste aufbewahrt. Auf die kann es der Täter aber nicht abgesehen haben.«

»Sieht also eher nach einer privaten Geschichte aus.« Hoffmann trat ein paar Schritte hinter den Obststand, dessen Rückseite offen war, und schaute sich um. Der Stand war neben einer Wiese aufgestellt worden, deren hohes Gras durch den Regen niedergedrückt worden war, dennoch war ein schmaler Trampelpfad auszumachen, der zum Hof der Leitners führte. Von dort musste die Familie des Jungen gekommen sein, wie Kröger berichtet hatte. Die nach Westen hin ausgerichtete Seitenwand des Obststands war mit Querbrettern vernagelt, wohl um den Wind abzuhalten, der jetzt wieder auffrischte und den Regen gegen die Wand drückte, da half auch die Schutzplane nicht viel. Das Holz war dunkel vor Nässe, und davor auf dem Boden hatte sich eine große Pfütze gebildet. Einer der Techniker war gerade dabei, eine in dieser Pfütze liegende Limonadenflasche zu fotografieren. Hoffmann machte einen Bogen um ihn und ging zu dem Schlepper hinüber, in dessen Hänger einiges an Werkzeug deponiert war, wie Dr. Wolgast bereits berichtet hatte. Hoffmann machte einen Spaten, eine Hacke, eine Mistgabel und ein Gerät aus, von dem er nicht hätte sagen können, wozu es gut war, das man aber wohl für die harte Landarbeit benötigte. Möglich, wenn nicht gar wahrscheinlich, dass die Axt aus diesem Fundus stammte.

Unmittelbar hinter dem Traktor parkte der Pritschenwagen, mit dem der Tatverdächtige gekommen sein musste. ›Schlüters Bürsten und Besen – Qualität seit 1886‹ stand auf der Seitentür, ein Firmenfahrzeug. Hoffmann warf einen flüchtigen Blick in die Fahrerkabine und auf die Ladefläche, konnte jedoch nichts Auffälliges entdecken. Zeit, sich diesen Gruber einmal aus der Nähe anzusehen.

Als er den Mannschaftswagen erreichte, wurde die Tür von innen aufgeschoben. Ein junger Beamter sprang heraus und schloss sie gleich wieder hinter sich. Hoffmann erwiderte seinen Gruß und deutete mit dem Kinn auf die zusammengesunkene Gestalt, die im Inneren des Wagens hockte. »Was wissen wir über ihn?«

»Hans Gruber heißt er, Herr Kommissar. Ist vorbeigefahren und hat den Toten entdeckt. Sagt er zumindest.«

»Na, wenn er das sagt«, meinte Hoffmann mit sarkastischem Unterton.

»Er hatte Blut an seiner Kleidung«, gab sich der Kollege eifrig. »Sagt aus, er habe es abbekommen, weil er helfen wollte. Wir haben ihn erkennungsdienstlich behandelt und die Sachen konfisziert. Der war eh schon nass wie ein Pudel, wäre ja sonst alles den Bach runtergegangen bei dem Regen.«

»Verstehe.«

»Einer der Techniker hatte Wechselwäsche dabei, die trägt er jetzt – nur, damit Sie sich nicht wundern. Wir dachten ja nicht, dass Sie so lange –«

»Vielen Dank«, unterbrach Hoffmann ihn und klappte seinen Schirm zusammen. »Vielleicht könnten Sie uns einen Moment allein lassen.« Als er die Schiebetür des Wagens öffnete, schlug ihm eine heiß-dumpfe Wolke entgegen. Wie in der übelsten Kaschemme nach der Sperrstunde, dachte er, holte noch einmal tief Luft und stieg ein.

Gruber mochte Mitte vierzig sein, hatte sich aber nicht gut gehalten: blutunterlaufene Augen, großporige bläulich rote Haut, die Wangen so eingefallen, dass zu vermuten war, er habe keine Backenzähne mehr. Er trug lediglich ein geripptes Unterhemd mit Knopfleiste, das formlos an seinem sehnigen Körper schlackerte, dazu eine lange Unterhose – offenkundig die Wechselwäsche des Technikers für Einsätze bei nasskalter Witterung –, was sein armseliges, heruntergekommenes Äußeres noch betonte. Hoffmann ignorierte seinen Aufzug und setzte sich neben ihn.

»Gruber, richtig?« Der Mann reagierte nicht. »Sie haben den Toten gefunden?« Ein kaum merkliches Kopfnicken war die Antwort. »Können Sie mir sagen, was vorgefallen ist?«

Grubers Kinn ruckte nach oben. »Können Sie mir sagen, wann ich meine Hosen wiederkrieg? Ihr lasst mich hier sitzen, als hätt ich mich eingeschissen!«

»Stinken tun Sie auch so«, zischte Hoffmann. »Also noch einmal – was ist hier passiert?«

»Keine Ahnung, was passiert ist, wie oft soll ich das noch sagen?« Der Mann klang wie ein knurrender Hund, aggressiv und ängstlich zugleich. »Ich bin vorbeigefahren, und da lag er.«

»Da lag er. Verstehe. Kannten Sie ihn?«

»Nein.«

»Sicher nicht?«

»Nein. Vom Sehen höchstens.«

»Also ja oder nein?«

»Ja, zum Teufel! Aber nur vom Sehen.«

»Sind Sie zuvor mit ihm in Streit geraten, zu seinen Lebzeiten, meine ich?«

»Wie soll ich mit ihm in Streit geraten sein, wenn ich ihn nur vom Sehen kannte?«, bellte Gruber zurück.

»Vielleicht waren Ihnen die Erdbeeren zu teuer.« Hoffmann

grinste diabolisch, doch sein Grinsen verschwand schnell wieder aus seinem Gesicht.

Gruber stöhnte auf und presste seine Hände vor die Augen. »Ich habe Kopfschmerzen, mir platzt fast der Schädel«, jammerte er. »Ich brauche eine Medizin.«

»Seien Sie froh, dass Sie noch etwas haben, das wehtun kann«, konterte Hoffmann kalt. »Der da drüben, der spürt überhaupt nichts mehr. Für den ist es aus, vorbei, finito.« Er brachte sein Gesicht ganz nahe an Grubers heran. »Ich will mal ganz ehrlich sein, mein Freund: Wenn ich mich entscheiden müsste, wer von euch beiden dort liegen sollte, dann wär's ganz sicher nicht der junge Bursche da draußen!« Als Gruber nicht reagierte, schob er die Tür auf und stieg aus. »Der ist ja voll wie eine Haubitze«, sagte er an Kröger gewandt, der nun anstelle des anderen jungen Beamten vor dem Wagen ausharrte.

»Als ich hier ankam, lag da drüben eine leere Flasche Forstmeister Doppelkorn im Gras.« Kröger deutete in Richtung Pritschenwagen. »Ich vermute mal stark, dass Mann und Flasche irgendwie zusammengehören.«

»Clever kombiniert.« Hoffmann lächelte schwach und nahm seinen Schirm entgegen, den Kröger ihm reichte. »Bringen Sie den Mann auf die Wache. Wir haben sicher noch eine Menge Fragen an ihn.«

Kröger nickte zustimmend, und der Regen ergoss sich wie ein kleiner Wasserfall von seinem Mützenschirm. Er war schon im Begriff, wieder in den Mannschaftswagen zu steigen, als Hoffmann sich noch einmal an ihn wandte.

»Was haben Sie eigentlich genau getan, nachdem Berta Kaminski auf der Wache erschienen ist?«

Der junge Beamte starrte Hoffmann an, als ginge ihm zum ersten Mal durch den Kopf, dass er keinen Verbündeten, sondern einen Feind vor sich haben könnte, schien den Gedanken aber sogleich wieder zu verwerfen. »Ich habe Verstärkung aus Merfeld angefordert und Doktor Dresen gerufen, das ist der Arzt hier in

Kaltenbruch«, antwortete er sachlich. »Danach bin ich gleich hierher und hab den Gruber angetroffen, wie schon gesagt. Doktor Dresen war auch bald da, hat aber nur noch den Tod vom jungen Leitner feststellen können. Dafür musste er dann gleich den alten Leitner behandeln, der war ja völlig von Sinnen. Gut, dass inzwischen die Kollegen aus Merfeld eingetroffen waren. Den Gruber haben wir dann so ein bisschen versteckt in der Minna, damit nicht gleich einer von den Leitners auf ihn losgeht. Dann rückte die Spurensicherung an, und wir haben den alten Leitner heimgebracht, der Doktor und ich. Da hat er dann auch die Kleine verarztet. Also der Doktor, nicht der Leitner.«

»Welche Kleine?«

Kröger zog die Stirn kraus und dachte angestrengt nach. »Tut mir leid, Herr Kommissar. Ihren Namen weiß ich grad nicht. Eine aus dem Osten. Hat früher mal mit ihrer Mutter über der Metzgerei gewohnt, lebt aber schon lange auf dem Leitnerhof. Ist so eine Dunkle, Zarte. Eine wie die hat keine Reserven, der war die Aufregung offenbar zu viel. Hat gezittert und ganz komisch dagestanden.« Kröger krümmte die Hände zu Pfötchen und zog ein Gesicht, das an einen verschreckten Hasen erinnerte.

»Hat wohl hyperventiliert«, schloss Hoffmann ungerührt. »Woher wussten die Leitners eigentlich, was los war?«

»Keine Ahnung.« Kröger machte eine weit ausholende Armbewegung, die Hoffmann um ein Haar getroffen hätte. »Um die Mittagszeit ist zwar nicht viel los, aber das ist eine öffentliche Straße. Hier kommen Leute vorbei. Kurz nachdem ich eingetroffen bin, hielt einer mit dem Wagen und glotzte, den habe ich verjagt. Gut möglich, dass der es den Leitners gesteckt hat.«

»Aha. Was schätzen Sie: Wie viel Zeit verging, bis Sie hier waren?«

»Also von da an, als die Kaminski dem Gruber entkommen ist?« Kröger dachte kurz nach. »Tja, etwa eine halbe Stunde, denke ich. Die Kaminski ist wie der Teufel zur Wache geradelt, wie sie sagt, und ich bin sofort los.«

Hoffmann nickte. »Und Gruber hockte die ganze Zeit neben der Leiche?«

»Nein. Wie ich sagte: ein Stück weiter die Straße runter. Sehen Sie die große Pfütze da hinten?« Er deutete in die Richtung, aus der sie gekommen waren. »Ungefähr dort.«

»Warum ist er nicht einfach mit seinem Wagen abgehauen?«, fragte Hoffmann, dem das merkwürdig vorkam.

»Weil er's nicht konnte«, antwortete Kröger. »Er hatte die Wagenschlüssel verloren.«

Hoffmann runzelte die Stirn. »Und nach einer halben Stunde hat er sie noch immer nicht wiedergefunden?«

»Er konnte sie nicht finden.« Der Polizeimeister hielt inne, als wolle er die Spannung ein wenig hinauszögern. »Weil nämlich Berta Kaminski sie genommen hat«, erklärte er schließlich, griff in seine Hosentasche und hielt den Schlüsselbund in die Höhe.

Die Überraschung war gelungen. Hoffmann wollte noch etwas sagen, nickte dann aber nur. Dieser Sache würde er sich später widmen. Ohne Kröger weiter Beachtung zu schenken, schob er sich an ihm vorbei und stapfte zurück in Richtung Obststand.

MARLENE

11.

Marlene stand unter dem Dachvorsprung des offenen Kälberschuppens, den leeren Eimer noch in der Hand, in dem die Milch für die Tiere gewesen war. Schon seit geraumer Zeit stand sie da, schaute und schaute und dachte an nichts, an rein gar nichts. Sie schrieb es der hypnotischen Kraft der fallenden Tropfen zu – oder der Erschöpfung. Nach all der Aufregung fühlte sie sich völlig leer, wie ausgehöhlt.

Unter das Trommeln des Regens und die leisen Geräusche der Tiere in ihrem Rücken mischten sich kaum hörbar Schritte. Eine Hand legte sich auf ihre Schulter, leicht wie eine Schwalbe, und wurde sofort wieder zurückgezogen. Marlene brauchte sich nicht umzudrehen, um zu wissen, wem diese Hand gehörte, sie spürte es, ebenso wie sie das leichte Zittern gespürt hatte.

»Wie geht es dir?«, fragte Dana leise und trat neben sie.

»Das fragst du *mich?*« Marlene starrte weiter geradeaus. »Du hättest im Bett bleiben sollen.«

»Ich bin in Ordnung. Es war nur ... ich hatte noch nichts gegessen, und mir ist schwindelig geworden.«

»Du musst mehr essen, Dana.« Marlene spürte selbst, dass ihre Worte wie dahergesagt klangen, ohne innere Anteilnahme. Ihre Freundin erwiderte nichts darauf.

»Das muss ein harter Schlag für dich sein«, sagte Dana nach einer Weile.

»Für mich? Weshalb ausgerechnet für mich?« Nun wandte sich Marlene ihr doch zu.

»Weil ihr wie Geschwister wart«, erklärte Dana ruhig.

»Heini war nicht mein Bruder, Dana. Und Martin ist es auch nicht.« Marlene klang entnervt, wie jemand, der einem begriffsstutzigen Kind etwas zum fünften Mal erklären muss.

Ein Kalb bekam Danas Rockzipfel zu fassen und saugte gierig daran. Als sie es bemerkte, befreite sie sich eilig und zog den nassen Stoff glatt. »Sei mir nicht böse, Marli.«

»Dann rede keinen Unsinn.« Wieder blickte Marlene in den Regen hinaus, als wäre sie allein. »Was glaubst du, wer es getan hat?«, fragte sie schließlich.

»Ich weiß nicht. Ein Verrückter vielleicht.«

»Ein Verrückter? Einer, der vorbeikam und zufällig auf Heini traf?«

»Kann doch sein.« Dana rieb noch immer an ihrem Rockzipfel herum.

»Du meinst, er hätte genauso gut mich erwischen können?« Marlene bemühte sich, ihrer Stimme Festigkeit zu verleihen.

»So darfst du nicht denken!«, erwiderte Dana brüsk.

»Was denn nun? Wenn's jeden hätte treffen können und ich auf meinem Platz geblieben wäre, wäre ich dran gewesen. So sieht's aus.«

»Ich habe Unsinn geredet«, wehrte Dana schnell ab. »Wir sollten das alles vergessen.«

»Vergessen? Klappe zu, Affe tot oder was?« Marlenes Augen blitzten vor Zorn, und abfällig fügte sie hinzu: »Wen wundert's, besonders gut leiden konntet ihr euch ja nie.«

»Ich will dir nur helfen«, erklärte Dana leise. Sie wirkte zutiefst verletzt.

Marlene kniff die Lippen zusammen und rang mit sich. »Weiß ich doch.«

Mit hörbarem Aufatmen nahm Dana die trotzige Entschuldigung an. »Wir haben einen Freund verloren, und dir stand er besonders nah«, sagte sie in den Regen hinaus. »Das war es, was ich gemeint habe.« Entschlossen wandte sie sich der Freundin zu und schaute ihr in die Augen. »Ich bin immer für dich da, sollst du wissen. Was auch passiert, Marlene: Ich bin da.« Sie legte ihr nochmals die Hand auf die Schulter, die jetzt nicht mehr zitterte. Dann drehte sie sich um und ging so leise davon, wie sie gekommen war.

HOFFMANN

12.

Ein gleißender Lichtstrahl bohrte sich durch die Wolkenfront, der Regen hatte ausgesetzt. Hoffmann blieb für einen Moment stehen und ließ die Dorfidylle auf sich wirken: Ein halbes Dutzend in grelles Licht getauchte Baracken, in exakt gleichen Abständen zueinander erbaut, jede mit einem kniehohen Betonfundament, auf das sich die aus groben Brettern gezimmerte Behausung stützte. Es war nicht die erste Behelfsheimsiedlung, die er zu Gesicht bekam – wobei man in diesem Fall nicht einmal von Siedlung sprechen konnte, es gab ja nur diese wenigen Bauten –, aber der Anblick schlug ihm jedes Mal auf die Stimmung. Zeitgemäßes Wohnen sah anders aus.

In den Behelfsheimen waren die Flüchtlinge untergebracht, die, die ihnen jetzt schon seit Jahren auf der Tasche lagen, die sie alle zu Opfern zwangen, und Opfer brachte man nicht mehr gern, nachdem man so lange auf so vieles hatte verzichten müssen. Hoffmann hatte Verständnis für den allgemeinen Unmut, sah das Problem jedoch sachlich: Diese Leute wären lieber zu Hause geblieben und hätten in ihre eigenen Taschen gewirtschaftet, sofern sie die Wahl gehabt hätten, das stand einmal fest. Und war es etwa ein Verdienst, aus dem Westen zu sein? Nein, es war keines, sondern purer Zufall, man könnte auch sagen: Glück. Statt in Düsseldorf oder Köln oder Koblenz hätten sie alle auch in Breslau oder Danzig oder Stettin zur Welt kommen können, und dann wären sie es jetzt, die ihre Baracken ausfegen und sich nachts die Augen nach der alten Heimat ausweinen würden. Man musste gemeinsam auslöffeln, was man sich eingebrockt hatte, so war das nun einmal, und an dieser Überzeugung hätte Hoffmann gern weiterhin vorbehaltlos festgehalten, hätte er nicht vor Kurzem einen Brocken schlucken müssen, der sich für ihn als unverdaulich erwies.

Sein Blick wanderte von einer Baracke zur anderen. Laut Krögers Schilderung musste es das dritte Gebäude von links sein. Der festgetretene Lehmboden davor begann allmählich aufzuweichen, über die tiefste Pfütze hatte jemand bereits ein Brett gelegt. Die drei hölzernen Stufen, die zur Eingangstür hinaufführten, waren zu schmal für seine Füße und glitschig vor Nässe, fast wäre Hoffmann ausgerutscht.

In Düsseldorf, dachte er, konnten die aus dem Osten bereits schöne neue Wohnungen beziehen, luftig, hell, modern. Das hatten sie Karl Arnold zu verdanken, dem Ministerpräsidenten, der niemanden in der Gosse sehen wollte. Hier auf dem Land war man da offenbar weniger empfindlich.

Er klopfte an die Tür, die er fast mit der Nase berührte, wartete. Von drinnen waren Schritte zu hören. Ein etwa fünfzehnjähriger Junge öffnete ihm, klein, mager, das Gesicht von einer Hasenscharte gezeichnet. Er trug kurze Hosen, und seine schneeweißen Knöchel und Füße, die sonst offensichtlich in Socken und Schuhen steckten, bildeten einen scharfen Kontrast zu seinen braunen Beinen.

»Hoffmann, Kriminalpolizei. Ist Frau Berta Kaminski zu sprechen?«

Der Junge starrte ihn ausdruckslos an, und Hoffmann fragte sich schon, ob er vielleicht nicht ganz richtig im Oberstübchen war, als dieser den Kopf drehte und über seine Schulter hinweg rief: »Mudder, da is' einer. Einer von der Polizei!«

»Frau Kaminski?« Er schob sich an dem Jungen vorbei und betrat einen stickigen, dunklen Raum, der offenbar Küche, Wohn- und Schlafstube in einem war. Es roch nach Kohl, immer roch es nach Kohl in diesen Behausungen, als wären sie bereits beim Bau mit einem Sud aus gekochtem Wirsing und Weißkraut imprägniert worden. Dieser irgendwo zwischen Küche und Kloake angesiedelte Geruch deprimierte ihn – zusätzlich zu allem anderen, was er hier sah und roch.

Auf einem mit Feuer zu beheizenden Herd stand ein großer Topf – vermutlich der Verursacher des olfaktorischen Übels. Bestimmt hatte es Suppe gegeben. Viel Kohl, viel Wasser und wenig, das schmeckte. »Schauen mehr Augen rein als raus«, hatte seine Mutter immer gesagt, und wenn Hoffmann sich die Kinderschar der Kaminski so ansah, war das in dieser Familie garantiert der Fall.

Da war der Junge, der ihm geöffnet hatte und jetzt linkisch im Raum stand, dann zwei größere Mädchen, die ihn vom Esstisch aus anstarrten, dazu eine etwa Achtjährige mit schief geschnittenem Pony, die ihn vom Fußboden aus beäugte. Und Hoffmann hätte wetten mögen, dass das noch nicht alle Kaminskis waren.

Er ließ den Blick unauffällig durchs Zimmer wandern, registrierte den Wasserkrug neben dem Herd und die Petroleumlampe – es schien weder Strom noch fließendes Wasser zu geben. Hinter der Kochnische hing ein bis zum Boden reichender Vorhang, der wer weiß was verbarg. Schräg gegenüber, neben einer weiteren Tür, ein an die Wand geschobenes Kinderbett, vermutlich für die Kleine mit der schiefen Frisur. Eins musste man den Kaminskis lassen: So spartanisch sie hausten, alles blitzte vor Sauberkeit.

Frau Kaminski saß auf dem Sofa, das nahe dem Esstisch stand. Sie hatte offenbar bis vor wenigen Momenten gelegen, die Wolldecke hing noch über ihren Knien. Hoffmann ging auf sie zu, streckte ihr die Hand entgegen und stellte sich vor.

»Ich würde gern kurz mit Ihnen sprechen, sofern Sie nicht unpässlich sind.«

»Nein, nein – ich meine, ja sicher«, beeilte sich die Kaminski zu sagen, mit jenem schweren Zungenschlag, der den Leuten aus dem Osten zu eigen war. »Sie müssen nicht denken, dass das meine Art ist, am helllichten Tag auf der faulen Haut zu liegen, aber heut, da –« Der Satz blieb unvollendet in der Luft hängen.

»Es ging nur um die Decke«, erklärte Hoffmann ruhig. »Zu frieren braucht ja eigentlich keiner bei diesem Wetter.«

Die Kaminski schüttelte den grauen Lappen von sich, als hätte er ihr gerade erklärt, er züchte Flöhe darauf.

»Darf ich mich setzen?« Ohne eine Antwort abzuwarten, zog Hoffmann sich einen Stuhl vom Esstisch heran.

»Angelika! Biet dem Herrn was zu trinken an.«

Prompt stand das Mädchen auf. »Woll'n Se vielleicht 'ne Tass Kaff? Oder 'n Appelsaft?«, erkundigte es sich in schönstem rheinischem Singsang.

»Nur keine Umstände. Für mich nichts, danke.« Hoffmann wandte den Kopf und schaute die Kinder eins nach dem anderen an. »Tja«, sagte er und fiel in Schweigen, ohne den Blick von ihnen abzuwenden.

Frau Kaminski verstand. »Nun los, raus mit euch!« Sie fuchtelte mit den Armen, und noch immer klang ihre Stimme dünn und brüchig, doch ihr Ton ließ erahnen, mit welcher Entschiedenheit sie an gewöhnlichen Tagen ihre Kommandos gab.

»Aber es regnet«, wagte die Kleine mit dem schrägen Pony einzuwenden.

Ihre Mutter duldete keine Widerrede. »Biste etwa aus Zucker?« Sie klatschte in die Hände. »Angelika, Wolfgang: Abmarsch! Elke, du nimmst Monika mit, und pass auf, dass Golaschs Köter sie nicht wieder erwischt!«

Elke verzog unwillig den Mund, stand jedoch auf. Auch die anderen Kinder setzten sich in Bewegung, und Hoffmann übte sich in Geduld, bis die ganze Bagage ihre Schuhe gefunden und sich getrollt hatte.

»Und denkt dran, die Karnickel zu füttern!«, rief die Kaminski ihnen hinterher. Dann war er endlich mit ihr allein.

»Fürs Erste habe ich nur ein paar Fragen, damit ich mir ein Bild machen kann«, begann er. »Das alles muss dann später auf der Wache protokolliert werden.«

»Was denn, ich muss heute noch mal auf die Wache?«

»Nein, Frau Kaminski, das verlangt niemand von Ihnen.« Und schnell schob er nach: »Sofern Sie jetzt gut mitarbeiten.« Ein bisschen Druck konnte nicht schaden, er wollte die Angelegenheit so schnell als möglich hinter sich bringen. »Also, Sie kamen von der Arbeit und waren mit dem Fahrrad unterwegs nach Hause, richtig?« Sie nickte. »Und dann haben Sie *was* gesehen?«

»Nu ja …« Sie starrte auf den stumpfen Dielenboden, dessen Ritzen so breit waren, dass man darin hätte Pilze züchten können. »Es begann auf einmal zu regnen«, begann sie. »Es regnete fürchterlich, und alles war rot auf der Straße. Die Erdbeeren, sie lagen überall verteilt – dabei hatte ich die Marlene doch kurz vorher noch gesehen.« Sie bemühte sich offensichtlich um eine Artikulation, die auch ein Rheinländer verstand. Trotzdem begriff Hoffmann nicht, was sie sagte.

»*Wen* haben Sie gesehen, und *wann*?«

Berta Kaminski schaute auf. »Die Marlene, das Mädel vom Leitnerhof, das die Erdbeeren verkauft.«

»Die war auch dort?«

»Ja, zuerst. Aber später dann nicht mehr.« Die Frau hielt irritiert inne. Ihr schien klar zu werden, dass er gar nicht verstehen konnte, wovon sie sprach, worauf sie ihm erzählte, sie sei zuvor schon einmal an dem Obststand gewesen und habe dort besagte Marlene angetroffen, die dort verkauft habe. »Ich wollte also die Erdbeeren bezahlen, und da merkte ich, dass mein Geld nicht da war. Deshalb bin ich noch einmal zurück auf die Arbeit.«

»Weshalb haben Sie denn nicht gleich gesagt, dass noch jemand am Obststand gewesen ist?«

Berta machte eine hilflose Geste. »Es hat niemand danach gefragt«, versuchte sie sich zu rechtfertigen. »Und als später das Furchtbare passiert ist, war sie ja auch nicht mehr da.«

Hoffmann seufzte. »Also gut. Sie sind noch einmal zu Ihrer Arbeitsstelle zurückgefahren. Und dann?«

»Und da lag die Börse, Gott sei Dank. Ich also wieder aufs Rad und ab nach Hause, und da hat es angefangen mit dem Regen, und die Erdbeeren lagen auf der Straße. Und da war dieser Mann. Un … un … of eimool kemmt d'r of mich zo …« Sie stockte. »Er kommt auf mich zu und greift nach mir. Er … ich hatte fürchterliche Angst vor ihm.«

Pong, pong, pong, machte es von draußen. Immer wieder. Pong, pong, pong, exakt wie ein Metronom.

»Kannten Sie ihn?«, hakte Hoffmann nach. Frau Kaminski schüttelte den Kopf. »Nie zuvor gesehen?«

»Gesehen schon. Aber ich kannte ihn nicht.«

»Wo haben Sie ihn gesehen?«

»Weiß ich nicht mehr. Er wohnt hier im Dorf, glaube ich.«

»Und warum hatten Sie Angst vor ihm?«

»Ja, weil er mich doch hat umbringen wollen!«

»Wie kamen Sie darauf?«

»Was sollt ich denn sonst denken, wie er mich vom Rad gezerrt hat?« In ihrem Blick lag ein Aufbegehren.

»Könnten Sie das bitte etwas genauer erklären?«

Sie schnaubte aufgebracht und knetete ihre Hände. »Herr Kommissar, wir sind anständige Leut. Wir haben mit der Sache nichts zu tun. Es war reiner Zufall, dass ich auf diesen Haderlump getroffen bin. Hätt ich die Börse nicht vergessen, wär ich längst daheim gewesen.«

Pong, machte es. Pong, pong, pong. Plötzlich fuhr die Kaminski hoch, schob sich an Hoffmann vorbei und riss die Tür auf. »Wolfgang!«, schrie sie. »Sag Angelika, sie soll sofort mit dem Ball aufhören, sonst setzt's was!« Die Tür knallte zu, und sie nahm wieder Platz. Pong, pong, pong, machte es. Dann war Ruhe.

»Was genau hat er getan?«, nahm Hoffmann den Faden wieder auf.

Sie schüttelte den Kopf, als wäre sie nicht weiter gewillt, darüber zu sprechen, rang sich aber doch zu einer Antwort durch. »Er hat mich festgehalten und war ganz verrückt. Die Augen hat er verdreht und geschrien immerzu. Und dann hab ich den jungen Leitner gesehen. Zuerst wusste ich nicht, dass es der Leitner war, aber dass er tot war, das sah man gleich. Es war ja alles voller Blut, so entsetzlich viel Blut, und da lag auch die Axt, und direkt daneben dieser Kerl.«

»Aber die Tat selbst haben Sie nicht gesehen?«

»Wie? Sie meinen, wie er ihn erschlagen hat? Gott bewahre, es war auch so schon schlimm genug!«

»Was denken Sie, warum hat er versucht, Sie festzuhalten?«

»Ja, warum wohl? Weil ich ihn doch gesehen hab bei dem Toten! Er hat nach mir gegriffen, und Kräfte wie ein Bär hat er gehabt. Das war ein Gezerre, weil ich mich natürlich gewehrt hab und mit dem Rad hab weiterfahren wollen. Aber der Kerl war stärker als ich, und irgendwann konnt ich nicht mehr, und da bin ich dann abgestiegen.«

»Sie sind vom Rad gestiegen, einfach so?« Hoffmann runzelte die Stirn.

»Nicht einfach so, das sagte ich doch! Was hätt ich sonst tun sollen, mich hinfallen lassen?« Nach und nach fand Frau Kaminski ihr Selbstbewusstsein wieder. »Ich bin also rüber und hab nachgesehen, was zu tun war«, fuhr sie fort.

»Was zu tun war?«

»Der Kerl hat doch immerfort geschrien: ›Was mach ich jetzt? Sie müssen mir helfen!‹ Und da hab ich eben nachgesehen. Und gemerkt, dass es der Heini Leitner war, den's erwischt hat.«

»Haben Sie ihn berührt?«

»Dein Heini? Nein, warum hätt ich denn das tun sollen? Der Kerl wollt mich auch gleich wieder packen, also hab ich mein Rad geschnappt und bin um mein Leben gefahren. Ich dachte, gleich bleibt mir das Herz stehen, so hab ich in die Pedale getreten.«

»Stimmt es, dass Sie dem Mann zuvor die Wagenschlüssel abgenommen haben?«

»Als er mich festhalten wollte, sind sie ihm aus der Hosentasche gefallen, was er aber nicht bemerkt hat. Also hab ich mich schnell danach gebückt und sie eingesteckt.«

»Das war sehr klug von Ihnen.«

Frau Kaminski verzog das Gesicht. »Ich wollt nur nicht so enden wie der Heini.«

»Natürlich nicht.« Hoffmann nickte verständnisvoll. »Hat er Sie verletzt?«, hakte er nach. »Mussten Sie ärztliche Hilfe in Anspruch nehmen?«

»Ärztliche Hilfe?« Aus ihrem Mund klang es wie ein exotischer Luxus.

»Also nicht.« Hoffmann ließ es gut sein. »Frau Kaminski, ich bewundere Ihren Mut.« Ihm war es ernst, doch sie reagierte nicht auf das Kompliment, und so sagte er: »Jetzt möchte ich Sie nicht länger aufhalten, Sie haben etwas Ruhe verdient. Vielleicht könnte Ihr Mann –«

»Mein Mann?« Sie lachte bitter, und alle Unsicherheit war von ihr abgefallen. »Welcher Mann?«

Hoffmann schwieg peinlich berührt.

Die Holzstufen waren trocken gewischt, als er nach draußen trat. Er blickte noch einmal kurz zum Haus zurück und registrierte erst jetzt die beiden Blumentöpfe neben dem Treppenabsatz, leuchtend rote Geranien.

Die Kinder der Kaminski standen in einer Traube ein paar Schritte entfernt und beobachteten, wie er auf seinen Wagen zusteuerte. Der Junge starrte ihn regelrecht an.

»Ist irgendwas?«, fragte er ihn aus einem Impuls heraus. »Hast du mir irgendetwas zu sagen? Nun spuck's aus, ich beiße nicht.«

Der Bursche fasste sich ein Herz. »Wie wird man Polizeikommissar?«, fragte er schüchtern.

Hoffmann lachte. Dieser Spargeltarzan wollte also in seine Fußstapfen treten. »Wenn du Polizist werden willst, dann pass mal schön in der Schule auf!«, riet er und ergänzte im Geiste, dass die meisten seiner Kollegen das leider versäumt hatten. Er stieg in seinen Wagen, hob die Hand zum Gruß und fuhr davon.

13.

Begleitet von Blitz und Donner traf Hoffmann kurz nach 19 Uhr wieder auf der Polizeiwache ein. Außer der Scheibe Kommissbrot mit Leberwurst, die er sich am Morgen in Erwartung eines verkürzten Arbeitstages mit anschließendem Schmaus im Zwitscherstübchen geschmiert und eingepackt hatte, hatte er noch nichts zu beißen bekommen, was seiner Laune abträglich war. Die Aussicht, auch den Abend in Kaltenbruch verbringen zu müssen, tat ihr Übriges.

»Immer hereinspaziert!«, forderte Kröger ihn auf, und Hoffmann fragte sich zum wiederholten Mal, ob der Polizeimeister grenzenlos unbedarft oder einfach nur dreist war. Widerwillig betrat er den großen, muffig riechenden Raum, dessen vergilbte Gardinen und Vorhänge dafür sorgten, dass möglichst wenig Licht hereindrang. Er registrierte zwei Schreibtische, die bessere Zeiten gesehen hatten, einen Funktisch mit entsprechender Apparatur, ein paar Aktenschränke, dazu eine Art Sitzecke nahe der Tür, die aus einem ramponierten Tischchen und zwei Holzstühlen bestand. Alles machte einen heruntergekommenen Eindruck, einschließlich der fleckigen Wände mit den schlecht gerahmten Portraits von Franz Meyers, dem nordrhein-westfälischen Innenminister, Bundeskanzler Konrad Adenauer und Bundespräsident Theodor Heuss. An der prominentesten Stelle des Raumes, direkt gegenüber dem Eingang, hing kein Bild. Aber dort hatte eines gehangen, wie an den dunklen Rändern noch deutlich zu erkennen war. Es musste das größte im Raum gewesen sein, von der Gebietskarte über dem Funktisch einmal abgesehen, und Hoffmann brauchte nicht lange zu raten, wem der Ehrenplatz einst gebührt hatte. Er schüttelte kaum merklich den Kopf. Nicht einmal einen Eimer Farbe hatten sie übrig gehabt!

»Ja, schauen Sie sich nur um, Herr Kommissar! Ist zwar nicht schön hier, aber wenn wir von irgendwas genug haben, dann ist das Platz!« Kröger lächelte breit. »Wir werden schon ein Eckchen für Sie finden. Vielleicht der Tisch dort drüben? Wenn Sie näher am Fenster sitzen möchten, können wir auch gern tauschen, alles kein Problem.«

Hoffmann winkte ab. »Nein, nein, geht schon in Ordnung. Sagen Sie, gibt es hier irgendwo auf die Schnelle etwas zu essen?«

»Drüben im Roten Hahn.« Kröger deutete vage zum Fenster hinaus. »Da fällt mir was ein, Herr Kommissar: Fast hätt ich's vergessen bei der ganzen Aufregung.« Er kramte in seiner Schreibtischschublade und zog ein sorgsam in Wachspapier eingeschlagenes Päckchen heraus, das er ihm mit unsicherem Lächeln hinhielt. »War eigentlich zum Kaffee gedacht, aber wenn Sie noch mögen …«

Hoffmann ließ sich nicht lange bitten, sein Magen hing ihm bereits in den Kniekehlen. Er setzte sich an den freien Tisch, entfaltete erwartungsvoll das Papier und hielt ein Viertel Frankfurter Kranz in Händen, dessen Schnittstellen samtig glänzten. Gierig brach er ein Stück mit den Fingern ab und schob es sich in den Mund, da tippte Kröger ihm auf die Schulter. »Bitte sehr, Herr Kommissar. Wir leben hier auch nicht wie die Wilden.« Er reichte ihm eine Gabel.

»Das nenn ich Hüngerchen.« Der junge Polizeimeister lächelte wohlwollend, als Hoffmann den Kuchen in Windeseile verspeist hatte, und entsorgte das Papier, das dem Kommissar als Tellerersatz gedient hatte. »Übrigens habe ich bei der Firma Schlüter angerufen und mit Grubers Vorarbeiter Reuss gesprochen. Es stimmt, was Gruber gesagt hat: Der Mann hat ihn nach Kaltenbruch geschickt, er sollte eine Gabelstaplerschaufel abholen.«

»Da hat unser Gruber wohl zwei Fliegen mit einer Klappe schlagen wollen«, brummte Hoffmann wenig beeindruckt und wischte ein paar Kuchenkrümel vom Tisch. Kröger zögerte, dann stieß er ein irritiertes Lachen aus.

»Wo ist unser Freund eigentlich?«

»Drüben in der Zelle, Herr Kommissar. War der einzige Platz, wo er sich hinlegen konnte. Ich dachte, es ist besser, er schläft erst mal seinen Rausch aus, solange Sie weg sind. Was das betrifft, hat Gruber schon das eine oder andere Mal Bekanntschaft mit unserer Pritsche gemacht.« Wieder dieses Grinsen, das Hoffmann unweigerlich an Pferde denken ließ.

»Dann wird er sich ja wie zu Hause fühlen«, erwiderte er trocken. »Wenn Sie den Mann jetzt bitte herholen würden. Wollen mal sehen, ob die Zeit zum Ausnüchtern gereicht hat.«

MARLENE

14.

Und wieder krachte es. Marlene hasste Gewitter. Es war, als triebe die Natur ein böses Spiel mit ihren Ängsten: Jeder Blitzeinschlag eine detonierende Luftmine, jedes Donnergrollen die Ankündigung des nächsten Bombengeschwaders. Die Zeit löste sich auf und katapultierte sie in ihre Kindheit zurück.

In solchen Momenten wurden die Erinnerungen übermächtig. Sie fluteten ihre Sinne wie der Wolkenbruch die Felder und spülten Bilder frei, die sie nicht mehr zurückdrängen konnte. Sie musste dem standhalten. Versuchen, die Bilder gegen andere auszutauschen, die nicht einen Stachel in ihr Herz bohrten. Die kleine, helle Wohnung im Cäcilienviertel. Das große Bett mit dem schön geschwungenen Metallgestell, das sie mit der Mutter geteilt hatte. Herr Wiegand, ihr Nachbar aus der Wohnung unten. Herr Wiegand: Die Erinnerung an ihn war eine der wenigen, die taugte. Die einem nicht das Herz aus dem Leibe riss.

Ihm fehlte ein Arm, den er bereits im letzten Krieg verloren hatte, und auch mit seinen Augen stimmte etwas nicht: Sie erschienen riesengroß hinter dicken Brillengläsern, wie die Augen einer Fliege. Anfangs hatte Marlene sich vor ihm gefürchtet, doch die Mutter hatte ihr geduldig erklärt, dass auch seine Augen nicht mehr gesund seien seit dem letzten Krieg, weshalb er diese Brille tragen müsse. Schließlich waren es weniger ihre Worte gewesen, die Marlenes Angst gemildert hatten, als vielmehr Herrn Wiegands ruhige, verlässliche, stets zuvorkommende Art. Nicht zu vergessen die Dose mit den bunten Kamellen, die er im obersten Regal seines Küchenbüfetts aufbewahrte. Bald ging sie gern zu ihm hinunter, ließ sich einhüllen vom Tabakrauch seiner Pfeife und seiner angenehm tiefen Stimme. Auch die Kuckucksuhr, die an der Wand neben dem Ofen hing, hatte es ihr angetan. Mit Spannung erwartete sie stets aufs Neue die vollen Stunden, in denen das Vögelchen zum Fenster herauslugte und seinen Kuckucksruf tat. Das Beste aber war Herrn Wiegands Mikroskop, durch das es immer etwas zu entdecken gab. Aus einem angeschlagenen Krug mit halbverwelkten Blumen schöpfte er trübes Wasser, das sich – auf kleine Glasplättchen getröpfelt – unter dem Objektiv in eine wahre Wunderwelt verwandelte. Pantoffeltierchen, Glockentierchen, Sonnentierchen, Rädertierchen: Marlene kannte sie alle. Sie vermutete, Herrn Wiegands Interesse an Blumen beschränke sich auf die Anzucht all dieser lebendigen Miniaturfabelwesen, und als eines Tages lediglich ein Büschel welkes Gras in dem Krug schwamm, sah sie sich in ihrer Annahme bestätigt.

»Blumen sind aus«, kam Herr Wiegand möglichen Fragen zuvor, um sich sofort wichtigeren Themen zu widmen. »Eines Tages werden unsere Mikroskope so stark sein, dass sie uns zum Ursprung des Universums führen werden«, behauptete er. »Wir müssen nicht zu den Sternen reisen, o nein! Die Geheimnisse liegen hier vor uns, im Verborgenen. Winzig klein und für das bloße Auge unsichtbar, aber immer da. Ich sage dir, liebe Marlene: Wir werden die Schöpfung darin erblicken.« Er sah zu ihr auf und lächelte breit.

»Und was ist mit Gott?«, wagte sie zu fragen, ganz das gläubige, kölsche Mädchen. Herr Wiegand brummte leise und kratzte sich nachdenklich im Nacken, in dem ihm eine graue, weich aussehende Wolle wuchs.

»Nun, der wohnt auch hier drin. In jedem Staubkorn«, behauptete er und zog an seiner Pfeife. Marlene stellte sich vor, wie sie durch ein solches Wundermikroskop schauen und Gott entdecken würde, irgendwo, vielleicht inmitten eines Pantoffeltierchens, einer Laus oder einer Schnupfenbazille: In einen seidigen Umhang gehüllt, mit langem weißem Haar und Rauschebart,

Maria und das Jesuskind an seiner Seite. Ein friedvolles Bild, das ihr sehr gefiel. Friedvoll. Sie mochte das Wort. So war es auch in Herrn Wiegands stiller Wohnung – ein Kokon inmitten der berstenden Welt. Vor allem daran erinnerte sie sich.

Nachdem die ersten Bomben im Blaubachviertel gefallen waren, war sie mit den anderen losgezogen, um sich den Schaden zu besehen. Standen die Häuser noch? Hatten die Luftschutzkeller gehalten? Gemeinsam hatten sie zugeschaut, wie die Leute in den Trümmern herumgeklettert waren und ihr Hab und Gut auf die Straße geschleppt hatten – Matratzen, Betten, Stühle, Herde –, damit sie nicht auch noch den Flammen zum Opfer fielen, die aus den zerborstenen Fenstern geschlagen waren. Marlene hatte Granatsplitter gesammelt und mit den Funden der anderen verglichen, wie alle Kinder. Dann häuften sich die Angriffe, und bald sahen sie mehr, als ihnen lieb war. Wie das An- und Abschwellen der Sirenen wuchs bei jedem Alarm ihre Angst an und flaute danach langsam wieder ab. Nächtliche Gebete im Luftschutzkeller, Hüppekästchen vorm Haus bei Tage. Dem harten Leben die Freude abtrotzen. Seilchenspringen mit ihrer Freundin Erika und den anderen kleinen Mädchen aus der Straße, wenn sich Staub und Rauch des letzten Angriffs verzogen hatten. Dann jener Herbst, der goldene Oktober. Kurz vor ihrem zehnten Geburtstag. Endlich Ferien.

Die letzten Wochen waren chaotisch gewesen. Die Zahl der Ausgebombten, die alles verloren hatten, stieg unaufhörlich, und man musste sie in Teilen des Schulgebäudes unterbringen, damit sie ein Dach über dem Kopf hatten. Andere Schulen dienten inzwischen als Sammelstellen fürs Militär oder komplett als Notunterkünfte, sodass sich in den verbliebenen Räumlichkeiten derart viele Kinder drängten, dass sie nur in Schichten unterrichtet werden konnten. Dazu fehlte es an Lehrern. Bereits bei dem Tausend-Bomber-Angriff 1942, bei dem auch das Bürgerhospital, in dem Marlenes Mutter damals gearbeitet hatte, zerstört worden war, hatte es ihre Lehrerin Fräulein Lorenz getroffen. Dem schlimmen Angriff im letzten Jahr, den die Leute den Peter-und-Paul-Angriff nannten, waren das Fräulein Krautmann und der Lehrer Klage zum Opfer gefallen, wie auch einige der Mitschüler. Nach weiteren Bombardierungen im Juli war die Stadt so schwer getroffen, dass weitere Angriffe nicht zu lohnen schienen. Es trat wieder Ruhe ein, doch Herr Krug, Herr Gernold und Herr Kieblitz waren eingezogen und durch die Fräulein Schulz und Meier ersetzt worden, die aber häufig nur Zettel austeilten und wieder verschwanden, was zu weiterem Durcheinander führte, da es kaum noch Materialien gab. All die schönen bunten Stifte, die Marlene zum Schulanfang geschenkt bekommen hatte, waren bis auf winzige Stummel heruntergemalt, und der Ersatz, den die Mutter beschafft hatte, war dürftig: Die Stifte kratzten und rissen Löcher ins dünne Zeitungspapier. Marlene, die immer so gern gezeichnet hatte, verlor den Spaß daran, wie auch an allem anderen, was in der Schule gelehrt wurde – oder hätte gelehrt werden sollen.

Dann war es wieder losgegangen mit den Nachtalarmen. Wer nächtens wach im Keller hockte, musste zumindest tagsüber ein wenig Schlaf nachholen, weshalb die Schule nach nächtlichen Angriffen zwei Stunden später begann. Das Chaos nahm noch zu, weil immer mehr Frauen sich mit ihren Kindern evakuieren ließen. In einer nervtötenden Prozedur musste ein ums andere Mal festgestellt werden, wer überhaupt noch da war oder wen welches Schicksal ereilt hatte. Und als sei all das nicht genug, wurde nun auch ständig bei Tag Alarm ausgelöst, was zum sofortigen Abbruch des Unterrichts führte. Die meisten Kinder rannten dann so schnell wie möglich nach Hause, doch Marlene, deren Mutter arbeiten musste, blieb im Hort und ging, mit ihrem Henkelmann fürs Mittagessen ausgestattet, mit den Betreuerinnen in den Luftschutzkeller. Das waren die schlimmsten Stunden: Im Angesicht des Schreckens die eigene Mutter nicht in der Nähe zu wissen.

Zumindest mit dem verhassten Hort war jetzt Schluss. Wenn

nötig, ging Marlene zur Nachbarin, und auch Herr Wiegand passte hin und wieder auf sie auf, wofür Marlenes Mutter ihm ihre Rauchwarenmarken abtrat. Ihren eigenen Bedarf konnte sie ganz gut im Krankenhaus decken, die jungen Soldaten boten ihr häufig eine Zigarette an. So weit, so gut. Man arrangierte sich.

Dann dieser Samstag, ein heiterer Herbsttag. Mutter hatte frei und verkündete, nur unweit entfernt gebe es angeblich ein Lokal, das noch geöffnet habe. »Mer muss sisch och jet jünne könne«, variierte sie die kölsche Regel ein wenig.

»Meinst du, die haben dort auch noch was zu essen?«, fragte Marlene ungläubig. Es gab ja kaum noch irgendwo etwas.

»Sonst wär's kein Lokal«, antwortete die Mutter gut gelaunt und machte sich mit ihrer Tochter auf den Weg, doch der Anblick der geliebten Stadt versetzte ihrer Stimmung einen Dämpfer.

»Wenn ich es nicht besser wüsste, würde ich's nicht glauben.« Sie schüttelte den Kopf angesichts der Zerstörung und begann mit leiernder Stimme, die Schäden aufzuzählen, die ihr spontan einfielen. »Krüger & Knoop, Café Königs, Kaufhof, Unionsbrauerei. Breite Straße, Schildergasse, Neumarkt. Wer bietet mehr?« In ihren Worten lag wehmütiger Spott.

Marlene mochte diese Reden nicht. Selbst ein Kind wie sie kannte das Wort, das die Stimmung zum Kippen gebracht und die Zuversicht in bange Ahnung hatte umschlagen lassen: Stalingrad. Der totale Krieg als Antwort auf die vernichtende Niederlage. Für Köln, das im letzten und vorletzten Jahr so verheerenden Luftangriffen ausgesetzt gewesen war, schien er vor allem eines bedeutet zu haben: die totale Zerstörung.

Sie bahnten sich ihren Weg durch Trümmer und Schutt, vorbei an Sprengbombentrichtern und ausgebrannten Häusern. Früher hatten sie immer die Straßenbahn genommen, aber die hatte im Sommer den Betrieb eingestellt. Es war ja kein Durchkommen mehr.

Die Mutter nahm Marlene fest bei der Hand, es war gefährlich geworden in der Stadt, nicht nur wegen der Einsturzgefahr und der Blindgänger, sondern auch wegen des Gesindels, wie Irmgard es nannte, das sich in der Stadt breitgemacht hatte: Deserteure, Abgetauchte, zwielichtige Gestalten. Man konnte nie wissen, wem man begegnete.

Sie passierten eine Kolonne von Fremdarbeitern, die sich mühten, die Trümmer eines Hauses zu beseitigen, quetschten sich an einem mit Schutt und Geröll beladener Lastwagen vorbei, stiegen über zersplitterte Tür- und Fensterrahmen und scharfkantige Metallteile hinweg.

»Wer vernünftig ist, bleibt im Keller«, resümierte ihre Mutter, schlug jedoch plötzlich wieder einen anderen Ton an. »Aber wir sind nicht vernünftig. Was, Marlene?«

Tatsächlich erreichten sie bald einen kleinen Platz, der halbwegs heil geblieben war. Das Lokal, von dem die Mutter erzählt hatte, existierte tatsächlich noch. Sie bestellten Würstchen mit Bratkartoffeln, dazu Kölsch – oder vielmehr das, was man in diesen Tagen als Kölsch bezeichnete – und verdünnten Apfelsaft.

Irmgard prostete ihr zu. »Lassen wir's krachen, mein Schatz! Wer weiß, ob wir morgen noch leben.« Sie lächelte und trank, und auch Marlene lächelte und trank, obwohl ihr das Gesagte Angst machte. Warum wusste die Mutter nicht, ob sie morgen noch leben würden? Mussten Eltern so etwas nicht wissen?

Am Nachbartisch saß ein Heimaturlauber mit seiner Familie: Frau, Sohn und Tochter. Er wirkte ausgezehrt und müde, aber vertrauenerweckend. Der wusste wohl besser Bescheid, immerhin war er Soldat, und er war ein Mann. Wenn Gefahr drohte, würde er sicher nicht mit seiner Familie hier sitzen, überlegte Marlene, und eine plötzliche Sehnsucht erfasste sie.

»Was ist mit meinem Vater?«, wagte sie zu fragen und verzichtete auf jenen vorwurfsvollen Unterton, mit dem sie sonst gern über dieses Thema sprach.

»Du hast keinen«, antwortete ihre Mutter leichthin und nahm die Hände vom Tisch, damit der Kellner servieren konnte.

»Jedes Kind hat einen Vater.«

»Manche schon, aber andere auch nicht. Denk nur an Erika Schütz oder Kati Mierbaum.«

»Die Väter sind im Krieg gefallen. In Stalingrad.« Fast jeden Morgen war ein Kind in die Schule gekommen, das Vater oder Bruder verloren hatte. Ein Kind wie Erika. Oder Kati.

»Eben. Und sie kommen nicht wieder.« Irmgard griff zum Besteck.

Marlene wartete, bis der Kellner gegangen war. »War mein Vater auch Soldat?«

Die Gabel Bratkartoffeln, die ihre Mutter gerade zum Mund führte, schwebte einen Moment lang in der Luft. »Reiche ich dir etwa nicht, Marlene?«

»Doch, Mama.«

»Na siehst du. Und nun iss, Kind.«

Vater hin oder her, das ließ Marlene sich nicht zweimal sagen. Sie aß nicht, sie stopfte. Bratwurst mit Sauce! Wann gab es das sonst schon?

»Wir brauchen keinen Mann«, bekräftigte die Mutter zwischen zwei Bissen. »Wir müssen nur fest zusammenhalten, mein Küken. Dann kann uns nichts passieren.«

»Versprochen?«

»Versprochen.«

Marlene war erleichtert. »Wenn ich das Küken bin, bist du dann die Glucke?« Sie grinste mit vollem Mund.

»Pok, pok!«, alberte ihre Mutter. »Ich bin keine Glucke, ich bin ein verrücktes Huhn.« Das Lachen fiel ihr wieder leicht. Trotz allem. Nach dem Essen kramte sie ihre Lebensmittelmarken hervor und ließ sich von Marlene, die eine Schwäche für die bedruckten Karten hatte, beim Bezahlen helfen.

»Satt und zufrieden?«, erkundigte sich die Mutter, nachdem sie auf die sonnige Straße hinausgetreten waren.

»Satt und zufrieden«, antwortete Marlene glücklich.

Dieses Bild sollte sich ihr einprägen wie kein zweites: Die Mutter, gegen die Sonne blinzelnd, mit einer Hand ihr feines lockiges

Haar im Zaum haltend, das sie nicht an ihre Tochter vererbte hatte und in dem jetzt der Wind spielte. Ihr gutes Kleid, mit schlanker Taille und ausgestelltem Rock, hell und sauber. Schuhe mit flachem Absatz, nicht neu, doch fast ungetragen. Ein für sie ungewohnt eleganter Kleidungsstil, für den es keinen Anlass mehr gab und der doch gut zu ihrer Mutter passte.

Sie hakten sich unter und machten sich auf den Heimweg. Der kleine gepflasterte Platz, halbwegs unversehrt; ein scharfer Kontrast zu den zerstörten Häuserzeilen, hinter denen mächtig der Dom aufragte.

Als die Sirenen aufheulten, fuhr Marlene zusammen. Nie würde sie sich daran gewöhnen. Fliegeralarm. Irmgard seufzte nur.

Schon hörten sie das tiefe, seltsam gleichförmige Brummen der Bomber, das von schwerer Ladung kündete. Es mussten die Amerikaner sein, die die Stadt bei Tage bombardierten, die Tommies flogen nur nachts. Sekunden später schoss auch schon die Flak.

»Aber sie haben noch keinen Vollalarm gegeben!«, empörte sich Marlene, als hätte jemand in boshafter Absicht die Spielregeln gebrochen. »Es war doch nur Voralarm, und sie bomben schon!«

»Nun lauf, Kind!« Die Mutter ergriff ihre Hand und rannte los, zögerte dann jedoch einen Moment.

»Da lang!«, rief eine Frau mit einem kleinen Jungen auf dem Arm und wies ihnen im Vorbeilaufen den Weg. Bald hatten sie sie überholt.

Sie rannten. Folgten den Pfeilen aus Phosphorfarbe, die zum nächsten Luftschutzraum wiesen, der einige Hundert Meter entfernt lag. Heftige Detonationen ganz in der Nähe, die Stadt explodierte und flog ihnen um die Ohren. Das Krachen und Bersten, Sirren und Pfeifen raubte ihnen fast die Sinne. Wieder donnerte es, der Boden hob und senkte sich unter ihren Füßen. Marlene schrie, doch sie hörte ihre Schreie nicht. Die Mutter riss an ihrer Hand, zerrte sie mit sich, auch sie schreiend: »Lauf schneller!«

Doch Marlene konnte nicht schneller. Sie stolperten, stürzten, rappelten sich auf, flogen eine Treppe hinab, eine Gasse hinunter, nur noch wenige Schritte bis zum Bunker. Geschafft. Aber nein! Unmittelbar vor ihnen schwang die Stahltür zu. Irmgard hämmerte dagegen, brüllte sich die Seele aus dem Leib. Die Tür ging auf, sie stürzten hindurch und mit ihnen eine junge Frau, fast noch ein Mädchen, die ein Baby auf dem Arm trug. Die andere Frau und der Junge, die mit ihnen in Richtung Bunker gerannt waren, waren nicht mehr da. Der Wachmann schloss eilig die Tür und verriegelte sie. Wer jetzt nicht drin war, war verloren.

Marlene und ihre Mutter fanden sich in einem engen, schwach beleuchteten Gewölbe wieder. In langen Reihen saßen die Leute an den Wänden, dicht an dicht zusammengedrängt, mit Blicken, so starr und kraftlos, als hätte der Tod sie bereits geholt. Eine neuerliche Detonation ließ den Raum erzittern, das Licht ging aus. Ein erschrockenes Stöhnen aus vielen Kehlen, dann sofort Ruhe. Das Licht flammte wieder auf. Es gab keinen Sitzplatz mehr für Marlene. Sie ließ sich auf den Boden sinken, lehnte ihren Rücken gegen die kalte Wand. Sie zitterte, konnte nicht aufhören zu zittern. So sehr sie versuchte, ihre Gliedmaßen in den Griff zu bekommen, sie schaffte es nicht. Sogar ihre Zähne klapperten, als würde sie frieren, was nicht der Fall war. Die Mutter kauerte sich neben sie und umschlang sie mit den Armen.

»Voralarm«, beharrte Marlene. »Es war nur Voralarm. Sie haben noch keinen Vollalarm gegeben.«

»Pssst. Wir haben es geschafft. Es wird alles gut, mein Küken. Hab keine Angst.« Irmgard strich ihr übers Haar, wieder und wieder, in mechanischen, schnellen Bewegungen, die in ihrer fahrigen Unbeholfenheit nicht zärtlich wirkten und doch alle Zärtlichkeit zum Ausdruck brachten, die sie für ihre Tochter empfand. Marlene schmiegte sich an sie, schloss die Augen.

Das Zittern ließ erst nach, als es draußen ruhiger wurde. Wie viel Zeit war vergangen? Marlene hätte es nicht sagen können. Eine halbe Stunde? Zwei? Durch die schmalen Lüftungsschlitze drang Brandgeruch herein. Die neuerliche Sorge, hier drin womöglich ersticken zu müssen. Ein Raunen ging durch die Menschenmenge, eine Frau jammerte laut, ein Säugling schrie ununterbrochen. Endlich hörte das Donnern und Brausen auf. Entwarnung.

Sie stolperten ins Freie, blickten sich ungläubig um. Wo vorher Gebäude gestanden hatten, war jetzt eine Trümmerwüste. Ein halbes Dutzend Häuser stand in Flammen. Bange Blicke wanderten zum Dom, über dessen Zustand sich jedoch nichts sagen ließ, da er in dichte Wolken gehüllt war. Rauch überall. Beißender Qualm drang in Münder und Augen und nahm ihnen die Sicht. Funken flogen und versengten die Haut. Irmgard bedeutete Marlene, sich den Saum ihres Kleides vors Gesicht zu halten.

Zwei Sprengbomben hatten riesige Trichter in die Straße gerissen, ein zerbombtes Haus bot einen bizarren Anblick: An der einzigen Wand, die noch stand, klebte oben im zweiten Stock ein Stück Fußboden, auf dem ein Bett und ein Nachttischchen standen, so unversehrt, als könnte man sich darin gefahrlos zur Ruhe begeben.

Sie stiegen über Schutt und Geröll, überall flackerten Feuer. Feuerwehr und Mitarbeiter des Sicherheitsdienstes versuchten zu löschen. Krankenwagen bahnten sich ihren Weg durch die Trümmer, Verletzte wurden auf Tragen weggetragen. Am Straßenrand Tote. Überall Tote. Nur einmal gab ihre Mutter einen erschrockenen Laut von sich. Marlene folgte ihrem Blick, erkannte die Frau mit dem Jungen.

»Lass uns heimgehen«, sagte Irmgard in gepresstem Ton, umklammerte die Hand ihrer Tochter mit eisernem Griff und zog sie mit sich.

Im Großen und Ganzen hatten sie Glück gehabt: Ihr Haus stand noch, wie auch die Nachbarhäuser. Der Friseurladen oben an der Ecke war weniger glimpflich davongekommen: Das Dach war eingestürzt, die oberen Stockwerke brannten. SHD-Wagen standen schon bereit und versuchten zu löschen.

Durch die Detonation waren überall in der Straße Fensterscheiben zu Bruch gegangen. Auch ihre Wohnung hatte es getroffen: Küche und Schlafzimmer waren mit Scherben übersät. Mutter tauschte sogleich die guten Schuhe gegen ihre alten Latschen und säuberte Marlenes verschrammte Knie und eine Schnittwunde, die sie sich am Arm zugezogen hatte. Dann machte sie sich ans Aufräumen. Bald erschien Herr Wiegand, um seine Hilfe anzubieten. Als er hörte, wo sie herkamen, begann er zu schimpfen und wollte gar nicht mehr aufhören. Wie Irmgard nur so unvernünftig habe sein können, sich und ihre Tochter grundlos dieser Gefahr auszusetzen? Jetzt, wo man Tag und Nacht nicht mehr sicher sein könne vor den Angriffen? Normalerweise gab es nichts, auf das Irmgard keine Antwort parat gehabt hätte, aber dieses Mal schwieg sie.

Herr Wiegand zimmerte ein paar dünne Bretter zusammen, und sie half ihm, sie in die nackten Fensterrahmen einzupassen, worauf es sehr dunkel in der Wohnung wurde. Er wolle sich bemühen, ein paar Haken aufzutreiben, versprach er, dann könnten sie die Verdunkelung tagsüber entfernen und abends wieder einhängen. Sein Blick blieb mitleidig an Marlene hängen, die mit leerem Blick an die Wand stierte, was Irmgard ebenfalls nicht entging.

»Das war eine Warnung für uns«, sagte sie, nachdem Herr Wiegand gegangen war. »Es war reiner Zufall, dass wir überlebt haben. Wir haben Glück gehabt, mehr nicht.«

Plötzlich kam wieder Leben in Marlene. Sie wollte das nicht gelten lassen. »Der da oben hat auf uns aufgepasst, Mama.« Sie hob ihren Zeigefinger und deutete gen Himmel.

»Ja, vielleicht. Aber wir können nicht darauf bauen, dass er es weiterhin tut. Hilf dir selbst, dann hilft dir Gott. Du kennst das Sprichwort. Ich kann nicht einfach untätig abwarten, bis dir eine Bombe auf den Kopf fällt. Du musst weg aus Köln, bis das Schlimmste vorbei ist.«

Marlene erschrak. »Aber ich will nicht verschickt werden!« Das Zittern wurde wieder heftiger. Sie fühlte sich so schwach und ausgelaugt, als läge eine große körperliche Anstrengung hinter ihr.

»Du hast gesagt, dass du mich nicht fortschicken würdest! Wir müssen zusammenhalten, hast du gesagt! Denk nur an Luises Brief.« Die Nachbarstochter Luise Gercke hatte von klammen Betten geschrieben, von schmutzigen Waschhäusern und miserablem Essen, von Strafen und Schikanen bei jeder Gelegenheit, von Heimweh und Herzeleid. Luises Mutter hatte die Zeilen vorgelesen, Wort für Wort, heimlich, unten in der Waschküche.

»Luise ist in einem Alter, in dem sich junge Menschen gern über alles beschweren«, wiegelte Irmgard ab. »Deine Freundin Kati hat etwas ganz anderes geschrieben. Und die ist am selben Ort.«

»Aber Luise hat den Brief heimlich nach draußen geschmuggelt, weil die Lagerleiterinnen sonst alles gelesen hätten. Vielleicht haben sie auch Katis Brief gelesen. Den echten, meine ich.«

»Du meinst, Katis Brief war nicht echt?« Ein schwaches Lächeln huschte über Irmgards Gesicht. »Ich kann mir nicht vorstellen, wer sich die Mühe machen sollte, Kinderbriefe zu fälschen.«

»Vielleicht dürfen sie ja nur schöne Sachen schreiben«, ließ Marlene nicht locker, doch sie spürte, dass sie in diesem Punkt nicht weiterkommen würde, und versuchte es mit einem Ablenkungsmanöver. »Die Mädchen haben handarbeiten gelernt, damit sie Socken und Pulswärmer für unseren Führer stricken können«, setzte sie neu an.

»Sie stricken für unsere tapferen deutschen Soldaten«, korrigierte die Mutter.

»Aber das könnte ich doch auch von hier aus tun, Mama! Du bringst es mir bei, und wir ribbeln den Pullover auf, der mir zu klein geworden ist. Dann kann ich Socken daraus machen, und wir verschicken sie.«

»Mit Stricken hältst du die Bomben nicht fern, Kind.« Irmgard klang auf einmal vollkommen erschöpft.

»Du hast versprochen, dass ich nicht zur Landverschickung muss!«, appellierte Marlene an ihr Gewissen. ›Da kommt sie doch vom Regen in die Traufe«, hatte ihre Mutter zu Frau Schulze gesagt, die ebenfalls nichts davon hielt, ihre Kinder wegzugeben.

Irmgard seufzte tief. »Wir könnten es bei deiner Oma versuchen«, schlug sie vor. »Ich müsste zusehen, dass sie Lebensmittelmarken für dich bekommt.« Ihre mangelnde Begeisterung für diese Idee war nicht zu überhören.

Marlene grauste es. Oma Berndt war schlimmer als der Krieg. Oder fast. Zwei-, dreimal hatten sie sie in ihrem Dorf besucht – vielleicht hatte es auch zuvor einige Besuche gegeben, aber daran erinnerte sie sich nicht. Sehr wohl hingegen erinnerte sie sich an ihre letzte Begegnung in dem düsteren Haus mit den winzigen Fenstern. Riesenhaft hatte die Oma vor ihr gestanden, ihr mit hakligen Fingern unters Kinn gefasst und kalt lächelnd verkündet: »Du verzärtelst das Kind, Irmgard.« Als habe sie irgendwo in Marlenes Gesicht eine verurteilenswerte Schwächlichkeit entdeckt, hervorgerufen durch das Fehlverhalten ihrer Mutter.

Doch die war standhaft geblieben und hatte nur schlicht geantwortet: »Ich habe sie eben gern.«

»Diese Affenliebe ist nicht gut, das weiß doch ein jeder moderne Mensch«, hatte die Oma nicht nachgegeben. »Gerade du als Krankenschwester solltest es wissen.«

Was die Mutter darauf erwidert hatte, wusste Marlene nicht. Man hatte sie in den Garten hinausgeschickt, und nur die scharfe Stimme der Oma war bis nach draußen vorgedrungen. Von Wechselbalg und Hurenkind war die Rede gewesen, von Unverantwortlichkeit und Schande, und obwohl Marlene noch sehr jung gewesen war, hatte sie gespürt, dass diese Worte nichts Gutes über sie sagten, und so konnte sie nicht anders, als in dieser Frau den Feind zu sehen.

»Wir können zusammen gehen«, schlug Marlene vor. In der Not fraß der Teufel Fliegen. Alles, nur nicht ohne die Mutter sein. Gemeinsam würden sie es leichter ertragen, hoffte sie.

Aber Irmgard schüttelte traurig den Kopf. »Ich kann meine Patienten nicht im Stich lassen, Kind. Sie brauchen mich doch.«

»Mich kannst du auch nicht im Stich lassen!«

»Bitte, Marlene. Es wäre ja nur für eine Weile.«

Marlene geriet in Panik. Die Angst umklammerte ihr Herz wie eine Faust, das Zittern wurde so heftig, dass sie sich setzen musste. Doch sie musste jetzt stark sein und kämpfen, sonst wäre alles verloren.

»Ich will nicht!«, schrie sie. »Ich will nicht, ich will nicht! Ich will bei dir bleiben!« Sie gebärdete sich wie wild.

»Mein armer Engel!« Ihre Mutter nahm sie in den Arm und presste sie an sich. Marlene spürte ihre Hilflosigkeit und den Kummer, den ihr die Situation bereitete.

»Hab keine Angst, wir werden schon eine Lösung finden, mein Küken.« Sie hielt Marlene ganz fest, bis das Zittern nachließ, dann schob sie sie ein Stück von sich, umfasste mit beiden Händen ihr Gesicht und sagte in allzu munterem Ton: »Jetzt kümmern wir uns erst einmal um deinen Geburtstagskuchen, was meinst du?«

Ein leises Klopfen riss Marlene aus ihren Gedanken. Sie atmete tief durch und setzte sich aufrecht hin.

»Ja, was ist denn?«

Dana steckte den Kopf zur Tür herein.

»Komm rein.«

»Ich wollte sehen, wie's dir geht.« Die Freundin trat einen Schritt in den Raum. »Du fürchtest dich doch so vor Gewittern.«

»Es geht schon.« Marlene lächelte schwach. »Nett, dass du fragst.«

Dana lehnte sich mit dem Rücken gegen das Türblatt und musterte sie eine Weile prüfend. »Du siehst so vergrübelt aus«, stellte sie fest. »Woran denkst du?«

»An Kuchen«, antwortete Marlene. »Ich denke an Kuchen.«

HOFFMANN

15.

»Also, Herr Gruber. Beginnen wir noch einmal von vorn. Wie war das heute?« Hoffmann beugte sich vor und blickte Gruber forschend ins Gesicht. Er sah besser aus als noch am Nachmittag, wenn auch nicht viel. Die Haut war weniger fleckig, die Augen nicht so blutunterlaufen. Noch immer trug er die lange Unterwäsche und war unrasiert, doch sein Haar glänzte nass und war straff nach hinten frisiert. Er musste zumindest den Versuch unternommen haben, sich an dem kleinen Becken in der Zelle zu waschen.

»Der Vorarbeiter hat mich nach Kaltenbruch geschickt, um was abzuholen«, begann Gruber widerwillig.

»Sie sind *wo* beschäftigt?«, fragte Hoffmann nach. Obwohl auch diese Formalität bereits abgehakt war.

»Na, beim Schlüter, in der Fabrik.«

»Schlüters Bürsten und Besen«, schob Kröger erklärend ein. »Ist der größte Arbeitgeber hier in der Gegend.«

Hoffmann gebot ihm mit einer Handbewegung zu schweigen. »Sie wollten also nach Kaltenbruch«, wandte er sich wieder an Gruber. »Warum genau?«

»Ich sollte rüberfahren zu Latteks Dreherei und die Gabelstaplerschaufel abholen. Und wie ich so an dem Schuppen vorbeifahr, seh ich, dass da was nicht stimmt.«

»Welchen Schuppen meinen Sie?«

»Wie viele Schuppen gibt's hier wohl, in denen ein Toter rumliegt?«, begehrte Gruber auf, machte sich aber sofort wieder klein, als sei ihm zu Bewusstsein gekommen, in welcher ungünstigen

Lage er sich befand. Hoffmann entging das nicht. »Also, an welchem Schuppen?«

»Na an dem, wo sie die Erdbeeren verkaufen.«

»Wer ist ›sie‹?«

»Was weiß denn ich, wie die Leute heißen? Ich kenn die kaum! Bin einfach vorbeigefahren und seh da einen liegen, und da hab ich angehalten. Konnt ja nicht ahnen, dass ich hier auf einmal als Mörder dastehe, sonst hätt ich das bestimmt nicht getan. Verdammt, ich hab doch nur helfen wollen! Aber dafür war's dann ja ohnehin zu spät.«

»Weshalb war es zu spät?«

»Na, weil er tot war, der Leitner!«

»Sie kannten ihn also doch.«

»Wie?«

»Sie haben seinen Namen genannt.«

»Den jungen Leitner kenn ich. Aber da wohnen ja noch andere auf dem Hof, und die kenn ich nicht alle.«

»Eins nach dem anderen, Gruber. Warum waren Sie sicher, dass Leitner tot war?«

Gruber sah ihn an, als wäre er schwer von Begriff. »Das hätt doch ein Blinder gesehen.«

»Selbst ein Blinder hätte also auf Anhieb erkannt, dass der Mann verstorben war, meinen Sie?«

Gruber nickte zustimmend.

»Dann stellt sich mir allerdings die Frage, wie das Blut an Ihre Kleidung kam.« Hoffmann schaute ihm in die Augen. »Haben Sie dafür eine Erklärung?«

Gruber machte eine hilflose Geste. »Es war doch alles voller Blut, wie er so dalag. Ich bin hin und hab ihn rumgedreht, und dabei muss ich mich eingesaut haben.«

»Sie haben es also auf sich genommen, sich einzusauen, wie Sie es formulieren, obwohl ein Blick genügte, um seinen Tod festzustellen? Das verstehe ich nicht ganz.«

»Na ja, ich wollte eben ganz sichergehen. Ich – ich hab Probleme mit den Augen. Eigentlich trage ich eine Brille, also ich müsste eine tragen, aber die ist kaputt. Und deshalb hab ich wohl ... Ich wollt mich vergewissern.«

»Sie wollten sich vergewissern«, wiederholte Hoffmann. »Woran ist er denn gestorben, Ihrer Meinung nach?«

In Grubers Gesicht arbeitete es, offensichtlich fiel ihm die Antwort schwer. »Totgeschlagen hat ihn einer«, sagte er schließlich und bat: »Kann ich was zu trinken haben?«

Kröger wollte aufstehen, doch Hoffmann hielt ihn am Arm zurück. »Einen Moment, wir unterhalten uns gerade so angeregt.« Er wandte sich wieder Gruber zu. »Totgeschlagen hat man ihn also, sagen Sie. Haben Sie rechtsmedizinische Kenntnisse, oder warum waren Sie sich da so sicher?« Gruber schien die Frage nicht zu verstehen, weshalb Hoffmann sie umformulierte. »Woher wussten Sie, dass Leitner erschlagen wurde?«

Der Mann riss die Augen auf. Offenbar witterte er die Falle, die Hoffmann ihm stellte, wusste aber nicht, wie er sie umgehen sollte. »Da lag doch noch die Axt«, meinte er hilflos.

»Eine Axt lag also dort. Sie lag *noch* dort, wie Sie sagen – nur fürs Protokoll. Sie lag auch und vor allem noch dort, als plötzlich eine Zeugin auftauchte, nicht wahr?« Keine Antwort. »Sie lag also noch dort, als die Zeugin auf der Bildfläche erschien?«

Jetzt nickte Gruber.

»Wie bitte?« Hoffmann hielt sich die Hand ans Ohr, als wäre er schwerhörig.

»Ja.«

»Sehr gut. Das hätten wir also schon mal. Fakt ist, dass Sie mit dieser Dame nicht gerechnet hatten, und das war natürlich ein Problem.«

»Wie?«

»Die Frau tauchte auf und konnte sich an den Fingern abzählen, was passiert war, und das war natürlich nicht in Ihrem Sinne.«

»Gar nichts hat sie gesehen!« Grubers Gesicht nahm vor Erregung eine tiefviolette Farbe an.

»Also schön, und weshalb haben Sie sie dann bedroht?«
»Bedroht? Ich habe sie nicht bedroht!«
»Sie hat um ihr Leben gefürchtet, Mann!«
»Die lügt, die Hure! Ich hab der nix getan! Wusste nur nicht, was ich machen sollte, und dachte, die könnt mir vielleicht helfen.«
»Indem Sie sie vom Rad gezerrt haben?«
»Ich hab die nicht vom Rad gezerrt! Aber die hat gleich rumgeschrien und alles. Und jetzt behauptet sie auch noch, ich hätt ihr was getan!«

Hoffmann stellte das Aufnahmegerät ab und wandte sich Kröger zu. »Herr Polizeimeister, ich denke, wir sollten hier eine kleine Pause einlegen, damit Herr Gruber sich wieder beruhigen kann. Und Hunger haben wir auch. Wenn Sie also bitte so freundlich wären, uns eine Kleinigkeit im Roten Hahn zu besorgen?«

Kröger schaute unsicher drein. »Sollen wir das hier nicht erst –«
»Bitte!«, unterbrach Hoffmann ihn, und sein Ton ließ keine Widerrede zu. »Wenn Sie sich also bequemen würden. Wir warten.«

Kröger sah aus, als wollte er noch etwas sagen, hielt aber den Mund und stand auf.

»Das zahle selbstverständlich ich«, rief Hoffmann ihm nach, dann, zu Gruber gewandt: »Wir Beamten wollen uns doch nicht nachsagen lassen, dass wir uns auf Staatskosten durchfuttern, nicht wahr?« Er wartete, bis die Tür ins Schloss fiel, stand auf und holte Gruber ein Glas Wasser, das dieser gierig trank. Hoffmann setzte sich wieder.

»Herr Gruber, man muss kein Hellseher sein, um zu verstehen, was heute passiert ist«, erklärte er ruhig. »Sie gerieten in Streit, ein Wort gab das andere – und zack! war's passiert.«

»Nein.«

»Leitner sagt was Dummes, Sie sagen ihm die Meinung, er wird beleidigend, Sie drohen ihm, er verhöhnt Sie, und irgendwann sind Sie an dem Punkt, an dem Sie sich seine Frechheiten nicht mehr gefallen lassen können. War es nicht so?«

»Nein, so war es nicht.«

»Ah, ich glaube doch!«

»Sie verdammter Klugscheißer!«, begehrte Gruber auf. »Lassen Sie mich in Ruhe, ich hab mit dem ganzen Scheiß nichts zu tun!«

Hoffmann warf ihm einen kurzen Blick zu und kniff die Lippen zusammen. Wieder sah er den toten Jungen vor sich. Das viele Blut, die unwürdige Pose. Die unverzeihliche Sinnlosigkeit dieses Todes. Wut übermannte ihn und das Bedürfnis, auf den Mann vor ihm loszugehen, ihn windelweich zu prügeln. *Keine unbedachten Aktionen, Hoffmann, das wäre unprofessionell.* Er holte tief Luft. Das Alter. Es musste das Alter des Toten gewesen sein. Ein junger Mann, fast noch ein Kind. Das war es wohl, was ihn so aus der Fassung gebracht hatte. *Sieh zu, dass du den Typen zu packen kriegst.*

»Also gut, Herr Gruber. Wenn dem so ist, werden wir es herausfinden. Kann nur ein Weilchen dauern. Ein unbequemes Weilchen – vor allem für Sie.« Er erhob sich und begann, im Raum umherzuschlendern. Wie zufällig blieb er neben Gruber stehen, der jede seiner Bewegungen misstrauisch verfolgte, und packte ihn urplötzlich am Kinn. »Hör zu, du versoffenes Schwein! Ich habe keine Lust, mir die ganze Nacht deinen Scheiß anzuhören. Also versuch nicht, mich hinzuhalten, dafür bist du nicht schlau genug, klar? Wir kriegen dich dran, so oder so, und ich verspreche dir: Jeden Tag, den du mich länger als unbedingt nötig in diesem gottverdammten Kuhkaff festnagelst, wirst du bitter bereuen!« Er verstärkte den Druck seiner Hand. »Spuck's aus, und ich spendier dir sogar einen Korn, wie wär's? Aber komm schnell zu Potte, Geduld ist nämlich nicht meine Stärke.« Er ließ ihn los und trat ein Stück zurück, dann schnellte er unvermittelt noch einmal vor, bohrte ihm zwei Finger in die Nasenlöcher und riss sie nach oben. »Haben wir uns verstanden, du Arschloch?« Gruber winselte hilflos.

Als Kröger kurz darauf zurückkehrte, saß Hoffmann friedlich da und massierte sein rechtes Handgelenk.

»Da sind Sie ja, Kröger! Hätten Sie wohl ein Papiertuch für uns?

Herr Gruber hat Nasenbluten, muss wohl die Aufregung sein.« Er lehnte sich in seinem Stuhl zurück und betrachtete seine Fingernägel, während Gruber sich mit Daumen und Zeigefinger die Nase zuhielt.

Irritiert schaute Kröger von einem zum anderen. Er stellte das Tablett, das er mitgebracht hatte, auf seinem Schreibtisch ab, griff in eine Schublade und holte ein Päckchen Papiertaschentücher heraus, das er Gruber reichte.

»Herr Gruber, Sie sind vorläufig festgenommen«, erklärte Hoffmann. »Sie stehen im Verdacht, Heinrich Leitner getötet zu haben. Polizeimeister Kröger wird Sie über Ihre Rechte aufklären.«

16.

Das Gulasch aus dem Roten Hahn war gut: viel Fleisch, viel braune Sauce und kein störendes Gemüse, ganz so, wie Hoffmann es mochte. Ihm missfiel allerdings, dass Kröger offenbar nichts Wichtigeres zu tun hatte, als ihm beim Essen zuzusehen und ihn mit schlechten Witzen zu unterhalten. »Kennen Sie den?«, ging es nun schon zum wiederholten Male. »Sagt eine Kuh zum Polizisten: ›Mein Mann ist auch Bulle.‹«

Hoffmann lächelte gnädig, was Kröger jedoch nicht zu reichen schien, da er sich genötigt sah, die Pointe zu wiederholen. »›Bulle‹, äh?« Er kniepte ihm verschwörerisch zu, und Hoffmann schaute schnell weg.

»Wo sind eigentlich die Kollegen?«, erkundigte er sich, während er seinen Teller mit einem Rest Graubrot auswischte, was er mit der linken Hand tat, da die rechte immer noch schmerzte. »Wochenende, und alle schon auf Jück oder wie?«

»Ähm, ich halte hier allein die Stellung.« Kröger machte ein verlegenes Gesicht.

»Sie nehmen mich auf den Arm, Kröger!«

»Nein, im Ernst. Ist ja auch nicht viel los normalerweise. Wie ich schon sagte: Wenn mal einer zu Schaden kommt –«

»– dann auf ganz natürliche Art«, ergänzte Hoffmann spöttisch. »Und seit wann machen Sie hier einen auf Robinson Crusoe?«

Der Polizeimeister zögerte. »Es gab da einen älteren Kollegen, mit dem ich zusammen Dienst getan habe. Aber der ist, wie soll ich sagen, der ist nicht mehr so richtig bei sich.« Er hob seine Hand neben die Stirn und ließ den Zeigefinger kreisen. »War vorher auch ein bisschen zu eifrig dabei, wenn Sie verstehen, was ich meine. Na ja ... ist nun schon ewig krankgeschrieben, und Ersatz lässt sich momentan schwer finden. Wer trägt schon gern den Ehrenrock, wenn das Geld von anderer Seite lockt, nicht wahr?« Er lächelte freudlos. Die Bezahlung der Polizeibeamten war bekanntermaßen miserabel, egal, in welchem Aufgabengebiet sie eingesetzt waren. In dieser Hinsicht hatten sie beide mehr gemeinsam, als Hoffmann lieb war.

»Und wer erledigt den Schreibkram?«, lenkte er von dem leidigen Ärgernis ab.

»Wie bitte?«

»Wer tippt Ihre Berichte und was so anfällt?«

Kröger wirkte schon wieder verlegen. »Ich tue das, Herr Kommissar.«

»Verstehe.« Was sollte Hoffmann auch sonst sagen? Momentan erging es ihm selbst kaum besser, und er entschied, die Sache nicht weiter zu thematisieren. »Ich habe bereits angefangen, den Bericht von heute Nachmittag zu diktieren, und werde das noch zu Ende bringen«, erklärte er betont sachlich. »Wenn Sie ihn dann bitte bis morgen Mittag verschriftlichten würden.« Hoffmann ignorierte das verschreckte Gesicht des jungen Kollegen und wandte sich dem Gerät zu, das er während dessen Abwesenheit aus seinem Wagen geholt und neben sich platziert hatte. Es war quietschgrün und von der Größe einer Reiseschreibmaschine. Der geöffnete Deckel gab den Blick auf zwei Tonbandspulen frei, unter denen sich eine Reihe dicht nebeneinander angeordneter Schaltknöpfe befand. »Kommen Sie, ich zeige Ihnen, wie es funktioniert.«

Zögerlich trat Kröger näher.

»Nun kommen Sie schon her, sie beißt nicht!«, drängte der Kommissar ungeduldig. Kröger schaute drein, als fühlte er sich ertappt.

»Diese kleine Schönheit hier ist die Stenorette von Grundig, der neueste Schrei von der Hannover-Messe. Hat mich bald einen Monatslohn gekostet, ist also mein Privateigentum. Die Technik wird unser Leben bald revolutionieren, warten Sie's nur ab. Das werden auch die Herren Politiker hoffentlich bald verstehen und akzeptieren. Sie werden einsehen müssen, dass moderne Polizeiarbeit nicht umsonst zu haben ist. Aber bis sie sich zu dieser Einsicht durchgerungen haben, stelle ich mein Eigentum gern in den Dienst des Staates«, fügte er geschwollen hinzu. Dann gewann seine praktische Seite wieder die Oberhand. »Wissen Sie, wie man damit umgeht?«

Kröger blickte ratlos drein.

»Ich werde es Ihnen demonstrieren.« Hoffmann rieb sich die Hände, als wollte er sie für ein schwieriges Klavierstück geschmeidig machen, und vergewisserte sich mit einem Seitenblick, dass der Polizeimeister auch bei der Sache war. »Hier, sehen Sie, wenn Sie diesen Knopf drücken, wird die Aufnahme abgespielt.« Er schaltete das Gerät ein, und seine eigene Stimme hallte durch den Raum. »Hier lässt sie sich anhalten.« Die Stimme erstarb wieder. »Mit diesen beiden Knöpfen können Sie vor- und zurückspulen. Ganz einfach, oder?«

Kröger nickte unglücklich.

»Sie kriegen das schon hin, Kröger!« Hoffmann klopfte ihm aufmunternd auf die Schulter. »Ich diktiere jetzt noch den Bericht zu Ende und mache mich dann auf den Heimweg.« Er wollte sich wieder seiner Stenorette zuwenden, als ihm noch etwas einfiel.

»Ach, Kröger, die offizielle Festnahmeanzeige datieren Sie bitte auf 00.05 Uhr, verstanden?« Kröger starrte ihn ungläubig an. »So oder so: Wir schlagen uns die Nacht um die Ohren. Ob vor oder nach zwölf, was spielt das noch für eine Rolle? Ich habe keine Lust, Gruber morgen Mittag wieder laufen lassen zu müssen. So sichern wir uns zumindest vierundzwanzig Stunden Aufschub.«

»Aber das ist Betrug«, stellte Kröger stirnrunzelnd fest.

Hoffmann legte den Kopf schräg und musterte ihn beinahe mitleidig. »Betrug, Herr Kollege? Betrug an einem versoffenen Arschloch, das jetzt erst recht frustriert ist und womöglich den Nächstbesten totschlägt, weil wir dem Haftrichter kein Motiv nennen können. Das kennt er womöglich selbst nicht einmal genau.«

Kröger blickte verständnislos drein.

»Mein Gott! Ein Mörder ist ein Mörder. Ob man ihm die Tat nun nachweisen kann oder nicht. Aber wir sind gezwungen, ihn freizulassen, solange wir keine handfesten Beweise haben. Allerdings bin ich dazu nicht bereit, verstanden? Denken Sie an den jungen Leitner. Wir sind es ihm schuldig, dass Gruber nicht ungeschoren davonkommt.«

Kröger erwiderte nichts.

»Wir sind uns also einig.«

Der Polizeimeister nickte.

LISBETH

17.

»Wir können nur beten, dass uns nie etwas Ernsthaftes zustößt«, verkündete Lisbeth düster und kippte den Eierlikör hinunter, den sie eigentlich für Amelies Geburtstag in vierzehn Tagen vorgesehen hatte. »Nicht, solange die Polizei Leute beschäftigt wie diesen hinterfotzigen Milchbubi.« Mit grimmiger Entschlossenheit schenkte sie sich nach und leerte von Neuem ihr Glas. »Aber eigentlich ist es auch egal. Wenn wir bei diesem Hoffmann auf dem Tisch landen, sind wir sowieso schon tot, dann spielt das alles keine Rolle mehr.«

»Auf dem Tisch? Du meinst, er fängt an, uns aufzuschneiden und so?« Amelie verzog angeekelt den Mund.

»Nein, das macht er nicht, Dummchen! Er hat Fotos. Gruselige Fotos. Aber wir müssen aufpassen, dass wir die nicht zu sehen kriegen, weil unsere zarten weiblichen Seelen sonst aus dem Gleichgewicht geraten.« Lisbeth lachte spöttisch. »Unsere zarten weiblichen Seelen! Stell dir vor, das hat er tatsächlich gesagt!« Sie schleuderte ihre blauen Stöckelschuhe von den Füßen, streckte die Beine aus und wackelte mit den Zehen. Der rosa Nagellack – ein Geschenk Amelies aus der Kosmetikabteilung des Kaufhauses – war an einigen Stellen bereits abgeblättert. »Meine arme Seele! Wenn dieser Hoffmann wüsste, was er der für einen Schaden zugefügt hat.«

»Nimm es nicht so tragisch, Lissy«, tröstete Amelie. »Für so jemanden würdest du doch gar nicht arbeiten wollen.«

»Du hast gut reden! Dir geht's gut, aber ich bin am Ende.« Ungelenk beugte Lisbeth sich nach vorn und griff erneut zur Flasche.

»Denk dran: Unkraut vergeht nicht«, tröstete ihre Freundin. Aber vielleicht solltest du nicht so viel trinken«, setzte sie ohne allzu große Besorgnis hinzu.

»Warum nicht? Damit mehr für dich übrig bleibt? Ich geb's zu: Der Verpoorten war für deinen Geburtstag gedacht – aber das hier ist eine Notsituation, also zeig dich ein bisschen spendabel, Amelie.« Beim Nachschenken lief Lisbeth das Gläschen über. Sie wischte mit dem Finger durch den verschütteten Likör und leckte ihn ab. Nur nichts verkommen lassen. Als Amelie mit einem Lappen bewaffnet aus der Küche zurückkehrte, war das Malheur bereits beseitigt. Amelie wischte trotzdem gewissenhaft über das Sofatischchen, wobei sie Lisbeth mit einem blitzschnellen Griff die Flasche entwand. Diese hob drohend den Zeigefinger.

»Keine faulen Tricks, Schätzchen! Die Puppe gehört mir.«

»Dass ich später keine Klagen höre!« Mit einem gutmütigen Lachen stellte Amelie den Likör auf den Tisch zurück und verließ erneut den Raum.

»Wie ich dich beneide!«, rief Lisbeth ihr hinterher. »Du hast eine Anstellung und eine schöne Wohnung und keine Frau Breuninger als Vermieterin.« Sie hielt kurz inne, um gedanklich weitere Pluspunkte von Amelies Leben zusammenzutragen. »Du musst nicht den Kuhstall ausmisten, wenn du deine Eltern besuchst«, fiel ihr ein. »Ach was, du *kannst* deine Eltern besuchen, wenn dir danach ist, und dann geht ihr im Zwitscherstübchen schön essen, und vorher habt ihr euch sogar die Kirche gespart.« Sie wandte den Kopf und schaute zu Amelie hinüber, die jetzt im Türrahmen stand und rauchte. »Kann ich auch eine haben?«

»Du paffst doch gar nicht.«

»Wer sagt das?«

Amelie kam herüber, legte Päckchen und Feuerzeug auf dem Nierentischchen ab und ließ sich in ihren roten Cocktailsessel sinken, während Lisbeth sich eine Zigarette nahm und sie mit bedächtigen, übertrieben präzisen Bewegungen anzündete, als vollzöge sie ein heiliges Ritual. Sie nahm einen Zug, ließ den Rauch in wallenden Schwaden aus ihrem fast geschlossenen Mund quellen und war heimlich stolz, nicht husten zu müssen.

»So ist das mit unserer Amelie.« Sie taxierte ihre Freundin nachdenklich. »Selbstverständlich machst du auch was her, das wollen wir mal nicht vergessen. Ja, brauchst gar nicht so überrascht zu tun! Du siehst dufte aus und verstehst dich zu kleiden, und als ob das nicht genug wäre, o nein! Einen schnieken Verlobten hast du auch noch.«

»Noch nicht ganz!« Amelie lächelte spitzbübisch.

»Also gut, sagen wir einen So-gut-wie-fast-schon-Verlobten«, lenkte Lisbeth ein und spülte ihren erneut aufkeimenden Neid mit einem weiteren Schluck Eierlikör hinunter. Das ständige Nachschenken war ihr inzwischen lästig geworden, und so trank sie direkt aus der Flasche.

»Einen Verlobten hast du doch selbst, wenn ich mich recht entsinne«, entgegnete Amelie, doch Lisbeth wies den Einwand mit einer entschiedenen Handbewegung ab. »Mich wundert ja, dass er dich immer noch nicht gefunden hat.«

»Geschicktes Täuschungsmanöver.«

»Meinst du? Vielleicht hat er es aufgegeben und sich eine andere gesucht«, mutmaßte Amelie. »Eine, die er nicht anbinden muss, damit sie ihm nicht wegläuft.«

»Der Dieter? Was ihm gehört, gehört ihm. Das lässt er sich nicht einfach so wegnehmen.« Lisbeths Stimme hatte bereits deutlich Schlagseite. »Ist er dir eigentlich schon an die Wäsche gegangen?«

»Wer, dein Dieter?« Amelie riss erschrocken die Augen auf.

»Nein, dein zukünftiger Ehemann natürlich. Nun mal raus damit: Habt ihr es schon gemacht?« Lisbeth fixierte die Freundin mit zusammengekniffenen Augen.

»Also wirklich, Lissy!« Amelie tat empört, konnte sich das Lachen aber nicht verkneifen.

»Der Dieter hat mich immer in Schinkelmanns Scheune gezerrt, wenn keiner aufgepasst hat«, verkündete Lisbeth ungefragt.

»Die stand nämlich leer, außer samstags, da gab's Ringelpiez, weshalb alle sie nur ›Schunkelmanns Scheune‹ genannt haben. Aber von den Samstagen rede ich jetzt nicht.« Sie hielt kurz inne und nahm einen Zug von ihrer Zigarette. »Hinten gab es einen Notausgang, und von dem hatte der Dieter den Schlüssel. Keine Ahnung, wie er da rangekommen ist, wahrscheinlich hat er Schinkelmanns Söhne mit irgendwas erpresst. Traue ich ihm glatt zu. Egal, anfangs fand ich's sogar aufregend, passiert ja sonst nichts auf dem Land, das einem mal ein bisschen den Puls hochtreibt, aber dann …« Sie paffte noch zwei Züge und drückte mit mehr Kraft als nötig ihre Zigarette aus. Plötzlich kam ihr etwas in den Sinn, und sie grinste schief. »Der hat immer so komisch geschnauft, wenn er in Wallung kam, genau wie der Zuchtbulle vom Ebnerhof. Pass auf, ungefähr so.« Sie verdrehte die Augen und stieß laut schnaubend ihren Atem durch die Nase aus, worauf Amelie in schallendes Gelächter ausbrach. Lisbeth stimmte ein und lachte so lange, bis sie sich verschluckte. Sie lief knallrot an und schnappte theatralisch nach Luft, worauf Amelie aufsprang und ihr wie wild auf den Rücken klopfte.

»Schätzchen, wenn du unbedingt ersticken musst, dann bitte nicht in meiner Wohnung.«

Endlich ließ der Hustenreiz nach. »Ich hätt mich nie eingelassen mit einem wie Dieter, wenn ich nur mal rausgedurft hätte«, erklärte Lisbeth heiser, während sie sich die Tränen abwischte. »Aber nein! Das Lieschen bleibt brav zu Hause und schmiert den Geschwistern die Stullen, sonst kommt's womöglich auf dumme Gedanken! Nur wenn sich dann so ein Dieter Trimborn ranscharwenzelt, der Jungbauer ist vom größten Hof weit und breit, dann sieht die Welt plötzlich anders aus. Mit einem Trimborn junior darf man tuscheln und mauscheln und tanzen gehen, nicht zu vergessen die Abendspaziergänge an der guten Luft!« Sie lächelte grimmig. »Die Luft in Schunkelmanns Scheune war besonders gut, musst du wissen. Davon konnte der Dieter gar nicht genug kriegen.« Sie nahm einen weiteren Schluck Likör, wischte sich mit dem Handrücken über den Mund und stellte die Flasche geräuschvoll auf dem Tischchen ab. »Hab ja noch Glück gehabt, dass er mir kein Kind gemacht hat, sonst säße ich jetzt auf ewig in Kleinsiefen fest und würde Rotznasen wischen. Und wenn dem Dieter ein Furz quer sitzen würde, dann würde ihm halt mal die Hand ausrutschen, na und? Ging unseren Müttern doch auch nicht besser, was stell ich mich eigentlich so an?« Ihre Stimme war zunehmend schriller, der Ton sarkastisch geworden.

»Lissy, es ist vorbei.« Amelie rückte zu ihr aufs Sofa und legte ihr die Hand auf die Schulter. »Das hast du alles hinter dir.«

»Ja, bis dann der Rohwedel kam.«

»Von dem wollen wir jetzt gar nicht anfangen.« Die Freundin klang ungewohnt streng.

Lisbeth wollte widersprechen, ließ es aber dann sein. »Wie kamen wir eigentlich auf unsere fabelhaften Herren der Schöpfung? Richtig: dein Verlobter. Dein Beinahe-Verlobter. Wo ist der überhaupt?«

Amelie stöhnte leise auf. »Wie oft soll ich es dir noch erklären, Lissy? Hans-Jürgen ist bei einem Familienfest.«

»Und warum bist du nicht dabei?«

Die Freundin seufzte resigniert. »Weil er mich seinen Eltern noch gar nicht vorgestellt hat, da kann er mich schlecht zu ihrer Silberhochzeit mitschleppen.«

»Wieso nicht? Wäre doch eine gute Gelegenheit.«

»Ach, du!« Amelie rückte ein Stück von ihr ab. »Vielleicht ist das der Grund, weshalb du so viele Schwierigkeiten hast: Dir fehlt einfach das richtige Gespür für die Situation. Manchmal könnte man meinen, du wärst im Busch aufgewachsen!« Zum ersten Mal an diesem Abend wirkte sie verärgert.

»Zählen Kartoffelpflanzen bei dir zu den Büschen?«, erkundigte Lisbeth sich mit interessierter Ernsthaftigkeit und nahm einen weiteren Schluck Likör, obwohl ihr Magen ihr bereits zu verstehen gegeben hatte, dass er keinen weiteren Alkohol dulden würde. »Davon gab's nämlich reichlich bei uns, musst du wissen.« Sie versuchte ein Lächeln, das jedoch im Ansatz erstarb. Plötzlich kippte ihre Stimmung, und sie sackte in sich zusammen. Sie ließ sich auf den Fußboden rutschen, zog die Beine an sich und umschlang sie mit den Armen. »Ich bin am Ende, Amelie.« Ihre Stirn sank auf ihre Knie. Nach einer Weile hob sie noch einmal den Kopf und starrte ihre Freundin mit glasigen Augen an. »Können wir nicht tauschen?«, fragte sie mit schwerer Zunge. »Ich arbeite wieder im Kaufhaus und nehm deinen Dingsda mit dem schicken Auto, und du heiratest Dieter.«

HOFFMANN

18.

Die Fahrt zurück in die Stadt war lang und anstrengend gewesen. Nach einem warmen Bier, das er in seiner Abstellkammer vorgefunden hatte, war Hoffmann müde ins Bett gefallen, um sich kaum fünf Stunden später wieder aus den Federn zu quälen.

Bevor er seine Wohnung verließ, bügelte er noch sein Hemd auf und goss die Clivie, die ihm sein Vormieter vererbt hatte. Danach fuhr er ins rechtsmedizinische Institut, um Heinrich Leitners Autopsie beizuwohnen, die Dr. Wolgast und Dr. Klasen durchführten. Zweieinhalb Stunden später zog er sich mit Dr. Wolgast auf eine Zigarette in dessen Büro zurück. Der Rechtsmediziner lehnte sich gegen seinen Schreibtisch, zündete sich eine Eckstein an und inhalierte tief.

»Kerngesunder junger Kerl, hätte hundert Jahre alt werden können.«

»Wirklich bitter.«

»Tja, in der Tat. Aber so ist das Leben – oder vielmehr der Tod.« Wolgasts Hand mit der Zigarette vollführte einen knappen Bogen. »Fassen wir also noch einmal zusammen: Das Opfer starb durch scharfe Gewalt, soll heißen, er wurde erschlagen, wie wir vermutet haben. Die Axt, die am Tatort gefunden wurde, passt genau zum Verletzungsmuster. Es waren vier Hiebe, vermutlich mit zunehmender Intensität ausgeführt, und alle kamen von hinten. Eine Selbstbeibringung ist auszuschließen, auch wenn sich keine Begleit- oder Abwehrverletzungen finden.« Er zog den gläsernen Aschenbecher, der auf dem Tisch stand, näher zu sich heran.

»Das heißt, das Opfer wurde überrascht?«

»Anzunehmen. Die Hiebe kamen von schräg oben, unser Täter war also entweder ein Riese, denn Leitner war ja nicht gerade ein Zwerg, oder er hat gesessen, wovon ich ausgehe. Hätte er sich gewehrt, würden wir das mit Sicherheit sehen. Tun wir aber nicht. Was wir vorfinden, sind massive Knochenabsplitterungen der rechten Schulterblattpfanne und mehrere nach innen spießende Rippenbrüche, die wiederum den traumatischen Pneumothorax ausgelöst haben. Der wäre für sich schon tödlich gewesen, unmittelbar zum Tod geführt hat allerdings der Hieb gegen den Hals, der die Ruptur der Karotis bewirkte, also den Abriss der Halsschlagader.«

»Da scheint sich jemand in Rage geprügelt zu haben«, vermutete Hoffmann.

»Rage?« Dr. Wolgast runzelte die Stirn. »In Rage prügelt man blind drauflos, ohne Muster, mal stärker, mal schwächer. Für mich sieht das hier eher so aus, als habe der Täter während der Tat gemerkt, dass er noch eine Schippe drauflegen muss, um sein Opfer zu töten. Direkt zu töten.«

»Mmh«, machte Hoffmann. »Was wissen wir noch über ihn?«

»Über den Täter?« Der Rechtsmediziner hob die Hände zum Zeichen, dass er nichts Genaues sagen konnte. »Kann jeder gewesen sein. Man braucht nicht sonderlich viel Kraft, um mit einer solchen Waffe Verheerendes anzustellen.«

Es war nicht ganz das, was Hoffmann zu hören gehofft hatte, denn die Fakten sprachen gegen seine Theorie vom Streit zwischen Gruber und dem jungen Leitner. Kaum anzunehmen, dass Heini Leitner sich nicht gewehrt haben sollte, als Gruber mit der Axt auf ihn losgegangen war. Auch, dass die Schläge allesamt von hinten gekommen waren, passte nicht ins Bild. Der Täter musste sich angeschlichen haben. Aber wie sollte Gruber das unbemerkt geschafft haben? Er war ja mit dem Pritschenwagen gekommen, Leitner hätte seine Ankunft bemerken müssen. Es sei denn, er hätte davon nichts mitbekommen. Vielleicht war er eingeschlafen. Vielleicht war der Motor des Schleppers noch gelaufen und hatte alle anderen Geräusche übertönt. Oder aber Leitner war gar nicht an Ort und Stelle ermordet worden. Das viele Blut am Fundort der Leiche sprach zwar gegen diese Möglichkeit, aber Hoffmann erkundigte sich trotzdem danach.

»Ausgeschlossen.« Der Rechtsmediziner schüttelte den Kopf. »Was ist los? Mit den Gedanken schon bei der Weltmeisterschaft, Herr Hoffmann? Ich sagte während der Obduktion bereits: Der Mann wurde zwar nach seinem Tod noch bewegt, aber nur von der Bauch- in die Rückenlage.«

»Das heißt, jemand hat ihn umgedreht?«

»Richtig. Nach den Verletzungen, die er erlitten hat, kann er sich nicht mehr selbst auf den Rücken gedreht haben.« Dr. Wolgast nahm einen letzten Zug, bevor er seine Zigarette ausdrückte.

Hoffmann zog seinen Schreibblock hervor und machte sich eine Notiz, wobei er schmerzvoll das Gesicht verzog. Wenn Gruber vorsätzlich gehandelt hatte, wovon durch das Anschleichen auszugehen war, musste es ein Motiv für die Tat gegeben haben. Vorausgesetzt, Gruber war kein irrer Psychopath, was Hoffmann für unwahrscheinlich hielt. Blieb die Möglichkeit, die ihm am meisten missfiel: Gruber war am Unglücksort aufgetaucht, hatte Leitner zufällig entdeckt und ihn herumgedreht, um sich zu vergewissern, ob er wirklich tot war. Nein, in diesem Fall hätte er die Kaminski doch nicht auch noch bedroht. Gruber war es gewesen, wie auch immer. Warum sollte man in diesen Fall etwas hineingeheimnissen, was gegen die Wahrscheinlichkeit sprach? Der Mann war schon einmal in eine Schlägerei mit tödlichem Ausgang verwickelt gewesen. Noch einmal würde er ihn nicht ungeschoren davonkommen lassen.

»Was ist mit Ihrer Hand?« Dr. Wolgast deutete auf Hoffmanns Rechte.

»Das wollte ich eigentlich Sie fragen.«

Der Rechtsmediziner zog verwundert die Augenbrauen hoch.

»Sie sind doch Arzt, oder etwa nicht?«

Es war das erste Mal, dass Hoffmann Dr. Wolgast lachen hörte.

Der Rechtsmediziner trat näher an ihn heran und musterte interessiert seinen Arm. »Stoß- oder Sturzverletzung?«

Hoffmann schüttelte den Kopf. »Weder noch. Aber bei bestimmten Bewegungen tut es ziemlich weh.«

»Strecken Sie mal den Arm aus und heben Sie den Stuhl da hoch!« Dr. Wolgast deutete auf einen einfachen Holzstuhl mit Querlehne, der an der Wand stand. Hoffmann tat, was er verlangte, und unterdrückte nur mit Mühe ein Stöhnen.

»Tennisarm!«, verkündete der Rechtsmediziner triumphierend, offensichtlich stolz auf seine schnelle Diagnose. »Nennt man so, weil Tennisspieler häufig davon betroffen sind«, schob er überflüssigerweise nach.

Als ob ich nicht selbst draufgekommen wäre, dachte Hoffmann missmutig, und fühlte sich ertappt. »Hoffentlich nicht tödlich?«, versuchte er, das Ganze scherzhaft zu nehmen.

»In der Regel nicht.« Dr. Wolgast lächelte schon wieder. »Spielen Sie Tennis?«

»Nur ab und zu«, behauptete Hoffmann, was nicht ganz stimmte, denn in den letzten Wochen hatte er enorm viel Zeit auf dem Tennisplatz verbracht. Was hätte er sonst nach Feierabend tun sollen? Aus Langeweile war er dem TV Schwarzenau beigetreten und hatte Trainerstunden genommen. Viele. Sehr viele. Zum einen, weil er schnelle Fortschritte erzielen wollte, zum anderen, weil es ihm an Spielpartnern mangelte. Die hübschen Mädchen im Club waren alle vergeben, und Freunde hatte er nicht. Blieb nur der Tennislehrer.

»Kann natürlich auch durch einseitige Belastung ausgelöst werden«, lenkte Dr. Wolgast ein, als er merkte, dass Hoffmann sich nicht weiter äußern würde. »Durch Schreiben zum Beispiel.«

»Das wird es wohl sein.« Hoffmann war erleichtert. »Unsere Sekretärin bekommt ein Kind, und ich tippe seit Wochen meinen Kram selbst. Ist kein Zustand auf Dauer.« Auch das stimmte nicht ganz. Den größten Teil der Arbeit hatte ihm bisher Frau Bietigheim abgenommen, die vorrangig für Müller arbeitete, und *das* war auf Dauer kein Zustand. Sie war schon über sechzig, hatte einen kranken Mann zu Hause und brauchte dringend Entlastung. Wie er selbst auch. Das Fräulein Kern kam ihm wieder in den Sinn, und bei dem Gedanken an sie fühlte er sich gleich besser. Er deutete auf seinen Arm. »Was kann man dagegen tun?«

»Nicht viel«, antwortete der Rechtsmediziner und nahm ihm damit flugs den Wind aus den Segeln. »Nur schonen, schonen, schonen. Legen Sie eine Bandage an, um das Ellbogengelenk zu entlasten, und dann warten Sie ab.«

Tennisarm! Hoffmann fürchtete, dass er sich der Lächerlichkeit preisgeben würde, wenn das im Präsidium die Runde machte. *Schaut euch den Lackaffen an: trägt Golfschuhe und hat einen Tennisarm.* So in etwa würden sie denken. Hoffmann seufzte. Er war frustriert. Arm kaputt, Tennis adé. Dafür hieß es wieder »Willkommen in Kaltenbruch.«

Dieser Heini Leitner. Welch ein mieser Tod für einen so jungen Kerl, fast noch ein Kind! Vollkommen sinnlos. Und nichts in der Hand gegen Gruber, da hatte er sich von Dr. Wolgast deutlich mehr Rückendeckung erhofft. In Rekordzeit würde er diesen Fall nun sicher nicht zu den Akten legen können, dachte er eher enttäuscht als ungehalten. Dazu dieses Wetter.

Als er in seinen Käfer stieg, schüttete es nach wie vor. Niemand außer ihm schien unterwegs an diesem Sonntagvormittag, er durchquerte eine schlafende Stadt. Auch die Vororte waren menschenleer, nur selten kam ihm ein Fahrzeug entgegen. Es schien, als wäre der Fluss sein einziger Begleiter. Normalerweise gerade breit genug, dass man ihn nicht mehr einen Bach nennen konnte, hatte er sich über Nacht in ein wildes Tier verwandelt, das alles mit sich riss, was ihm in die Quere kam. In einem der namenlosen Weiler, die Hoffmann passierte, standen die zur abfallenden Uferseite hin erbauten Häuser schon bis zur Haustür im Wasser.

Hatte er gestern bereits Bedenken gehabt, was die Brücke betraf, so standen diese in keinem Vergleich zu den Befürchtungen, die ihn heute ereilten. Das Wasser donnerte gegen die hölzernen Pfeiler, als trüge es einen Kampf gegen sie aus, den es unbedingt gewinnen wollte, die Gischt spritzte bis auf die Fahrbahn. Ohne Zweifel, der Fluss hatte sich Respekt verschafft, und Hoffmann fragte sich besorgt, wozu er in den nächsten Tagen noch in der Lage sein würde.

Endlich erreichte er Kaltenbruch. In dem Moment, als er die Wache betrat, klingelte das Telefon. Kröger hob die Hand zum Gruß und ging ran. Eine Weile lauschte er schweigend, dann deckte er mit der Hand die Sprechmuschel ab und sagte leise zu Hoffmann: »Das ist der Advokat der Firma Schlüter. Er ist beauftragt, Gruber Rechtsbeistand zu leisten, und er möchte mit ihm reden. Sofort.«

Hoffmann presste die Zähne aufeinander und sog mit einem scharfen Zischlaut die Luft ein, als hätte man ihm Schmerzen zugefügt, hatte sich aber sofort wieder im Griff. »Tja, dann – bitte sehr. Holen Sie Gruber an den Apparat.«

Eigentlich hatte er sich den Mann gleich noch einmal vorknüpfen wollen – eine in der Zelle verbrachte Nacht machte so manchen gesprächig. Leider würde daraus nun nichts werden. Für Hoffmann stand fest, worauf die Sache hinauslief: Gruber würde keinen Ton mehr von sich geben, bis er sich ausführlich mit dem Anwalt beraten hatte.

Und so kam es auch.

19.

Ein dünnes Mädchen öffnete ihm die Tür. Er wollte sich erklären und hatte bereits seinen Dienstausweis gezückt, doch sie schien kaum hinzuhören und gewährte ihm mit einem Kopfnicken Einlass. Die Absätze ihrer unmodernen Schnürschuhe klapperten auf den Tonfliesen und erzeugten einen leichten Widerhall, während sie ihn den dunklen Flur entlangführte und ihm den Weg zur guten Stube wies.

Der Besuch bei den trauernden Angehörigen war jedes Mal ein Kraftakt, auch für einen Mann wie Hoffmann. Oder gerade für einen wie ihn, der sich in Gefühlsdingen schwertat. Schock und Schmerz konnten versteinern, sie konnten ein Meer von Tränen auslösen oder sich als markerschütterndes Geschrei ihren Weg bahnen. Man musste das Gemüt abspalten davon, war Hoffmann überzeugt, und er glaubte, diese Fähigkeit ganz gut zu beherrschen. Doch so sehr er sich auch um Professionalität bemühte, auf diese Szenerie war er einfach nicht vorbereitet.

Das Befremdlichste war die Stille. Eine Stille, die umso mehr auf ihm lastete, weil er sich plötzlich so vielen Menschen gegenübersah: Dicht an dicht standen oder saßen sie, auf Stühlen am Tisch, auf Schemeln daneben, auf dem Sofa an der Wand; sie lehnten an den Türrahmen oder drückten sich in die Ecken.

Eine Versammlung dieser Größenordnung verursachte gewöhnlich einen gewissen Geräuschpegel, da Menschen nun einmal keine Fische sind, doch hier war kein Mucks zu hören.

Es war unglaublich heiß und stickig in diesem Zimmer. Durch den fortwährenden Regen hatte die Hitze draußen zwar nachgelassen, aber innerhalb der Mauern hielt sie sich, und die vielen Menschen taten ihr Übriges.

Fast alle trugen Schwarz, die Frauen hochgeschlossene Kleider, die Männer steife, schlecht sitzende Anzüge, viel zu warm für die Temperaturen. Die schweren Vorhänge vor den beiden Fenstern waren zugezogen, nur ein paar rußende Kerzen spendeten etwas Licht. Auf dem Eichenbüfett im hinteren Teil des Raumes türmten sich Unmengen von Kaffeegeschirr, dazu Teller und Servierplatten. Es roch penetrant nach Suppe, nach Schmalzbroten und Schweiß.

Hoffmann kam die Beerdigung seines Großonkels Klaus in den Sinn, der er vor einigen Wochen beigewohnt hatte: Gottesdienst, Abschiednehmen am geschlossenen Sarg, Beisetzung, Kaffee und Kuchen im Café Schönblick. Eine saubere, würdige Sache, und alle hatten sich schick gemacht. Sein Großonkel war alt gewesen und auch nicht ermordet worden, der junge Leitner hingegen alles andere als sauber aus dem Leben geschieden, was wohl einen Unterschied machte, aber dennoch: Hätte das alte Mütterchen, das dort halb ohnmächtig im Sessel hing, das Zeitliche gesegnet, ginge es hier vermutlich genauso zu. Wie im vorletzten Jahrhundert. Wahrscheinlich hatten sie auch die Uhren angehalten und im ganzen Haus die Spiegel verhängt. Und dabei war das hier noch nicht einmal die Beerdigung.

Hoffmann, der in der Tür stehen geblieben war, betrat nur widerwillig den Raum. Augenblicklich brach ihm der Schweiß aus. In einer heißen Welle stieg Panik in ihm auf, höher und höher, bis die Welle über ihm zusammenbrach. Nur mit größter Mühe widerstand er dem Drang, den Raum sofort wieder zu verlassen, sah sich schon durch den dunklen Flur eilen, an die Luft, hinaus in den Regen, ersehnte beinahe den erfrischenden Guss. Sein Herz pochte wie wild, seine Brust fühlte sich zu eng an, als wäre nicht Platz genug für das galoppierende Herz. Er würde doch jetzt keinen Infarkt bekommen, in seinem Alter? Nein, das war lächerlich. Schon spürte er die nächste Welle nahen, heiß und schwarz wie flüssiges Pech. Seine Knie gaben nach, der Boden schien unter ihm wegzusacken. Hoffmann spannte seine Muskeln an und zwang sich, ruhiger zu atmen.

Hatte er nicht schon ganz anderes im Leben gemeistert? Hatte er nicht erst heute Morgen einer Autopsie beigewohnt? Ein Feigling war er nun wirklich nicht. *Reiß dich zusammen, Kamerad, und tu deine Pflicht!*

Weiter atmen, tief in den Bauch, ein und aus, ein und aus, ein und aus. Die Welle zog sich allmählich zurück. Seine Gedanken wurden wieder klarer.

Hilfesuchend sah er sich nach dem Mädchen um, das ihn eingelassen hatte, aber es war verschwunden. Also gut, dann würde er die Sache eben selbst in die Hand nehmen müssen. Sein Blick flog über die Menschenmenge und blieb an einem älteren Mann haften, der mit gesenktem Kopf am Tisch saß wie ein trauriger König, umringt von seinen treuen Vasallen. Hoffmann bahnte sich einen Weg zu ihm.

»Herr Leitner?«, fragte er aufs Geratewohl. Der Mann starrte weiter stumpf vor sich hin. »Herr Leitner?« Er schaute zu den anderen Männern hinüber, darauf bauend, dass sie ihm ein Zeichen geben würden, ob er mit dem Richtigen sprach, aber niemand regte sich. Hoffmann spürte, wie ihm die Schweißperlen unter dem Jackett den Rücken hinabbrannten. Atmen, immer schön atmen.

Da, eine ebenfalls am Tisch sitzende Frau mittleren Alters suchte seinen Blick und nickte ihm kaum merklich zu.

»Gregor«, sagte sie leise, beugte sich vor und legte ihre Hand auf die des traurigen Königs. »Gregor, der Herr dort möchte dich sprechen.«

Endlich hob Leitner den Kopf. »Sprechen? Es gibt nichts zu sprechen«, erklärte er tonlos, und sein Kinn sank wieder nach unten.

Teufel auch, wie lange sollte Hoffmann noch hier ausharren? Man konnte ja verstehen, dass dem Mann nicht nach reden zumute war, aber anders ging es nun einmal nicht. Er wollte hier raus, besser jetzt als gleich. *Reiß dich zusammen, Peter.* Sein Herz raste noch immer, sein Hals fühlte sich an wie mit Schmirgelpapier bearbeitet: rau und trocken. Er räusperte sich. »Ich bin Kriminalkommissar Hoffmann«, sagte er überdeutlich artikuliert, und angesichts der Stille im Raum klang es fast wie gebrüllt. »Ich bin hier, um den Tod Ihres Sohnes aufzuklären, Herr Leitner. Das ist sicher auch in Ihrem Interesse, also lassen Sie uns reden.«

Doch Leitner dachte nicht daran. Er ignorierte ihn einfach.

»Kommen Sie. Ich rede mit Ihnen.«

Hoffmann wandte sich um und erblickte einen jungen Mann, der hinter ihn getreten war und ihn nun mit einer Geste aufforderte, ihm zu folgen. Raus hier, nur raus, wohin auch immer. Sie traten hinaus in den Flur, gingen ein paar Schritte weg von der Tür. Hier war die Luft deutlich angenehmer, und Hoffmann atmete ein paar Mal tief durch. Gleich fühlte er sich etwas besser. *Na also, geht doch! Weiter so!*

Der junge Mann stellte sich als Martin Leitner vor, der älteste Sohn der Leitners. Hoffmann reichte ihm die Hand und sprach ihm sein Beileid aus.

»Hören Sie, Herr Leitner – Martin –, wir müssen reden. Ich brauche Informationen, je mehr, desto besser. Wir wollen doch alle, dass Heinis Mörder gefasst wird.«

»Heinrich.«

»Wie bitte?«

»Sein Name war Heinrich. Heini war er nur für die Familie.«

»Verstehe.« Hoffmann deutete zu dem Raum hinüber, den sie verlassen hatten. »Da drin, ist das alles Familie?«

Martin schüttelte den Kopf. »Das sind Leute aus dem Dorf. Sie kommen, um zu kondolieren. Und eine Spur Neugier wird auch dabei sein, schätze ich.«

»Tja, so sind die Menschen.« Hoffmann lächelte matt.

»Was genau wollen Sie wissen?«

»Da sind eine Menge Dinge, die geklärt werden müssen, Herr Leitner.«

Es klopfte an der Haustür, und wieder erschien das dünne Mädchen, um zu öffnen. Ein älteres Ehepaar trat ein, beide von kräftiger Statur, mit derben, rosigen Gesichtern. Auch sie begleitete das Mädchen bis zur Tür, die in die Stube führte, doch sie gingen nicht sofort hinein, sondern traten auf Martin zu, um ihm ihr Beileid auszusprechen.

»Und der Vater?« Die Frau hatte seine Hände ergriffen.

»Der Doktor war da und hat ihm was gegeben, er sitzt jetzt bei den anderen.« Martin deutete mit dem Kinn in Richtung Tür, worauf der Mann ihm noch einmal auf die Schulter klopfte. Die Frau ließ seine Hände los, und beide verschwanden in dem dunklen Zimmer, als würden sie von ihm verschluckt. Hoffmann blickte ihnen einen Moment nach, ehe er sich wieder Martin Leitner zuwandte.

»Können wir irgendwo hingehen, wo wir ungestört sind?«

Statt zu antworten, marschierte der junge Leitner voran und führte Hoffmann in die Küche, einen großen, gefliesten Raum, in dessen Ecke ein einfacher Tisch mit ein paar Stühlen und einer Eckbank stand. Martin bedeutete Hoffmann, Platz zu nehmen, und setzte sich ihm gegenüber.

»Darf ich?« Der Kommissar setzte an, seinen Hemdkragen zu lockern. Martin Leitner, der ein weißes Hemd mit schwarzer Halsbinde trug, erwiderte nichts, stand aber noch einmal auf und öffnete die Tür zum Hof. Hoffmann zog sein Jackett aus, in diesem Moment fuhr eine Brise herein, die einen Geruch nach Kuhstall und Misthaufen mit sich trug, doch sie kühlte seinen Nacken, und er spürte, wie der Druck in seinem Brustraum allmählich nachließ.

»Nun, Herr Leitner, was ist gestern passiert?«, wandte er sich dem Jungbauern zu, der verwundert die Stirn runzelte.

»Das fragen Sie mich? Sie müssten es doch viel besser wissen.«

»Ich? Nein, Herr Leitner – Martin –, da sind Sie ganz falsch informiert. Ich habe einen Toten und ich habe einen Tatort, mehr nicht. Was geschehen ist, das wissen andere viel besser.«

»Klar. Vor allem der, der Heini erschlagen hat. Der ist bestens im Bilde. Ich weiß nichts. Gar nichts.«

Hoffmanns Blick glitt durch den Raum, und da er trotz der offen stehenden Tür zum Hof nicht nach draußen blicken konnte, blieb er am Fenster hängen. Er brauchte die Illusion von Weite, auch wenn er kaum mehr als ein Fleckchen grauen Himmels erhaschen konnte. Wieder zwang er sich zur Konzentration. »Gut, Herr Leitner, fangen wir noch einmal von vorn an, mit ein paar ganz einfachen Fragen: Wie war der Tag gestern, was haben Sie gemacht? Was hat Heinrich getan?«

Ehe Martin antworten konnte, trat eine junge Frau durch die Küchentür, wobei das Tablett voll leerer Kaffeetassen, das sie trug, bedenklich schepperte. Sofort sprang Martin hinzu, nahm es ihr ab und stellte es auf die Spüle. Ein echter Gentleman, dachte Hoffmann halb zynisch, halb anerkennend, und musterte die junge Frau: Sie war ungefähr zwanzig Jahre alt, hatte dunkelblondes, nackenkurzes Haar und sah zwar übernächtigt, aber ausgesprochen gesund und adrett aus.

»Marlene, das ist Kommissar Hoffmann«, stellte Martin ihn vor. »Er ist hier, um die Sache aufzuklären. Wir sollten ihn unterstützen.«

»Sicher, das ist das Mindeste«, sagte das Mädchen und streifte ihn mit einem Blick. Sie musste die Erdbeerverkäuferin sein. Er schenkte ihr ein Lächeln, das er für vertrauenerweckend hielt, doch sie reagierte nicht darauf. Vermutlich hatte sie es nicht einmal bemerkt. Sie füllte einen Kessel mit Wasser, stellte ihn auf den Herd und griff nach einer Dose Kaffeepulver. Obwohl er ihr Gesicht nicht sah, spürte er ihre Anspannung.

»Wir sind unserer Arbeit nachgegangen, wie immer«, hob Martin an. »Ich bin raus aufs Feld, und Heini ist auch raus. Mit dem Trecker. Er hat drüben am Eidergrund Zäune repariert. Ein paar Rindviecher sind da neulich durch und haben ein Tor eingedrückt. Es schloss nicht mehr richtig.«

»Hat ihn jemand bei dieser Reparatur gesehen?«, erkundigte sich Hoffmann.

Martin zuckte ratlos die Achseln. »Ich weiß nicht.«

»Und später dann, wie kam er zu dem Obststand an der Straße?«

»Er wird vorbeigefahren sein«, mutmaßte der junge Leitner. »Liegt ja auf dem Weg.«

»Warum? Hat er dort Obst verkauft?«

»Der Heini?« Über Martin Leitners Gesicht huschte die Andeutung eines Lächelns, das jedoch sofort wieder erstarb.

»Also gut. Kein Obst. Wie erklären Sie sich dann, dass der Traktor dort stand?«

»Weil er angehalten hat«, antwortete unerwartet das Mädchen.

Hoffmann schaute zu ihr hinüber. »Sie waren auch dort, wie ich hörte?«

Die junge Frau nickte.

»Und Sie sind ... die Schwester?«, tippte er.

»Nein, ich ... ich arbeite hier.«

»Verstehe. Was genau ist dort an dem Stand passiert?«

»Als ich dort war, ist nicht viel passiert. Ich habe Erdbeeren verkauft. Bis Mittag etwa. Dann kam Heini mit dem Traktor und hat kurz angehalten.«

»Warum?«

»Warum er anhielt?« Die Frage irritierte sie sichtlich, und sie lief rot an. »Nun ja, weil bald Mittag war. Er wollte eine Pause einlegen, war zufällig in der Nähe, und wir haben uns unterhalten.«

»Dort am Stand.«

»Ja.«

»War noch jemand dabei?«

»Weshalb sollte denn –« Sie unterbrach sich. »Nein. Nur wir beide.«

»Und dann?«

»Was meinen Sie damit?«, fragte sie unsicher, doch ihr Blick traf nicht ihn, sondern Martin.

»Keine Ahnung«, erwiderte er. »Ich war nicht dabei.«

»Ich, ich weiß nicht ...«

»Sie erinnern sich nicht?«

Wieder wanderte ihr Blick hilfesuchend zu Martin, der jedoch keinerlei Reaktion zeigte.

»Liebes Fräulein. Marlene, richtig? Also, Fräulein Marlene, erzählen Sie einfach, was Ihnen in den Sinn kommt. Sortieren können wir später.«

»Ich hatte schrecklichen Durst, weil ich doch schon den ganzen Morgen dort gesessen hatte«, begann sie und zupfte an ihrer Spitzenschürze, die sie mit dem schwarzen Kleid, das sie darunter trug, wie eine Kellnerin aussehen ließ. »Mir war die Wasserflasche ausgelaufen, und Heini hatte auch nichts mehr, also bin ich nach Hause, um etwas zu holen.«

»Sie sind gegangen, und er ist geblieben?«

»Ja.«

»Wäre es nicht leichter gewesen, wenn er den Traktor genommen hätte, um Wasser zu holen, statt Sie bei der Hitze zu Fuß loszuschicken?«

»Er hat mich nicht geschickt«, erklärte sie entschieden. »Außerdem hätte er den großen Bogen fahren müssen. Ich brauchte nur übers Feld zu laufen, das geht schneller.«

»Wann war das in etwa?«

»Gegen Mittag, das sagte ich ja. Ich habe nicht auf die Uhr geschaut, das heißt, ich habe keine getragen, also ich habe gar keine Uhr.« Sie klang, als wäre ihr das peinlich. Hoffmann hielt den Umstand, dass ein zivilisierter Mensch keine Uhr besaß, tatsächlich für peinlich. Wonach lebten die hier? Nach dem Stand der Sonne?

»Meine ist kaputt«, setzte Marlene hinzu, als hätte sie seine Gedanken gelesen.

»Was hat Heini getan, nachdem Sie gegangen sind?«

»Er war nicht der Dorftrottel«, unterbrach Martin ihn. »Für Sie und jeden sonst, der ihn nicht gekannt hat, heißt er Heinrich. Das sagte ich doch.«

Hoffmann schwieg einen Moment. Warum gaben sich diese Leute Dorfdeppen-Namen, wenn sie sie dann nicht ertragen konnten? Nein, er verstand es nicht, entschied aber, den Ball flach zu halten. »Heinrich, natürlich.« Er nickte entschuldigend, wandte sich wieder Marlene zu und wiederholte seine Frage.

»Er wollte bleiben, bis ich wieder zurück war«, antwortete sie. »Die Kasse war ja auch noch da, es musste jemand aufpassen.«

»Sicher. Und als Sie zurückkamen?«

»Bin ich nicht.« Sie schlug die Augen nieder, als hätte sie ihm eine Sünde gebeichtet.

»Nein?«

»Es hat fürchterlich zu regnen angefangen, und damit war das Geschäft für den Tag vorbei. Es war klar, dass Heini die restliche Ware auf den Schlepper laden und heimkommen würde. So hatten wir es ausgemacht für den Fall, dass das Wetter nicht mehr mitspielen würde. Aber er –« Sie sprach nicht weiter. Ihre Hand wanderte nach oben und umschlang das feine goldene Kreuz, das sie um den Hals trug.

»Ja?«

»Er ist nicht gekommen«, vollendete sie den Satz.

»Nein, das ist er nicht«, meinte Hoffmann gedankenvoll. Das Schwitzen hatte nachgelassen, auch sein Puls war deutlich ruhiger geworden. Fast fühlte er sich wieder wie der Alte. Er schaute eine Weile sinnend aus dem Fenster, dann wandte er sich mit neuer Entschlossenheit dem jungen Leitner zu.

»Wer ist es gewesen? Haben Sie eine Ahnung?« Er hatte nicht vor, ihm von Gruber zu erzählen, bis dieser ein Geständnis abgelegt hatte, war sich aber fast sicher, dass Martin Grubers Namen nennen würde. Aber das tat er nicht, sondern lachte nur bitter.

»Fragen Sie doch mal Schlüter.«

»Schlüter – der mit den Bürsten und Besen? Wie kommen Sie auf ihn?«

Der junge Leitner zögerte, als müsste er erst abwägen, was er preiszugeben bereit war. »Liegt ja wohl auf der Hand«, sagte er dann. »Einer seiner Pritschenwagen stand doch direkt hinter Heinis Schlepper.«

»Und Sie glauben, Schlüter ist ihn selbst gefahren?«

»Wohl kaum.« Martin Leitner schüttelte den Kopf. »Drin saß dieser Gruber, das wissen wir sehr wohl. Und wenn ich ihn zu fassen kriege, ist der Typ dran.«

»Stopp!« Hoffmann hob abwehrend die Hände. »Der Wagen stand nur dort, weil der Erkennungsdienst einen Abgleich vornehmen musste. Der Fahrer des Wagens hatte die Straße unmittelbar nach der Tat passiert und angehalten. Dabei hat er Reifenspuren hinterlassen, die von tatrelevanten Spuren unterschieden werden müssen, Sie verstehen?« Er bemühte sich, die Lüge möglichst professionell klingen zu lassen, und fixierte den jungen Mann mit ernstem Blick. »Machen Sie sich nicht unglücklich, Herr Leitner.« Es klang mehr nach Befehl als nach Rat – ein Fall von Blutrache war das Letzte, was Hoffmann gebrauchen konnte. »Glauben Sie mir, der Täter wird seine gerechte Strafe bekommen.«

Martin Leitner kniff die Augen zusammen. »Ach ja? Wie damals bei Manfred Kuhnt?«

Hoffmann zögerte einen Augenblick. »Der Täter wird überführt und bestraft werden, Herr Leitner. Aber dafür sind andere zuständig.« Er schob seinen Stuhl zurück, stand auf und griff nach seinem Jackett. »Lassen Sie ihn keine Dummheiten machen«, wandte er sich noch einmal an die junge Frau. Ihre Wangen glühten, und sie brachte keinen Ton heraus, doch sie nickte.

»Und kommen Sie bitte morgen Nachmittag auf die Polizeiwache, wir müssen Ihre Aussagen zu Protokoll nehmen. Vielleicht fällt Ihnen bis dahin ja auch noch irgendetwas ein, das uns weiterhelfen könnte.«

Nachdem er freies Feld erreicht hatte, hielt er nochmals an und stieg aus seinem Wagen. Der Regen hatte nachgelassen und war kaum mehr als ein mildes Plätschern, als wäre der Himmel eine große Gießkanne, die wohlwollend die Erde benetzte. Die Luft roch wie frisch gewaschen: nach Sommer, nach Gras – ja, sogar nach Glück, dachte er für einen Moment. Er hatte durchgehalten und seiner Panik Paroli geboten. Sie würde ihn nicht kleinkriegen. Er würde sie besiegen. Ein für alle Mal.

Hoffmann legte den Kopf in den Nacken und schloss die Augen.

MARLENE

20.

Nachdem der Polizeibeamte aus der Stadt den Hof verlassen hatte, machte Marlene sich ans Geschirrspülen. Ihr ging das Gespräch mit dem Kommissar nicht aus dem Kopf, und natürlich dachte sie an Heini. Nächsten Monat wäre er achtzehn Jahre alt geworden. Sie konnte es noch immer nicht fassen.

Auch ihr eigener Geburtstag lag in nicht allzu weiter Ferne, doch während sie nur ein Jahr draufsattelte, würde er für immer und ewig siebzehn bleiben. Sie dachte an seine unbedarfte Art, an seine Albernheiten, sein Lausbubenlächeln. Vielleicht passte es sogar zu ihm, für immer ein halbes Kind zu bleiben. Schnell wischte sie sich mit dem Handrücken die Tränen fort und ließ heißes Wasser in die Spüle nachlaufen.

Sein Geburtstag. Der Gedanke daran wollte sie nicht loslassen. Als ob nicht schon alles schlimm genug wäre! Sicher hätte er sich von ihr wieder eine Torte gewünscht. Eine ohne Früchte, nur mit viel Zucker, Butter und Sahne. Die würde er nun nicht mehr genießen können. Unweigerlich kam ihr der Kuchen in den Sinn, der einmal für ihren eigenen Geburtstag gedacht gewesen war. Damals. Nach dem gemeinsamen Ausflug, der sie um ein Haar das Leben gekostet hatte.

Ihr zehnter Geburtstag war der eigentliche Anlass für das Mittagessen in dem Lokal gewesen, an dessen Namen sie sich nicht mehr erinnerte. Sie hatten ihr kleines Fest vorverlegt, weil die Mutter am folgenden Tag, einem Sonntag, wieder zum Dienst gemusst hatte. Den Kuchen aber wollten sie sich für den eigentlichen Ehrentag aufsparen. Ein Sonntagskuchen für mein Sonntagskind, hatte die Mutter gesagt und dafür extra Fettmarken gehortet und drei Eier aufgehoben. Sogar ein paar Löffel Kakao konnte sie auftreiben, und Herr Wiegand steuerte sein Mehl bei, für das ihm ein Stück Gugelhupf versprochen war. Ein hervorragender Tausch, über den er sich glücklich schätzen könne, hatte er behauptet. Wer käme heutzutage noch in den Genuss von selbst gebackenem Kuchen?

Und dann hätte Marlene ihn doch beinahe vergessen. Aber ihre Mutter nicht. Bei Kerzenschein buken sie gemeinsam nach einem Rezept aus dem Backbuch, das sie etwas abspeckten. Marlenes Hände zitterten noch immer so sehr, dass Irmgard ihr beim Aufschlagen der Eier behilflich sein musste, damit nichts danebenging. Bald erfüllte ein herrlicher Duft den Raum und drang bis auf den Flur hinaus. Sie holten den Kuchen aus dem Ofen, ließen ihn abkühlen, stürzten ihn auf eine Platte und streuten die letzten Krümel Zucker und einen Löffel Kakaopulver darüber. Sie platzierten ihn mitten auf dem Küchentisch und bewunderten stumm ihr Werk. Dann begann Marlene leise zu weinen, und das Zittern wurde wieder heftiger. Der tote Junge. Ihre Klassenkameradinnen. Das Fräulein Lorenz. All jene, die gestorben waren und für die nun niemand mehr einen Geburtstagskuchen zu backen brauchte.

»Vielleicht sollten wir jetzt schon ein Stück essen«, schlug Irmgard vor und legte ihr eine Hand auf den Arm, doch Marlene wehrte entrüstet ab. Vorauszufeiern brachte Unglück, das wusste jeder. Ganz sicher nach einem Tag wie diesem.

Irmgard verließ den Raum, und Marlene folgte ihr in den Flur, wo die Mutter ihren Koffer öffnete, der dort fertig gepackt bereitstand und alle wichtigen Dokumente enthielt: Papiere, ihr Sparbuch, ihr bisschen Schmuck, Kleidung. Auch für Marlene stand ein solcher Koffer in kleinerer Ausführung bereit. Außerdem hatte die Mutter drüben in Deutz eine weitere Tasche bei einer Arbeitskollegin aus dem Krankenhaus deponiert. Für den Fall, dass sie ausgebombt wurden und alles verloren ging.

Marlene sah, wie ihre Mutter ein kleines Päckchen aus ihrem Koffer hervorholte und in ihrer Rocktasche verschwinden ließ.

»Gehen wir nicht runter, Mama?«

Die anderen Bewohner des Hauses hockten sicher längst unten im Luftschutzkeller, wie auch sie es die letzten Nächte getan hatten. Ein Großteil ihres Lebens fand seit geraumer Zeit im Keller statt.

»Heute schlafen wir in unseren Betten«, antwortete Irmgard. »Du brauchst Ruhe. Wir beide brauchen Ruhe. Und warum sollten sie uns weiter bombardieren? Es steht ja ohnehin nichts mehr.«

Das Heulen der Sirenen riss sie aus dem ersten Tiefschlaf. »Die dreckigen Tommies machen das mit voller Absicht«, hatte Fräulein Schulz, die neue Lehrerin, erklärt: Die Kölner um ihren Schlaf bringen, damit sie mürbe wurden.

Marlene setzte sich auf. Die Verdunkelung durch die Bretter sorgte für eine fast undurchdringliche Finsternis. Eine Bewegung nahe beim Fenster, der ein kleiner, scharfer Schreckenslaut folgte.

»Kind, wir müssen uns beeilen!«

Die Mutter war offenbar bereits angezogen. Oder gar nicht erst zu Bett gegangen. Marlene war mit einem Satz bei ihr, zwängte sich vor sie und spähte durch einen Spalt zwischen Brettern und Fensterrahmen.

Sterne. Bunte Sterne, die glitzernd wie Tannenbaumschmuck langsam zur Erde schwebten. Marlene presste ihre Wange gegen das kühle Mauerwerk und schielte gen Himmel. Sah noch mehr Sterne. Sie bildeten einen Kreis, dessen Zentrum genau über ihnen lag. Die Angst packte sie mit einer Wucht, die sie versteinern ließ.

Ihre Mutter fasste sie bei der Hand und zog sie mit sich. Keine Zeit, sich ordentlich anzuziehen, keine Zeit, Getränke aus der Küche zu holen, keine Zeit, die Koffer mitzuschleifen. Keine Zeit, keine Zeit, keine Zeit. Drei Stockwerke abwärts, die Kellertreppe hinunter, den Pfeilen folgend, die mit Leuchtfarbe an die Wand gemalt waren, doch den Luftschutzkeller fanden sie inzwischen auch blind.

Unter das Geheul der Sirenen mischte sich das Dröhnen der Bombergeschwader und das Feuern der Flak. Kaum hatten sie die letzte Stufe erreicht, krachte es ganz in der Nähe. Das Haus zitterte, Putz rieselte herab. Herr Wiegand stand schon in der Tür und gestikulierte wild mit seinem verbliebenen Arm.

»Wo bleibt ihr denn?«

Er lotste sie herein, zog die Tür zu. Riegel vor. Aufatmen.

Die anderen Hausbewohner waren schon da und hockten auf ihren Plätzen. Die Schützens links, die Geigers rechts, das ledige Fräulein Holtmann nahe dem Durchbruch. Marlene und ihre Mutter suchten sich ihren Platz nahe dem Pfeiler, der zusätzlich eingezogen worden war; Herr Wiegand postierte sich nahe der Stahltür zum Treppenhaus. Nur das Ehepaar Trappenbach fehlte. Die alten Leute, wo waren sie? Vielleicht gar nicht zu Hause? Alle wussten, dass das unwahrscheinlich war, aber was wollte man machen? Jetzt nachzusehen konnte den sicheren Tod bedeuten. Das würde auch Luftschutzwart Wiegand nicht zulassen: Er würde die Tür nicht mehr öffnen, für niemanden.

Marlene hockte sich auf die hölzerne Bank, zog die Knie an und schlang die Arme um ihre Beine. »Die Tannenbäume!«, jammerte sie. »Sie waren genau über uns.«

»Vielleicht trägt der Wind sie noch fort.« Irmgard sprach leise. Mehr blieb ihnen nicht als die Hoffnung, dass es andere treffen würde. Das Licht fiel aus, Kerzen flammten auf. Kein Schießen der Flak mehr, nur noch das Zischen der Bomben.

»Das ist ja schlimmer als an der Front, da kann man wenigstens dem Feind ins Auge sehen und kämpfen!« Alle hoben die Köpfe und sahen zu dem Sohn der Familie Geiger hinüber, der auf Heimaturlaub war. »Hier sitzt man ja nur und wartet auf den Tod.« Seine Hände krampften sich so fest um seine Feldmütze, dass die Knöchel im Kerzenlicht weiß wie Zuckerguss schimmerten.

»Mein Kuchen!«, weinte Marlene. Sie hatten auch den Kuchen in der Wohnung vergessen.

»Den essen wir morgen«, tröstete die Mutter und zog sie an sich. »Du wirst sehen, bald ist der Spuk vorbei.«

Und tatsächlich: Plötzlich wurde es still. War sie vielleicht taub geworden? Unsicher blickte Marlene in die Gesichter der anderen, sah Ratlosigkeit und verhaltene Erleichterung.

»War's das?« Herrn Wiegands Stimme. Marlene atmete auf. Ihr Gehör tat also noch seinen Dienst. Ob er wohl sein Mikroskop in den Keller geschafft hatte? Und die Kuckucksuhr! Das wäre nun wirklich ein großer Schaden, wenn man die kaputt gebombt hätte.

»Ich muss nach oben und sehen, was los ist.« Irmgard war bereits aufgestanden.

»Ich komme mit!« Auch Marlene sprang auf, wobei sie von einem plötzlichen Schwindel erfasst wurde.

»Auf keinen Fall!«, widersprach ihre Mutter. »Es muss schnell gehen, da kann ich dich nicht brauchen.« Sie wandte sich zur Tür und gab Herrn Wiegand ein Zeichen. Der Sohn der Geigers und Frau Schütz eilten ihr nach. Wer konnte wissen, ob nicht eine Brandbombe im Dachstuhl lag? Wenn man sie rechtzeitig löschte, wäre das Schlimmste zu verhindern.

»Mama!« Marlene streckte die Hand nach ihrer Mutter aus, um sie festzuhalten, doch diese wehrte ab. Eine Sekunde lang hielt sie inne, rang mit sich, griff schließlich in ihre Rocktasche.

»Hier, für dich.« Sie drückte Marlene schnell etwas in die Hand – das kleine Päckchen, das sie am Abend zuvor aus dem Koffer geholt hatte. Dann war sie auch schon fort.

Marlene weinte. Betete und weinte. Lauschte. Es blieb ruhig. Sie schöpfte ein wenig Hoffnung und besah sich das Päckchen genauer: dünnes graues Papier, mit einem Stück Faden verschnürt. Als sie es öffnete, glitt ein goldenes Kreuz an einer feinen Kette in ihre Hand. Wie schön es war! Sie weinte noch mehr, betete noch inbrünstiger.

Dann das neuerliche Dröhnen eines Kampfgeschwaders. Keine

Flak mehr. Eine Detonation, die den Boden erzittern ließ. Marlene schrie auf. War das die Antwort auf ihre Gebete?

Plötzlich war die Mutter wieder da. Um ihren Hals baumelte ein praller Stoffbeutel, in der einen Hand trug sie ihren Koffer, und mit der anderen stützte sie die alte Frau Trappenbach, die aussah, als hätte man einen Sack Kalk über ihr ausgeschüttet. Auch der junge Soldat Geiger kehrte zurück und half dem tattrigen Herrn Trappenbach in den Luftschutzkeller, dicht gefolgt von Frau Schütz.

Aufatmen. Abwarten.

Es ging wieder los, schlimmer als zuvor. Sprengbomben und Luftminen: Die Todessterne hatten sie angekündigt. Die Furcht, nicht mehr lebend aus dem Keller herauszukommen. Frau Schütz begann, laut zu beten, und alle anderen stimmten ein.

Ein rhythmisches Hämmern, Stimmengewirr. Die Nachbarn aus dem Haus rechts zerschlugen den Durchbruch. In eine dicke Staubwolke gehüllt, kletterte einer nach dem anderen durch die Öffnung, mehr tot als lebendig.

»Unser Hoos brennt«, sagte der Mann, der den Vorstoß gewagt hatte. Nach Luft ringend, stützte er sich mit beiden Händen an der Wand ab. Marlene kannte ihn vom Sehen, wusste aber seinen Namen nicht. Er und alle anderen waren von Kopf bis Fuß mit grauem Staub bedeckt, nur die Augen brannten wie Kohlenstückchen. Sie husteten und spuckten und hielten sich nasse Tücher vors Gesicht.

»Wasser! Habt ihr Wasser?« Eine junge Frau sank auf die Knie und deutete weinend auf ihr Kleinkind, das seltsam schlaff in ihrem Arm hing. Irmgard warf einen Blick darauf und kramte in ihrem Beutel. Es müsse viel trinken, sagte sie zu der jungen Mutter und reichte ihr eine Flasche. Sie setzte sich wieder. Strich Marlene über die Wange.

»Gefällt dir die Kette?«, flüsterte sie.

Marlene nickte und griff sich an den Hals.

»Sie wird dich beschützen.«

Ein ohrenbetäubendes Krachen folgte. Marlene verlor endgültig die Nerven, wimmerte und schluchzte und konnte nicht mehr aufhören. Irmgard griff wieder in ihren Beutel, schob ihr etwas in den Mund. Pillen, die sie aus der Klinik beschafft hatte. Eine halbe machte schläfrig, eine ganze todmüde, wusste Marlene. So müde, dass es einem irgendwann egal war, ob das Haus über einem zusammenbrach. Sie sammelte Spucke im Mund und schluckte, lehnte sich ermattet gegen ihre Mutter, die ihren Arm um sie legte und sie hin und her wiegte, als schunkele sie zu einer verträumten Melodie.

Dann ein neuerlicher Schlag. Die Welt barst in Stücke. Jetzt war er da, der Tod. Alles zu Ende. Marlene war fast erleichtert.

Aber es war nicht das Ende.

Luft! Sie bekam keine Luft. Das Erste, was sie spürte, als sie wieder zu sich kam. Sie hustete und hatte das Gefühl, zu ersticken. Jemand wischte ihr übers Gesicht, presste etwas Kühles, Feuchtes auf ihren Mund. Jetzt konnte sie atmen.

»Wir müssen hier weg, Marlene. Sofort.« Herrn Wiegands Stimme. Sie wollte etwas sagen, bekam aber nichts heraus.

»Der Keller stürzt jeden Augenblick ein.«

»Wo ist Mama?«

»Deine Mutter kommt nach. Los jetzt, du musst helfen.« Herr Wiegand ergriff ihren Arm. Wie konnte die Mutter nachkommen, wenn der Keller jeden Moment einstürzte? Ein kurzer Moment der Klarheit, der ihr sofort wieder entglitt. Sie verlor das Tuch, Staub geriet ihr in Mund und Nase. Wieder hustete sie. Auch auf Lidern und Wimpern lag Staub, rieselte ihr in die Augen. Sie konnte kaum etwas sehen, tastete hektisch nach dem Tuch. Herr Wiegand zerrte an ihrem Arm, unerbittlich, und erst jetzt bemerkte Marlene, dass der Pfeiler, an dem sie gesessen hatte, eingestürzt war. Sie bräuchte nur hochzulangen und könnte die Decke berühren. Oder das, was davon übrig war.

»Mädsche, ich schaff's nicht allein!« Herr Wiegand zog, sie

schob ein wenig, ihr Körper gab nach, bewegte sich. »Nun los, aufstehen!« Sein scharfer Ton stieß durch den Nebel vor und ließ sie zusammenzucken. »Tu, was ich dir sage!«

Nie hatte sie diesen Mann zornig erlebt. Besser, sie hörte auf ihn. Er konnte durch sein Mikroskop den lieben Gott sehen, da würde er wohl wissen, was richtig war. Sie kroch unter dem Balken hervor, stemmte sich hoch, versuchte, ihren Gliedern Festigkeit zu verleihen. Um sie her nur Trümmer. Berge von Trümmern. Zwischen Gesteinsbrocken eine Hand. Ein Körper. Helles Haar, von einer Spange gehalten. Erika? Nein, auf keinen Fall Erika. Es durfte einfach nicht sein.

Das Klettern war anstrengend. Luft. Sie brauchte Luft. Der Lappen vor ihrem Mund war rasend schnell getrocknet, die Hitze brannte sich tief in ihre Lunge.

Herr Wiegand zog sie mit sich durch ein Loch in der Wand, die Kellerstufen hinauf. Hinter züngelnden Flammen die nächtliche Straße.

»Und jetzt!« Er fasste sie am Handgelenk, sprang seitlich durch die schmale Öffnung, die das Feuer aussparte. Marlene knickte um, stürzte halb, ein rasender Schmerz fuhr ihr in Knie und Hand. Dann war sie auf einmal draußen. Auf der Straße eine Handvoll Menschen, inmitten einer brennenden Hölle. Flammen. Überall Flammen. Der Himmel leuchtend rot.

Jemand gab die Richtung vor, und die anderen folgten. Sie stiegen über Trümmer und Tote, gelangten irgendwie zur Agrippaschule. Auch der Schulhof stand in Flammen. Einer lebenden Fackel gleich, rannte ein Mensch an ihnen vorbei. Es stank nach verbranntem Fleisch.

Das Feuer hatte einen Sturm entfacht, der wie Drachenatem über die Trümmer hinwegfegte. Asche legte sich auf Marlenes Haut, die sich anfühlte wie Papier, völlig ausgedörrt. Unerträglicher Durst. Schmerz. Hitze. Unerträgliche Hitze. Dann nichts mehr.

Als sie erwachte, lag sie dicht an der Wand eines langen Flurs, von dem viele Türen abgingen. Die Bezirksstelle am Großen Griechenmarkt, wie sie später erfahren sollte. Auch viele andere Leute saßen oder lagen dort, zerlumpt, verbrannt, verzweifelt. Marlene, noch immer nur mit ihrem Nachthemd bekleidet, rappelte sich auf. Ein scharfer Schmerz durchfuhr sie. Ihr Knie war bis aufs rohe Fleisch verbrannt, ebenso wie ihre Hand. Übler Gestank.

Sie humpelte durch die Menschenmenge, doch sie fand ihre Mutter nicht, nur Herrn Wiegand.

»Mädsche, da bist du ja!«

»Wo ist sie?«, krächzte Marlene, die Stimme so trocken, als hätte sie seit ihrer Geburt nur Ascheregen geatmet.

Diese beängstigend großen Augen hinter der Brille. Gutmütige Augen. Sie schwammen jetzt, wie sie es oft taten, wenn Herr Wiegand sich konzentrieren musste. Er schaute weg, die Anstrengung war offenbar zu groß.

»Wo ist Mama?« Die Frage kam nun klarer heraus, auch fordernder. Herr Wiegand hob die Hände, als setzte er zu einer komplizierten Erklärung an, ließ sie jedoch beinahe sofort wieder sinken. Marlene verstand. Die Erkenntnis traf sie mit solcher Heftigkeit, dass ihr schwarz vor Augen wurde.

Sie war allein. Nicht nur in diesem Moment. Nicht nur, bis der Krieg vorbei war. Von nun an würde sie immer allein sein, ihr ganzes Leben lang, bis zum Schluss. Kein Trost, nirgendwo.

Der Doktor in dem Krankenhaus, in das man sie brachte, tat später einen Versuch.

»Gutes Heilfleisch«, lobte er mit Blick auf ihr Knie und ihre Hand, schenkte ihr sogar ein Glas eingeweckte Pfirsiche, das er von daheim mitgebracht hatte. Extra für sie. »Du bist stark, Mädchen. Du schaffst das.«

Ja, aber was sollte sie schaffen? Und wozu?

Nach der Klinik die Großmutter. Nun doch. Eine Woche tiefster Verzweiflung, der Marlene sich durch Flucht zu entziehen versuchte. Ungeplant, nicht geschickt ausgeführt – sie war ja noch ein

Kind –, aber immerhin Flucht. Dann zurück in das verhasste dunkle Haus. Man müsse sich irgendwie zusammenraufen, empfahl eine Stimme, von der sie nicht mehr wusste, wem sie gehört hatte. Jung, frisch, überzeugt vom guten Kern. Geteiltes Leid sei gewiss besser zu ertragen, man müsse einander doch beistehen!

Keineswegs, das musste man nicht. Nach einer Woche ungeteilten Leides ein weiterer Fluchtversuch. Dann wieder alles von vorn. Aber nein, die Großmutter war nun nicht mehr bereit, ihre Enkelin aufzunehmen. Sie habe zu viel erduldet, um diese Last weiter tragen zu können. Sie sei alt und krank und könne selbst jemanden brauchen, der sich kümmere.

Einmal mehr und immer noch und immer wieder und für alle Zukunft war Marlene allein.

Mutterseelenallein.

HOFFMANN

21.

»Der Anwalt ist jetzt beim Gruber drin«, berichtete Kröger, als Hoffmann wieder auf der Wache eintraf. »Hab ihm vorher noch was zum Anziehen geholt – also dem Gruber.«

»Nur kein übertriebener Aktionismus«, meinte Hoffmann, obwohl er wusste, dass Kröger richtig gehandelt hatte. Ein Klient in Unterwäsche, dazu mit dicker Nase, dürfte eher einen Anwalt zum Aktionismus verführen.

»Ich bringe ihm nur gerade was zum Sitzen nach hinten, dem Anwalt, mein ich.« Kröger hielt kurz inne, als warte er auf Zustimmung, die jedoch ausblieb, und verließ mit einem der Holzstühle unter dem Arm den Raum.

Hoffmann riss die Fenster auf und ging zu Krögers Schreibtisch hinüber, um sich die neu angelegte Akte anzusehen, die dort lag. Sie enthielt nur wenige Seiten: das Protokoll vom gestrigen Tag, das er diktiert hatte. Er nahm es mit auf seinen Platz, begann zu lesen und wurde blass.

»Der Tote war leblos in den Erdbeeren zu Fall gekommen«, las er laut vor, kaum dass der Polizeimeister wieder aufgetaucht war. »Was ist denn das für ein Unsinn, Kröger?«

»Das haben Sie doch diktiert, Herr Kommissar.«

»Das soll ich so gesagt haben? Niemals.«

»Aber wie sollte ich sonst darauf kommen?«

»Weil Sie nicht hingehört haben, verdammt! Warten Sie, ich zeig's Ihnen.« Hoffmann ließ den Deckel der Stenorette aufschnappen, die wieder auf seinem Tisch stand, und entdeckte … nichts. Er sah Kröger an. »Wo ist das Band?«

Kröger senkte den Blick und rümpfte mehrfach die Nase. Das Grimassieren wollte kein Ende nehmen.

»Das Tonband, Kröger. Wo ist es?«

Der junge Polizist machte ein undefinierbares Geräusch, zog eine Schublade seines Schreibtischs auf und legte es vor Hoffmann hin. Oder vielmehr das, was von ihm übrig geblieben war. Das schwarze Band quoll in wilden, knotigen Schlingen aus seinem Plastikgehäuse. Hoffmann war schockiert.

»Mein Gott, wie ist denn das passiert?«

Kröger hob hilflos die Hände. »Ich weiß auch nicht, ich wollte zurückspulen, und da ... Es tut mir leid, Herr Kommissar. Wirklich, es ist mir sehr unangenehm.«

Hoffmann kämpfte mit seiner aufwallenden Wut. Er griff nach einem Bleistift und versuchte, das Band wieder aufzurollen, wusste jedoch, dass es zwecklos war, zu viele Knicke und Spiraldrehungen hatten ihm den Garaus gemacht. »Und den Bericht? Den haben Sie sich aus den Fingern gesogen, oder wie?«

»Aber nein, Herr Kommissar! Das musste ich nicht. Ich war doch dabei und habe alles aus dem Gedächtnis protokolliert.«

Hoffmann stieß einen tiefen Seufzer aus. Was nutzte es, mit Kröger zu streiten? Sie waren zusammengeschweißt auf Gedeih und Verderb, sie würden die Angelegenheit gemeinsam hinter sich bringen müssen. Und zwar möglichst schnell. Hoffmann war sich bewusst, dass Krögers Erfolg nicht an diesem Fall bemessen werden würde. Seiner hingegen schon. Er würde sich in Nachsicht üben müssen.

»Diese Schreiberei ...« Er deutete auf die Akte. »Ich bin zwar kein Genie in Rechtschreibung, aber das da, Kröger ... Tut mir leid, dieser Text strotzt derart vor Fehlern, dass er kaum zu lesen ist. Wie in Gottes Namen haben Sie eigentlich Ihre Prüfungen bestanden?«

Kröger war knallrot geworden und rieb sich verlegen den Hinterkopf. »Ich habe mich immer irgendwie hindurchlaviert«, gestand er. »Meine Schwester hat mir geholfen. Meine Schwester

Ida. Sie ist sehr gut gewesen in der Schule, die Schreiberei erledigte sie mit links. Also hat sie meine Sachen korrigiert, die Hausaufgaben sowieso, war für sie ein Klacks. Tja, und so ist das im Großen und Ganzen geblieben. Wenn hier auf der Wache was Wichtiges war, hab ich ihr die Berichte vorbeigebracht, bevor ich sie rausgeschickt habe, und sie hat sie korrigiert.«

Hoffmann horchte auf. »Was macht Ihre Schwester heute?«

»Was sie macht? Sie hat gerade ihr drittes Kind bekommen.«

»Und sonst?«

Kröger sah ihn verständnislos an. »Reicht das nicht?«

»Könnten Sie sie nicht fragen, ob sie für uns den Schreibkram übernimmt?«

Kröger schüttelte den Kopf. »Das geht leider nicht. Dieses Kind, wie soll ich sagen, es ist nicht ganz auf der Höhe, ein bisschen winzig geraten. Deshalb muss sie mit ihm für eine Weile im Krankenhaus bleiben.«

»Schade.« Hoffmann dachte einen Moment nach, und wie der leuchtende Stern am Abendhimmel stieg der Gedanke an das Fräulein Kern in ihm auf. Diese Pauline Kern von der Versicherungsagentur würde seine Rettung sein! Er sah schon regelrecht vor sich, wie er ihr nach einem harten Tag an der Front sein Material zukommen lassen würde, wie sie es mit einem bezaubernden Lächeln entgegennähme, um es ihm am nächsten Tag frisch und fehlerfrei getippt vorzulegen, und an den Papieren würde noch ein Hauch ihres Parfüms haften.

Nun gut, Letzteres war vielleicht übertrieben, aber seine Laune besserte sich schlagartig. Er nickte Kröger wohlwollend zu und kniff dabei kurz die Augen zusammen.

»Wir kriegen das schon hin, Herr Kollege. Ich werde den Kram meiner Sekretärin übergeben, kein Problem.«

22.

»Was haben Sie denn gemacht?«, erkundigte sich Müller, als Hoffmann ihm auf dem Flur des Polizeipräsidiums begegnete, und deutete auf seinen bandagierten Arm. Den Verband, der vom Ellbogen bis über die Hand reichte, hatte ihm die freundliche junge Dame in der Apotheke gleich vor Ort angelegt. Hoffmann hätte sie gern zum Kaffee eingeladen, aber dafür ließen ihm die Kaltenbrucher Bauern keine Zeit.

»Nicht der Rede wert«, winkte er ab. »Hab einem Nachbarn beim Umzug geholfen. Kriegsinvalide. Hat sich beim Schleppen ein bisschen viel zugetraut und das Küchenbüfett auf meiner Hand abgesetzt.«

Müller schien nicht begeistert. »Sind Sie einsatzfähig?«

»Aber sicher, zur Not schieße ich damit noch den Hahn von der Kirchturmspitze«, behauptete er vollmundig.

»Ihr Wort in Gottes Ohr.« Sein Vorgesetzter war schon halb auf dem Sprung.

»Nur eine Bitte hätte ich noch«, schob Hoffmann schnell nach. »Könnte die Sekretärin, die wir eingestellt haben, sofort anfangen, anstatt wie geplant erst in drei Wochen? Die Tipperei hält mich von der Arbeit ab, und der armen Frau Bietigheim wächst das alles über den Kopf. Dann das Personal in Kaltenbruch ... Lesen und schreiben zu können zählt dort offenbar nicht zu den Voraussetzungen, um Dorfpolizist zu werden.«

Müller ging nicht auf die gehässige Bemerkung ein. »Sehen Sie zu, dass Sie Ihre Arbeit ordentlich machen«, erklärte er kurz angebunden. »Wie Sie das hinkriegen, ist mir egal.«

»Besten Dank.« Hoffmann grinste triumphierend.

»In dreißig Minuten erwarte ich Sie zur Fallbesprechung in meinem Büro. Pünktlich.« Und damit ließ Müller ihn stehen.

»Unser allseits geschätzter Kollege ist also auch wieder an Bord«, tönte es von hinten. Hoffmann drehte sich um. Es war

Reinsberg von der Sitte. »Von Kaltenbruch hergeschwommen, oder wie?« Er lächelte süffisant.

Hoffmann verstand nicht. »Weshalb sollte ich geschwommen sein?«

»Stehen wir gerade ein bisschen auf der Leitung, ja? Die Strecke ist doch dicht seit heute Morgen. Land unter.« Noch immer lächelte Reinsberg, als hätte er ihm eine erfreuliche Mitteilung gemacht.

»Ein Übel kommt eben selten allein.« Hoffmann machte eine wegwerfende Geste. In Wahrheit hatte er keine Ahnung gehabt, doch es war zu befürchten gewesen. Auf der gestrigen Rückfahrt hatte er einige Dörfer auf sumpfigen Feldwegen umfahren müssen, weil das Wasser bereits kniehoch auf der Straße gestanden hatte. Dann die Mutprobe über die Brücke, ein einziges Grauen. Und in der Nacht hatte es weiter geregnet.

»Was ist mit Ihrer Hand?«

Auch das noch. »Ach, das.« Hoffmann blickte auf seinen Arm, als wäre ihm dessen Existenz gerade erst bewusst geworden. »Ist nichts weiter.«

Reinsberg trat dicht an ihn heran. »Mir kam zu Ohren, Sie spielen jetzt Tennis. So richtig mit *Trainerstunden*.« Er sprach das Wort aus, als würde es sich um etwas Unsittliches handeln. Der Mann war schlimmer als eine Schmeißfliege.

»Entschuldigung, aber ich hab's eilig.« Hoffmann schob sich an ihm vorbei und eilte mit langen Schritten hinunter ins Parterre, wo sich die Einsatzleitstelle befand.

»Die L 63 ist überflutet, und vor allem hat es die Brücke erwischt«, teilte ihm der Wachhabende mit, mit dem er bei einem zufälligen Zusammentreffen nach Feierabend mal ein Bier getrunken hatte. »Da kommen Sie heute nicht mehr durch, Herr Kommissar.«

»Und jetzt?« Hoffmann wirkte beinahe hilflos. Der Kollege Schiermann stand auf und deutete auf die Karte. »Am besten, Sie probieren es über den Höhenzug auf die andere Seite und dann weiter über Giesbach und Merfeld.«

Mit zusammengekniffenen Augen trat Hoffmann näher und folgte Schiermanns ausgestrecktem Zeigefinger, der die Route auf der Karte nachfuhr. »Aber das ist ja ein Umweg von mindestens zwei Stunden.« Er schaute den Mann so beleidigt an, als wäre dieser persönlich für das Wetter verantwortlich.

»In den nächsten Tagen wird's garantiert nicht besser«, setzte dieser noch einen drauf. »Entweder Sie bleiben hier oder Sie bleiben dort, würde ich sagen.«

Hoffmann fluchte leise vor sich hin, während er die Einsatzleitstelle verließ, und hörte erst wieder damit auf, als er an die Tür seines Vorgesetzten klopfte.

»Die Kollegen sind schon drüben«, erklärte Müller knapp, und sie gingen hinüber in den Besprechungsraum, der sich zwei Türen weiter befand.

Derenbach, der Leiter der Spurensicherung, saß bereits am Tisch, ebenso wie die jungen Kollegen Schuster und Brunn. Reinert, der Hoffmann eigentlich hätte unterstützen sollen, war immer noch krankgeschrieben. Hoffmann begrüßte Frau Bietigheim, die protokollieren sollte, nickte den anderen zu und setzte sich neben Brunn.

»Fassen wir also zusammen«, begann Müller, der gern im Stehen referierte. »Wir wissen definitiv, wie Leitner zu Tode kam. Der Rest ist Spekulation. Gruber sagt aus, er habe im Vorbeifahren die Leiche entdeckt oder zumindest eine Situation vorgefunden, in der es ihm geboten schien, anzuhalten und nach dem Rechten zu sehen. So formuliert es zumindest sein Anwalt. Der junge Leitner habe in einer Blutlache auf dem Verkaufstresen gelegen, mit dem Gesicht nach unten. Gruber habe ihn in seinem Schrecken bei den Schultern gefasst und umgedreht, wobei er sich selbst mit Blut besudelt habe. Er habe so gehandelt, weil er nur auf diese Weise eindeutig feststellen konnte, dass Leitner bereits tot und ihm nicht mehr zu helfen war.« Er hielt kurz inne und schaute auf das Blatt, das er in Händen hielt. »Diese Erkenntnis habe seinem Mandanten, der ohnehin einen schweren Tag gehabt und sich nicht gesund gefühlt habe, einen großen Schock versetzt. Er habe nicht gewusst, wie er reagieren solle und was zu tun sei. Dann sei die vermeintliche Zeugin auf dem Fahrrad aufgetaucht, und er habe sie angefleht, ihm zu helfen. Die Frau habe aber völlig hysterisch reagiert, und erst da sei ihm bewusst geworden, dass sie ihn für den Täter halte. Sie sei dann davongefahren, und die Erkenntnis, dass man ihn für den Täter halten könne, habe ihn vollends gelähmt. Er habe sich weder getraut, Hilfe zu holen, noch sich sonst wie vom Tatort zu entfernen. Er nahm an, das würde ihn noch verdächtiger machen. Also harrte er an der Mordstelle aus, bis die Polizei erschien, die ihn ungehört als Täter abstempelte.«

»Das behauptet er also, der Spritkopp. Als ob er das alles noch parat hätte!« Hoffmann zupfte mit der linken Hand einen Flusen von seinem Hosenbein. »Offenbar hat er vergessen, dass er sich zu Fuß aus dem Staub machen wollte. Aber auch das hat er nicht mehr geschafft, so voll, wie er war.«

»Was sagen Sie dazu?« Müller schaute Derenbach an.

»Die Axt ist die Tatwaffe, das steht fest. Aber wir haben keine Fingerabdrücke von Gruber darauf gefunden. Wohl allerdings auf der Tischplatte.«

»Die entstanden sein könnten, als er das Opfer herumgedreht hat?«

Derenbach nickte. »Würde passen.«

»Folglich müssten seine Fingerabdrücke auch auf dem Axtstiel zu finden sein«, schloss Müller.

»Bei dem Regen?« Hoffmann war nicht überzeugt. »Vielleicht sind sie abgespült worden, vielleicht hat Gruber sie auch abgewischt.«

Derenbach schüttelte den Kopf. »Nein, in diesem Fall hätten ja alle Spuren beseitigt sein müssen, aber die von Heinrich Leitner sind noch drauf. War ja auch sein Werkzeug, er wird damit irgendwann zuvor gearbeitet haben.«

»Was ist mit der Zeugin, Kaminski?«, ließ Hoffmann nicht locker. »Gruber hat sie bedroht.«

Müller fixierte ihn mit einem strengen Blick. »War sie bei der Tat zugegen? Hat sie gesehen, wie Gruber tätlich wurde?«

»Nein«, musste er zugeben. »Gruber stand unmittelbar in der Nähe des Opfers, er war voller Blut, und die Axt lag nur ein paar Schritte entfernt. Das war es, was sie gesehen hat. Und daraus hat sie ihre Schlüsse gezogen. Naheliegende Schlüsse. So naheliegend, dass Gruber es für besser hielt, sie auszuschalten.«

»Das ist das, was die Frau behauptet. Hat er sie verletzt?«

»Er ist sie angegangen.«

»Hat er sie körperlich verletzt, meine ich? Gibt es irgendwelche handfesten Beweise für den Übergriff? Hämatome, Platzwunden, was weiß ich.«

»Negativ.«

»Und bei Gruber selbst? Irgendwelche Hinweise auf eine körperliche Auseinandersetzung?«

Hoffmann musste passen. Das Veilchen, das Grubers rechtes Auge zierte, war den Farben nach zu urteilen schon älter.

»Mein junger Freund, ich will Sie ja nicht kritisieren«, gab Müller sich gönnerhaft. »Aber was wir an Beweismaterial zusammenhaben, widerspricht Grubers Aussage keineswegs, im Gegenteil. Er hatte einen Arbeitsauftrag, der sein Auftauchen am Tatort rechtfertigt. Ferner hat er eine Erklärung für sein Handeln am Ort des Geschehens, seine Fingerabrücke finden sich nicht auf der Tatwaffe, und nicht zuletzt hat er doch überhaupt kein offensichtliches Motiv. Wäre es Diebstahl gewesen, wäre er doch mit der Kasse abgehauen. Und hätte er sich dann nicht ein lukrativeres Ziel ausgesucht als einen Obststand am Straßenrand? Der Untersuchungsrichter wird also keine Veranlassung sehen, ihn länger festzuhalten.«

Hoffmann schlug verärgert mit der linken Hand auf die Tischplatte.

»Er ist schon einmal davongekommen, wie ich in meinem Bericht vermerkt habe«, versuchte er sich zu rechtfertigen.

»Etwas ausführlicher bitte, Hoffmann.«

»Nun, die Aktenlage ist dürftig, aber Fakt ist, dass Gruber vor acht Jahren in einen ähnlichen Fall verwickelt war. Er und ein gewisser Manfred Kuhnt, damals vierundzwanzig Jahre alt, waren wegen einer Bagatelle in Streit geraten, und Gruber fing eine Schlägerei an. Beide erlitten Blessuren, bevor sie sich trennten, und keine vierundzwanzig Stunden später war Manfred Kuhnt tot. Laut Rechtsmedizin hätten sich jedoch keine Spuren massiver Gewalteinwirkung finden lassen, zumindest keine, die einen zwingenden Zusammenhang zwischen Kuhnts Tod und der vorausgegangenen Schlägerei belegt hätten. Kuhnt verstarb angeblich an einer massiven Einblutung im Gehirn, verursacht durch ein geplatztes Aneurysma. Die Ermittlungen gegen Gruber wurden eingestellt.«

»Na also.« Müller schien nicht überzeugt von seinen Ausführungen.

»Ich fresse einen Besen, wenn's da keinen Zusammenhang gab! ›Nicht nachweisbar‹ heißt noch lange nicht, dass es nicht so gewesen ist, das wissen wir doch alle.«

»Ja, wissen wir. Aber so ist der Stand der Dinge, Hoffmann. Tragen Sie's wie ein Mann!« Noch immer musterte Müller ihn scharf. »Und jetzt Abmarsch! Halten Sie sich ran und packen Sie diesen Gruber bei den Eiern! Beweisen Sie, dass er's war.«

23.

Er brauchte das Fräulein Kern, sein vermaledeiter Tennisarm brauchte sie. Er würde sie anrufen, sofort. Sie kam aus gutem Hause, was bedeutete, dort gab es Telefon – sehr angenehm. Tatsächlich hatte Hoffmann die junge Dame bald an der Strippe und begrüßte sie aufs Herzlichste.

»Fräulein Kern, ich möchte nicht drängen, und ich weiß, dass Sie eigentlich erst in drei Wochen anfangen, aber wäre es wohl möglich, dass Sie uns sofort unterstützen könnten? Es gibt sozusagen einen Notfall, und in dieser Angelegenheit sind wir dringend auf Ihre Hilfe angewiesen.«

»Sofort?« Sie zögerte. »Nun ja, ich hatte eigentlich geplant, noch ein paar Dinge zu erledigen und mich auf die neue Stelle vorzubereiten. Aber wenn es nötig ist, komme ich natürlich gern früher.«

Er reckte triumphierend die verbundene Faust gen Himmel. »Sie sind ein Engel, Fräulein Kern!«

»Aber das ist doch selbstverständlich, Herr Kommissar.«

»Schön, dass Sie so denken, wir werden ganz wunderbar miteinander auskommen, das spüre ich schon jetzt. Einen kleinen Haken hat die Sache allerdings.« Er machte eine Pause, und auch sie sagte nichts. »Ihr Einsatzort wäre vorübergehend nicht hier, sondern in Kaltenbruch.« Jetzt war es heraus.

»Wo bitte, sagten Sie?«

»Kaltenbruch. Nettes kleines Örtchen. Circa zwei Stunden von hier. Wunderbare Natur. Wird Ihnen gefallen, Sie werden sehen, ein bisschen wie in *Grün ist die Heide*. Nur ohne Heide. Aber trotzdem schön.« Sein Lachen klang gekünstelt.

»Ähm, Herr Hoffmann. Leider sehe ich überhaupt keine Möglichkeit, dorthin zu kommen. Ich besitze kein Fahrzeug.«

»Nein, nein, das brauchen Sie auch nicht. Wir würden vor Ort arbeiten. Nur für ein paar Tage. Es gibt dort einen netten Gasthof, gutes Essen. Und die Kosten werden selbstverständlich übernommen.«

»Entschuldigen Sie, Herr Hoffmann, aber da muss ich – ich müsste erst etwas klären.«

»Selbstverständlich, Fräulein Kern. Kein Problem.«

»Darf ich Sie gleich zurückrufen? Es dauert nur fünf Minuten.«

Wie höflich sie war, wirklich vollendete Manieren!

»Sicher. Sehr gern.« Bitte, Pauline, lass mich nicht im Stich, flehte er und schaute auf die Uhr. Sie ließ ihn tatsächlich nicht lange warten, pünktlich nach viereinhalb Minuten läutete das Telefon.

»Herr Hoffmann, ich habe gerade mit meinem Vater gesprochen, und er ist leider nicht sehr angetan von Ihrem Angebot.«

Ich will ja auch nicht mit deinem Vater arbeiten, sondern mit dir, Mädchen, dachte er. Doch Fräulein Kern hielt offenbar sehr viel von der Meinung ihres Vaters.

»Es tut mir leid, aber für diese Aufgabe komme ich leider nicht infrage und muss Ihnen daher eine Absage erteilen. Und unter den gegebenen Umständen halte ich eine Zusammenarbeit auch darüber hinaus nicht für sinnvoll.«

»Sie sagen ab?« Er biss sich auf die Lippen. »Und ich kann Sie nicht überreden?«

»Leider nein.«

»Tja, da kann man nichts machen, Fräulein Kern. Alles Gute Ihnen.« Hoffmann legte auf. »Mein Vater ist leider nicht sehr angetan von Ihrem Angebot«, piepste er mit Mäuschenstimme. Mein Gott, Pauline! Ein bisschen mehr Schneid hätte er ihr schon zugetraut. Es hätte so nett werden können mit ihnen beiden.

Und nun? Er dachte an die ältliche Witwe, verwarf den Gedanken aber sogleich wieder. Die gute Landluft, dieser Kröger und dazu noch eine Betschwester, das war eindeutig zu viel für ihn. Blieb das Fräulein mit dem Vogelnamen. Strauß? Nein, Pfau. Sie hatte Pfau geheißen. Kam die nicht vom Land? So eine würde wohl nicht gleich vor Ekel kollabieren, wenn sie einen Güllewagen sähe. Vielleicht könnte sie als eine Art Dolmetscherin fungieren. Besser der Pfau in der Hand als die Taube auf dem Dach, dachte er und pfiff leise die Melodie von *Alle Vögel sind schon da*, während er ihre Nummer heraussuchte.

Aber es war nicht etwa das Pfauenmädchen, das an den Apparat ging, sondern ein feuerspuckender Drache namens Breuninger, Brunner oder so ähnlich. Kaum hatte er seinen Namen und Dienstgrad genannt und ihr mitgeteilt, wen er zu sprechen wünschte, brach sie in ein unverständliches Gezeter aus, dem er nur Herr wurde, indem er den Hörer auf die Gabel knallte. Hatte er sich die Nummer falsch notiert?

Er nahm seinen Verband ab, der ihm mit einem Mal doch eher hinderlich und überdimensioniert erschien, ließ zwei Beamte vom Streifendienst kommen und nannte ihnen die Adresse des Fräulein Pfau. »Seht, ob ihr sie antrefft. Falls ja, dann bringt sie her, ich habe mit ihr zu reden. Aber seid höflich, wir dürfen sie nicht vergraulen.«

LISBETH

24.

»Wissen Sie, was das ist?« Kommissar Hoffmann deutete auf das giftgrüne Diktiergerät, das er auf seinem Schreibtisch platziert hatte.

»Ein Laubfrosch!« Lisbeth klatschte in die Hände, fuhr ihre Begeisterung jedoch sofort zurück, weil sie Hoffmanns erschrockenen Gesichtsausdruck als Ablehnung deutete. »Das ist die Stenorette der Firma Grundig, gerade erst auf den Markt gekommen«, erklärte sie betont sachlich. »Hatte gleich den Spitznamen ›Laubfrosch‹ weg, wegen der Farbe.«

»Respekt!« Hoffmann nickte bewundernd, und sie gewann wieder Oberwasser.

»Der Aufnahmepegel wird automatisch geregelt«, erklärte sie eifrig. »Außerdem gibt es einen eingebauten Abhörlautsprecher und ein Handmikrofon. Haben Sie das auch?«

»Aber sicher.« Er hob den Deckel des Geräts an, der auf der Tischplatte lag. Darunter verbarg sich das Mikrofon. »Können Sie damit umgehen?«

»Ich denke schon. Ich kenne das Gerät aus meinem Stenografiekurs. Unsere Lehrerin war ganz begeistert von der modernen Technik und hat einmal eines mitgebracht.« Sie trat einen Schritt vor und deutete auf die Schaltknöpfe. »Hier wird die Aufnahme abgespielt, hier können Sie stoppen, hier vor- oder zurückspulen. Das Band wechseln Sie, indem –«

»Vielen Dank, Fräulein Pfau. Sie sind eingestellt.«

»Wie bitte?«

»Sie können die Stelle haben, zum Kuckuck!«

»Ist das Ihr Ernst?«

»Was glauben Sie, warum ich Sie hierherbestellt habe? Damit Sie dem Fensterputzer wieder schöne Augen machen können? Der ist heute nicht da, das sag ich Ihnen gleich.«

»Aber, ich ...« Sie war so perplex, dass sie nicht wusste, was sie sagen sollte.

»Wollen Sie die Anstellung, oder wollen Sie sie nicht?«

»Doch, doch, unbedingt!«

»Sehr schön. Eine Sache gibt es allerdings noch zu klären. Unser Einsatzort wird für kurze Zeit nicht hier, sondern in Kaltenbruch sein. Und dort werden wir solange auch wohnen.« Hoffmann hatte sehr schnell gesprochen. Wenn es weiter nichts war!

»Das trifft sich gut«, erklärte sie, und er schien nun ehrlich verblüfft. »Meine Vermieterin hat mir sicher schon fristlos gekündigt, nachdem ich von der Polizei abgeholt wurde.« Sie lächelte unsicher.

Hoffmann reagierte nicht sofort. Dann schien der Groschen gefallen zu sein. »Oh, das lässt sich klären!«, zeigte er sich hilfsbereit. »Sie werden sicher ein paar Dinge einpacken müssen, bevor wir starten. Ich lasse Sie von den Kollegen fahren und werde veranlassen, dass die sich Ihre Vermieterin zur Brust nehmen.«

Lisbeth runzelte die Stirn. »Was meinen Sie damit?«

»Nun, die beiden werden der Dame klarmachen, dass Sie zu einer streng geheimen Mission berufen wurden, von der die Zukunft unseres Landes abhängt.« Er grinste auf eine lässige Art, und auch Lisbeth musste lachen.

»Also abgemacht. Wir treffen uns in einer Stunde wieder hier.« Sein Blick blieb an ihren blauen Stöckelschuhen hängen. »Und lassen Sie die Dinger zu Hause. Packen Sie sich lieber ein Paar Gummistiefel ein.«

25.

»Zigarette?«

»Nein danke.«

»Sie rauchen nicht?«

»Nur wenn ich Alkohol trinke.«

»Tja, einen Martini kann ich Ihnen leider nicht anbieten.« Hoffmann klopfte seine Overstolz mehrfach auf das Armaturenbrett und zündete sie mit seinem Benzinfeuerzeug an, wobei er seine Ellbogen auf das Lenkrad stützte.

»Ist Ihnen nicht gut?« Er blies den Rauch in Lisbeths Richtung, während er sie ansah.

»Alles bestens, danke.« Sie hörte selbst, wie dünn ihre Stimme klang.

»Sie sehen blass aus.«

»Muss am Licht liegen, ich fühle mich ausgezeichnet.«

»Freut mich zu hören.«

Sie fielen wieder in Schweigen.

»Könnten Sie bitte kurz anhalten?« Nun ging es doch nicht mehr.

Hoffmann schaute erneut zu ihr hinüber und setzte den Blinker. Gerade noch rechtzeitig, sie hätte es keine fünf Sekunden länger ausgehalten, so übel war ihr. Kaum hatte er seinen Wagen auf dem Grünstreifen zum Stehen gebracht, riss sie die Beifahrertür auf und schlug sich in die Büsche.

»Geht's wieder?«

Lisbeth nickte. »Alles in Ordnung. Entschuldigen Sie bitte.«

»Oh, tun Sie sich keinen Zwang an!«

»Es tut mir wirklich leid.«

»Schon gut, steigen Sie ein.«

Er fuhr wieder an und gab Gas. »Wird Ihnen immer schlecht beim Fahren?« Seine Skepsis war kaum zu überhören.

»Nein, eigentlich nicht. Es liegt vielleicht am Rauch.«

Hoffmann lachte. »Ihnen ist sicher irgendwas auf den Magen geschlagen.«

»Ja, vielleicht.«

Ein neuerlicher Schauer prasselte auf das Autodach.

»Ich glaube doch, dass es am Rauch liegt.« Lisbeth sprach sehr leise und starrte stur geradeaus. »Ich vertrage das Fahren sonst sehr gut.«

Hoffmann erwiderte nichts, sondern kurbelte das Seitenfenster herunter. Sofort stoben winzige Tröpfchen in die Fahrgastzelle. Die Fahrt zog und zog sich.

»Das Landleben deprimiert mich.« Der Kommissar deutete vage auf die umliegende Landschaft. »Nur Matsch und Kühe, keine Kultur, keine Abwechslung. Da wird man ja verrückt.«

Lisbeth wusste nicht, was sie darauf erwidern sollte.

»Ist auch eins dieser hoffnungslosen Kuhkäffer, dieses Kaltenbruch. Gut, dass wir nicht lange bleiben müssen.«

»Das wissen Sie bereits?«

»Der Täter steht quasi schon fest, wir müssen ihn nur noch überführen.«

»Was genau ist eigentlich passiert?«

Hoffmann schien froh, das unbehagliche Schweigen zwischen ihnen beenden zu können, das sich zwischendurch immer wieder ausgebreitet hatte. Er setzte Lisbeth ausführlich über die Kaltenbrucher Vorfälle ins Bild, und sie hörte aufmerksam zu.

»Es wird noch einige Befragungen und die eine oder andere Vernehmung geben, die protokolliert werden muss, aber wir werden das Bindeglied zwischen Gruber und seinem Opfer schon finden«, schloss Hoffmann und tastete mechanisch nach dem Zigarettenpäckchen in seiner Hemdtasche.

»Was meinen Sie mit ›Bindeglied‹?«, hakte Lisbeth nach.

»Nun, Gruber ist als Kneipenschläger bekannt, Leitner war im hitzigen Alter. Er wird sich auf jeder Dorfkirmes herumgetrieben haben, bei der sich Gelegenheit bot, mit jemandem wie Gruber aneinanderzugeraten. Gruber kam vielleicht gegen den Jungspund nicht mehr an, rein körperlich, meine ich, und sann auf Rache. Während einer Dienstfahrt traf er dann zufällig auf ihn und sah seine Chance gekommen.«

»Sie meinen, Gruber hat einfach angehalten und Leitner erschlagen?«

»So ungefähr muss es gewesen sein.« Hoffmann fingerte sich eine neue Zigarette aus der Packung.

»Aber Leitner wird sich doch gewehrt haben.«

»Ich denke, er hat ihn nicht kommen hören. Vielleicht lief der Motor seines Schleppers noch. Vielleicht hat Gruber ihn später ausgemacht und seine Fingerabdrücke abgewischt. Vielleicht hat er Handschuhe getragen. Vielleicht war Heini aber auch eingenickt, und Gruber hat das bemerkt. Eine spontane Tat, aber ihm blieb dennoch Zeit, ein paar Details zu planen. Die Waffe zu holen, sich Handschuhe anzuziehen. Gruber war unterwegs, um schweres Gerät zu verladen, da wird er wohl Handschuhe dabeigehabt haben. Und nach der Tat war er eine Weile allein. Es dauerte, bis Kröger eintraf. Genug Zeit, um die Handschuhe beiseitezuschaffen.«

»Wie will man das noch herausfinden?«, erkundigte sie sich.

»Gruber wird's uns schon noch erzählen, wenn wir ihm die Fakten lange genug um die Ohren gehauen haben«, gab Hoffmann sich optimistisch. Er klemmte sich die Zigarette zwischen die Lippen und griff nach seinem Feuerzeug, hielt jedoch plötzlich inne. Mit einem tiefen Seufzer legte er Zigarette und Feuerzeug beiseite.

Das kann ja heiter werden, dachte Lisbeth, und sie hätte wetten mögen, dass Hoffmann gerade dasselbe dachte.

GRUBER

26.

Herrgott, was hatte dieser Lackaffe ihn drangsaliert! Als ob er nicht wüsste, worauf das Ganze hinauslaufen sollte: Weichkochen wollte er ihn, so lange, bis er freiwillig alles gestehen würde. Aber nicht mit ihm, nicht mit Hans Gruber! Sollte der Schnösel ihm den Buckel runterrutschen.

Gruber holte tief Luft und blickte die Straße hinab. Jetzt war er wieder ein freier Mann. Er schaute auf seine Uhr. Der Rote Hahn musste schon offen haben. Nach den Strapazen hatte er sich einen ordentlichen Schluck verdient. Ein schönes kaltes Bier, dazu ein, zwei Kurze, das wär's.

In der Kneipe war noch nicht viel los, es war zu früh am Tag. Drei alte Männer saßen an einem Tisch in der Ecke, an der Theke hockten zwei jüngere Kollegen aus der Besenfirma, die Frühschicht gehabt haben mussten. Der eine hieß Werner, soweit er sich erinnerte, den Namen des anderen kannte er nicht. Er gesellte sich zu den beiden und bestellte ein großes Pils und einen Kurzen.

»Und noch mal dasselbe für die beiden jungen Herren!« Sein Triumph musste schließlich gefeiert werden. Plötzlich fühlte er sich aufgekratzt und voller Energie. Er prostete den Jungs aus der Firma zu, doch sie drehten nur die Köpfe und glotzten ihn an. Sie tranken nicht mit ihm, sie sprachen nicht, sie glotzten nur. Na und? Dann sollten sie's lassen. Er kippte den Klaren hinunter. Ah, das tat gut! Fast kam er sich vor wie der Cowboy in dem Film, den er in der Stadt gesehen hatte. Der Sheriff, der einsam für Recht und Ordnung kämpfte. *Zwölf Uhr mittags.* Wie hieß dieser Schauspieler noch gleich? Egal. »Noch ein Bier, Eberhard!« Man musste rechtzeitig vorsorgen.

Nachdem der erste Durst gelöscht war, änderte Gruber seine Pläne. Hier drinnen machte das Trinken keinen Spaß. »Dann lasst es doch, ihr Arschlöcher!«, sagte er laut und warf sein Geld auf den Tisch – alles, was er fand. Es waren fast 50 Mark, aber nach kleinlicher Rechnerei stand ihm heute nicht der Sinn. »Dafür krieg ich noch eine Flasche Klaren zum Mitnehmen, Eberhard. Und mit dem Rest könntest du mal deinen Laden auf Vordermann bringen. Sieht ja aus wie im Saustall hier.«

»Werd ich machen«, antwortete der Wirt gleichmütig, fegte das Geld vom Tresen und reichte ihm die Flasche Korn. »Bitte schön, und jetzt gehst du besser nach Hause, Hans.«

»So spricht man nicht mit einem guten Kunden«, mokierte sich Gruber. »Ihr könnt mich alle, ihr Arschgeigen!« Und damit war er wieder draußen.

Von der Straße stieg Dampf auf, doch es war nicht mehr so unerträglich heiß wie in den Tagen vor dem Regen. Warum sich in dem dunklen Loch von Kneipe herumdrücken, wenn man die frische Luft genießen konnte? Ein Päuschen auf dem Kirchplatz, das würde er sich jetzt gönnen. Gruber verbarg die Flasche notdürftig unterm Arm und schlenderte weiter die Straße hinunter. Unmittelbar neben der Kirche gab es eine Art Platz, der an den dahinterliegenden Friedhof grenzte. Vor dem Krieg hatte man dort ein paar Bänke aufgestellt und Bäume gepflanzt, die bereits eine beachtliche Größe erreicht hatten – alles gespendet vom Männerchor Kaltenbrucher Eintracht.

Gruber setzte sich in den Schatten und nahm einen vorsichtigen Schluck aus seiner Flasche, spürte die wohltuende Wärme im Magen. Ah! Der nächste Schluck fiel weniger zaghaft aus. Er beobachtete drei Spatzen, die sich um ein paar Krümel balgten, schaute auf, als er im Augenwinkel eine Bewegung registrierte. Vom Friedhof her kamen zwei Gestalten, ein Junge und ein Mädchen. Oder eine Frau? Gruber kniff die Augen zusammen. Es war der Junge mit der Hasenscharte, er kannte ihn vom Sehen. Fiel einfach auf, der arme Kerl. Und die Dunkle bei ihm? Der war er doch auch schon begegnet! Eine plötzliche Erregung fuhr ihm in die Glieder. Schnell nahm er einen weiteren Schluck und wartete, bis sie noch näher herangekommen waren. »He da, ihr beiden!«

Der Junge schaute zu ihm herüber, die Dunkle starrte stur geradeaus und beschleunigte ihre Schritte. Gruber sprang auf. »He! Komm mal her, ich will mit dir reden!«

Ganz kurz drehte das Mädchen den Kopf in seine Richtung, blickte aber sofort wieder nach vorn und begann beinahe zu rennen.

»Bleib stehen!« Er setzte ihr nach, über den Kirchplatz, fast bis hinunter zur Straße, doch dann stolperte er und schlug hin. Das verfluchte Kopfsteinpflaster! »He, du Hexe! Du sollst herkommen! Rede mit mir!« Doch sie war verschwunden. Mühsam rappelte Gruber sich auf. Sein Handballen blutete, sein rechtes Knie brannte wie Feuer. Er begutachtete gerade das Loch in seiner Hose, als ihn jemand urplötzlich im Nacken packte und erneut zu Boden schleuderte.

»Wenn du meine Mutter noch einmal anfasst, schlag ich dich tot!«

Gruber rollte herum. Über ihm stand ein junger Mann, ein weiterer Kollege. Rudi hieß er, das wusste er sofort. Rudi Kaminski. Arbeitete meist mit den beiden zusammen, die eben im Roten Hahn gesessen hatten.

»Was hab ich mit deiner Mutter zu tun?«, keuchte Gruber, obwohl ihm sofort klar war, was Rudi gemeint hatte. Kaum war er wieder auf den Beinen, verpasste ihm Kaminski einen Schlag gegen die Schläfe, der seinen Kopf herumschnellen ließ. Er taumelte, stolperte über die Bordsteinkante und ging erneut zu Boden. Sein Schädel dröhnte, alles drehte sich, und von irgendwoher hörte er jemanden aufschreien. Dann sah er den Wagen, der rasend schnell auf ihn zurollte. Jetzt ist es aus, dachte er, schlang die Arme um seinen Kopf und schloss die Augen. Bremsenquietschen, immer lauter, immer näher. Für den Bruchteil von Sekunden stand die Welt still.

Das Fahrzeug kam kaum eine Handbreit vor ihm zum Stehen, er konnte das verbrannte Reifengummi fast schmecken. Eine Trillerpfeife gellte ihm in den Ohren, jemand kam mit langen Schritten auf ihn zu.

»Was ist hier los?« Es war Kröger, der Dorfbulle.

»Das Schwein soll nie wieder wagen, meine Mutter anzufassen!« Rudi Kaminski spuckte vor Gruber aus.

»Schluss jetzt, gehen Sie nach Hause!« Mit festem Griff zog Kröger ihn zurück. Dann beugte er sich zu ihm hinunter, fasste ihn bei der Hand und zog ihn auf die Beine.

»Sie können weiterfahren«, wies Kröger den Fahrer des DKW an, dem der Schrecken über das plötzliche Bremsmanöver noch ins Gesicht geschrieben stand. Kopfschüttelnd stieg der Mann in seinen Wagen, setzte ein Stück zurück und umrundete die Männer in großem Bogen. Gruber fasste sich an die blutende Stirn und achtete darauf, Kröger zwischen sich und Kaminski zu bringen, der noch immer auf dem Bordstein herumzappelte.

»Nun los, mach dich vom Acker, Kaminski! Oder willst du, dass ich dich wegen Körperverletzung drankriege?«

»Der soll meine Mutter –«

»Ja, ist es denn die Möglichkeit? Muss ich dich erst verhaften?« Der Dorfbulle schien allmählich genug zu haben.

Rudi Kaminski wich ein Stück zurück, dann drehte er sich um und machte sich im Laufschritt davon. »Ich erwisch dich noch!«, rief er Gruber aus sicherer Entfernung zu.

»Deine Mutter ist eine Hure, das weiß jeder Kerl im Dorf!«, brüllte Gruber zurück, oder vielmehr wollte er brüllen, denn im selben Moment versetzte Kröger ihm einen Knuff in die Rippen.

»Halt's Maul, Gruber.«

»Hurensohn!«, fluchte Gruber, während er vorsichtig seine Gliedmaßen betastete, und zu Kröger gewandt: »Ich kenn seine Mutter nicht mal.«

»Erzählen Sie keine Geschichten, Mann.«

Gruber wollte schon explodieren, beherrschte sich aber. »Ich hab der Alten nix getan, zum Henker! Wie oft muss ich das noch sagen?«

Kröger zeigte sich unbeeindruckt. »Kommen Sie mit und lassen Sie uns ein paar Takte reden.«

»Wenn es um die Sache mit Leitner geht, sag ich kein Wort, ohne dass nicht dieser Anwalt dabei ist.«

»Es geht um die Sache gerade.«

»Aber ich habe mit der Prügelei nicht angefangen! Der Kaminski ist von hinten auf mich losgegangen.«

»Ich meine die Geschichte mit dem Mädel, Gruber. Nun kommen Sie schon, muss ja nicht jeder zuhören. Außerdem bluten Sie, Sie brauchen ein Pflaster.«

Da saß er also wieder in dem schäbigen Wachraum und ließ sich von Kröger verarzten.

»Was sollte das mit dem Mädchen?«, wollte der Dorfbulle wissen.

»Mädchen?«

»Ich hab mitbekommen, wie Sie ihr hinterhergebrüllt haben, Gruber. Der Kleinen vom Leitnerhof.«

»Eine Leitner ist die?« Gruber war ehrlich entsetzt.

»Nein, nicht aus der Familie. Sie arbeitet dort. Also, was wollten Sie von ihr?«

Gruber knetete seine Hände. Da war sie wieder, die Erregung, die ihn bei ihrem Anblick gepackt hatte. Himmel, Arsch und Zwirn! Er musste sich zusammenreißen.

»Gruber, wir sind hier unter uns.« Kröger schlug einen vertraulichen Ton an. »Ohne Klugscheißer aus der Stadt, ohne Höllenapparate, die jeden Furz aufnehmen, den man lässt. Nur wir zwei. Lassen Sie uns reden, von Mann zu Mann.« Er sah ihm fest in die Augen. »Ich bin auf Ihrer Seite, Gruber. Sie lassen sich nicht gern was gefallen, das wissen wir beide. Aber Mord? Das trau ich Ihnen nicht zu.«

»Sie sind auf meiner Seite, ja?«

Kröger wiegte den Kopf hin und her und machte eine unbestimmte Geste. »Wir Kaltenbrucher müssen zusammenhalten, so seh ich das. Die Städter halten uns doch alle für blöde, für die sind wir die Dorftrottel. Meinen, sie könnten uns einen Ring durch die Nase ziehen und uns rumschleifen, wie's ihnen passt.«

Gruber ließ sich Krögers Worte durch den Kopf gehen und leckte sich die Lippen. Sein Hals fühlte sich trocken an. »Ich hab sie gesehen, auf der Straße, kurz vor dem Obststand«, sagte er. »Sie war da.«

»Wo?«

»Sie kam mit dem Rad von Kaltenbruch her, und klitschnass war sie in ihrem weißen Kleid.«

»Sie trug ein weißes Kleid?«

»Ja, ich glaub schon. Es … es war ganz durchsichtig, weil's so nass war. Deshalb hab ich nur ganz kurz hingesehen und sofort wieder weg. Gehört sich ja nicht, so zu starren, wenn eine Frau fast nackt ist, Sie wissen schon. Ich bin also weitergefahren, und dann hab ich den Leitner entdeckt. Danach ging das ganze Theater los, und ich hab sie einfach vergessen. Das Mädel. Ist mir erst wieder eingefallen, wie sie da draußen vorbeilief. Und da fiel mir auch ein, dass sie an dem Obststand vorbeigefahren sein muss, sie kam mir ja entgegen. Ich hab sie nur danach fragen wollen, mehr nicht.« Gruber hielt inne und beäugte Kröger skeptisch. Glaubte der Bulle ihm? In diesem Moment klingelte das Telefon, und Kröger ging ran.

»Ich bin sofort da«, beendete er das Gespräch, das kaum eine Minute gedauert hatte. »Dieses verdammte Hochwasser!« Kröger stand auf und griff nach seiner Mütze. »In Gödern sind ein paar Rinder auf der Weide eingeschlossen, denen steht das Wasser schon bis zur Brust. Ich muss los. Nicht, dass uns die Viecher noch ertrinken.«

Auch Gruber war bereits aufgestanden. »Brauchen Sie Hilfe? Soll ich mitfahren?« Er klammerte sich mit einer Hand an seiner

Stuhllehne fest. Kröger hielt einen Moment inne und musterte ihn prüfend.

»Danke für das Angebot. Aber die Feuerwehr ist schon unterwegs.«

WOLFGANG

27.

Wolfgang war völlig durcheinander, er verstand überhaupt nichts mehr. Nicht nur, dass er sich dumm vorkam – so erging es ihm ständig, das war insofern nichts Neues –, er schämte sich noch dazu, und wenngleich ihm auch dieses Gefühl alles andere als fremd war, so war es ihm doch weitaus verhasster.

Er hatte Dana bereits zwei Mal gefragt, was eigentlich los gewesen war, was der Kerl von ihr gewollte hatte, aber keine Antwort erhalten – zumindest keine, die über ein schnippisches »keine Ahnung« hinausgegangen wäre. Inzwischen waren sie fast bis ans Ende des Dorfes gerannt, und noch immer legte Dana ein Tempo vor, als wäre der Teufel hinter ihr her.

Plötzlich sauste etwas ganz dicht an Wolfgangs Kopf vorbei, und jemand schrie: »Guckt euch den Schürzenjäger an! Hängt sich an jeden Rockzipfel wie eine Klette, da können die Weibsbilder noch so rennen! Mal wieder polnisch einkaufen gewesen, Kaminski?«

Die Stimme gehörte Franz Thierse, Wolfgangs Klassenkameraden, wobei man sich unter »Kamerad« eigentlich etwas anderes vorstellte. Der jüngste Sohn der Thierses, bei denen sie damals einquartiert worden waren. Franz, der mit zwei Kumpanen an einer Hausecke auf der anderen Straßenseite stand, holte aus und schleuderte einen weiteren Stein in Wolfgangs Richtung. Er verfehlte ihn nur knapp und schlug mit einem scharfen Knall auf das Pflaster auf.

»Wie der Polack springen kann!«, grölte Franz. »Renn schneller, Hasenfresse, zurück in dein Polackenland, wo du hergekommen bist!«

»Aufhören!« Dana war nun doch stehen geblieben und stemmte die Hände in die Hüften. »Thierse, wenn du dich nicht sofort vom Acker machst, sage ich deinem Vater, dass du das Schulfenster eingeworfen hast!«

»Na und? Ich war's doch gar nicht«, gab Franz sich unbeeindruckt.

»Na und?«, äffte Dana ihn nach. »Er wird mir trotzdem glauben – weil er dir nämlich nicht glaubt!«

Franz Thierse stutzte. »Das tust du nicht!«

»Und ob ich das tue! Schau, dass du Land gewinnst!«

»Hexe, Hure, Russenliebchen! Von euch lass ich mir gar nichts sagen, ihr verlaustes Pack!« Ein weiterer Stein flog durch die Luft, und Dana stieß einen Schrei aus. Erschrocken fuhr Wolfgang herum.

»Hat er dich getroffen?«

»Lass nur, es geht schon.«

»Zeig mal her!«

»Er hat mich nur gestreift.« Dana rieb sich den linken Oberarm und hob gleichzeitig drohend die Faust, worauf Franz abdrehte und sich mit seinen Kumpanen aus dem Staub machte.

Wolfgang hatte das Gefühl, als stünde sein Gesicht in Flammen. Zu allem Überfluss quälte ihn auch noch ein heftiges Seitenstechen. Das Groteske seiner Situation war ihm durchaus bewusst: Für einen Jungen seines Alters wäre es normal, mit einer Horde Burschen wie Franz und Konsorten um die Häuser zu ziehen, sich mit ihnen zu verbrüdern oder bis aufs Blut zu bekämpfen, entweder Freund oder Feind. Stattdessen rannte er Dana hinterher. Einem Mädchen. Keinem Mädchen, einer jungen Frau, Jahre älter als er. Aber er war nicht normal, war es nie gewesen. Auch das wusste er. Dabei hätte er viel darum gegeben, einen Freund zu haben, einen, dem er hätte vertrauen können, aber den gab es nun einmal nicht. Seine jüngeren Schwestern waren in dieser Hinsicht besser dran. Mit beharrlichem Eifer und der Zähigkeit, die den Kaminskis zu eigen war, hatten sie um Anerkennung gebuhlt, waren drangeblieben und hatten einfach nicht aufgegeben, und sie konnten erste Erfolge verbuchen: Es gab bereits die eine oder andere, die auf dem Pausenhof mit ihnen spielte, und allmählich wurden es mehr. Neulich hatte sogar eins der Schulmädchen bei ihnen an die Tür geklopft. Aber seine Schwestern waren ja auch blond und nett anzusehen, sie fielen nicht weiter auf, so wie er. Die einzige Person außerhalb der Familie, die ihn für voll nahm, war Dana. Ausgerechnet Dana, die daheim in Breslau mal eine ganz Vornehme gewesen sein musste, wie seine Mutter behauptete. Eine aus allerbestem Hause – man brauche sich ja nur Danas Mutter Gertrude anzusehen. Dana selbst sprach nie über diese Dinge, wie sie überhaupt wenig sprach, aber wenn, dann in reinstem Hochdeutsch, wie es die Breslauer getan hatten. Wolfgang konnte sie sich gut vorstellen, damals, in einem der vornehmen Stadthäuser: Am Klavier auf einem Schemel sitzend, in einem eleganten Kleid mit Spitzenkrägelchen, das lockige dunkle Haar von einer Samtschleife gehalten.

»Lass dich von dem Gesocks nicht unterkriegen«, sagte Dana gerade und macht eine Bewegung mit dem Kopf, die ihn zum Weitergehen aufforderte.

»Der Thierse kann mich mal«, log er, eine Hand gegen den unteren Rippenbogen gepresst. Das Stechen wollte einfach nicht nachlassen. Er nahm einen neuerlichen Anlauf: »Jetzt sag mir's doch, Dana: Warum bist du eben so gerannt?«

»Ich weiß nicht, der Kerl war mir unheimlich.« Es klang allenfalls nach der halben Wahrheit. »Lass sehen, ob du wirklich Läuse hast!« Danas Hand schnellte vor und raufte ihm durchs Haar. »Pfui Deibel, das wimmelt ja nur so!«

Wolfgang verstand den Scherz. Die Russen, die Polen, die Briten: Sie alle hatten die Vertriebenen fortwährend entlaust, als hätte allein ihre Herkunft das Ungeziefer magisch angezogen. Doch wer blieb schon verschont, wenn er sich nicht waschen und kämmen konnte und seine Klamotten auf dem Leib tragen musste, bis sie von selbst abfielen.

Irgendwann waren die Läuse passé gewesen, die Besorgnis aber setzte sich fort: Als die Kinder im Westen eingeschult worden waren, hatte niemand neben ihnen sitzen wollen.

»Wart, ich muss dich pulverisieren!« Dana pustete ihm in den Nacken, und er konnte nicht anders, er musste lachen. Wie dieses weiße Pulver, mit dem sie von Kopf bis Fuß eingestäubt worden waren, gekribbelt und gejuckt hatte!

»Na also, geht doch.« Sie lächelte schwach, und sogleich fühlte er sich besser. Er durfte sich nicht fertigmachen lassen, von niemandem, wie Rudi gesagt hatte. Es würde sich schon alles fügen. Immerhin hatten die Leitners ihn gebeten, auf dem Hof einzuspringen, hatte Dana gesagt. Sie hatten *ihn* gebeten!

»Hast du gesehen, wie mein Bruder den versoffenen Typen fertiggemacht hat?«, platzte es aus ihm heraus. »Bam, bam!« Er boxte in die Luft. Bam, bam! Rechter Haken, linker Haken, jeder Schlag ein Treffer. Wie Bubi Scholz gegen den Belgier Emile Delmine, K. o. in der vierten Runde. Woher Rudi auf einmal aufgetaucht war, blieb Wolfgang zwar ein Rätsel, aber das verwunderte ihn nicht: So war Rudi nun einmal, der Retter in der Not. Rudi war sein Held, auf ihn war Verlass. Ob Dana ihn auch so sah? Sie hatte nicht so gewirkt. Im Grunde war Wolfgang nicht einmal sicher, ob sie den Kampf überhaupt mitbekommen hatte – wobei man von Kampf ja eigentlich nicht sprechen konnte. Ob sie realisiert hatte, warum der Kerl ihnen nicht weiter gefolgt war? Schade wär's zwar, aber würde es nicht auch bedeuten, dass ihr seine eigene kläglich Rolle in der Angelegenheit ebenfalls entgangen war? Davongerannt wie ein Feigling war er!

Sogleich sackte Wolfgangs Stimmung wieder ab. Er war und blieb ein Feigling. Statt Dana zu beschützen, hatte er die Beine in die Hand genommen und war losgerannt – vor einem Kerl mit einer Schnapsflasche in der Hand. Vor einem, der nicht mehr getan hatte, als ihnen hinterherzugrölen. Ihr hinterherzugrölen. Aber das stimmte ja auch nicht, die Sache war viel komplizierter: Im ersten Moment hatte er gedacht, Rudi wäre dazwischengegangen, um Dana und ihm beizustehen. Dann hatte er ihn von Mutter brüllen hören, und auf einmal war ihm klar geworden, worum es gegangen war: Wegen diesem Mann war die Mutter so fertig gewesen. Dieser Kerl hatte ihr ein Leid angetan, deshalb war die Polizei zu ihnen gekommen. Deshalb hatte er Mutti und Rudi durch die dünnen Wände flüstern hören bis tief in die Nacht – und ihn, Wolfgang, hatten sie mal wieder außen vor gelassen, weil sie ihn ja auch nie für voll nahmen, aber das spielte jetzt keine Rolle. Oder doch? Wenn er nur nicht so durcheinander wäre! Er musste endlich einen klaren Gedanken fassen. Also noch einmal: Der Kerl hatte seine Mutter bedroht, was nur bedeuten konnte, dass hinter dieser Tat eine noch viel schlimmere Wahrheit stand: Er musste derjenige gewesen sein, der Heini umgebracht hatte. Dieser Mann war ein Mörder, und womöglich hatte er es auch auf Dana abgesehen. Was konnte er sonst von ihr gewollt haben?

Herrje, warum war ihm das nicht gleich in den Sinn gekommen? Wolfgang wagte Dana kaum anzuschauen. Er schämte, schämte, schämte sich für seine Feigheit!

»Dana, ich muss dir was sagen. Dieser Mann, er hat ... er hat meine Mutter bedroht, und ich glaube, er wollte sie umbringen. Weil sie ihn gesehen hat, als er ...«

»Sie hat ihn gesehen?«

»Ja, am Obststand. Als das mit Heini ... du weißt schon. Aber die Polizei hat ihr nicht geglaubt und ihn laufen lassen.«

Dana schwieg lange. »Komm weiter«, sagte sie dann. »Wir haben zu tun.«

Wolfgang nahm all seinen Mut zusammen. »Dana, was wollte der Kerl von dir? Du musst es mir jetzt sagen.«

Sie zögerte einen Moment, dann trat sie ganz nah an ihn heran und beugte sich dicht an sein Ohr. Er konnte sie riechen, ihren Duft nach Sonne und Gras.

»Soll ich dir ein Geheimnis verraten?«, flüsterte sie.

Er nickte stumm.

»Aber du musst mir versprechen, dass du es für dich behältst.«
Wieder nickte er.
»Schwörst du's?«
Er schwor.

HOFFMANN

28.

»Fräulein Pfau, das ist Polizeimeister Kröger«, stellte Hoffmann vor. »Kröger, das ist Lisbeth Pfau, die uns hier tatkräftig unterstützen wird.«

In drei Schritten war Kröger bei ihr und streckte ihr die Hand entgegen, strahlend wie ein Honigkuchenpferd. »Das freut mich aber, Fräulein Pfau!«

Und wie dich das freut, dachte Hoffmann und musterte den Kollegen scharf.

»Da wollen wir doch gleich mal sehen, dass wir ein schönes Plätzchen für Sie finden!« Kröger hielt noch immer Lisbeth Pfaus Hand. Endlich ließ er sie los und sah sich prüfend um, blickte hierhin und dorthin, als gälte es, jede Möglichkeit aufs Genaueste auszuloten, schüttelte aber immer wieder den Kopf.

»Kröger, das Fräulein Pfau ist nicht die Königin von Saba«, meinte Hoffmann säuerlich.

»Aber sie soll's doch nett bei uns haben«, ließ der sich nicht beirren und wandte sich der neuen Kollegin zu. »Ich denke, dort drüben am Fenster werden Sie sich am wohlsten fühlen. Da ist es schön hell.«

»Sie ist auch keine Topfpflanze«, warf Hoffmann ein. Er wusste selbst nicht, warum ihm Krögers aufmerksames Verhalten gegen den Strich ging.

»Ein Platz am Fenster wäre schön«, ließ sich die Pfau vernehmen. Leicht konsterniert schaute er zu, wie Kröger ihr einen Keks aus der Dose anbot, die er in seiner Schreibtischschublade verwahrte.

»Auch einen, Herr Hoffmann?«

Er hob abwehrend die Hand, griff nach seinen Zigaretten und zündete sich eine an. Dann wandte er den beiden den Rücken zu, um einen Blick auf die Unterlagen zu werfen, die während seiner Abwesenheit auf seinem Schreibtisch gelandet waren. Nichts, das er noch nicht kannte, nur das Geschreibsel von Grubers Anwalt.

»Die sind ja köstlich!«, hörte er seine neue Mitarbeiterin sagen.

»Ja, das sind sie. Beim Backen macht meiner Mutter niemand etwas vor.«

Hoffmann verdrehte die Augen. »Sonst noch was, Kröger? Irgendwas vorgefallen während meiner Abwesenheit?«

»Berta Kaminskis Sohn hat den Gruber zusammengeschlagen, kaum dass der hier zur Tür raus war«, antwortete der Polizeimeister in fast beiläufigem Ton.

Überrascht drehte Hoffmann sich um. »Was denn, der Gnom?«

»Gnom? Welcher Gnom?«

»Na, der kleine Kaminski mit dem entstellten Gesicht.«

»Entstellt – also ich hab schon hässlichere Visagen gesehen«, erlaubte Kröger sich einzuwenden. »Außerdem meine ich nicht ihn, sondern seinen älteren Bruder, Rudi Kaminski.«

Hatte Hoffmann nicht mit sich selbst gewettet, dass es noch mehr Kaminskis gäbe? Er gratulierte sich im Stillen und ließ sich von Kröger berichten, was vorgefallen war.

»Woher wusste Kaminski von Grubers Freilassung?«

Der Polizeimeister zuckte die Achseln. »Hat sich wohl rumgesprochen. Die Belegschaft vom Schlüter, bei dem ja auch Gruber beschäftigt ist, hat es gewusst. Oder zumindest ein paar von ihnen, und die haben's weitergetratscht. Rudi Kaminski arbeitet auch dort. Tja, und wie's der Zufall will, sind beim Schlüter eben die Scheiben eingeworfen worden. Seine Sekretärin hat angerufen, während ich unterwegs war. In Gödern gab's Ärger mit ein paar Rindern, aber als ich dort ankam, hatten die Jungs von der freiwilligen Feuerwehr die Kühe schon vom Eis, will sagen, sie hatten sie bereits aus dem Wasser gezogen. Und wie ich eben hier ankam, rief sie noch mal an, also die Sekretärin. Wegen der kaputten Scheiben.«

»In Schlüters Wohnhaus?«

»Nein, im Büro auf dem Firmengelände. Muss da gleich noch hin.«

»Die Firma Schlüter.« Hoffmann rieb sich nachdenklich das Kinn. »Fragt sich, weshalb die einem versoffenen Hilfsarbeiter einen teuren Anwalt zur Seite stellen.« Er drückte seine Zigarette aus und blickte Kröger an. »Muss ich noch etwas wissen?«

»Ja. Gruber hat mir gesagt, er habe am besagten Samstagmittag die Kleine vom Leitnerhof getroffen. Die, die umgekippt ist, als ich mit dem Pastor bei den Leitners war. Dana Starck heißt sie.«

»Ach ja?« Hoffmann horchte auf. »Was genau hat Gruber gesagt?«

»Er meinte, sie sei ihm mit dem Fahrrad entgegengekommen, unmittelbar bevor er am Erdbeerstand anlangte. Sie hätte also zuvor dort vorbeigekommen sein müssen.«

»Und das fällt ihm jetzt erst ein?«

»Er habe es in der Aufregung vergessen, behauptet er. Es sei ihm erst wieder in den Sinn gekommen, als er sie zufällig getroffen habe. Angeblich wollte er mit ihr reden, aber sie ist weggerannt, zusammen mit dem kleinen Kaminski. Und dann war auch schon der Große zur Stelle, also Rudi, und hat ihn ordentlich vermöbelt. Um ein Haar wäre der Gruber überfahren worden. Bin gerade noch rechtzeitig dazwischengegangen.«

»Und Gruber hat Ihnen das alles einfach so erzählt?«

»Nun ja, nicht gerade einfach so. Ich musste schon nachfragen.«

»Und was hat sie dazu gesagt?«

»Wen meinen Sie?«

»Diese Dana Starck, wen sonst.«

»Ich weiß nicht, sie ist ja weggerannt.«

»Vor Gruber davongelaufen – klingt interessant.«

»Nicht doch einen Keks, Herr Kommissar?«

Hoffmann überging das Angebot und wandte sich an seine neue Mitarbeiterin: »Wir beide gehen jetzt erst mal rüber zum Roten Hahn und bringen das Gepäck unter. Der geschätzte Herr Kollege hat uns zwei Zimmer reservieren lassen. Anschließend können Sie dann mit dem Bericht anfangen, den ich diktiert habe. Polizeimeister Kröger wird Ihnen sicher gern helfen, sich zurechtzufinden. Nicht wahr, Kröger? Und die Telefonanlage kann er auch gleich erklären. Damit Sie sich ordentlich nützlich machen können und nicht nur Däumchen drehen. Ich werde derweil die Sache mit den eingeworfenen Scheiben übernehmen und diesem Schlüter einen Besuch abstatten.«

Die Pfau und Kröger tauschten vielsagende Blicke, wie ihm nicht entging. Sollten sie nur! Je eher sie begriffen, was er unter Arbeit verstand, desto besser. Bereits in der Tür stehend, wandte er sich noch einmal um.

»Ach ja, Kröger: Denken Sie dran, diese Dana Starck für morgen früh einzubestellen. Und auch diese Marlene Irgendwas und Leitners Sohn.«

29.

Das Bürogebäude der Firma Schlüter war ein würfelförmiger Bau aus den 30ern, dessen Geradlinigkeit die Wunden, die man ihm zugefügt hatte, umso deutlicher hervortreten ließ: Zwei der vier Fenster des Erdgeschosses waren eingeworfen worden.

Ein Mann in grauer Arbeitskleidung klaubte Glassplitter aus den Blumenrabatten und warf sie in einen bereitstehenden Mörtelkübel; nahe der Eingangstreppe parkte bereits der Wagen eines Glasers.

Hoffmanns Blick wanderte wieder zu den zersplitterten Fensterscheiben. In einem der Fenster nahmen zwei Männer gerade

Maß, und hinter ihnen entdeckte er eine ältere Frau, die ihn ihrerseits bereits bemerkt hatte. Sie gab ihm ein Zeichen und entfernte sich, um ihm die Tür zu öffnen.

»Ein schöner Schlamassel ist das«, sagte sie, nachdem sie sich als Frau Friedrichs vorgestellt hatte, Schlüters Sekretärin. Auf Pfennigabsätzen stöckelte sie vor ihm her und führte ihn in das geräumige Vorzimmer, in dem er sie von draußen erspäht hatte. Die Glaser waren hier noch immer beschäftigt. Frau Friedrichs blieb stehen und schaute drein, als sähe sie die Bescherung zum ersten Mal, bevor sie sich wieder Hoffmann zuwandte. »Auf einmal tut's einen Knall, dass mir fast das Herz stehenbleibt, und die Scherben fliegen mir nur so um die Ohren. Dann knallt's nebenan gleich noch mal«, berichtete sie, noch immer empört. Auf dem Fußboden neben ihrem Schreibtisch stand ein Dschungel aus Topfpflanzen, den sie offenbar von der Fensterbank geräumt hatte. Ein Gummibaum hatte bei dem Anschlag sichtbar Schaden genommen. Sein Topf war zerbrochen, ein paar Blätter hingen traurig herab. »Blinde Zerstörungswut!«, schimpfte Frau Friedrichs und schüttelte den Kopf. Ihre seitliche Stirntolle war mit so viel Spray fixiert, dass sich kein Härchen bewegte.

»Wissen Sie, wer das getan hat?«, erkundigte sich Hoffmann.

»Nein, als ich rausgeschaut habe, war niemand zu sehen.«

»Hat sonst jemand etwas mitbekommen?«

»Leider nein. Drüben in der Werkshalle laufen die Maschinen, die Leute haben nichts gehört.«

»Welches Motiv könnte der Täter gehabt haben?«

»Was weiß denn ich, was in solch einem Wirrkopf vorgeht? Diese Dreistigkeit, am helllichten Tag! Ich darf gar nicht dran denken, was gewesen wäre, wenn mich einer von diesen Kaventsmännern getroffen hätte.«

»Kaventsmänner? Was meinen Sie damit?«

»Die da!« Sie deutete auf ein Regal, in dem zwei dicke graue Feldsteine lagen.

Hoffmann warf einen kurzen Blick darauf. »Ich werde mich

später darum kümmern. Wenn ich nun Herrn Schlüter sprechen könnte.«

Ludwig Schlüter war ein hochgewachsener, schlanker Mann Ende vierzig, dessen scharf geschnittene Züge etwas Aristokratisches hatten. Er trat hinter seinem Schreibtisch vor, begrüßte Hoffmann mit einem gewinnenden Lächeln und bat ihn, Platz zu nehmen.

»Da hat jemand der lieben Frau Friedrichs einen schönen Schrecken eingejagt«, meinte er, nachdem Hoffmann sich gesetzt hatte. »Muss wohl eine ordentliche Wut im Bauch gehabt haben. Ich fürchte nur, er hat unser modernes Rechtsverständnis nicht ganz begriffen.«

»Sie bringen die Tat mit dem Fall Gruber in Zusammenhang?«

»Sie etwa nicht?« Wieder lächelte Schlüter. »Ich glaube kaum, dass sich ein Kriminaler um die Sache kümmern würde, wenn er von einem Dumme-Jungen-Streich ausginge. Also: Was kann ich für Sie tun?«

»Wir hätten Herrn Gruber einen Pflichtverteidiger zur Seite gestellt, stattdessen haben Sie ihm Ihren Anwalt geschickt. Einem einfachen Arbeiter, der unter einem sehr schwerwiegenden Verdacht steht. Warum?«

»Genau deshalb, Herr Kommissar.« Schlüter sah Hoffmann in die Augen. »Weil er ein einfacher Arbeiter ist, dem eine sehr schwerwiegende Tat zur Last gelegt wird. Es wirft ein schlechtes Licht auf meine Firma, wenn ein Mitarbeiter eine Dienstfahrt spontan dazu nutzt, jemanden totzuschlagen. Aber noch ist nicht gesagt, dass er's war. Der Verdacht allein reicht ja schon aus, dass es ein Verfahren gibt. Auch ein Mann wie Gruber hat verdient, dass es ein faires Verfahren wird. Wozu auch gehört, dass er nicht unnötig in einer Zelle schmoren muss.«

»Es ehrt Sie als Arbeitgeber, dass Sie sich so für Ihre Belegschaft einsetzen«, lobte Hoffmann, doch Schlüter wiegelte ab.

»Wie sagte schon Karl Marx? Jede Nation würde verrecken,

wenn sie nur für ein paar Wochen die Arbeit einstellte, das wisse jedes Kind. Der Laden muss laufen – so oder so. Ich kann mir weder Aufruhr noch Stillstand leisten, die Dinge müssen vom Tisch. Und ehe ich mich diesbezüglich auf andere verlasse, werde ich lieber selbst aktiv.«

»Da haben wir etwas gemeinsam«, meinte Hoffmann.

»Weshalb Sie jetzt hier sind.«

»Richtig.« Sie lächelten beide.

Schlüter legte seine Hände auf die Tischplatte. »Was genau kann ich für Sie tun, Herr Kommissar?«

»Es geht um den Samstagmittag, an dem der junge Leitner ermordet wurde. Ihr Vorarbeiter sagt aus, Sie hätten Gruber zum Gespräch gebeten, unmittelbar bevor er von hier aufbrach.«

»Das ist richtig.«

»Kommt es öfter vor, dass Sie mit ihm reden?«

»Mit Gruber? Nein, eigentlich nicht.«

»Was wollten Sie dann von ihm?«

Schlüter dachte einen Augenblick nach. »Nichts, was in diesem Fall etwas zur Sache täte.«

»Entschuldigen Sie, aber was hier etwas zur Sache tut und was nicht, das müssen Sie schon mir überlassen«, widersprach Hoffmann ruhig.

Schlüter zuckte nur die Achseln. »Richtig, Herr Hoffmann. Sie sind der Experte in Sachen Mord und Totschlag, nicht ich. Es war auch keine große Sache, was soll ich drum herumreden. Gruber arbeitet seit fast zwanzig Jahren in diesem Betrieb, er ist zuverlässig und geschickt. Aber er ist auch ein Heißsporn, und er trinkt mehr, als ihm guttut. Nun ja, so ohne Familie, die einem Halt und Rückendeckung gibt – ich kann es ihm nicht einmal verübeln. Aber wie gesagt, die Trinkerei ist sein Problem. Hier kann jeder sein Mittagsbierchen genießen, dagegen habe ich nichts einzuwenden, aber Gruber hat eindeutig übertrieben. Dann diese Schlägereien, man brauchte ihn ja nur anzusehen: die Schwellungen, das blaue Auge. Dieses Verhalten war einfach nicht mehr tragbar. Sein Vorarbeiter hatte ihn bereits mehrfach zur Ordnung gerufen, aber es hat nichts gefruchtet. Also habe ich ihn mir vorgeknöpft.«

»Sie haben ihn gefeuert?«

»Wenn der Chef persönlich ein Machtwort spricht, hat das noch einmal eine andere Wirkung«, umschiffte Schlüter die Frage.

»Sie haben ihn also altväterlich zur Seite genommen, ihm einen guten Rat erteilt, und das war's?«

Schlüter ließ sich von dem sarkastischen Unterton nicht aus der Ruhe bringen, sondern machte nur eine bejahende Geste.

»Herr Schlüter, Sie sind Unternehmer, Sie wissen, wie die Dinge laufen müssen. Der Ball muss rollen, das sagten Sie eben selbst. Ich kann nicht recht glauben, dass die Angelegenheit mit ein paar frommen Worten abgetan war.«

»Sie haben einen feinen Instinkt, Herr Kommissar.« Schlüter hatte ein verschmitztes Lächeln aufgesetzt. »Ich wollte mich in vornehmer Zurückhaltung üben, aber nun sehe ich ein, dass in Anbetracht der Umstände schonungslose Offenheit herrschen muss. Nun – ich habe Gruber gesagt, dass der Tag, an dem er noch einmal mit einer Schnapsfahne zur Arbeit käme, sein letzter Tag in diesem Werk sein würde.«

»Sie haben ihn also nicht gefeuert?«

»Hätte ich ihn dann noch mit einem unserer Firmenfahrzeuge vom Hof fahren lassen? Wohl kaum. Gruber hat in all den Jahren viel für das Unternehmen geleistet und war immer ein loyaler, zuverlässiger Mitarbeiter. Die letzte Chance stand ihm zu.«

Hoffmann beugte sich vor. »Sehen Sie das jetzt auch noch so?«

»Ich fürchte, ich verstehe Ihre Frage nicht.«

»Nun, in Anbetracht der Umstände ... Wer beschäftigt schon gern einen Mörder?«

»Wenn ich das Bedürfnis verspüre, über moralische Fragen zu diskutieren, wende ich mich an unseren Herrn Pfarrer, nicht an die Polizei, Herr Hoffmann. Und was Gruber betrifft: In dubio pro reo, das sagte ich eingangs bereits. Beweisen Sie, dass er es war, dann dürfen Sie mir diese Frage gern noch einmal stellen.«

MARLENE

30.

Die Tür zum Hinterhof stand weit offen, als Marlene die Küche betrat. Draußen auf dem Treppenabsatz saß Dana. Marlene füllte zwei Gläser mit verdünntem Apfelsaft, reichte Dana eines und setzte sich zu ihr.

»Alles in Ordnung mit dir?«

Dana nickte kaum merklich.

»Du siehst nicht so aus.«

»Tut mir leid, dass ich dir nicht rosig und frisch genug bin.«

»Sei nicht biestig, Dana.«

»Es war nicht nett von Martin, Wolfgang so zu übergehen. Er hat nur seine Hilfe angeboten.«

»Du hast recht, Martin war nicht die Freundlichkeit in Person. Nach dem, was passiert ist, kennt er sich wohl selbst nicht mehr.«

»Wolfgang mag ja kein Herkules sein, aber er ist geschickt und fleißig«, beharrte Dana.

»Und das wird Martin schon noch merken«, ergänzte Marlene. »Es ist gut, dass du den Jungen geholt hast. Sehr gut sogar. Wir können jede Hand brauchen, jetzt, wo auch noch die Heuernte vor der Tür steht.« Sie schwieg einen Moment. »Hast du schon gehört, dass dieser Kerl, den sie verhaftet haben, wieder freigekommen ist?«

Dana straffte sich. »Nein, davon weiß ich nichts. Bist du sicher?«

»Brigitte war eben hier und hat es erzählt. Sie hat selbst gesehen, wie er aus der Wache kam und an der Metzgerei vorbeiging. Er heißt Hans Gruber und arbeitet in Schlüters Besenfabrik, sagt sie.«

»Und die Polizei lässt ihn einfach wieder laufen?«

»Er hat wohl behauptet, dass er's nicht war.«

Dana schnaubte. »Na und? Das täte ich auch. Jeder täte das.«

»Schlüters haben ihm einen Anwalt geschickt, heißt es.«

»Und jetzt ist er fein raus, oder wie?«

Marlene warf Dana einen fragenden Blick zu. »Dieser Kommissar aus der Stadt wird schon wissen, was er tut, meinst du nicht? Vielleicht gibt es Beweise, die dagegensprechen, dass dieser Gruber es war.« Sie seufzte tief. »Mein Gott, ich darf gar nicht darüber nachdenken. Ich kann's noch immer nicht glauben, ich will's nicht glauben!«

»Warum ist er zu dir an den Obststand gekommen?«, fragte Dana unvermittelt.

Für einen Moment hielt Marlene irritiert inne. »Er wollte nichts Besonderes. Es war Mittag, er kam vorbei und hat seine Späßchen gemacht wie immer; wir haben vereinbart, dass er die Stellung hält, während ich zum Hof gehe, und dann bin ich gegangen. Das war alles.« Sie führte ihr Glas zum Mund und trank in großen Schlucken, wobei Dana sie eindringlich anstarrte.

»Hast du ihn geliebt?«, fragte sie tonlos.

Marlene erschrak. »Ob ich ihn geliebt habe? Wie meinst du das?«

»Nun weich mir nicht aus! Du weißt schon, wie ich's meine.«

»Aber Dana!«

»Bitte, Marlene, ich habe doch Augen im Kopf. Wie er dich immer angeglotzt hat! Mit seinen Blicken verschlungen hat er dich, als wollte er dich am liebsten auffressen. Ich hab auch gesehen, wie er dir das Herz hingelegt hat, die Erdbeere.«

»Dana, hör auf!«

»Aber wenn's so gewesen ist!«

»Mir reicht's!« Marlene sprang auf.

»Bitte, bleib!« Dana streckte die Hand nach ihr aus. »Wir müssen doch zusammenhalten«, sagte sie leise, doch Marlene entzog sich ihr und lief fort. Sie war wütend, und zugleich schämte sie sich. Sie hatte es einfach nicht über sich gebracht, Dana von ihrem letzten Gespräch mit Heini zu erzählen, es wäre ihr irgendwie ungehörig vorgekommen. Diese Verschwiegenheit war sie Heini schuldig, jetzt, wo er nicht mehr lebte, sie wollte ihn nicht in einem schlechten Licht dastehen lassen. Dass Dana ihr allerdings ein Verhältnis mit ihm unterstellen würde, damit hätte sie nicht gerechnet, und das machte die Sache in ihren Augen noch schlimmer.

31.

Martin hatte seine Aussage bereits gemacht, nun war sie an der Reihe. Der Kommissar hatte nichts dagegen einzuwenden, dass Martin neben ihr sitzen blieb, es handele sich schließlich nur um ein Gespräch. Für Marlene war das ein schwacher Trost. Sie fürchtete jede Form von Obrigkeit, auch wenn sie noch so gutmeinend daherkam. Das bohrende Fragenstellen, das ohnmächtige Ausgeliefertsein, die Schlussfolgerungen, die ihr als reinste Willkür erschienen. Hoffmann machte ihr Angst, trotz seines geschniegelten Äußeren und seines glatten Gesichts.

Sie gab ihre Personalien an, und erneut wurde ihr die Frage gestellt, ob sie mit den Leitners verwandt sei.

»Nicht direkt«, antwortete sie, worauf der Kommissar sie fragend ansah. »Meine Mutter und die verstorbene Frau Leitner waren Großcousinen. Keine nahe Verwandtschaft also, aber ich bin bei den Leitners aufgewachsen.« Sie wollte ja guten Willens sein, die Polizei sollte ordentlich ihre Arbeit tun können.

»Wie kam das?« Hoffmann lehnte sich in seinem Stuhl zurück. »Erzählen Sie mal!« Die Aufforderung klang nicht unfreundlich, doch was gab es schon über sie zu berichten? Sie war ja nicht Kaiserin Soraya.

»Seit wann leben Sie bei den Leitners?«, half Hoffmann nach.

»Seit ungefähr acht Jahren.«

»Und davor?«

»Davor war Krieg.«

»Das ist mir durchaus bekannt.« Der Kommissar lächelte schwach. Offenbar hatte sie etwas Dummes gesagt.

Davor – das war ein anderes Leben gewesen und sie eine andere Person. Aber was tat das schon zur Sache?

»Ihr Geburtsort ist Köln, sagten Sie.«

Sie nickte. »Ja, ich bin in der Stadt aufgewachsen.«

»Bei Ihren Eltern?«

»Mein Vater ... ich habe ihn nie kennengelernt. Und meine Mutter ...« Sie stockte.

»Was ist mit Ihrer Mutter?«

Marlene schluckte. »Sie starb bei einem Bombenangriff im Herbst 44. Ich habe überlebt, weil ...« Sie blickte auf ihre Hände, die sich um ihre Schenkel krampften. »Na ja. Sie ist tot, ich lebe.«

Nur die Bilder nicht hochkommen lassen! Sie musste ihnen sofort Einhalt gebieten, mit dem Schwamm drüberwischen wie an der Schultafel, ganz schnell. Und doch blieb immer ein hässlicher Schleier zurück. Aber war ›hässlich‹ etwa das rechte Wort für die Erinnerung an ihre Mutter? Nur nicht drüber nachdenken!

»Tut mir leid zu hören. Was geschah danach?«

»Ich kam dann zu meiner Großmutter mütterlicherseits, aber das ging nicht gut. Sie konnte sich nicht richtig um mich kümmern. Dann kam ich ins Kinderheim, Maria im Walde. Zwei Jahre war ich da. Für kurze Zeit war ich auch bei einer Pflegefamilie, aber die Frau wurde krank, und ich musste zurück ins Heim. Dann war da noch eine andere Familie, die wollte mich adoptieren, aber irgendetwas kam dazwischen, und es hieß, ich müsse doch im Heim bleiben. Eines Tages kam dann der Herr Leitner und hat mich mitgenommen. Und seitdem lebe ich hier in Kaltenbruch.«

»Wie kam es, dass die Leitners Sie aufgenommen haben?«

»Das müssen Sie den Herrn Leitner fragen.« Marlene fand, sie habe genug über sich gesagt. Was hatte das alles mit Heinis Tod zu tun? Außerdem kannte sie die Antwort auf seine Frage nicht einmal selbst genau.

Sie wusste nur, dass die verstorbene Frau Leitner nicht nur die Großcousine, sondern auch eine Freundin ihrer Mutter gewesen war, sie waren zusammen aufgewachsen, hatten sich dann aber eine Weile aus den Augen verloren. Irgendwann stellten sie den Kontakt wieder her, und Frau Leitner, die inzwischen verheiratet war, lud ihre alte Freundin ein, sie auf dem Leitnerhof zu besuchen. Von da an verbrachte Irmgard jedes Jahr ein paar Wochen im Sommer hier, manchmal auch im Herbst. Erst ohne Marlene, nach ihrer Geburt auch noch ein paar Mal mit ihr. Marlenes vage Erinnerungen speisten sich aber vermutlich nur aus den Geschichten, die ihr die Mutter erzählt hatte. Heitere Geschichten, jedoch mit einem leicht wehmütigen Unterton, mit dem man von etwas spricht, das unwiederbringlich vorbei ist. Und doch, vielleicht waren es jene frühen, dem Bewusstsein fast entglittenen Eindrücke, die bewirkten, dass der Geruch warmer Kuhleiber für Marlene immer mit einem Gefühl der Urvertrautheit verbunden war, dass ihr Herz im Gleichklang mit diesem Stück Land schlug, das für sie Heimat bedeutete.

Die Besuche hatten jäh geendet, als Marlene ungefähr drei Jahre alt gewesen war. Ihre Mutter hatte ihr nie einen Grund dafür genannt.

Nur ein einziges Mal hatte sie den Leitners die Frage nach dem Warum gestellt. Warum hatten diese Leute sie bei sich aufgenommen? Frau Leitners Antwort war denkbar knapp ausgefallen – aus alter Freundschaft zur verstorbenen Mutter und aus ihrer Verantwortung als Christenmenschen heraus. Marlene hatte damit nicht viel anzufangen gewusst, die Begründung des Onkels hatte ihr besser gefallen: Mitleid habe er gehabt, als er von ihrem Schicksal erfahren habe, Mitleid mit dem lieben Kind, das er doch einmal gekannt habe und dessen Mutter ein willkommener Gast in seinem Hause gewesen sei.

Und sie hatte ja Glück gehabt! An dem Tag, an dem Leitner sie nach Kaltenbruch geholt hatte, hatte er ihr ein neues Leben geschenkt. *Onkel* hatte sie in von da an genannt. Frau Leitner war Frau Leitner geblieben, doch auch sie war gut zu ihr gewesen, und Marlene hatte ihren frühen Tod sehr bedauert. Knapp fünf Jahre war das jetzt her, kurz nach der Geburt der Zwillinge. Eine Embolie, hatte es geheißen, alles war sehr schnell gegangen. Dass sich jemand um die Zwillinge kümmere, war Frau Leitners letzter Wunsch gewesen. Dass sie nicht ins Heim kämen.

Marlene biss sich auf die Lippen. Wieder stiegen Bilder empor, drängten sich mit Gewalt in ihr Bewusstsein: nackte Füße auf eiskaltem Steinboden; klamme, schmutzige Laken; der magere Körper ihrer Freundin Hilde, zu der sie heimlich ins Bett gekrochen war. Milchreis: Wie ihn die Schwester ihr mit dem Löffel hineingestopft hatte, immer weiter, bis sie sich hatte übergeben müssen, direkt auf den Tisch. Noch heute begann sie unweigerlich zu würgen, wenn ihr der Geruch in die Nase stieg, untrennbar verknüpft mit einem Gefühl unendlicher Einsamkeit und einem Schmerz, an dem sie zugrunde zu gehen geglaubt hatte.

Aber das alles war lange her. So lang, dass man nicht mehr darüber reden sollte, wie man ja auch nicht über schlechte Träume oder Hirngespinste sprach. Nur nicht an den Dingen rühren, das war nicht gesund. Den Kummer begraben, ganz tief in einem drin, so tief, dass er nicht wild wuchern und sprießen konnte. Marlene presste die Augen zu und rieb sich das Gesicht. Tränen rannen ihr über die Wangen.

»Fräulein Berndt, ist Ihnen nicht gut?«

Wie aus weiter Ferne drang die Stimme des Kommissars an ihr Ohr. Sie kramte ihr Taschentuch hervor und schnäuzte sich. »Es geht schon wieder«, behauptete sie. »Ich muss nur ständig an Heini denken – er ... er war doch wie ein Bruder für mich.«

Der Polizeibeamte ließ ihr einen Moment Zeit, sich zu fassen. »Kommen wir auf die Ereignisse am letzten Samstag zurück. Bitte schildern Sie mir nochmals, was an dem Obststand vorgefallen ist.«

Marlene wiederholte, was sie bereits zuvor erzählt hatte. Wie sie am Obststand gesessen und kein Wasser mehr gehabt hatte. Wie Heini mit dem Trecker vorgefahren war und ihr angeboten hatte, den Stand bis zu ihrer Rückkehr zu übernehmen.

»Fräulein Berndt. Sie sagten, Sie hätten Durst gehabt, was bei diesem Wetter nicht verwunderlich war. Am Schuppen fanden wir eine ungeöffnete Flasche Limonade, die hätten Sie doch trinken können.«

»Limonade?« Sie hatte keine Limonadenflasche gesehen. »Davon weiß ich nichts, tut mir leid.«

»Heinrich Leitner kam also vorbei und bot Ihnen an, den Stand während Ihrer Abwesenheit im Auge zu behalten.«

Sie nickte. »Er war guter Dinge, als ich ging. Fröhlich wie immer.« Ihre Unterlippe begann heftig zu zittern, wieder füllten sich ihre Augen mit Tränen.

»Zeugen?«

»Wie bitte?« Sie sah Hoffmann verständnislos an.

»Gibt es irgendwelche Zeugen?«

»Dass ich heimgegangen bin?«

»Ja, zum Beispiel. Und von dem Gespräch zwischen Ihnen davor.«

»Diese Frage können Sie ja wohl nicht ernst meinen!«, polterte Martin dazwischen. »Sie haben doch den Obststand gesehen. Was glauben Sie, wie viel dort in der Mittagszeit los ist? Dass wir eine Ampel brauchen, um über die Straße zu kommen? Statt uns dämliche Fragen zu stellen, sollten Sie lieber Ihre Arbeit tun. Wir wissen doch alle, wer's gewesen ist, aber der Kerl läuft weiter frei herum und bechert sich einen. Wenn Sie den nicht bald wieder einbuchten, nehme ich ihn mir persönlich vor, das schwöre ich Ihnen!«

Hoffmann blieb gefasst. »Herr Leitner, über dieses Thema hatten wir bereits gesprochen. Nicht wahr, Fräulein Marlene? Haben Sie ein wenig Vertrauen und überlassen Sie die Sache der Polizei. Ich weiß, es muss schwer für Sie sein.«

»Gar nichts wissen Sie!«

»Es ist der einzig gangbare Weg«, ließ der Kommissar sich nicht beirren. Er ergriff einem Stoß Papiere und klopfte ihn mit den Kanten sacht auf den Tisch. Es sah irgendwie ungelenk aus, mit seiner rechten Hand schien etwas nicht in Ordnung zu sein. »Ich denke, wir sind vorerst durch. Nur eine Frage habe ich noch, Fräulein Berndt.« Er wandte sich wieder Marlene zu. »Nachdem Sie auf den Hof zurückgekehrt waren und es zu regnen anfing, haben Sie sich da nicht gewundert, als Heinrich nicht zurückkam?«

»Doch, schon. Aber ich dachte – nun, es ging ein richtiger Wolkenbruch nieder, und ich sagte mir, dass Heini ihn wohl erst abwarten würde. Er hätte die Ware ja noch verladen müssen, sie hätte Schaden genommen.«

»Verstehe. Aber kaum eine halbe Stunde später sind Sie alle zur Straße gelaufen, weil Sie wussten, dass etwas passiert war. Woher?«

Marlenes Blick wanderte zu Martin hinüber, dann wieder zu Hoffmann zurück. »Willi Ewald, unser Nachbar, kam zu uns. Er hatte gesehen, wie die Polizei die Straße abgesperrt hat, und man hat ihn sofort weggeschickt. Da war ihm klar, dass etwas passiert sein musste, und er kam rüber, um es uns zu sagen. Wir waren sehr beunruhigt und sind losgelaufen.« Sie sagte nichts mehr, und auch der Kommissar schwieg einen Moment.

»Gut. Wenn Ihnen nichts mehr einfällt, können wir hier Schluss machen«, erklärte er dann und bedankte sich bei ihr und Martin für ihr Kommen. Zum Abschied reichte er ihnen die Hand, wobei ihr wieder eine gewisse Steifheit auffiel, als kostete ihn die Geste Überwindung. Vermutlich hatte er Schmerzen. Er begleitete sie aus dem Zimmer und schloss die Tür hinter ihnen.

Marlene atmete erleichtert auf, als sie wieder draußen auf der Straße stand. Sie fühlte sich erschöpfter als nach einem Tag Feldarbeit.

»Hoffentlich hat das alles bald ein Ende«, sagte sie zu Martin, der neben ihr stehen geblieben war.

»Ja, es ist zu hoffen.« Er sah sie an, als betrachtete er sie zum ersten Mal, und sein Blick wurde weich. Eine heiße Welle des Glücks durchfuhr sie, als er sie auf offener Straße in die Arme nahm. Zärtlich strich er ihr übers Haar, umfasste ihren Kopf und küsste sie auf den Mund.

HOFFMANN

32.

»Name?«

»Dana. Dana Starck.«

»Wo und wann geboren?«

»Am 4. März 1934 in Breslau.«

»Wohnhaft?«

»Leitnerhof.«

»Sie leben seit wann dort?«

»Seit Ende 1949.«

»Also seit vier Jahren?«

»Seit ich fünfzehn Jahre alt war.«

»Was tun Sie dort?«

»Was ich tue?«

Hoffmann blickte auf. »Sind Sie ein Familienmitglied? Arbeiten Sie dort? Haben Sie sich eingemietet?«

»Ich – ich arbeite dort«, erklärte die junge Frau unsicher.

Hoffmann fragte sich flüchtig, weshalb die Antwort so zögerlich gekommen war. »Fräulein Starck, mich interessiert, was Sie letzten Samstagvormittag getan haben.«

»Was ich getan habe? Sie meinen zu der Zeit, als Heini ...« Sie sprach nicht weiter.

»Ich meine den ganzen Tag. Also auch den Vormittag.«

Als keine Antwort kam, wurde Hoffmann klar, dass sie fürchtete, er verdächtige sie. Er würde sanfter mit ihr umgehen müssen, sonst käme nichts Brauchbares bei der Sache heraus.

»Mich interessiert, wie Sie den Tag verbracht haben. Damit ich mir ein Bild machen kann, wie sich das Leben hier so abspielt.

Wenn ich weiß, was normal und üblich ist, fällt mir eher auf, welche Dinge ungewöhnlich waren. Und vielleicht haben Sie ja die eine oder andere wichtige Beobachtung gemacht, ohne es zu ahnen. Also nur Mut, liebes Fräulein Starck, ich beiße nicht.« Falls seine Worte eine Wirkung auf sie hatten, ließ sie es sich nicht anmerken. »Was also haben Sie an besagtem Vormittag gemacht?«, hakte er nach.

Dana Starck blickte auf ihre Hände, die in ihrem Schoß lagen. »Melken, das Vieh füttern, das Übliche eben. Später bin ich mit dem Rad nach Kaltenbruch, um den Kleiderstoff abzuholen, den meine Mutter bestellt hatte, aber er war noch nicht eingetroffen. Also bin ich zurückgefahren.«

»Wann war das?«

»Am späten Vormittag.«

»Sind Sie an dem Obststand vorbeigekommen?«

»Als ich von Kaltenbruch kam? Nein. Ich bin direkt zum Hof zurück.«

»Sie haben also Heinrich Leitner nicht mehr gesehen?«

»Nein.«

»Und Marlene Berndt?«

Dana schüttelte den Kopf. »Nein, die auch nicht.«

»Sie wussten aber, dass sich das Fräulein Berndt am Obststand aufhielt?«

»Ja, sicher. Sie musste doch die Erdbeeren verkaufen. Wir wechseln uns tageweise ab mit dem Verkauf.«

»Sie ist also eine Kollegin?«

»Kollegin?« Dana Starck sah auf. »Das klingt, als säßen wir beide beim Fernmeldeamt oder so«, bemerkte sie irritiert.

Hoffmann fiel es zunehmend schwer, seine Ungeduld zu unterdrücken. Er griff nach seinen Zigaretten und zündete sich eine an.

»Wie würden Sie Ihr Verhältnis zueinander bezeichnen?«

»Unser Verhältnis? Ich weiß nicht. Marlene ist eben einfach … Marlene«, erklärte die junge Frau hilflos.

Hoffmann konnte nicht anders, er verdrehte die Augen. Redete er etwa mit einem Papagei, oder warum wiederholte sie alles, was er sagte?

»Vielleicht eine Freundin?«, half die Pfau aus.

Dana Starck schaute zu ihr hinüber und nickte. »Ja, ich denke schon. Sie ist eine Freundin.«

Der Kommissar funkelte Lisbeth Pfau böse an. Er hatte sie gebeten, mit der Verschriftlichung des Protokolls bis nach der Vernehmung zu warten, um den Gesprächsverlauf nicht durch das Schreibmaschinengeklapper zu stören. Aber nur, weil sie gerade nichts zu tun hatte, brauchte sie sich noch lange nicht in seine Befragung einzumischen. Vor der nächsten Vernehmung würde er sie rauswerfen, sie konnte ja später alles vom Band tippen.

»Könnten Sie bitte etwas frische Luft hereinlassen?«, durchbrach Dana Starck seine Gedanken.

Er stand auf, zog die vergilbte Gardine beiseite und kippte das Fenster. Irgendwo dort draußen krähte ein Hahn, und ein zweiter antwortete sogleich.

»Sie sind also befreundet und arbeiten zusammen«, wandte er sich wieder an die junge Frau. »Das heißt, anstelle von Marlene Berndt hätten auch Sie an Ort und Stelle gewesen sein können?«

Dana Starck riss erschrocken die Augen auf, sagte jedoch nichts.

»Nun, unser Zeuge sagt aus, er habe Sie gesehen, kurz bevor er den toten Leitner entdeckte.«

»Wie bitte?«

»Er sagt, Sie seien ihm mit dem Rad entgegengekommen, was bedeutet, dass Sie nicht direkt zum Leitnerhof zurückgefahren sind. Und dass sie den Obststand kurz zuvor passiert haben müssen.«

»Nein, nein.« Sie schüttelte heftig den Kopf.

»Sie hätten ein weißes Kleid getragen.«

»Wie? Ich besitze gar kein weißes Kleid!«

»Und Sie seien klitschnass gewesen, wegen des Wolkenbruchs.«

»Das kann nicht sein!«

»Gruber hat sich das also alles nur ausgedacht?«

Die junge Frau blickte zu Boden, und Hoffmann beobachtete sie lauernd. »Sie wissen, dass Sie hier die Wahrheit sagen müssen?«

Sie nickte verhalten.

»Also.«

Nervös strich sie sich eine Haarsträhne zurück, zupfte an ihrem Rock herum, langte hinunter und kratzte sich an der Wade.

»Fräulein Starck, ich will aufrichtig sein.«

Endlich schaute sie ihn an. »Was meinen Sie?«, fragte sie unsicher.

»Ich glaube, Sie lügen.«

»Wie bitte?«

»Sie lügen wie gedruckt.«

»Aber –«

»Nichts aber.«

Ihr Blick wanderte unruhig durchs Zimmer, als suche sie etwas, an dem sie sich festhalten könnte.

»Also, Mädchen, beginnen wir noch einmal von vorn. Sie kamen mit dem Rad von Kaltenbruch. Und was geschah dann?«

»Nichts. Gar nichts. Ich bin nach Hause gefahren.«

»Und es gab keine Zwischenfälle?«

»Nein.«

»Wirklich nicht?«

»Nein! Ich meine, ich kann nicht –«

»Was können Sie nicht?«

»Ich kann mir nicht erklären, warum er das gesagt hat.« Sie sprach jetzt sehr schnell, ihre Stimme überschlug sich fast.

Hoffmann fixierte sie streng. »Dass ihm die Geschichte erst in dem Moment eingefallen ist, als er sie Tage später mit ihrem kleinen Freund über den Kirchplatz laufen sah, ist doch recht unwahrscheinlich, nicht?« Er legte eine gewichtige Pause ein, dann beugte er sich vor und sagte in völlig anderem Ton: »Fräulein Starck, Ihnen passiert nichts, wir sind hier unter uns. Ich bin auf Ihrer Seite. Also spucken Sie's aus. Wir kriegen den Kerl dran, so oder so. Das verspreche ich. Bitte, was genau ist geschehen? Ich muss es wissen, sonst kann ich Ihnen nicht helfen.«

Die Haut über ihren Wangenknochen spannte sich, ihre Lippen wurden schmal. »Ich kam mit dem Rad von Kaltenbruch her«, antwortete sie zögerlich. »Es war gegen Mittag, und ich wollte noch kurz bei Marlene am Obststand vorbeischauen, ehe ich nach Hause fuhr. Dann war da dieser Mann ... Er ... er hat mich gepackt und festgehalten. ›Wenn du jemandem was sagst, schlag ich dich tot!‹, hat er geschrien, und dann hat er mich geschlagen. Hier.« Sie krempelte den Ärmel ihrer Bluse hoch und zeigte ihm einen Bluterguss an ihrem linken Oberarm, der in allen Farben des Regenbogens schillerte. »Schließlich konnte ich mich von ihm losreißen, hab mein Rad gepackt und bin auf und davon. Ganz sicher hätt er mich umgebracht.«

»Und deshalb haben Sie geschwiegen? Weil sie Angst vor ihm hatten?« Die junge Frau nickte, und Hoffmann sagte eine Weile nichts. Ihre Angst war berechtigt gewesen. Keine zwei Tage nach seiner Festnahme war Gruber als freier Mann über die Kaltenbrucher Straßen gestolpert und hatte sie angepöbelt.

»Was genau haben Sie gesehen?«, hakte er nach und spürte sein Herz schneller klopfen. »Warum hat er Sie bedroht?«

Dieses Mal hielt sie seinem Blick stand und erklärte in gefasstem Ton: »Der Kerl hat den Heini erschlagen. Und ich hab's gesehen.«

WOLFGANG

33.

Wolfgang ging zum Wasserhahn und drehte ihn zu, als er Dana erblickte. Er war gerade dabei gewesen, die Kälberboxen auszuspritzen, und seine Hose triefte vor Nässe.

»Was haben sie von dir gewollt?«, erkundigte er sich besorgt.

»Sie wollten wissen, was am Samstag passiert ist.«

»Und, hast du's ihnen erzählt?«

Dana antwortete nicht.

»Hast du?«

»Ja«, gab sie zu, ohne ihn anzusehen.

Wolfgang stöhnte leise. »Aber warum, Dana?«

»Ich weiß nicht. Er hat so gebohrt, dieser Kommissar. Und mir eingeschärft, dass ich mich strafbar mache, wenn ich nicht die Wahrheit sage. Er meinte, ich bräuchte mir keine Sorgen zu machen.«

»Das hat die Polizei meiner Mutter auch versprochen, bevor sie den Kerl hat laufen lassen«, entgegnete Wolfgang abschätzig. »Und nun – werden sie ihn wieder einsperren?«

»Auch das weiß ich nicht.«

»Oh, Dana! Du weißt es nicht? Was ist, wenn er kommt und …« Wolfgang hielt inne und biss sich auf die Unterlippe.

»Es war dumm von mir, nicht wahr?« Dana stieß einen tiefen Seufzer aus. »Hätte ich nur meinen Mund gehalten! Jetzt hat dieser kleine grüne Kasten jedes Wort von mir aufgenommen.«

»Welcher grüne Kasten?«

»Sie hatten eine Art Tonband auf der Wache, das mitlief und alles aufgezeichnet hat, was gesprochen wurde.«

»Auch das noch.« Wolfgang ließ resigniert die Schultern hängen. Mit dieser Art von Technik kannte er sich überhaupt nicht aus. Aber was hatte Dana schon getan? Sie hatte die Wahrheit gesagt, das durfte man ihr nicht zum Vorwurf machen. Dennoch: Wer konnte wissen, ob Gruber diesem ominösen Kasten nicht erzählt hatte, Dana habe gelogen? Das würde auch erklären, weshalb nichts geschah: Sie glaubten diesem versoffenen Rheinländer mehr als ihnen, den Dahergelaufenen aus dem Osten.

»Wenn ich jetzt drüber nachdenke, krieg ich es richtig mit der Angst zu tun«, bekannte Dana leise.

Das wollte etwas heißen, dachte Wolfgang, denn im Allgemeinen war sie recht furchtlos und auch nicht so weinerlich wie seine Schwestern. Er wischte sich die Rechte an seinem Hemd trocken und legte sie sachte auf ihren Arm.

»Sorge dich nicht. Ich passe schon auf, dass dir nichts passiert.« Ein fast feierlicher Ernst lag in seinen Worten, und sie lächelte dankbar, doch er sah deutlich, dass sie ihm nicht glaubte. Sie traute ihm nicht zu, dass er seine Worte wahr machen würde. Niemand traute ihm etwas zu. Aber die Leute würden sich wundern. Von jetzt an würde er sich zur Wehr setzen, den Anfang hatte er schon gemacht: Er hatte diesen Schlüters gezeigt, was er davon hielt, einen Mörder zu schützen, der auch noch seine Mutter und seine Freundin bedroht hatte.

Eine weibliche Stimme schallte über den Hof und riss ihn aus seinen Gedanken. Es war Danas Mutter, die zum Essen rief.

»Sie wird sich erkundigen, wie es gelaufen ist«, erklärte Dana.

Wolfgang riss erschrocken die Augen auf. »Weiß sie ...«

Dana schüttelte schnell den Kopf. »Niemand sonst weiß es.«

Er nickte beruhigt.

»Kommst du mit ins Haus, Wolfi? Für dich reicht's sicher auch noch.«

Wolfgang lehnte dankend ab. Die Vorstellung, an einem fremden Tisch zu sitzen, verschreckte ihn, dazu in einem Trauerhaus und ausgerechnet bei dieser Familie. Der alte Leitner jagte ihm

Angst ein, und Martin redete ja kaum. Heini, der war da ganz anders gewesen.

»Ich habe noch etwas zu erledigen«, erklärte er schnell, und das war nicht einmal gelogen. Er hatte der Mutter versprochen, am Mittag das Fahrrad zurückzubringen, mit dem er am frühen Morgen hergefahren war. Anschließend würde er zu Fuß zurückkehren und bis zum Abend aushelfen. Es war der letzte Tag der Pfingstferien. Noch hatte er Zeit.

Wolfgang trat in die Pedale. Das Rad war ein Damenrad und etwas zu groß für ihn, sodass er fast im Stehen radeln musste. Seine Mutter war keine kleine Frau, aber er würde ja noch wachsen. So richtig im Sattel sitzen konnte er nur, wenn er mit weit von sich gestreckten Beinen den Kirchhügel hinunterschoss, doch danach stand ihm im Moment nicht der Sinn.

Er fuhr zurück in Richtung Dorf, die Hauptstraße entlang. Bei der Witwe Kleinschmidt im ersten Stock stand das Fenster auf, dahinter ein Schemen — das musste dieser Gruber sein. Wolfgang war zu Ohren gekommen, er würde in dem Haus zur Untermiete wohnen. Die Polizei hatte also noch nichts gegen ihn unternommen.

Unweigerlich jagte ihm ein Schauer über den Rücken, sein Herz klopfte wie wild. Er rollte weiter in Richtung Dorfmitte und sah schon von Weitem, wie Karl Kröger aus der Polizeiwache trat, gefolgt von dem Kommissar und einer jungen Frau mit rotblondem Haar. Sie stiegen in die beiden vor der Tür geparkten Autos und fuhren an Wolfgang vorbei in die Richtung, aus der er soeben gekommen war. Von einem plötzlichen Impuls getrieben, bremste er scharf. Ob schon einmal jemand versucht hatte, in die Wache einzusteigen? Ob tatsächlich niemand mehr im Haus war?

An der zur Nebenstraße gelegenen Seite des Gebäudes war ein Fenster gekippt. Wenn der Mechanismus ähnlich funktionierte wie bei ihnen daheim, hätte er eine Chance. Man musste nur rankommen an das Fenster, aber er hatte ja sein Rad. Und wenn ihn jemand sah? Dann war er eben dran. Er musste es einfach versuchen, das war er Dana schuldig. Nachdem er sein Rad an die Mauer unterhalb des Fensters gelehnt hatte, stieg er mit einem Fuß vorsichtig auf den Sattel und spähte durch die Scheibe. Niemand zu sehen. Er schwang den anderen Fuß auf das Fensterbrett, verlagerte sein Gewicht, bis er einen sicheren Stand hatte, drehte den Oberkörper seitlich und langte mit dem Arm durch den Spalt des gekippten Fensters, bis er den Hebel zu fassen bekam. Keine Minute später stand er in der Wachstube.

GRUBER

34.

Gruber hatte es satt. Nicht einmal sein Essen bekam er noch, dabei zahlte er dafür!

»Heut gibt's nix«, hatte die Kleinschmidt gemeint, als er sich an den Mittagstisch setzen wollte, und ihn dabei so verkniffen angestarrt, als hätte er ihren ewig kläffenden Köter ersäuft.

»Erst abends?«, fragte er unsicher nach. Gewöhnlich aß er immer erst, wenn er von der Arbeit heimkam, aber jetzt war er ja Urlauber, Zwangsurlauber genau genommen.

»Heut gibt's nix«, wiederholte die Kleinschmidt stur.

Normalerweise hätte er sich das nicht bieten lassen, als Kostgänger hatte er ein Anrecht auf sein Essen, sie hatte es ihm vorzusetzen, basta. Doch ihm stand nicht der Sinn danach, der Alten den Marsch zu blasen. Er fühlte sich noch immer matt und zittrig, als würde ihm eine Grippe in den Knochen sitzen. Auf seiner Stube verwahrte er noch einen Kanten Schwarzbrot und ein Stück Dauerwurst – für seine Pausenstullen war er selbst zuständig –, das würde ihm vorerst reichen. Großen Appetit hatte er ohnehin nicht. Sollte die Kleinschmidt ihm den Buckel runterrutschen!

Aber er konnte die Enge des Zimmers nicht gut ertragen. Ihm hingen noch die Nächte in der Zelle nach – dieses Eingesperrtsein, das hatte ihn zu sehr an den Krieg erinnert und an die Gefangenschaft. Seine Stube war keine Zelle, er konnte kommen und gehen, wie ihm der Sinn stand, und doch – heute schienen die vier Wände immer näher an ihn heranzurücken.

Er ging und riss das Fenster auf. Draußen rollte ein Junge auf seinem Rad vorbei. War es nicht der, der mit der schwarzen Hexe unterwegs gewesen war? Ehe Gruber genauer hinschauen konnte, war er auch schon fort.

Ein Windstoß fuhr herein, die Luft roch frisch und rein. Er würde sich die Beine vertreten, ja, das war eine gute Idee. Aber nicht im Dorf. Von den Dollköppen hatte er die Schnauze voll.

Gruber holte seinen Brotbeutel, stopfte Brot und Wurst hinein und auch den Klaren, der nicht ganz reinpasste. Mit Befriedigung stellte er fest, dass die Flasche noch gut gefüllt war.

Wie üblich griff er nach seiner Mütze und verließ das Zimmer, ohne einen Blick in den halbblinden Spiegel neben der Tür zu werfen. Was gäb's da schon zu sehen? Sein Veilchen schmerzte nach wie vor, und nun hatte er auch noch eine geschwollene Oberlippe, einen Schönheitspreis würde er nicht gewinnen. Kaminski, dieser Saukerl! Dabei waren sie sonst ganz gut miteinander ausgekommen.

Nachdem er das Haus verlassen hatte, fasste Gruber einen spontanen Entschluss. Es gab doch noch jemanden, mit dem man reden könnte, der einen nicht wie einen Untermenschen behandelte. Und dem würde er jetzt einen Besuch abstatten.

Etwas besserer Stimmung ob dieses Einfalls schlenderte er ein Stück die Straße hinunter – warum sollte er es eilig haben, er hatte sich nichts vorzuwerfen –, bog jedoch in den nächstgelegenen Seitenweg ein. Er hatte einfach keine Lust, mitten durch den Ort zu marschieren. Auf einem geteerten Feldweg umging er im Bogen das Dorf, folgte anschließend wieder der Hauptstraße ortseinwärts und betrat ein von hohen Tannen umgebenes, verwildertes Grundstück. In dessen Mitte stand ein Haus, an dem unaufhaltsam der Zahn der Zeit nagte: Die Fenster waren eingeworfen, das Dach bereits teilweise abgedeckt. In der Mauer auf der südlichen Seite gähnte ein Loch. Gruber schenkte alldem keine Beachtung, sondern steuerte zielstrebig auf die seitliche Kellertreppe zu.

»Friedrich, bist du da?«, rief er vom oberen Treppenabsatz hinunter. Als keine Antwort kam, stieg er die laubbedeckten Stufen hinab, die glitschig waren vor Feuchtigkeit. Er drückte die Klinke der Kellertür hinunter, stieß sie auf und rief noch einmal. »Friedrich?«

Der Vogel war offenbar ausgeflogen. Gruber überlegte einen Augenblick, ob er warten sollte. Aber worauf? Friedrich war oft tagelang weg, den Winter über hatte er sich überhaupt nicht blicken lassen. Nein, es schien zwecklos. Enttäuscht kramte Gruber seine Schnapsflasche hervor, nahm einen ordentlichen Schluck und verstaute sie wieder. Er verließ das Grundstück und stand erneut auf der Hauptstraße. Sein Blick glitt über einen Feldweg, der sich im hohen Gras verlor. Er sah halbwegs begehbar aus. Der stetige Wind, der seit dem Morgen über das Land strich, trocknete den durchweichten Boden rasch. Die vom Regen plattgedrückten Gräser hatten sich bereits wieder aufgerichtet, in ein paar Tagen würde hier alles gemäht sein.

Gruber entschied sich für diese Route und schlug ein flottes Tempo an. Obwohl er es sich selbst kaum eingestehen mochte, fühlte er sich erst sicher, als er einen beträchtlichen Abstand zum Dorf gewonnen hatte. Er wollte niemanden sehen und auch nicht gesehen werden. Als er die Weggabelung erreichte, die südwestlich in scharfem Knick zurück ins Dorf und zur Behelfsheimsiedlung führte, nordöstlich zum Leitnerhof und zum See, hielt er kurz an, um zu verschnaufen. Schweiß hatte sich in seinem Nacken gesammelt und rann seinen Rücken hinab. Er nahm seine Mütze ab und kratzte sich am Kopf, öffnete die oberen Knöpfe seines Arbeitshemdes, krempelte die Ärmel hoch und lauschte dem vielstimmigen Summen der Insekten. Sonst war es still hier. Sehr still.

Und jetzt?

Der See. Er mochte es, wie sich Sonne und Wolken in seiner glatten Oberfläche spiegelten. Er würde zum Wasser hinuntergehen, sich auf den Steg setzen, sein Brot essen und darüber nachdenken, wie es weitergehen sollte. Er musste diese Bilder loswerden, die sich ständig vor sein inneres Auge schoben. Der tote Leitnerjunge, das Blut – als wäre das Wüten nicht vorbei. Das musste ein Ende haben. Und auch die andere Geschichte. Er würde Schlüter schon zeigen, dass er einer war, auf den man zählen konnte. Dass er aufrecht und verlässlich war.

Noch blieb ihm Zeit.

Gruber wanderte zum See hinunter, setzte sich auf den Steg, zog sich die Schuhe aus und ließ die Füße ins kalte Wasser baumeln. Er aß den Kanten Brot, trank von dem Schnaps. Der Schnaps machte ihn durstig, er hätte noch etwas anderes zu trinken mitnehmen sollen. Er trank noch mehr Schnaps.

Die Zeit verrann. Das Wasser spiegelte im Wechsel Sonne, Himmel und Wolken, sonst nichts. Wie dort oben, so hier unten. Gruber schlief ein, kippte zur Seite, erwachte wieder. Er setzte sich auf, sah einen Fisch emporschnellen, hörte das Platschen, mit dem er zurück ins Wasser stieß, beobachtete die sich immer weiter ausdehnenden Ringe. Er ließ seinen Blick auf dem am Bootssteg festgezurrten Ruderboot ruhen, trank. Eine Böe fuhr über das Wasser und kräuselte dessen Oberfläche. Sonne, Himmel und Wolken begannen zu zittern. Alles schien gut und war es doch nicht.

Am helllichten Tag hockte er hier herum, während anständige Leute arbeiteten. War er etwa nicht anständig? Dieser Arsch von Vorarbeiter. Als ob die paar Schlucke, die Gruber sich zwischendurch gegönnt hatte, eine Rolle spielten! Nie hatte er irgendwas verbockt, nie einen Fehler gemacht. Was also war ihm vorzuwerfen?

Wenn Reuss nicht weiterwusste, waren die anderen schuld, und er, Gruber, immer vorneweg. Weil er sich besser auskannte als alle anderen, weil Reuss ihm nichts vormachen konnte. So sah die Sache aus. Hundsfott. Gruber leerte die Flasche und warf sie ins Wasser.

Das Licht veränderte sich, Wald und See wurden schwarz. Mücken stiegen auf und begannen ihn zu piesacken. Er war nicht sonderlich empfindlich, aber diese kleinen Mistviecher konnte er schon sein Lebtag nicht ausstehen. Irgendwann hielt er es nicht mehr aus, kam mühsam auf die Beine, schlüpfte in seine Schuhe, kämpfte mit den Schnürsenkeln. Er wankte ans Ufer, fiel um ein Haar ins Wasser. Der Steg kam ihm auf einmal sehr schmal vor.

Reuss, dieser Kommissar, Rudi Kaminski – eine Bande von Sauhunden. Denen würde er es zeigen! Aber was, wenn sie wieder auf ihn losgingen? Besser, er wäre gewappnet. Er bückte sich nach einem dicken Ast, der ihm als Prügel gute Dienste tun würde, und schlug den Weg zurück in Richtung Dorf ein. Jeder Schritt fiel ihm schwer, er kam nur quälend langsam voran. Endlich passierte er das Erdbeerfeld, dessen schnurgerade Pflanzreihen sich auf Höhe des Silos zu treffen schienen. Dahinter ragten die rotbraunen Dächer des Leitnerhofs auf.

Wohnte dort nicht die schwarze Hexe, die vor ihm davongerannt war? Mit der stimmte etwas nicht, das hatte er gleich im Gefühl gehabt. Die musste doch wissen, dass er's nicht gewesen sein konnte. Die musste den jungen Leitner doch zuerst gesehen haben. Warum zum Teufel sagte sie das nicht?

Gruber stolperte weiter, bog hinter dem Feld in den Pfad ein, der direkt auf das Hofgelände führte, hob drohend den Knüppel. »Wart nur, du Hexe! Wenn du nichts sagst, schlag ich dich tot, dann gibt's wenigstens einen Grund, weshalb ich in den Knast geh!«

HOFFMANN

35.

Das durfte nicht wahr sein! Aber es war ja zu erwarten gewesen. Gruber sei nicht zu Hause, hatte seine Vermieterin kurz angebunden erklärt. Da hätten sie schon früher kommen müssen. Gegen Mittag sei er weg, und wenn's nach ihr gehe, brauche er auch gar nicht wiederzukommen. Mit der Polizei wolle sie nichts zu tun haben. Er habe eine Tasche dabeigehabt, ergänzte sie widerwillig, mehr war aus ihr nicht herauszubekommen.

Sie standen bereits an der Haustür und wollten sich gerade verabschieden, als plötzlich eine stämmige Mittdreißigerin mit blondiertem Haar im Flur erschien, deren gewöhnliche Art Hoffmann augenblicklich abstieß. Offenbar die Tochter der Vermieterin.

»Hab ihn mal gesehen, wie er auf Hennings Grundstück verschwunden ist«, berichtete sie und dass er sich vielleicht da verkrochen habe.

»Das Haus ist das erste links am Dorfausgang – oder Dorfeingang, kommt drauf an, wo Sie herkommen«, erklärte Kröger, während sie wieder zu ihren Fahrzeugen gingen. »Es steht schon eine Weile leer.«

Wenige Minuten später hatten sie ihr Ziel erreicht. Eine Reihe dicht an dicht gepflanzter Tannen schirmte das Grundstück von der Straße ab, das hüfthohe Eingangstor hing in seinen Angeln. Sie betraten einen verwilderten, von Brombeerranken überwucherten Garten und folgten der unkrautbewachsenen Auffahrt bis zu dem Haus, das einen mehr als baufälligen Eindruck machte. Die meisten Fenster waren zersplittert, einige Dachziegel lagen zerschellt am Boden, eine Stirnseite des Gemäuers hatte schweren Schaden genommen.

»Es wurde von einem Granatwerfer getroffen«, berichtete Kröger, auf die maroden Mauern deutend. »Dabei kam Hennings Frau ums Leben. Danach hat er nicht mehr viel getan, an dem Haus, meine ich. Sonst aber auch nicht. Ihm fehlte wohl einfach die Energie.«

Hoffmann wunderte sich: Ganz Kaltenbruch sah danach aus, als hätte der Krieg hier nie stattgefunden. Aber dem war wohl nicht so gewesen.

»Vor zwei oder drei Jahren ist Henning dann auch gestorben, seitdem steht das Haus leer. Er hatte einen Sohn, aber der ist in Russland verschollen, soweit ich weiß, vielleicht noch immer in Kriegsgefangenschaft, na ja ... Jedenfalls hat das Haus einen relativ großen Keller, nicht diese Kriechkammern, die hier sonst üblich sind.« Er führte Hoffmann zu einer seitlichen Treppe.

»Obacht, Herr Kommissar! Es ist glatt.« Sie stiegen die laubbedeckten Stufen hinab. »Manchmal trifft sich die Jugend hier und stellt irgendwelchen Unsinn an.« Kröger stieß die Tür auf. »Man müsste eigentlich ein Schloss anbringen.«

Der modrig feuchte Geruch, der Hoffmann entgegenschlug, stand in scharfem Kontrast zu dem frischen Luftzug, den er mit hereinbrachte. Der Raum war leer bis auf einen Haufen Unrat in einer Ecke: geöffnete Blechdosen, zerbrochenes Geschirr, Speisereste, Stofffetzen. Kröger und er tauschten einen kurzen Blick aus: Hier unten musste sich jemand aufgehalten haben. Oder noch aufhalten.

»Hallo? Ist da jemand? Wir sind von der Polizei.« Keine Antwort. Kröger schaltete seine Stablampe ein, und sie steuerten auf die geschlossene Tür am Ende des Raumes zu. Auf ein Zeichen hin drückte Kröger die Klinke herunter. Augenblicklich verschärfte sich der Geruch nach Waschküche und schimmliger Feuchtigkeit.

»Achtung, Polizei!« Mit gezückter Waffe schob Hoffmann sich

durch den Türrahmen, Kröger dicht hinter ihm. Der Lichtkegel schnitt durch den Raum, wanderte hierhin und dorthin, eine Regalwand entlang, tastete sich zu einem Stapel Reifen vor. In dem Moment, in dem er den Mann traf, der eben noch reglos auf einem Strohsack dahinter gelegen hatte, sprang dieser auf.

»Hände über den Kopf!«, schrie Hoffmann und spürte gleichzeitig einen starken Luftzug im Rücken. Mit ohrenbetäubendem Knall schlug die Tür hinter ihm zu. Unwillkürlich tat er einen Satz zur Seite, prallte gegen Kröger, der seinerseits gegen eines der Regale rempelte. Dinge fielen herunter, das Scheppern wollte kein Ende nehmen, und Hoffmann wusste nicht mehr, wie ihm geschah. Sein Trommelfell drohte zu bersten, sein Herz vollführte Saltos in seiner Brust, er konnte nicht mehr atmen. Er würde sterben, auf der Stelle. Jetzt und hier würde er sterben, in diesem modrigen Loch.

Panisch riss er die Tür auf und stürzte hinaus, durch den ersten Raum, die Treppe hinauf, zurück ans Licht, ins Leben. Schwer atmend ließ er sich auf einen Baumstumpf sinken und schlug die Hände vors Gesicht. Wann würde das aufhören?

Dieser Geruch nach Schlamm und Morast, nach schlierig-seifigem Abwasser, das aus geborstenen Kanalrohren gesickert war und den Ackerboden tränkte. An den Tagen und Nächten zuvor hatte es heftig geregnet, der Boden war völlig aufgeweicht.

Von der Artilleriestellung im Norden drang seit Stunden heftiger Geschützlärm herüber. Sie konnten nicht länger warten, die Kameraden brauchten Nachschub. Es war die Aufgabe ihres Zuges, sie mit Lebensmitteln zu versorgen und mit allem, was notwendig war. Da man außerdem beschlossen hatte, die Stellung weiter auszubauen, waren sie heute nicht wie üblich zu fünft, sondern zu acht in dem Schützenpanzerwagen unterwegs. Es war so eng, dass sie einander fast auf dem Schoß hockten, und der MG-Schütze stand Hoffmann schon seit einer Weile auf dem Fuß, ohne es zu merken.

Die Stimmung war gedrückt, keinem war wohl zumute während dieser Fahrt, auch wenn sie nur wenige Kilometer zurückzulegen hatten. Bei dem Tempo, mit dem die Amerikaner vorrückten, könnten sie jederzeit die Verteidigungslinie erreichen.

Hoffmann hatte immer gedacht, Bayern wäre bergig, aber hier war es flach wie am Niederrhein. Über den matschigen Feldweg rollte und ruckte der Schützenpanzerwagen über die nahezu plane Ebene, die sich im Grau des Regens verlor. Um sich vor dem Regen zu schützen, behalfen sie sich notdürftig mit einer Plane, die aber nicht viel brachte, weil der MG-Schütze freie Sicht haben musste.

Die Plane mit einer Hand über sich haltend, starrte Hoffmann angestrengt zu Boden. Doch das Rumpeln bekam ihm nicht, also richtete er den Blick geradeaus, hin zu der Baumreihe, die das Einerlei der Felder durchbrach. Sie zeigte bereits erstes Grün, frisch und hell, der allgegenwärtigen Tristesse tapfer trotzend: Der Gang der Natur war nicht aufzuhalten. Im Gegensatz zu ihnen.

Hoffmann überlegte, was das für Bäume waren, er musste seine Nervosität in Schach halten. Buchen? Ulmen? Junge Linden? Er hatte keine Ahnung, im Grunde interessierte es ihn auch nicht für fünf Pfennig, und die Frage löste sich augenblicklich in nichts auf, als zwei amerikanische P-51 Mustangs über ihre Köpfe hinwegdonnerten. Luftaufklärer.

»Jetzt sind sie da.« Der Gefreite Grölstein sprach aus, was alle dachten. »Zeit für ein Stückchen Panzerschokolade.« Er griff in seine Tasche, zog etwas heraus und steckte es sich in den Mund. Pervitin. Sie schluckten es wie Vitaminpillen.

»Hat noch jemand Appetit, bevor wir ins Gras beißen?«

Siggi Grölstein. Mit ihm hatte Hoffmann bereits seine Infanterieausbildung hinter sich gebracht. Siggi, der ihn mit Speck und Schinken von der Pfälzer Oma versorgte und mit Printen vom letzten Weihnachtsfest, die aber noch gut schmeckten. Siggi, der ihn mit Bildern seiner Verlobten drangsalierte, und immer musste Hoffmann lügen, weil er das Mädchen keineswegs bildhübsch fand. Siggi, der gern Witze erzählte, die so harmlos waren, dass man aus Mitleid lachte.

»Verdammte Hacke!«, konstatierte Siggi, und sein Fluch besiegelte ihr Schicksal. Wenige Sekunden später hörten sie das Fauchen amerikanischer Panzermotoren. In kaum hundert Metern Entfernung brach der erste durch die Baumreihe, Stämme gingen krachend zu Boden, und sehr schnell folgte die Infanterie.

Der Knall des Schusses drang erst an sein Ohr, als sie bereits getroffen waren. Hoffmann wurde zu Boden geschleudert, spürte, wie der Stahl unter ihm vibrierte, sonst nichts. Er hörte auch nichts mehr und wusste nicht, was geschehen war. Da war nur dieses Wattegefühl im Kopf, begleitet von einem hohen Pfeifen. Die Zeit stand still. Lebte er noch? Offenbar. Er versuchte, sich zu sammeln. *Wo bist du?* Im Sd.Kfz. 250, irgendwo auf freiem Feld. *Du wurdest getroffen, aber du lebst. Bist du verletzt?* In Gedanken tastete er seine Gliedmaßen ab. Nein, es schien alles in Ordnung zu sein. Er war nur müde, so müde. Doch er würde handeln müssen, eine innere Stimme sagte ihm das. *In wenigen Augenblicken haben die Amis das Gelände gesichert. Wenn du hierbleibst, werden sie auf dich schießen. Du kannst rausgehen, und sie erschießen dich trotzdem. Aber wenn du dich ergibst, kommst du vielleicht nur in Gefangenschaft.*

»Siggi«, flüsterte Hoffmann und versuchte den Kopf zu drehen. »Siggi, wir müssen hier raus.« Er wollte sich aufrappeln, aber es ging nicht, da lag etwas auf ihm, schwer wie Blei. »Siggi, ich kann nicht aufstehen. So hilf mir doch!« Er wand sich hin und her, drehte sich halb, stemmte sich hoch, versuchte die Plane wegzustoßen, die ihm die Sicht nahm. Endlich war es geschafft. Erst jetzt bemerkte er, dass es Körper waren, die auf ihm gelegen hatten. Siggi, mit halb weggeschossenem Kopf. Der MG-Schütze, ebenfalls tödlich getroffen. Alle tot, tot, tot.

Er kroch zum Rand des Fahrzeugs, irgendwie, richtete sich auf, irgendwie, stemmte die Füße auf den Boden. Bis zu den Knöcheln im Schlamm, mit wackligen Knien stand er da, hob die Arme hoch über den Kopf.

»Erschießt mich doch!«, brüllte er oder wollte er brüllen, doch es kam kaum mehr als ein Krächzen heraus. Seine Stimme versagte ihm den Dienst.

Er schloss die Augen und zählte bis drei. Er zählte bis zehn, noch immer mit geschlossenen Augen; bei zwanzig wurde ihm ein Gewehrlauf in den Rücken gestoßen. Aber es folgte kein Schuss.

»Alles in Ordnung?« Kröger beugte sich zu ihm herunter, ehrliche Besorgnis im Blick.

»Ja, ja«, erklärte Hoffmann schnell. »Es war nur –« Was sollte er sagen? Welche Ausrede vorbringen, und wozu? »Ich drehe manchmal durch, das ist alles.«

Kröger seufzte tief. »Tja, wer tut das nicht? So etwas passiert eben.«

»So etwas darf nicht passieren«, entgegnete Hoffmann streng. »Ich bin untragbar für den Staatsdienst.« Und er meinte, was er sagte. Es war jetzt das zweite Mal innerhalb weniger Tage, dass ihm das passierte. Monatelang hatte er Ruhe gehabt und schon gehofft, er hätte das Problem hinter sich gelassen. Aber die Hoffnung hatte sich als trügerisch erwiesen.

Kröger beobachtete ihn und wiegte auf seine für ihn typische Art den Kopf hin und her. »Helden hatten wir genug, meinen Sie nicht, Herr Kommissar?«

»Feiglinge hatten wir auch genug.«

»Nun kommen Sie schon, wir warten auf Sie.«

»Ich kann nicht.«

»Aber ja, Herr Kommissar. Das schaffen Sie, da bin ich mir ganz sicher.« Der Polizeimeister lächelte jetzt.

Hoffmann schaute zu ihm hoch. Er hätte sich gern bei ihm bedankt, aber ihm fehlten die Worte. Also raffte er sich auf und folgte Kröger durch den Garten zu einem morschen Tischchen unter einem Apfelbaum, an dem ein zerlumpt aussehender Mann saß und zu ihnen hinüberschaute, als wartete er darauf, dass sie ihm Kaffee servierten.

»Sie haben ihm keine Handschellen angelegt?«, fragte Hoffmann ungläubig.

»Aber wozu denn? Wir wissen doch noch gar nicht, ob er etwas verbrochen hat. Nicht wahr, Friedrich?«

»Sie kennen den Mann?«

»Sagen wir so: Ich weiß, wer er ist.«

»Ein Kaltenbrucher?«

»Ja und nein.«

»Wir veranstalten hier kein fröhliches Ratespiel, Kröger. Also bringen Sie mich gefälligst auf den aktuellen Stand«, blaffte Hoffmann, um sogleich beschämt innezuhalten. In Anbetracht seines eigenen unrühmlichen Verhaltens war die Reaktion unangemessen, das leuchtete ihm ein.

»Nichts für ungut, Kröger«, brummte er und rieb sich seinen schmerzenden Arm. »Aber wir haben keine Zeit zu verlieren. Also, wer sind Sie?«, wandte er sich an den Zerlumpten.

»Köppel ist mein Name. Friedrich Köppel.«

»Was tun Sie hier?«

»Hab mich ausgeruht.«

»In diesem Loch dort unten?«

»Draußen war's mir zu hell.«

»Und was tun Sie sonst?«

»Muss ich etwas tun?«

»Gewöhnliche Menschen arbeiten, um sich ihr Brot zu verdienen.«

Köppel lächelte schief und entblößte dabei ein unvollständiges Gebiss. »Wie heißt es schon in der Bibel? Sie säen nicht, sie ernten nicht, sie sammeln nicht in die Scheunen, und unser himmlischer Vater nährt sie doch.«

»Schluss mit dem Gelaber. Kennen Sie einen gewissen Hans Gruber?«

Köppel zog eine Grimasse und sann in die Ferne.

»Ist die Frage zu kompliziert für Sie?«

»Keineswegs.«

»Also?«

»Kann sein, dass ich den Namen schon einmal gehört habe.«

»War er heute hier?«

»Gruber? Keine Ahnung.«

»Herr Köppel, müssen wir Sie einsperren, um Ihrem Gedächtnis auf die Sprünge zu helfen?«

»Ich weiß nicht, ob er hier war.«

»Warum nicht? Schlafen Sie den ganzen Tag?«

»Im Gegenteil. Ich war nicht da, und deshalb kann ich Ihre Frage nicht beantworten.«

»Wo waren Sie?«

»Bin spazieren gegangen.«

Hoffmann schnellte auf ihn zu. »Hör zu, Freundchen, ich mache keine Scherze.«

Köppel hob beschwichtigend die Hand. »Schon gut, schon gut! Gruber besucht mich hin und wieder. Aber heute war er nicht da. Zumindest nicht in der Zeit, in der ich hier war. Schade eigentlich, er bringt immer einen guten Schluck mit.«

»Wann war er das letzte Mal hier?«

»Ist schon eine ganze Weile her. Irgendwann Anfang Mai, würde ich sagen.«

Hoffmann überging die Antwort und fragte unvermittelt: »Wo waren Sie letzten Samstag?«

Ehe Köppel antworten konnte, räusperte Kröger sich vernehmlich und zupfte Hoffmann am Ärmel. »Auf ein Wort, Herr Kommissar.«

Sie traten ein paar Schritte zur Seite. »Schauen Sie ihn doch an«, mahnte der Polizeimeister leise. »Der Mann hat nur einen Arm. Wie soll er da eine Axt schwingen?«

»Warum ergreifen Sie Partei für ihn, Kröger?«

»Ich weiß nicht.« Kröger zuckte die Achseln. »Er war im Krieg, dann lange in Gefangenschaft. Er hat einen Arm verloren. Und seine Frau. Als er wiederkam, lebte die schon mit einem anderen zusammen. Er kam sich nichtsnutzig vor, und das ist er ja auch. Hin und wieder klaut er ein paar Eier, vielleicht sogar ein Huhn oder irgendwo ein Hemd von der Leine. Er muss ja auch leben. Aber er tut keiner Fliege was zuleide.«

»Mitleid zahlt sich selten aus, Kröger. Nehmen Sie ihn mit, wir setzen ihn fest. Können ja nicht garantieren, dass er sich heimlich absetzt.«

Kröger blieb unerwartet stur. »Ist das wirklich nötig, Herr Kommissar? Es ist höchst unwahrscheinlich, dass er irgendetwas mit der Geschichte zu tun hat. Und er verträgt das Eingesperrtsein nicht. Lassen Sie ihn laufen.«

An einem anderen Tag hätte Hoffmann sich nicht erweichen lassen, doch heute war alles anders. Er hielt einen Moment inne, dann drehte er ab und stapfte in Richtung Straße davon.

Zurück auf der Polizeistation betrat Kröger als Erster den Wachraum, blieb jedoch wie vom Donner gerührt stehen. Hoffmann schob sich an ihm vorbei, und nun sah auch er die Bescherung: Das Fenster, das zur Seitenstraße hinausging, stand sperrangelweit offen, und die Stenorette lag zertrümmert am Boden. Da hatte jemand ganze Arbeit geleistet.

Einem eisigen Moment der Stille folgte ein Gebrüll, das bis auf die Straße zu hören war.

WOLFGANG

36.

Da stand der Kerl, neben dem Erdbeerfeld, keine fünfzig Meter entfernt, mit erhobenem Knüppel. Wolfgang sprang zurück und drückte sich gegen die Scheunenwand.

Gerade hatte er sich auf den Heimweg machen wollen, am Erdbeerfeld vorbei, dann auf den Feldweg in Richtung Dorf, den schnellsten Weg nach Hause, wenn man zu Fuß unterwegs war. Er traute seinen Augen und Ohren kaum, und doch: Hatte er nicht geahnt, dass die Polizei nichts gegen diesen Gruber unternehmen würde?

»Wart nur, du Hexe!«, hörte er Gruber brüllen. »Wenn du was sagst, schlag ich dich tot!« Was danach kam, war unverständlich.

Wenn du was sagst, schlag ich dich tot. Waren es nicht exakt jene Worte gewesen, mit denen Gruber Dana gedroht hatte, nachdem sie Zeugin seines Mordes an Heini geworden war? *Wenn du was sagst, schlag ich dich tot.* Jener Satz, den sie ihm unter dem Siegel der Verschwiegenheit anvertraut hatte. Jetzt war Gruber gekommen, um es nicht bei Worten bewenden zu lassen. Er hatte sich aufgemacht, um Dana etwas anzutun, und niemand hielt ihn zurück.

In gebückter Haltung schlich Wolfgang sich weiter vor und verbarg sich hinter dem Silo. Wenn er einen Spurt einlegen würde, hinter die Weißdornhecke, von Baum zu Baum über die Kälberweide, dann von hinterrücks auf Gruber zu – es könnte klappen. Er musste handeln, sofort. Für langes Nachdenken blieb keine Zeit. Wolfgang sprintete los.

Sein Plan ging auf: Gruber drehte nicht ein einziges Mal den Kopf in seine Richtung, er schien sich vollkommen eingeschossen zu haben auf sein Ziel, auch wenn er diesem kaum einen Schritt näher gekommen war. Noch immer stand er da und schwang drohend den Knüppel.

Unbemerkt erreichte Wolfgang den Weg, der zum See führte. Nach wenigen Schritten bog er wieder – nun aus der entgegengesetzten Richtung – in den Pfad zum Leitnerhof ein, wich Pfützen aus, behände und leichtfüßig wie ein Mohikaner. Er tastete nach dem HJ-Fahrtenmesser, das er bei sich trug, unsichtbar unter seinem Hemd verborgen. Vor ein paar Wochen hatte er es eingetauscht gegen den Karabiner, den er im Wald gefunden hatte. Patronen waren nicht dabei gewesen, aber die hatte Kalle Mansur anderswo aufgetrieben. Der Karabiner war mehr wert als das Messer, das war Wolfgang bewusst gewesen, aber was sollte er mit einem Gewehr? Ein Fahrtenmesser hingegen hatte er sich schon immer gewünscht, eines, wie die HJler es gehabt hatten. *Flink wie Windhunde, zäh wie Leder, hart wie Kruppstahl.*

Nun zeigte sich, dass Wolfgang die richtige Entscheidung getroffen hatte.

Sein Herz schlug bis zum Hals, am liebsten wäre er fortgerannt. Aber das hatte er schon einmal getan, und er würde es nicht wieder tun. Er war kein Feigling. Kein Feigling. Kein Feigling.

Blut und Ehre, war auf der Messerklinge eingeätzt.

»Blut und Ehre!«, flüsterte er und sprang entschlossen vor, so schnell, dass Gruber keine Gelegenheit blieb, sich umzudrehen.

LISBETH

37.

Nun war er hin, der Laubfrosch. Es war wirklich eine Schande. Lisbeth fand es dennoch hart, dass Hoffmann ausschließlich Kröger für den Schaden verantwortlich machte.

Es hatte keinerlei Einbruchspuren gegeben, was nur bedeuten konnte, dass das Fenster bereits offen gewesen sein musste, als der Täter eingedrungen war. Nach Ansicht des Kommissars war dieser missliche Umstand allein Krögers mangelndem Verantwortungsbewusstsein zuzuschreiben. Er, Kröger, hätte darauf achten müssen, dass alles sachgerecht verschlossen war, als sie das Gebäude verließen.

Hoffmanns neuester Plan, Lisbeth lediglich die Bandaufzeichnungen zur Verschriftlichung der Protokolle auszuhändigen und sie ansonsten von den Vernehmungen fernzuhalten, hatte sich damit erledigt. Von Stunde an solle sie ihn überallhin begleiten und als eine Art lebendiges Notizbuch alles protokollieren, ordnete er übellaunig an, um sie kaum eine halbe Stunde später erneut fortzuschicken. Ihre Anwesenheit mache ihn nervös, monierte er, sie solle anderen auf die Nerven gehen. Dabei hatte sie nur zu fragen gewagt, ob der arme Laubfrosch wohl einem Racheakt zum Opfer gefallen sei, der Kommissar sei ja nicht gerade der beliebteste Neuzugang im Dorf.

Vielleicht hätte sie sich diese Bemerkung sparen sollen, überlegte Lisbeth, und konnte durchaus nachvollziehen, warum Hoffmann sie anschließend als »lebendiges Notizbuch« klassifiziert hatte. Doch nun war sie einfach froh darüber, endlich gehen zu können. Der Tag war anstrengend gewesen, wie schon der Tag zuvor, und sie brauchte eine Pause von ihrem Vorgesetzten.

Es war erst gegen 18 Uhr, zu früh, um im Roten Hahn auf dem Zimmer zu versauern, also schlenderte sie die Straße entlang zu dem Laden an der Ecke, wo sie sich eine Flasche Limonade kaufen wollte. Ein junger Mann auf einem Fahrrad rollte an ihr vorbei und grüßte sie freundlich. Lisbeth konnte nicht anders, als sich nach ihm umzudrehen. Welch ein Lächeln, und diese Augen! Gut, dass die Größe des Dorfes überschaubar war, dachte sie. Das erhöhte die Chance, ihm noch einmal zu begegnen. Sie schritt so beschwingt aus, als könnte er sie noch sehen, und erreichte bald den Laden. Die Türklingel schrillte, eine junge Frau trat gerade aus dem Geschäft. Es war die Blonde vom Leitnerhof, die so kernig und gesund aussah. Marlene Berndt hieß sie, sie waren einander heute auf der Wache begegnet. Lisbeth änderte spontan ihre Pläne und sprach sie an.

»Entschuldigung, können Sie mir sagen, wo ich im Ort eine Eisdiele finde?«

Ihr Gegenüber wirkte irritiert. »Eine Eisdiele? Die gibt's hier nicht. Nur den Roten Hahn oder das Café Lütz beim Friedhof.«

»Ah, schade.«

Marlene ging zu ihrem Fahrrad und legte ihr Einkaufsnetz in den Korb. »Wohnen Sie jetzt hier?«, erkundigte sie sich, während sie das Rad aus dem Ständer hievte.

»Nur vorübergehend, im Roten Hahn, wegen der Arbeit.«

»Was tun Sie denn bei der Polizei?«

»Ich bin für den Schriftkram zuständig.«

»Also Sekretärin?«

Lisbeth nickte. »Es tut mir leid, was bei Ihnen passiert ist. Eine sehr traurige Geschichte.«

»Ja«, sagte Marlene schlicht und schob ihr Rad an. »Sie kommen aus der Stadt?«

»Ich wohne dort. Aufgewachsen bin ich allerdings auch auf

dem Land, in Kleinsiefen. Ob Heuernte oder Kartoffellese: Lieschen war immer vorneweg dabei.« Lisbeth lächelte.

»Ist das Ihr Name: Lieschen?«

»So nannte man mich als Kind, aber ich mag den Namen nicht. Lisbeth ist mir lieber.«

»Ich bin Marlene.«

»Sollen wir nicht du sagen, Marlene?«

Marlene hatte nichts dagegen. »Warum bist du fortgezogen?«, nahm sie den Faden wieder auf. Wie selbstverständlich ging Lisbeth neben ihr her.

»Ich wollte mal was anderes sehen als nur Matsch und Kühe«, antwortete Lisbeth. »Ein bisschen mehr Kultur, ein bisschen mehr Abwechslung.«

»Und dann bist du ausgerechnet hier gelandet.«

Beide mussten lachen.

»Lebst du allein?«

»Ja.«

»Kein Mann in Sicht?«

»Nein. Ich bin – ich war verlobt. Aber er war nicht der Richtige für mich.«

»Aha. Woran merkt man das?«

»Bauchgefühl, würde ich sagen.«

»Und am Anfang, als ihr euch kennengelernt habt, hat dir dein Bauchgefühl da etwas anderes gesagt?«

»Eigentlich nicht.«

Marlene zog die Stirn kraus und schüttelte verständnislos den Kopf. »Du hast ihn also verlassen?«

»Ungefähr darauf läuft's hinaus, ja.«

»Was haben deine Eltern dazu gesagt? Oder hast du keine Eltern mehr?«

»Doch, ich habe Eltern. Nur weiß ich nicht, was sie gesagt haben, weil ich zu diesem Zeitpunkt nicht mehr da war. Allerdings waren sie ganz sicher nicht erbaut über meine Entscheidung.«

»Du bist getürmt?« Marlene klang erschrocken und fasziniert

zugleich. Lisbeth zuckte die Achseln. »Aber warum hast du dich –« Marlene Berndt hielt mitten im Satz inne. »Entschuldige bitte, dass ich dich so aushorche.«

»Frag ruhig. Ich muss ja nicht antworten, wenn ich nicht will.«

»Also gut. Warum hast du dich verlobt, wenn du den Mann nicht wolltest?«

»Weil meine Eltern ihn wollten, deswegen. Und weil ich dachte, was sie für richtig halten, kann nicht verkehrt sein. Seine Familie besitzt einen großen Hof, er ist Alleinerbe.«

»Oh, verstehe.«

»So?« Lisbeth warf ihrer neuen Bekannten einen zweifelnden Blick zu. »Anfangs dachte ich, ich würde es schon aushalten«, fuhr sie fort. »Aber dann wurde mir klar, dass ich es doch nicht aushalten würde – ein Leben lang. Denn darum geht es ja: Dein gesamtes Leben mit dieser einen Person zu teilen. Das konnte ich mir dann doch nicht vorstellen. Dieter hätte meine Entscheidung allerdings niemals akzeptiert, und deshalb ...«

»... hast du dich vom Acker gemacht.«

Lisbeth lachte leise. »Im wahrsten Sinne des Wortes: über den Acker zur nächsten Omnibus-Haltestelle.«

»Du bist mir eine!« Marlene schnalzte tadelnd mit der Zunge. »Ich werde nur aus Liebe heiraten. Mein Mann wird gut zu mir sein, er wird mich auf Händen tragen, das weiß ich einfach. Und wir werden uns unser Leben gemeinsam aufbauen, Stück für Stück, und dann zusammenhalten bis ans Ende.«

Lisbeth lächelte und sagte aufrichtig: »Du bist zu beneiden, Marlene.« Die beiden jungen Frauen waren bei der Allee angelangt, die zum Hof der Leitners führte.

»Dort drüben wohne ich.« Marlene deutete auf den Hof, der hinter den dicht belaubten Bäumen kaum auszumachen war.

»Es war schön, mit dir zu reden«, erklärte Lisbeth. »Man kann sich hier schon ein bisschen allein fühlen, nur von Polizisten umgeben.«

»Komm uns doch einmal besuchen, wenn ... wenn wir Heini

beerdigt haben«, schlug Marlene vor und setzte fast schüchtern hinzu: »Falls du dann noch hier sein solltest.« Sie schwang sich in den Sattel, zögerte jedoch einen Augenblick. »Hat die Polizei ihn schon geschnappt, diesen Gruber?«

Lisbeth schüttelte den Kopf. »Vor einer Stunde noch nicht.«

Gruber war zwar zur Fahndung ausgeschrieben, aber noch nicht aufgespürt worden. Ein halbes Dutzend Polizisten hatten das Dorf auf den Kopf gestellt, aber er war wie vom Erdboden verschluckt geblieben. Eine Frau hatte behauptet, sie habe jemanden in den Ein-Uhr-Bus steigen sehen, der seiner Größe und Statur nach Gruber hätte sein können. Zu vermuten war also, dass er sich abgesetzt hatte.

»Sie werden ihn schon kriegen«, erklärte Lisbeth zuversichtlich und legte ihre Hand auf Marlenes. »Kommissar Hoffmann ist sehr tüchtig, musst du wissen. Er wird die Sache schon aufklären.«

»Er sieht noch recht jung aus«, wandte Marlene ein.

»Alles Tarnung.« Lisbeth lächelte schwach. Sie verabschiedeten sich, und Marlene radelte davon.

Alles Tarnung. Darum schien es ständig im Leben zu gehen: sich möglichst gut zu tarnen.

38.

Bei der morgendlichen Einsatzbesprechung wagte Kröger sich aus der Deckung und erklärte, er habe so ein merkwürdiges Gefühl. Lisbeth hatte Hoffmanns Blick aufgefangen und fürchtete schon das Schlimmste. Unwillkürlich sog sie die Luft ein, als hätte sie Zahnschmerzen.

Ihr Vorgesetzter machte keinen Hehl daraus, dass er nicht viel von Gefühlen hielt, zumal von solchen, die die Ermittlungsarbeit betrafen. »Kröger, was zählt, sind Fakten, sonst nichts«, gab Hoffmann sich unerwartet handzahm, und als er realisierte, dass Krögers Befindlichkeiten sich aus handfesten Beobachtungen speisten, forderte er ihn auf, sich näher zu erklären. Manchmal war er doch nicht so verbohrt, wie er sich gab, dachte Lisbeth und griff nach ihrem Notizblock.

Grund für das Unbehagen des Polizeimeisters war die Theorie, Gruber habe den jungen Leitner aus Rache für eine zuvor erlittene Schlappe getötet. Das ganze Dorf halte ihn zwar für den Täter, rätsele aber über Grubers Motiv, berichtete er. Die einschlägig mit der Thematik Vertrauten wüssten aus dem Stand zu berichten, wer Gruber neulich das Veilchen verpasst habe, nämlich der Gremberger Alfred, der in Latteks Dreherei schaffe. Auch andere Intimfeinde Grubers konnten sie ohne Schwierigkeiten benennen, von einer Auseinandersetzung zwischen Gruber und dem jungen Leitner war hingegen niemandem etwas zu Ohren gekommen. Es müsse sich also, sofern überhaupt, um einen Konflikt gehandelt haben, von dem niemand etwas gewusst habe, schloss Kröger.

»Aber der Heinrich Leitner, dat war nich so'n Stickumen, wie meine Oma sagen würde«, versuchte er seine Bedenken in Worte zu fassen. »Der Junge war geradeheraus, verstehen Sie? Ich habe ihn mal zügeln müssen, letztes Jahr beim Erntedankfest. Hatte Krach angefangen mit irgendeinem anderen Heißsporn. Die ganze Festgesellschaft hat das mitbekommen, so ging's dabei zur Sache, vor allem mit dem Mundwerk.«

»Kam es öfter vor, dass Leitner Streit anfing?«, fragte Hoffmann.

»Nein, ist mir zumindest nicht bekannt. Und was Gruber betrifft: Die beiden waren ja nicht mal im selben Alter, von wegen Krach um ein Mädel oder so. Kaum anzunehmen, dass es da heimliche Rivalitäten gab. Noch dazu kannten sie sich ja kaum.«

»Vielleicht war die Feindschaft einseitig.«

»Wie meinen, Herr Kommissar?«

»Vielleicht sah sich nur einer als Feind des anderen. Womöglich hat Gruber –«

»Jetzt haben Sie's auf den Punkt gebracht!«, fiel Kröger ihm mit erhobenem Zeigefinger ins Wort und strahlte wie ein wenig begabter Schüler, bei dem doch noch der Groschen gefallen war. Lisbeth konnte nicht anders, sie musste lachen, was Hoffmann mit einem Augenrollen quittierte. Kröger, nun ganz in seinem Element, ließ sich davon nicht irritieren. »Mir kam da nämlich etwas Merkwürdiges zu Ohren, Herr Kommissar. Schlüter – Sie wissen schon, der Besenfabrikant, der auch Grubers Arbeitgeber ist –, dieser Schlüter hat eine Haushälterin, Erna Niemann mit Namen, und die ist mit meiner Mutter befreundet. Die beiden sind über ein paar Ecken verwandt, und sie sind schon gemeinsam zur Schule gegangen. Später hat meine Tante den Bruder meiner Mutter geheiratet, also, bevor sie geheiratet hat, war sie natürlich noch nicht meine Tante, sondern Ernas jüngere Schwester. Das ist sie selbstverständlich immer noch, aber –«

»Kommen Sie auf den Punkt, Kröger.«

»Mach ich, Herr Kommissar, mach ich. Was ich sagen wollte: Die Erna hat meiner Mutter erzählt, vor ein paar Wochen habe es einen heftigen Streit zwischen Schlüter und dem alten Leitner gegeben, und zwar im Hause Schlüter.« Lisbeth merkte auf. »Die Schlüters hatten die Leitners wegen diese Landsache eingeladen«, fuhr Kröger fort. »Also nicht direkt deswegen, sondern eher, weil sie einen Schlussstrich darunter ziehen wollten. Die Schlüters, meine ich.«

»Was für eine Landsache?«

»Schlüter wollte Land von Leitner kaufen, speziell das Gelände um den See. Kennen Sie den?«

»Nein.«

»Schönes Fleckchen, sollten Sie mal hinspazieren. Gehört zwar Leitner, aber er lässt jeden ran. Ist sozusagen Kaltenbruchs öffentlicher Badesee. Seit Generationen lernen unsere Jungs dort schwimmen. Ich selbst bin im Alter von sechs oder sieben Jahren ...« Kröger unterbrach sich und setzte neu an. »Jedenfalls wollte Schlüter das Land kaufen.«

»Warum?«

»Es gab wohl Pläne, eine Art Park draus zu machen.«

»Einen Park?« Hoffmann runzelte die Stirn. Auch Lisbeth fand diese Idee recht merkwürdig. Ein Park in einem Dorf?

»Genau kann ich's nicht sagen, tut mir leid«, meinte Kröger. »Ich weiß nur, dass es Schlüter wohl sehr wichtig war, aber Leitner hat sich nicht darauf eingelassen. Und deshalb war das Verhältnis der beiden angespannt. Aber dann hat Schlüter seine Pläne offenbar aufgegeben, und um den Frieden wiederherzustellen, lud er die Leitners zum Essen ein, den Alten und seine ... na ja, seine Frau, sag ich jetzt mal, obwohl die beiden ja nicht verheiratet sind. Ist eher so eine Art Onkelehe, Sie verstehen?«

»Sie meinen diese ... wie heißt sie noch gleich?«

»Gertrude Starck«, half Lisbeth aus.

»Richtig, vielen Dank.« Es war Kröger, der sich bei ihr bedankte, bevor er fortfuhr: »Die beiden waren jedenfalls eingeladen, und Martin Leitner auch. Es heißt, dass der Alte ihm bald den Hof überschreiben will. Jedenfalls ist Martin nicht erschienen und Heini auch nicht, sagt Erna. Aber Heini war ja auch noch nicht volljährig, im Gegensatz zu Martin. Genau genommen hätte er also ohnehin nichts zu kamellen gehabt, was diese Angelegenheiten betraf.« Kröger hielt einen Moment inne, offenbar war ihm die mögliche Bedeutsamkeit dieser Erkenntnis gerade erst aufgefallen. »Wo war ich stehen geblieben? Richtig. Der alte Leitner hat sich breitschlagen lassen, die Einladung anzunehmen. Das lag aber wohl nur an seiner ... Partnerin. Hätte sie Leitner nicht gut zugeredet, wäre er da niemals hingegangen, meinte Erna. Am Tisch war dann auch viel vom lieben Frieden die Rede und vom Verständnis für den anderen. Also, Schlüter hat geredet, der Leitner sagt ja nicht viel. Erna hat das alles mitbekommen, denn sie musste das Essen auftragen, weil das Serviermädchen plötzlich erkrankt war. Erst sei alles ganz harmonisch zugegangen, sagte sie, aber vor dem Nachtisch wurde es doch noch laut. Den Grund dafür hat Erna nicht direkt mitbekommen, weil sie in der Küche noch die Streusel auf die Herrencreme geben musste. Das kann man erst kurz vor dem Servieren machen, sonst weicht alles durch und der schöne Vanillepudding kriegt diese braunen Schlieren, die nicht so appetitlich –«

Hoffmann hieb mit der flachen Hand auf die Tischplatte, und Lisbeth erschrak. Augenblicklich verzog der Kommissar schmerzerfüllt das Gesicht. Kleine Sünden bestraft der liebe Gott sofort, dachte sie, hielt jedoch den Mund.

Auch der Polizeimeister zog kurz den Hals ein wie eine verschreckte Schildkröte, wagte sich jedoch sogleich wieder vor. »Schon gut, Herr Kommissar«, wiegelte er ab. »Als Erna mit dem Nachtisch kam, war die Brüllerei jedenfalls in vollem Gange. Entgegen allen Versprechungen hatte Schlüter offenbar doch wieder von der Sache angefangen. Leitner saß schon nicht mehr am Tisch, nur seine … Partnerin. ›Von mir kriegst du keinen Zentimeter!‹, soll Leitner gebrüllt haben, und dass er sich nicht von Schlüters Gequatsche blenden lasse wie die Braunen. Schlüter sei ja selbst ein waschechter Nazi gewesen. Diese Anschuldigung hat Schlüter offenbar richtig auf die Palme gebracht. Auf einmal saß keiner der Herren mehr, sodass Erna nicht wusste, ob sie die Schälchen weiter verteilen sollte oder nicht. Das Thema hatte sich dann schnell erledigt, weil Leitner aus dem Zimmer stürmte, die Starck hinterher. Und in dem Moment ist was Merkwürdiges passiert.« Kröger hob wieder seinen Zeigefinger und hielt bedeutsam inne.

»Nun spannen Sie uns nicht auf die Folter, Kröger.« Hoffmann sprach aus, was Lisbeth dachte. Auch dem Kommissar stand die Neugier ins Gesicht geschrieben.

»Schlüter stürmte hinter den beiden her und schrie: ›Bald bist du ein toter Mann, Leitner! Vergiss das nicht!‹ Und das war nun ganz und gar ungewöhnlich, meinte Erna, weil Schlüter normalerweise die Höflichkeit in Person ist.«

»›Bald bist du ein toter Mann, Leitner‹, hat er gerufen?«

»So sagt Erna.«

»Also gut. Laden Sie sie vor, sie soll das hier wiederholen.«

Kröger riss die Augen auf. »Ich soll sie vorladen?«

»Ja, zum Kuckuck! Wo ist das Problem?«

»Aber Erna redet nicht mit der Polizei«, erklärte der Polizeimeister kleinlaut.

»Sieh einer an: Erna redet nicht mit der Polizei! Weil sie der weibliche Al Capone von Kaltenbruch ist, oder wie?«

»Nee. Das kommt von den Braunen. Weil die ihren Jungen – ach, man spricht am besten gar nicht drüber.«

»Das habe ich auch ganz sicher nicht vor, Kröger. Sie soll ihre Aussage machen, Punktum.«

»Herrje, das ist nun wirklich ...« Kröger kratzte sich am Kopf und schaute beinahe hilfesuchend zu Lisbeth herüber. Sie fühlte sich unbehaglich, weil sie so gar nicht helfen konnte. »Der Schlüter ist doch ihr Arbeitgeber, und Erna ist schon über sechzig«, setzte Kröger zu einer Erklärung an. »Wenn das rauskommt, Herr Kommissar, dann –«

»Spricht sie mit Ihnen?«, fiel Hoffmann ihm ins Wort.

Kröger dachte kurz nach. »Sie hat mit meiner Mutter gesprochen.«

»Mag sein, aber Hörensagen reicht nicht. Nichts gegen Ihre Mutter, aber sie ist keine –«

»Schon gut«, fiel Kröger ihm rasch ins Wort. »Ich denke, dass Erna auch mit mir reden würde. Ich bin ja kein richtiger Polizist für sie.«

Lisbeth blickte schnell zu Hoffmann hinüber, dessen Reaktion nicht ausblieb. »Sieh einer an! Sind also gar kein richtiger Polizist, Kröger? Gut zu wissen.« Er grinste abschätzig.

»Ich bin natürlich schon einer«, korrigierte sich Kröger und lief dabei rot an. »Aber für Erna bin ich eben immer noch der kleine Karl, der Sohn ihrer Freundin.«

»Also gut, dann geht der kleine Karl jetzt zu ihr und lässt sich das alles noch einmal ganz genau erzählen.« Hoffmann hatte seine Mimik wieder im Griff. »Er soll auch unser Pfauenküken mitnehmen, damit es sich unauffällig ein paar Notizen machen kann. Zur Not im Kopf. Falls unser Fräulein das schafft.«

Lisbeth hob empört den Kopf. Was nahm sich der Kerl heraus? Hielt er sie für eine Idiotin? Mit undurchdringlicher Miene erwiderte Hoffmann ihren Blick, doch dann platzte es aus ihm heraus.

»Wie leicht man Sie auf die Palme bringen kann, Fräulein Pfau. Und immer fallen Sie drauf rein!« Da war es wieder, dieses lässige Lachen. Damit wickelte er sicher so manches Mädchen um den Finger, aber nicht Lisbeth!

»Hey, schmollen Sie jetzt? Es war doch nur Spaß!«

Er brauchte nicht zu denken, dass sie ihm seine Unverschämtheiten so leicht durchgehen ließ. Lisbeth kniff die Lippen zusammen, musste dann aber doch gegen ihren Willen lächeln.

»Wenn sich herausstellt, dass die geschätzte Frau Mutter alles richtig verstanden hat, vor allem diese Toter-Mann-Geschichte, dann statten wir der Familie Schlüter einen Besuch ab«, fuhr Hoffmann fort. »Und seien Sie beruhigt, Kröger: Ganz sicher werden wir unsere Informanten nicht preisgeben, wo kämen wir da hin?«

39.

Nach ihrem Gespräch mit Erna Niemann, bei dem sich schnell gezeigt hatte, dass Krögers Mutter eine äußerst aufmerksame Zuhörerin gewesen war, holten Kröger und Lisbeth Hoffmann auf der Wache ab und fuhren zunächst zur Besenfabrik, trafen Schlüter dort aber nicht an. Wenn keine Termine vorlägen, arbeite ihr Chef hin und wieder von zu Hause aus, erläuterte ihnen Schlüters Sekretärin Frau Friedrichs freundlich und versprach, die drei Kollegen im Hause Schlüter anzumelden.

»Den Vorschlag werde ich meinem Vorgesetzten demnächst

auch unterbreiten: Sofern kein frischer Mordfall auf dem Tisch liegt, arbeite ich von daheim aus«, witzelte Hoffmann, während der Polizeimeister sie zu Schlüters Wohnsitz kutschierte. »Warum nicht gleich in der Eisdiele?«, spann er den Gedanken weiter.

»Wie wär's mit der italienischen Riviera?«, schlug Kröger vor. »Ein paar Akten ließen sich bestimmt auch im Liegestuhl bearbeiten.« Sie lachten beide über diese abstruse Vorstellung.

»Kennen Sie eigentlich den, Herr Kommissar? Zwei Polizeibeamte finden eine Leiche vor einem Gymnasium. Fragt der eine den anderen: ›Wie schreibt man eigentlich Gymnasium?‹ Nach langem Überlegen sagt der andere: ›Schleppen wir ihn zur Post!‹« Kröger amüsierte sich, als ob er den Witz gerade zum ersten Mal gehört hätte. »Det könnten Sie und icke sein, wie der Berliner sagen würde, wa? Wegen meinem Schreibproblem und Ihrer wehen Hand«, setzte er erklärend hinzu. Auch Lisbeth prustete vom Rücksitz aus los, mehr noch über Kröger selbst als über den Witz lachend. Nur Hoffmann lachte nicht, und sie beherrschte sich sofort, als sie es bemerkte. Ein bisschen mehr Humor könnte dem Herrn Kommissar auch nicht schaden, dachte sie gerade, als dieser Kröger anschaute und fragte:

»Warum gehen Polizisten oft mit ihrem Hund auf Streife, Herr Polizeimeister?« Kröger musste passen. »Damit wenigstens einer eine abgeschlossene Ausbildung hat«, löste Hoffmann auf und fügte vollkommen ernst hinzu: »Wo steckt eigentlich Ihr Hund, Kröger? Auch vorzeitig in den Ruhestand geschickt, wie Ihren Herrn Kollegen?«

Lisbeth schluckte. Sie wäre nach dieser dreisten Frage vermutlich beleidigt gewesen, doch Kröger lachte nur auf seine gutmütige Art. »Jetzt haben Sie es mir aber gegeben, Herr Kommissar.«

Die Fahrt währte nur kurz, schon passierten sie das Einfahrtstor, und Lisbeth sperrte Augen und Mund auf, als das imposante Gebäude mit seinen zahlreichen Türmchen und Erkern in Sicht kam.

»Graf Koks in der Provinz«, murmelte Hoffmann.

»Gut Ettenhausen, das ehemalige Jagdschlösschen unseres Grafen Phillip.« Kröger klang jetzt wie ein Fremdenführer. »Schlüter hat es in den Dreißigern von der Familie Lewensohn gekauft, die in die Staaten emigriert ist. Für 'n Appel und 'n Ei, hieß es. Na ja, ist lange her.«

Sie rollten die kiesbedeckte Zufahrt hinauf bis zu dem mit üppig blühenden Rosen bepflanzten Rondell vor dem Eingangsportal.

Der Empfang war weniger hochherrschaftlich, als Lisbeth befürchtet hatte. Frau Schlüter, eine attraktive, zartgliedrige Frau in mittleren Jahren, gewährte ihnen persönlich Einlass und führte sie in einen hellen, freundlichen Raum, der den Blick auf das Rondell freigab, vor dem wenig elegant der Polizeiwagen parkte.

»Mein Mann ist gleich bei Ihnen«, erklärte sie und verschwand wieder.

Lisbeth blickte sich staunend um, sie kannte solche Räumlichkeiten nur aus dem Kino. Vor den bodentiefen Fenstern bauschten sich Vorhänge aus hauchzartem Musselin, die mit exotischen Vögeln und Blüten bestickt waren. Ihr mattgrüner Grundton passte perfekt zu den Tapeten. Ein runder Jugendstil-Tisch mit sechs Stühlen dominierte den Raum. Gegenüber der Fensterseite befand sich ein großer Kamin, über dem das goldgerahmte Portrait einer Frau hing, deren Alter sich schwer schätzen ließ. Sie trug ein Kleid, das um die Jahrhundertwende modern gewesen war, und sah traurig aus. Wer einem Maler Stunde um Stunde Modell stehen musste, ohne sich regen zu dürfen, brachte wohl keinen anderen Gesichtsausdruck mehr zustande. Vielleicht war das der Grund, weshalb auf den alten Schinken nie jemand lachte, mutmaßte Lisbeth. Weiter gediehen ihre Überlegungen nicht, denn gerade betrat Schlüter den Raum, ein Mann von mittlerer Statur und Größe, ansprechendem Äußeren und einer charismatischen Ausstrahlung, die sofort spürbar war. Nachdem er allen die Hand gereicht hatte, wandte er sich zunächst Lisbeth zu.

»Wie ich sehe, erhält die Polizei jetzt auch weibliche Unterstützung«, bemerkte er freundlich. »Ein Schritt in die richtige Richtung, wie ich finde. Es gibt sicher eine Menge Situationen, in denen weibliche Polizeibeamte von großem Nutzen sein können. Nicht wahr, Herr Kommissar?«

Hoffmann räusperte sich. »Ja, durchaus. Möglicherweise. In naher Zukunft vielleicht. Aber jetzt sind wir noch nicht so weit. Fräulein Pfau ist nur die Protokollantin.« Er warf Lisbeth einen mahnenden Blick zu, der ihr signalisierte, sie solle nicht weiter auf Schlüters Bemerkung eingehen, er habe wichtigere Themen abzuarbeiten als die zukünftige Rolle der Frau bei der Polizei. Lisbeth verstand. Als ihr Gastgeber sie aufforderte, sich zu setzen, überließ sie den Männern den Vortritt, nahm dann so unauffällig wie möglich neben Kröger Platz und zückte dezent ihren Schreibblock.

»Nun, Herr Kommissar, wie kann ich helfen?« Schlüter verschränkte die Hände und schaute Hoffmann erwartungsvoll an.

»Sie erinnern sich an unser letztes Gespräch, Herr Schlüter?«

»Aber sicher.«

»Ich muss sagen, Sie haben mir imponiert. Als junger Mensch kann man immer noch etwas lernen, und Ihr Auftreten hat Eindruck hinterlassen.«

Schlüter lächelte. »Ich fühle mich geschmeichelt.«

»Sie sagten sinngemäß, solange Grubers Schuld nicht bewiesen sei, stünden Sie auf seiner Seite. Ist das richtig?«

»Im Prinzip ja.«

»Sie wissen, dass nach ihm gefahndet wird?«

Schlüter reagierte nicht.

»Inzwischen hat sich die Beweislage gefestigt, und Gruber gilt als dringend tatverdächtig«, führte Hoffmann aus. »Bedauerlicherweise ist er nicht auffindbar.«

»Das tut mir leid.«

»Hat er sich möglicherweise mit Ihnen in Verbindung gesetzt?«

»Mit mir?« Schlüter schien ehrlich erstaunt über diese Frage. »Warum sollte er das tun?«

»Sie sind sein Arbeitgeber. Sie haben ihm schon einmal geholfen.«

»Herr Hoffmann, mir ist nicht das Geringste über Grubers Aufenthaltsort bekannt. Ich decke keine möglichen Straftäter.«

Hoffmann ließ einen kleinen Moment verstreichen. »Gut«, sagte er dann. »Kommen wir zu einem anderen Thema. Wie ich hörte, wollten Sie Land von dem alten Leitner kaufen. Warum?«

Schlüters Augenbrauen wanderten nach oben. »Hat diese Angelegenheit irgendetwas mit den laufenden Ermittlungen zu tun?«

»Das prüfen wir gerade. Haben Sie ein Problem mit der Frage, Herr Schlüter?«

Der Blick ihres Gastgebers wurde verkniffen, doch seine Züge entspannten sich schnell wieder. »Nein, durchaus nicht. Die Sache ist ja kein Geheimnis.« Er hatte zu seinem gewohnt lockeren Tonfall zurückgefunden und lehnte sich in seinem Stuhl zurück. »Nun gut«, begann er. »Warum möchte jemand wie ich Land kaufen? Um das zu beantworten, muss ich ein bisschen weiter ausholen. Wissen Sie, Herr Kommissar, meine Großmutter hat Bürsten verkauft, eine Landstreicherin, würde man heute sagen. Damals zogen die Händler mit allem Möglichen von Dorf zu Dorf, mit Hausrat, mit Kleidung, mit Saatgut. Sie brachten den Leuten, was ihnen fehlte. Es war eine Arbeit für die, die zwar vom Land kamen, aber kein Land besaßen, also auch keine Landwirtschaft betreiben konnten. Diesen Leuten blieb nichts anderes übrig, als zu hausieren, und viele tun das heute noch, wie Sie sicher wissen.«

Lisbeth dachte an den alten Egbert und seine Frau mit ihrem Kurzwarensortiment, die in regelmäßigen Abständen an die Tür ihres Elternhauses geklopft hatten. Ihre Mutter hatte sich immer über diese Besuche gefreut, sie waren eine willkommene Abwechslung im täglichen Einerlei gewesen. Ob die Egberts noch kamen? Ein kurzer, wehmütiger Schmerz durchfuhr sie, doch Schlüter sprach bereits weiter, und sie hatte sich schnell wieder im Griff.

»Heute denkt jeder, das Hausieren wäre Männersache gewesen,

aber dem war nicht so, es gab auch sehr viele Frauen. Sie hatten ihren festen Kundenstamm in einem klar umrissenen Gebiet, das nannte man ›Strich‹, wussten Sie das?« Er lächelte vage. Nein, das habe er nicht gewusst, erwiderte Hoffmann. Aber die Information sei ganz interessant, fügte er hinzu, worauf Lisbeth entschied, diesen Punkt ins Protokoll aufzunehmen.

»Tja, meine Großmutter war wie gesagt eine dieser Hausiererinnen, und sie hat ihr Geschäft meinem Vater vererbt. Der hat dann später seine eigene kleine Bürstnerei aufgemacht, als Zubrot für den Winter, wenn er nicht umherziehen konnte. Schließlich hat er das Hausieren ganz aufgegeben und sich auf sein Geschäft konzentriert. Er hat es ausgebaut und groß gemacht in schwierigen Zeiten, und ich hege noch immer große Achtung vor seiner Leistung. Nach seinem Tod habe ich die Fabrik übernommen und sie noch einmal anders ausgerichtet. Keine Bürsten und Besen für den Privatgebrauch mehr, sondern Produkte für die Industrie. Eine gute Entscheidung, wie sich herausstellte. Sie hat mich die bitteren Jahre überleben lassen, oder sagen wir ehrlicher: gut leben lassen.«

»Dann wird es sich wohl um die Rüstungsindustrie gehandelt haben«, schlussfolgerte Hoffmann.

»Bürstensysteme sind für die Pflege von Maschinen aller Art unabdingbar«, wandte Schlüter ein. »Aber Sie haben schon recht, das Militär war über viele Jahre ein sehr zuverlässiger Kunde.«

»Verstehe.« Hoffmann nickte freundlich. »Parteimitglied?«, erkundigte er sich wie nebenbei, doch Schlüter versteifte sich sofort.

»Herr Kommissar, ich bin in erster Linie Unternehmer. Ich trage Verantwortung, für meine Mitarbeiter, für meine Familie. Der Laden muss laufen. Politik interessiert mich dabei nur sekundär.«

»Als Mittel zum Zweck, meinen Sie?«

»Wenn Sie es so interpretieren wollen.« Schlüter hob die Hände. »Ich habe dafür gesorgt, dass dieses Dorf nicht vor die Hunde ging, dass die Leute Arbeit und Brot hatten. Ich habe für die Aufrechterhaltung der Verkehrsverbindungen gesorgt, für den Anschluss zum nächsten Güterbahnhof. Und wenn im kommenden Jahr endlich mit dem Bau der Durchgangsstraße begonnen wird und wir eine direkte Verbindung zum Autobahnnetz bekommen, hat Kaltenbruch auch das zu einem nicht unerheblichen Anteil mir zu verdanken. Wir müssen dann nicht mehr durch die Täler juckeln und uns vom Hochwasser ausbremsen lassen, wir sind direkt mit der Hauptschlagader der Republik verbunden. Das erschließt uns noch einmal ganz neue Möglichkeiten. Sie sehen, Herr Kommissar, ich bin ein weitsichtiger Mensch, ich plane voraus. Das ist es, was mich auszeichnet. Im Übrigen habe ich mir nichts vorzuwerfen. Ich habe immer alle gut behandelt, auch die Zwangsarbeiter.«

Die Tür ging auf, und Frau Schlüter trat ein, ein großes Tablett in Händen. Ihr Gatte erhob sich hilfsbereit und schloss die Tür, während sie das Kaffeegeschirr auf dem Tisch abstellte und jedem einschenkte. Sahne und Zucker wurden herumgereicht, und sie setzte sich zu ihnen.

»Vertiefen wir das Thema nicht weiter«, beschloss Hoffmann und nahm einen Schluck Kaffee. Die Stimmung entspannte sich wieder. »Warum also wollten Sie – als Bürstenfabrikant – plötzlich Land kaufen? Baugrund zum Ausbau der Firma?«

Schlüter lächelte. »Nein, nein, nicht direkt. Lassen Sie es mich erklären: Wissen Sie, in diesen modernen Zeiten kehren sich die Vorzeichen um, wie so oft in der Geschichte: Schweinehüten, Kuhhandel, die ganze Landwirtschaft, das ist nicht die Zukunft. Was wir brauchen, ist eine zweite industrielle Revolution, kein Marshallplan. Und was uns voranbringt, ist der Austausch, ist Kommunikation. Die Entscheidungsträger von heute und morgen müssen kommunizieren, und zwar nicht dort, wo sie es immer tun, sondern dort, wo niemand einen Heimvorteil genießt, sich aber dennoch alle wohlfühlen. Wie könnte dies besser gelingen als in einer Umgebung, in der Arbeit und Vergnügen nicht strikt getrennt sind, in der man beides miteinander verbinden kann und sich auf diese Weise annähert? Herr Kommissar, schauen Sie sich um: diese herrliche Landschaft hier! Waren Sie schon einmal unten am See, hinter dem bewaldeten Hügel dort?« Er deutete vage die Richtung an. Hoffmann verneinte und machte dabei ein Gesicht, als würde ihn auch nichts hinziehen, doch Schlüter war jetzt nicht mehr zu bremsen. »Kommen Sie, treten Sie näher, hier ans Fenster.« Er war bereits aufgestanden, und seine Gäste taten es ihm nach, Lisbeth als Letzte. Unschlüssig trat sie einen Schritt vor, doch die drei Herren versperrten ihr die Sicht.

»Wenn Sie sich eine gerade Linie denken, stehen Sie direkt am Ufer«, erklärte Schlüter soeben. »Ein herrliches Fleckchen Natur. Und hier, in diesem schönen, aber viel zu großen Haus, stellen Sie sich nun ein Sporthotel vor, wie es im Umkreis von einhundert Kilometern kein zweites gibt – das ist mein Traum. Dafür, lieber Herr Hoffmann, brauche ich Land. Ich möchte auf diesem Gelände einen Golfplatz errichten und dort drüben eine Schneise schaffen bis hinunter an den See.«

»Mein Mann und seine großen Pläne.« Frau Schlüter war nahe an Lisbeth herangetreten und schenkte ihr ein einnehmendes Lächeln.

»Schön haben Sie's hier«, lobte Lisbeth. »Wunderschön.«

Frau Schlüter bedankte sich für das Kompliment.

»Wer ist das?« Lisbeth deutete auf das riesige Portrait der Dame über dem Kamin, worauf Frau Schlüter ein paar Schritte vortrat und sie näher an den Kamin heranwinkte.

»Ich habe keine Ahnung, wer diese Dame ist«, bekannte sie mit leisem Lachen, während sie zu dem Bild aufschaute. »Meinem Mann gefiel das Bild, wir haben es bei einem Kunsthändler erworben.«

Lisbeth lächelte unsicher. Sie wusste nicht recht, was sie darauf sagen sollte, und ließ ihren Blick auf den gerahmten Fotografien ruhen, die auf dem Kaminsims platziert waren. Sie zeigten zwei Mädchen unterschiedlichen Alters, offenbar die Töchter der Familie, ein Hochzeitsfoto des Hausherrn und seiner Frau, Portraitaufnahmen von beiden. War es der Erfolg, der reiche Menschen schön machte, oder wurden sie reich, weil sie ansehnlich waren? Diese Frage hatte Lisbeth sich schon öfter gestellt, aber bislang keine Antwort gefunden.

Sie entdeckte ein weiteres Bild, das ihre Aufmerksamkeit auf sich zog. Es zeigte drei blutjunge Frauen, die einander die Arme um die Hüften gelegt hatten und in die Kamera lachten. Alle drei trugen luftige, ärmellose Kleider, die Aufnahme musste im Sommer gemacht worden sein. Die Person rechts auf dem Bild war ohne Zweifel Frau Schlüter. Lisbeth drehte den Kopf und musterte sie unauffällig. Mit ihrer makellosen Haut, dem glänzenden dunkelblonden Haar und der Schluppenbluse wirkte sie wie ein Gemälde. Ein Leichtes, sich die Fältchen um Augen und Mund wegzudenken und den Backfisch auf dem Foto vor sich zu sehen: offen, selbstbewusst und lebenshungrig.

»Keine Frage, das sind Sie.« Lisbeth deutete auf das Bild, hielt jedoch inne. »Aber das kann ja nicht sein«, murmelte sie stirnrunzelnd. »Die Person in der Mitte sieht aus wie Marlene Berndt.«

Frau Schlüter lächelte milde. »Das ist nicht Marlene, sondern ihre Mutter, Irmgard Berndt.«

»Ah!« Jetzt wurde Lisbeth einiges klar. »Und die junge Frau ganz links?«

»Das ist Ursula Leitner, Gregor Leitners erste Frau. Seine *Ehefrau*, meine ich.« Ihre Worte klangen, als wollte sie damit eine tiefere Botschaft zum Ausdruck bringen. »Wir drei waren in unserer Jugend sehr eng befreundet; ›die verrückten Hühner‹ haben wir uns genannt. Huhn Nummer eins, zwei und drei. Ich war Huhn Nummer eins.« Sie lächelte wehmütig.

»Stammen Sie alle drei hier aus Kaltenbruch?«

»Nein. Ich bin die Nichte des früheren Ortsvorstehers und war häufig bei seinen beiden Töchtern zu Besuch. Die ältere war Ursula Leitner, und Irmgard war ihre Großcousine.« Sie seufzte tief. »Wie schnell die Zeit vergeht! Beide sind sie nun schon tot, und man selbst gehört auch zum alten Eisen.«

Lisbeth fand, sie kokettierte ein bisschen, denn dass diese beiden Frauen nicht mehr unter den Lebenden weilten, hatte ohne Zweifel nicht an ihrem Alter gelegen.

»Irmgard kam bei einem Bombenangriff ums Leben, Ursula Leitner starb kurz nach der Geburt der Zwillinge an einer Embolie«, erklärte Frau Schlüter denn auch, als hätte sie ihre Gedanken gelesen, und setzte mit einem neuerlichen Seufzer hinzu: »Wir Frauen haben schon viel zu tragen.«

Plötzlich kehrte eine merkwürdige Stille ein. Lisbeth drehte sich um und fing Hoffmanns missbilligenden Blick auf. Ein lebendiges Notizbuch hatte keine Unterhaltungen zu führen, sondern stumm seine Arbeit zu verrichten.

Schlüter hatte offenbar seine detailreichen Ausführungen beendet, die Herren hatten wieder Platz genommen und warteten nun, bis die Damen folgten. Lisbeth eilte zurück an den Tisch, griff nach ihrem Stift und setzte eine konzentrierte Miene auf.

»Tja, was will man machen.« Schlüter zuckte bedauernd mit den Schultern. »Leider haben die Leitners kein Auge für die Schönheit der Natur. Die rechnen nur in Litern Milch, in Erdbeeren und Schweineschinken. Aber dieses Stück Land sollte nicht als Viehweide missbraucht werden mit ein paar matschigen Wirtschaftswegen voller Kuhfladen, auch nicht als Rübenacker oder Maisfeld, das ist meine Überzeugung, und ich habe Leitner eine Summe dafür geboten, die er im Leben nicht erwirtschaften könnte: Nicht mit dem See, den er allenfalls nutzt, um ein paar Fische aus dem Wasser zu ziehen, nicht mit dem Wäldchen dort drüben, das nicht mal zur Holzernte taugt, und auch nicht mit den Wiesen und Äckern drum herum. Aber es ist nun einmal sein Land – die Entscheidung liegt bei ihm und seinem Sohn.«

»Sie haben also keinen Druck ausgeübt?«

»Druck? Aber ich bitte Sie! Womit sollte ich den Leitners drohen?«

»Mir kam zu Ohren, es habe einen heftigen Streit gegeben. Bei einem Essen, hier in Ihrem Haus.«

Woher sie von der Essenseinladung wüssten, hakte Schlüter nach, noch immer einen höflichen Ton wahrend.

»Von denen, die Sie eingeladen haben«, log Hoffmann mit liebenswürdigem Lächeln. So machte man das also. Das musste Lisbeth sich unbedingt merken.

»Herrje!« Schlüter klang plötzlich ungeduldig. »Ich habe Leitner nicht gedroht, ich habe ihn nur noch einmal von meiner Idee zu überzeugen versucht. Dabei ist mein Temperament vielleicht mit mir durchgegangen, aber man muss den Dingen nun einmal ins Auge sehen.«

»Es war von Leitners baldigem Tod die Rede.«

»Das meinte ich ja«, bekräftigte Schlüter unerwartet. »Ich habe ihn nur daran erinnert, dass er ohnehin nicht mehr lange auf Erden weilen wird.«

Hoffmann bat um eine nähere Erklärung.

»Leitner ist krank, sehr krank. Das weiß er selbst am besten.«

»Und Sie? Woher wissen Sie das?«

»Von Doktor Dresen.«

»Ist ja interessant! Der Dorfdoktor gibt also freimütig seine Befunde zum Besten, oder wie habe ich mir das vorzustellen?« Hoffmann beugte sich vor und fixierte Schlüter mit seinem Schlangenblick, den Lisbeth bereits zu fürchten gelernt hatte. Doch ein Typ wie Schlüter war ihm gewachsen.

»Der Doktor ist ein honoriger Mann, das würde er nie tun«, widersprach er. »Aber auch einer wie er verplappert sich schon mal. Es ging eher um meine Wenigkeit, die ihm Sorgen bereitete. Er meinte, ich könne nicht davon ausgehen, dass mir die Gesundheit ewig erhalten bleibe, wenn ich nichts dafür täte. Es war eine Anspielung auf meine Arbeitswut – der Ausdruck stammt übrigens von ihm, nicht von mir. In diesem Zusammenhang sagte er dann so etwas wie: ›Schauen Sie sich Gregor Leitner an: Ein Mann wie ein Baum, den nichts umhauen kann, aber der Eindruck täuscht leider.‹«

»Und was fehlt ihm also, dem Herrn Leitner?«

»Er leidet an einer sehr schnell fortschreitenden Muskelerkrankung. Bald wird er nicht mehr laufen können, die Kraft fehlt ihm schon jetzt. Allmählich ist sein Zustand auch kein Geheimnis mehr, man braucht ihn ja nur anzusehen. Das jedenfalls war es, was ich ihm hinterherrief: dass ihm sein Starrsinn nicht viel nützen werde; dass er an seine Kinder denken solle. Es war gut gemeint, und ich bin sicher, Leitner weiß, wovon ich geredet habe. Ich frage mich also durchaus, warum Sie diese Sache überhaupt interessiert.«

»Ein treuer Mitarbeiter Ihrer Firma macht Ärger«, antwortete Hoffmann, wobei er sehr langsam sprach. »Der Mann säuft, er ist nicht mehr tragbar. Sie feuern ihn aber nicht etwa, wie jeder andere es wohl tun würde. Sie haben lediglich eine Unterredung mit ihm. Kurz darauf stirbt der Sohn Ihres Widersachers – ich nenne Leitner jetzt einmal so. Der junge Mann stirbt unter mysteriösen Umständen, und der Hauptverdächtige, Ihr besagter Mitarbeiter, kann die Tat nicht erklären. Er leugnet, mit ihr in Verbindung zu stehen, türmt aber dennoch und ist nicht mehr greifbar. Warum wohl nicht?«

»Weil er Angst haben muss, gelyncht zu werden. Offenbar halten ja alle seine Schuld für bewiesen.« Schlüter klang jetzt angespannt. »Wer weiß, vielleicht entspricht diese Vermutung sogar den Tatsachen. Ich verstehe nur nicht, warum Sie damit zu mir kommen, Herr Kommissar.«

»Vielleicht hatten Sie ja ein Interesse am Tod des jungen Leitner«, sagte Hoffmann leise. »Es soll Fälle geben, in denen der Zweck die Mittel heiligt.«

»Moment, Herr Hoffmann! Sie meinen, ich hätte Gruber beauftragt, Heinrich Leitner zu töten, um Druck auf die Familie auszuüben?«

»Ich meine gar nichts, ich prüfe nur die Fakten.«

»Fakten? Das sind Hirngespinste, nichts als Hirngespinste – noch dazu von der geschmacklosesten Sorte!« Schlüter war nun doch laut geworden. Seine Frau, die die ganze Zeit geschwiegen hatte, legte beschwichtigend ihre Hand auf seinen Arm, jedoch ohne Erfolg.

»Ihre Vorwürfe sind ungeheuerlich.« Er schob seinen Stuhl zurück und stand auf. »Tun Sie Ihre Arbeit und finden Sie endlich den Täter. Falls noch Gesprächsbedarf besteht, wenden Sie sich an meinen Anwalt. Ich habe derweil zu arbeiten, immerhin verantworte ich die Geschicke von einhundertzwanzig Mitarbeitern. Guten Tag, die Herren, Fräulein Pfau.« Er reichte Lisbeth als Einziger die Hand und verließ festen Schrittes den Raum.

Frau Schlüter begleitete die drei zur Tür. Hoffmann bat sie, ihrem Mann auszurichten, dass er seine Aussage in den nächsten Tagen auf der Wache wiederholen müsse. Nur fürs Protokoll.

Frau Schlüter machte ein überraschtes Gesicht. »Ich dachte, dazu hätten Sie Fräulein Pfau mitgebracht.«

»Fräulein Pfau macht lediglich Notizen über den Gesprächsverlauf. Auf der Wache wird's dann ganz offiziell«, erklärte Hoffmann.

»Damit vertun Sie nur Ihre Zeit«, entgegnete Frau Schlüter auf ihre sanfte, aber bestimmte Art. »Sie sind hier auf dem Holzweg, Herr Kommissar.«

»Ganz sicher«, erwiderte Hoffmann und zauberte sein breitestes Zahnpastalächeln hervor. »Mein Problem ist nur, dass das alle behaupten.«

MARLENE

40.

Erst tauchten Karl Kröger und der Kommissar auf, begleitet von Bauer Thierse und seinem Sohn. Dann folgte auch schon Dr. Dresen mit seinem Arztkoffer. Marlene, die gerade Wäsche eingeweicht hatte, eilte auf den Hof hinaus.

»Was ist los?«, fragte sie Kröger. »Ist etwas passiert?«

Das werde sich erst herausstellen, gab der zur Antwort, und alle verschwanden sehr schnell hinter den Stallungen.

Die Hände noch nass von Seifenlauge, lief sie ihnen bis zum Silo hinterher, sah die Gruppe in strammem Tempo den schmalen Pfad entlangmarschieren, bis der Junge auf etwas deutete. Die Männer gingen noch einige Schritte und blieben abrupt stehen.

Der Schreck fuhr ihr in die Glieder. Starr vor Angst verfolgte sie, wie Bauer Thierse und sein Sohn kehrtmachten und wieder auf sie zukamen, beide sehr bleich im Gesicht.

»Wer ist es?«

Thierse sah ihr nur kurz in die Augen. »Dieser Gruber. Mausetot. Da hat einer kurzen Prozess gemacht. Franz hat ihn gefunden.«

Erst jetzt bemerkte Marlene, dass Dana neben sie getreten war. Sie schauten einander stumm an, und in diesem ersten Moment empfand Marlene nur Erleichterung: Es war niemand aus der Familie, keiner ihrer Freunde, sondern der Verursacher allen Unglücks, der nun endgültig unschädlich gemacht worden war. Sie atmete auf und war sicher, Dana empfand ebenso. Polizeimeister Kröger kam herüber und wechselte ein paar Worte mit ihnen. Franz Thierse hatte den Toten offenbar rein zufällig bei einem

Streifzug durch die Felder entdeckt. Ob sie innerhalb der letzten vierundzwanzig Stunden irgendetwas bemerkt hätten, was mit Grubers Tod in Zusammenhang stehen könnte? Nein, das hatten sie nicht.

Marlene konnte es kaum glauben: Da lag dieser Gruber, kaum mehr als einen Steinwurf vom Hof entfernt, direkt neben dem Erdbeerfeld. Ermordet, wie es hieß. Und keiner von ihnen hatte etwas bemerkt.

Plötzlich kamen die Zwillinge angerannt und beäugten neugierig das Geschehen. Sie fasste sie bei den Händen, brachte sie ins Haus und blieb mit ihnen dort. Das da draußen war nichts für Kinder.

Später trafen noch mehr Polizisten ein, die das Erdbeerfeld und die gegenüberliegende Wiese mit Flatterband absperrten. Von ihrem Zimmerfenster im oberen Stockwerk aus beobachtete Marlene, wie sie das Gelände durchkämmten, und auch den Leichenwagen sah sie vorfahren.

Die Erleichterung, die sie eben noch empfunden hatte, verflog schnell. Ihr war elend zumute, und die Angst schloss sich wie eine Faust um ihr Herz. Hatte Martin nicht mehrfach gedroht, Heinis Mörder umzubringen, wenn er ihn erwischte? Zwar konnte sie sich nicht vorstellen, dass er jemandem wirklich etwas antun würde, aber man hatte sich so vieles nicht vorstellen können, und es war trotzdem geschehen.

Nein, so durfte sie nicht denken! Sie musste jetzt die Nerven behalten und stark sein, auch für die Zwillinge, die alle paar Minuten angelaufen kamen, überdreht und verstört von all den Vorkommnissen, die sie nicht verstanden. Gertrude war da gewöhnlich keine große Hilfe, die Kleinen wollten nicht viel von ihr wissen. Außerdem war sie noch immer mit Leitner unterwegs.

Gut, dass Renate sich so viel kümmerte, sonst würde Marlene sich mit den Kindern vollends überfordert fühlen. Gerade hatte sie versucht, ihnen aus den *Märchen vom Marienkäferlein* vorzulesen, aber nicht die nötige Konzentration aufbringen können.

Jetzt saßen sie vor ihr auf dem Fußboden und spielten mit einem Holzlaster, der nur noch drei Räder hatte. Auf der Laderampe lag Ilses kleinste Puppe Ida, die im Spiel soeben verstorben war.

Marlene überlegte, ob sie nach Dana Ausschau halten sollte. Nicht wegen der Zwillinge – Dana machte sich nicht viel aus Kindern –, sondern weil sie sie in Momenten wie diesem bei sich haben wollte. Wo steckte Dana überhaupt? Nach ihrer Begegnung am Silo, bei der sie auf Thierse und Kröger getroffen waren, hatten sie einander nur noch kurz in der Küche gesehen, im Beisein der Kinder, weshalb sie nicht über das Geschehene hatten sprechen können, danach nicht mehr. Erst durch ihr Fehlen bemerkte Marlene, dass die Freundin sonst eigentlich immer in ihrer Nähe war. Fast immer.

Dana benahm sich merkwürdig in letzter Zeit, war ständig gereizt und abweisend und zugleich so besitzergreifend. Manchmal wünschte Marlene, sie hätten etwas mehr Abstand zueinander. Ihr Gefühl hatte ihr von Anfang an gesagt, dass sie Dana besser nichts von ihrer Liebe erzählen sollte, zumindest nicht, bis sie offiziell war. Zugleich schämte sie sich dafür, ihr Innerstes vor Dana zu verbergen. Das war Täuschung. Dana war die liebste und beste Freundin, die sie je gehabt hatte, eine, die für sie durchs Feuer gehen würde. Sie musste dankbar für diese Freundschaft sein, und für alles andere auch. Sie hatte Menschen, die sie liebte und von denen sie geliebt wurde. Sie hatte ein Heim und eine Aufgabe. Und sie hatte Martin.

Martin. Er wolle warten, bis Heini beerdigt sei, hatte er gesagt, und sie hatte das akzeptiert. Natürlich. Was hätte sie sonst tun sollen? Es stand außer Frage, dass Gregor Leitner seinem Sohn bald den Hof überschreiben würde, und sie hatten bereits große Pläne geschmiedet: Die Stallungen wollten sie ausbauen und ganz auf Milchwirtschaft setzen. Damit war gutes Geld zu verdienen, jetzt, wo es wieder aufwärts ging im Land. Mit viel Fleiß und gutem Willen würden sie es schaffen, und von beidem hatten sie reichlich. Der Onkel würde stolz auf sie sein, er würde seine Entscheidung nicht zu bereuen haben. Sie würden in seinem Sinne wirtschaften und nichts ändern, was sich bewährt hatte. Bis auf die Küche vielleicht. Marlene wünschte sich moderne Geräte, und das alte Küchenbüfett aus den 20ern wäre sie auch gern los. Eine moderne Einbauküche in Vanillegelb oder Hellblau, die würde ihr gefallen. Und eine Junghans-Küchenuhr, das wär's! Ihr kamen die Worte der Schlüter in den Sinn: Hier verwelkst du ja, ohne je geblüht zu haben. Von wegen, dachte sie trotzig. Bald würde die Sonne wieder in ihr Leben scheinen, ihre Zukunft würde blühen wie eine bunte Sommerwiese oder wie ein Feld voller Margeriten: schneeweiß.

Sie träumte von einer Hochzeit in Weiß, von Orgelspiel, Chorgesängen und Brautjungfern, von kleinen Mädchen, die Blumen streuten. Feierlich und festlich sollte es sein, so feierlich und festlich wie möglich.

Sie erinnerte sich an einen Besuch mit der Mutter im Kölner Dom, an die besondere Stimmung und das Schwindelgefühl, das sie erfasst hatte, als sie zur Decke aufgeschaut hatte. Ihr Herz zog sich zusammen. An die Mutter zu denken tat immer noch weh, und in schweren Zeiten wie diesen fehlte sie ihr besonders.

Irgendwann würde Marlene nach Köln fahren und noch einmal den Dom besuchen, aber das hatte Zeit, er lief ihr ja nicht weg. Vorerst hatte sie andere Sorgen. Wie sie nur gerade jetzt auf diese Gedanken kam? Was war sie nur für eine unmögliche Person, jetzt an eine neue Küche zu denken und an Hochzeitsglocken!

Die Nervosität wollte nicht weichen. Marlene blickte erneut zum Fenster hinaus. Sie musste sich auf die Zehenspitzen stellen, um die äußerste Ecke des Erdbeerfeldes zu sehen.

Noch in der letzten Woche hatte sie viele Stunden täglich auf dem Feld verbracht, seit Heinis Tod war sie nicht mehr dort gewesen. Heini. Der Gedanke an ihn versetzte ihr einen erneuten Stich. Heini, der nicht mehr leben durfte. Der den Hof am liebsten losgeworden wäre, der alles verkauft und sich auf und davon gemacht hätte … mit ihr. Sie würde niemandem davon erzählen, hatte sie sich geschworen. Den Leitners nicht, und Dana auch nicht. Über Tote sprach man nicht schlecht, es würde nur neuerlichen Schmerz bereiten. Selbst der Polizei hatte sie nichts von dem Gespräch erzählt, wozu auch? Dieser junge Kommissar aus der Stadt machte ihr ohnehin Angst mit seiner überheblichen Art. Was hatte er bisher schon erreicht? Da mochte diese Lisbeth noch so große Stücke auf ihn halten. Sie war ohnehin eine merkwürdige Person, und Marlene konnte sich nicht erklären, warum sie sie eigentlich sympathisch fand. Was die über sich erzählt hatte! Der arme Verlobte … Wer A sagte, musste auch B sagen. Man durfte doch nicht einfach wegrennen. Nie könnte Marlene so sein. So egoistisch. Niemals würde sie Martin das antun.

Wo er nur blieb?

Endlich hörte sie, wie der Schlepper die Allee heraufkam. Hals über Kopf hastete sie aus dem Haus und rannte ihm entgegen. Als Martin sie kommen sah, hielt er an und stieg vom Traktor.

»Du hast doch keine Dummheit gemacht?« Ihre Stimme klang rau vor Angst. Wortlos schloss er sie in die Arme.

WOLFGANG

41.

»Was er wohl bei uns gewollt hat?«

»Er kam wegen dir, ist doch klar.« Wolfgang bemühte sich, seiner Stimme Festigkeit zu verleihen. Dana und er hockten auf dem alten Mäuerchen, das das Hofgelände begrenzte. Mücken tanzten im Licht der tiefstehenden Sonne, blaue Schatten krochen über den Boden, von dem allmählich Kälte aufstieg. »Er hatte einen Knüppel dabei.«

Dana sah ihn fragend an. »Woher weißt du das mit dem Knüppel?«

»Keine Ahnung.« Er blickte auf seine baumelnden Beine herab und versuchte, nicht mehr so heftig mit den Fersen gegen die Steine zu treten, doch es gelang ihm nur leidlich.

»Nur wir beide haben von der Sache gewusst, Wolfi. Wir zwei und die Polizei.«

»Vielleicht war's auch Rache«, meinte er ausweichend. »Wegen Heini.« Verdammt, jetzt begann er auch noch zu zittern.

»Du meinst, es ist einer aus der Familie gewesen?«

»Ich meine gar nichts.«

Dana sprang auf und stellte sich vor ihn hin. »Wenn's einer von den Leitners war, hätte er's doch sicher an einem anderen Ort getan, nicht ausgerechnet vor der eigenen Haustür.«

»Kann schon sein.« Als Wolfgang zögerlich aufschaute, bohrte sich ihr Blick in seinen.

»Wo ist dein Messer?«

Er zuckte zusammen. »Warum willst du das wissen?« Seine Zunge schien an seinem Gaumen zu kleben.

»Zeig's mir.«

»Ich hab's nicht dabei.«

»Wolfgang, wo ist das Messer?«

»Ich hab's verloren.«

»Erzähl mir nichts! Hast du es zurückgelassen?«

»Lass mich in Ruhe!« Er sprang ebenfalls auf und wollte davonlaufen, doch sie griff blitzschnell nach seinem Arm und hielt ihn fest. Hätte er ihr nur das Messer nicht gezeigt, seinen glücklichen Tausch, auf den er so stolz gewesen war!

»Ist es möglich, dass sie es gefunden haben?«

Unwillig drehte er den Kopf zur Seite. Was sollte er noch leugnen, sie wusste ja doch Bescheid! »Es liegt im See«, presste er hervor. Dana seufzte erleichtert und ließ ihn los.

»Ich hab's für dich gemacht, weil er dir was antun wollte.« Sein Ton war fast trotzig. »Er stand da und hat gebrüllt, dass er dich umbringen würde. Ich musste dich schützen, wo's die Polizei schon nicht getan hat. Das musste ich doch tun!«

»Psst!« Sie trat ganz nah an ihn heran, so nah, dass er sie riechen konnte, ihren Geruch nach Sonne, Heu und wildem, stolzem Tier. So nah. Unwillkürlich wich er einen Schritt zurück und stieß gegen die Mauer. Langsam streckte sie ihre Hand nach ihm aus, die schmale, sehnige Hand einer Klavierspielerin, strich mit dem Zeigefinger über seine Lippen, ganz sacht, über seinen Mundwinkel, die Oberlippe entlang, verweilte einen Moment auf der Narbe, fuhr weiter. »Sei ganz ruhig«, sagte sie, und noch immer weilte ihr Finger auf seinem Mund. »Es bleibt unser Geheimnis. Niemand wird davon erfahren, das verspreche ich dir.« Sie ergriff seine Rechte, führte sie an ihren Hals, den Ausschnitt ihrer Bluse hinunter, ließ sie in der kleinen Kuhle zwischen ihren Brüsten verweilen, ließ sie wandern, von ihrer sicheren Hand geführt, unter den dünnen Stoff, direkt über die Haut, die warm und weich war, viel weicher, als er erwartet hatte. Warm und weich, verführerisch und Trost verheißend, fremd und doch seltsam vertraut, Ziel aller Sehnsucht und zugleich Ursprung der Furcht.

Irgendwo in seinem Inneren wusste er, dass das, was sie taten, in Ordnung war und der natürliche Lauf der Dinge, dass die Natur es so haben wollte, eine ganz einfache Sache, für den Körper zumindest, kompliziert allenfalls für den Verstand. Doch er wusste auch eines: Es waren die äußeren Umstände, die Dana zu diesem Verhalten trieben. Dankbarkeit, Berechnung, Zuneigung, Kalkül: All das konnte es sein. Verlangen war es nicht.

»Deshalb hab ich's nicht gemacht!«, stieß er heiser hervor und zog seine Hand zurück. Wenn sie ihn doch nur lieben könnte! Doch das tat sie nicht, er musste der Wahrheit ins Auge sehen. Er hatte sein Leben ruiniert. Aber vielleicht ihres gerettet.

»Hör mir zu«, sagte sie jetzt und hatte wieder zu ihrem normalen Tonfall zurückgefunden, der keinen Widerspruch duldete. »Egal, was passiert – du bist Gruber nicht begegnet, ist das klar? Darauf muss ich mich verlassen können. Immer. Hundertprozentig.«

Er nickte.

»Sieh mir in die Augen und sage es laut und deutlich.«

»Aber, ich –«

»Sag es!«

Er schluckte. Seine Kehle fühlte sich wund an. »Ich bin Gruber nicht begegnet. Du kannst dich auf mich verlassen«, wiederholte er, und sie nickte zufrieden.

HOFFMANN

42.

Hoffmann war bedient, eine andere Formulierung fiel ihm für seinen Gemütszustand nicht ein. Restlos bedient.

Kaum waren sie von ihrem Besuch im Hause Schlüter zurückgekehrt, hatte schon der Vater mit seinem Bub vor der Wache gestanden, das Kind zitternd wie Espenlaub. Bald darauf war das ganze Theater von vorn losgegangen: Kröger hatte ihn zum Fundort des Opfers gefahren, der Dorfdoktor war gekommen und hatte gleich abgewunken, hier liege ein Fall für die Rechtsmedizin vor. Na so was! Wer hätte das gedacht?

Das Warten auf die Kollegen von der Spusi hatte sich schier ewig hingezogen. Zwar war das Hochwasser erstaunlich schnell abgeflossen, doch die Straßen waren von Schlamm überzogen und die Behelfsbrücke noch nicht fertiggestellt. Als die Männer endlich angerückt waren, hatte sich eines der Einsatzfahrzeuge zu allem Überfluss im aufgeweichten Boden festgefahren. Der Fahrer hatte Krögers Rat missachtet, den Wagen beim Leitnerhof stehen zu lassen, und stattdessen den Feldweg genommen. Ein Bauer aus dem Dorf hatte ihn mit seinem Schlepper aus dem Dreck ziehen müssen.

Es war zum Kotzen. Der Hauptverdächtige lag tot im Matsch, und dazu sah es so aus, als hätte er, Hoffmann, die Sache zu verantworten. Dabei wäre diese Sauerei ganz sicher nicht passiert, wäre es nach Hoffmanns Willen gegangen. Für Gruber hätte es kein Intermezzo mehr in Freiheit gegeben, er hätte sicher hinter Gittern geschmort bis weit ins nächste Jahrzehnt. Doch nun war es anders gekommen, und statt in Lorenzos Eisdiele das WM-Eröffnungsspiel Frankreich gegen Jugoslawien zu verfolgen, war Hoffmann dazu verdammt, in diesem Kuhkaff auszuharren.

Während des Wartens hatten Kröger und er sich die Bewohner des Hofes vorknöpfen wollen, die Männer jedoch nicht angetroffen. Vor Ort waren nur die Kinder und die beiden jungen Frauen gewesen, die jedoch nichts Erhellendes zu der Geschichte hatten beitragen können.

Endlich tauchte der alte Leitner auf, gefolgt von seiner Frau, die weder Leitners Namen trug noch eine der geblümten Kittelschürzen, wie sie bei den Frauen des Dorfes üblich waren. Überhaupt schien sie Stil zu haben, und Hoffmann wunderte sich ein wenig, dass ihm das erst jetzt zu Bewusstsein kam.

Er winkte den beiden und gab ihnen ein Zeichen, dass sie beim Silo auf ihn warten sollten. Leitner sei beim Doktor gewesen, erklärten sie ihm, sie seien gerade erst heimgekommen.

»Aber Doktor Dresen war doch hier«, hielt Hoffmann entgegen, worauf Leitner konterte, deshalb habe es ja so lange gedauert. Ja, und er wisse darüber Bescheid, was vorgefallen sei. Der Doktor habe ihn informiert.

Dieser Dr. Dresen schien so etwas wie Kaltenbruchs inoffizieller Nachrichtendienst zu sein, dachte Hoffmann und fragte Leitner, ob er etwas zur Klärung der Angelegenheit beitragen könne. Dass Leitner verneinte, verwunderte ihn keineswegs.

»Herr Leitner, ich muss nicht erst den Befund der Rechtsmedizin abwarten, um sicher zu sein, dass der Tote schon länger hier liegt«, versuchte er es anders.

»Wenn Sie das sagen.«

»Und niemand hat ihn bemerkt?«

»Scheint wohl so.«

»Sie haben Gruber auch nicht zuvor in der Nähe Ihres Hofes gesehen, lebend, meine ich?«

»Nein. Aber wenn ich ihn erwischt hätte, wie er hier rumschleicht, hätte ich ihn selbst erschlagen«, giftete Leitner. »Ich dulde kein Ungeziefer auf meinem Grund und Boden.«

»Sie waren's also nicht?«

»Nein.«

»Ihnen ist bekannt, dass Gruber bei der Firma Schlüter gearbeitet hat?«

»Ich weiß zwar nicht, warum Sie das jetzt fragen, aber es ist mir bekannt. Sein Wagen stand ja direkt am Obststand – von wegen Zufall und Sicherung tatrelevanter Spuren.« Leitner sah ihn scharf an, und er verstand die Anspielung.

»Wir mussten so handeln«, rechtfertigte Hoffmann sich. »Wir leben hier nach Recht und Gesetz.«

»Jeder, wie er denkt«, meinte Leitner achselzuckend. »Jetzt hat offenbar jemand anders gedacht.«

»Wo ist Ihr Sohn?«, fragte Hoffmann knapp. Leitners Bemerkung passte ihm nicht. »Wo ist Martin?«

»Arbeitet drüben auf den Wiesen am Hang, die schon abgetrocknet sind. Wir stecken mitten in der Heuernte.«

»Hier ist doch auch Wiese.« Hoffmann deutete schwungvoll auf die Fläche, an deren Rand der tote Gruber – von ihrem Standpunkt aus allerdings nicht sichtbar – noch immer lag.

»Von Landwirtschaft haben Sie keine Ahnung, wie? Das Gras ist noch nass, sagte ich doch. Drüben am Hang fährt der Wind drüber, da mäht Martin zuerst.«

Hoffmann nickte. »Ich hörte, Sie hatten Streit mit der Familie Schlüter?«

»Streit?« Leitner schüttelte den Kopf. »Es gab keinen Streit. Ich verkaufe mein Land nicht, und damit basta.«

»Er soll Sie mit dem Tod bedroht haben.«

»Wer, Schlüter?« Leitner lachte bitter. »Dazu braucht der Sensenmann nicht Schlüters Hilfe, das schafft er ganz allein.«

»Sie haben ihn einen waschechten Nazi genannt.«

»Ja und? Ist erst ein paar Jährchen her, da war's ein Kompliment.«

»Schlüter fasste es wohl eher als Beleidigung auf.«

»Kann ich was dafür, dass sein Gedächtnis so kurz greift? Fragen Sie ihn mal, wie er auf die Idee mit dem Golfhotel gekommen ist. Die fiel ja nicht vom Himmel! Die Nazibonzen gingen doch bei ihm ein und aus, die haben's sich hier gemütlich gemacht und die gute Luft genossen. Nur Golf spielen konnten die Herren leider nicht, und das hat dem Schlüter in der Seele wehgetan. Das nagt bis heut an ihm, mehr noch als früher.«

»Dazu kann ich nichts sagen, Herr Leitner.«

»Aber ich sag Ihnen was: Ganz Kaltenbruch war ein brauner Haufen Scheiße, das war's!«

»Gregor!« Frau Starck hatte einen mahnenden Ton angeschlagen.

»Und ob's so gewesen ist!«, gab Leitner zornig zurück. »Aber jetzt kneifen sie alle ganz fest die Augen zu.«

»Und Sie waren keiner?«

»Ich?« Leitner zog geräuschvoll die Nase hoch. »Die haben uns die Sauen aus dem Stall getrieben, angeblich, damit die Jungs an der Front nicht hungern müssten, und dann sind die Schnitzel beim Schlüter auf dem Teller gelandet. Da frage ich Sie, wer wohl geschmeidiger war im Umgang mit denen.«

»Weshalb ist man so mit Ihnen umgesprungen?«

Leitner winkte ab. »Was weiß ich. Vielleicht, weil ich mich rausgehalten hab. Ich hab mit keinem Verein was zu tun, weder mit den Braunen noch den Roten, noch sonst wem. Wenn's nicht meine Pflicht wäre, meinen Sohn anständig unter die Erde zu bringen, würde mich nicht mal der Pfaffe zu Gesicht kriegen!« Seine sonore Stimme brach plötzlich. »Können Sie uns nicht in Ruhe lassen mit Ihrer Fragerei? Er liegt noch nicht mal unter der Erde, mein Junge.«

Frau Starck warf Hoffmann einen mahnenden Blick zu, hakte ihren Mann unter und führte ihn ohne ein weiteres Wort über den Hof ins Haus zurück.

Was hatte ihn nur geritten, diesen Beruf zu ergreifen, fragte Hoffmann sich, während er den beiden nachsah.

43.

Auch der folgende Tag verlangte Hoffmann einiges ab. Er bestellte alle möglichen Personen zur Vernehmung ein: Tatverdächtige, mögliche Zeugen und Entlastungszeugen. Kröger hatte Verstärkung erhalten, um all die Aussagen zu überprüfen.

Was den unmittelbaren Tathergang betraf, schien niemand etwas bemerkt oder gesehen zu haben. Ein betagter Dorfbewohner sagte aus, er habe eine Person, die Gruber gewesen sein könnte, vor zwei Tagen gegen Mittag durch die Felder nahe dem Leitnerhof streifen sehen. Das brachte die Ermittlungen nur bedingt voran, da ja bekannt war, dass Gruber zu diesem Zeitpunkt noch gelebt hatte, doch immerhin bot sich ein Anhaltspunkt dafür, wo Gruber gesteckt hatte, während sie nach ihm gesucht hatten. Womit sich Gregor Leitner und dessen Sohn Martin geradezu als Tatverdächtige aufdrängten.

Der alte Leitner hatte sich lauthals darüber beschwert, noch einmal aussagen zu müssen, da er bereits am Vortag mit Hoffmann gesprochen hatte. Doch Hoffmann ignorierte den Protest konsequent. Entscheidend für das rasche Ende der Vernehmung war denn auch nicht Leitners Lamentieren, sondern Gertrude Starcks Aussage, sie habe ihren Mann an besagtem Tag auf eine Fahrt nach Mersfeld begleitet, wo er sich einige Jungbullen hatte ansehen wollen, die zu kaufen er in Erwägung zog. Sie seien erst gegen 17 Uhr zurückgekehrt. Nach seiner Rückkehr habe Leitner das Haus nicht mehr verlassen, wie auch Marlene Berndt würde bezeugen können. Als Täter konnte man Gregor Leitner wohl ausschließen, und Hoffmann ließ ihn ziehen. Sehr viel verdächtiger erschien ihm ohnehin sein Sohn Martin. Der stand in Saft und Kraft, hatte ein klares Motiv und die Tat bereits mehrfach mündlich angedroht. Hinzu kam, dass der Mord auf dem Grund und Boden der Familie und in unweiter Entfernung zu seinem Wohnhaus verübt worden war. Doch gleich mehrere Bauern hatten

Martin zu verschiedenen Tageszeiten beim Heumachen gesehen, während sie auf ihren eigenen Feldern gearbeitet hatten. Ein Landwirt namens Kuhnt sagte aus, er habe bis in den Abend hinein seine eigenen Wiesen gemäht und gewendet und Martin Leitner stets im Blick gehabt. Am frühen Nachmittag habe man sogar eine gemeinsame Pause eingelegt. Den Abend hatte Martin offenbar zu Hause verbracht, wie nicht nur der alte Leitner und seine Frau, sondern auch Dana Starck, Marlene Berndt und die Metzgerstochter Brigitte Jülich bezeugten. Dass Martin Leitner zu später Stunde aus dem Haus geschlichen war und Leitner getötet hatte, hielt Hoffmann für unwahrscheinlich, da Gruber wohl kaum des Nachts und sturzbetrunken über die Felder zum Leitnerhof gestolpert war. In der Gegend gab es keine Straßenlaternen, und auf den Höfen glomm allenfalls eine Stallleuchte. Sobald die Nacht anbrach, sah man bei bedecktem Himmel die Hand vor Augen nicht. Zwar standen die Analysen der Spurensicherung noch aus, doch die Wahrscheinlichkeit, Martin Leitner als Täter belangen zu können, schien gering.

Auch Marlene Berndt und Dana Starck wurden noch einmal befragt, wussten aber schier gar nichts zu sagen, wie es sich bei der ersten Befragung nach dem Fund von Grubers Leiche bereits abgezeichnet hatte. Ob Dana Starck sich nach ihrer letzten Aussage bei der Polizei jemandem anvertraut habe, was ihre Erlebnisse mit Gruber betreffe? Nein, das habe sie nicht, lautete ihre knappe Antwort. Sie habe auf die Arbeit der Polizei vertraut. Hoffmann reagierte recht schmallippig auf diesen Satz, diese junge Frau hatte etwas an sich, das ihm nicht behagte.

Auch die Aussage des jungen Wolfgang Kaminski, der vorübergehend auf dem Hof der Leitners aushalf, konnte seine Laune nicht heben. Wolfgangs Mutter hatte sich extra freigenommen, um ihren minderjährigen Sohn auf die Wache zu begleiten. Aber aus dem verängstigt wirkenden Jungen konnte man nichts Brauchbares herausholen, Hoffmann musste ihm beinahe jedes Wort aus der Nase ziehen. Interessanter wäre die Aussage von

Wolfgangs Bruder Rudi Kaminski, doch der befand sich auf einer Auslieferungsfahrt für die Firma Schlüter und war nicht aufzutreiben.

Es war nervtötend. Hoffmann klemmte sich seine Aktentasche unter den Arm und ging. Für heute hatte er genug.

LISBETH

44.

Als Lisbeth nach der Arbeit den Schankraum betrat, um zu Abend zu essen, saß ihr Vorgesetzter an dem Tisch in der hinteren linken Ecke, der bereits zu »ihrem« Tisch geworden war.

»Sagte ich nicht, Sie sollten Ihre Gummistiefel statt der Dinger da einpacken?« Er deutete auf ihre blauen Stöckelschuhe. Sie hatte den Eindruck, dass er bereits das eine oder andere Bierchen getrunken hatte, was sie ihm nicht verdenken konnte. Die letzten Tage waren nicht nur anstrengend, sondern auch frustrierend gewesen. Jetzt saß Hoffmann hier, und der Alkohol schien bereits seine Wirkung zu tun: Während des Abendbrots – Schnittchen mit Leberwurst und Harzer – wirkte er beinahe entspannt. Der Wirt trat an ihren Tisch und schickte sich an, die Gedecke abzutragen.

»Sie haben Ihr Gürkchen noch nicht gegessen.« Lisbeth deutete auf Hoffmanns Teller.

»Fräulein Pfau, Sie sollen Ihre Arbeit tun und sich ansonsten jeglichen Kommentars enthalten«, erklärte Hoffmann mit gespielter Strenge.

»Ein paar Vitamine können Ihnen nicht schaden«, beharrte Lisbeth.

»Ich brauche keine Vitamine. Das ist Weiberkram.«

»Jeder braucht Vitamine.«

»Meine nehme ich lieber in flüssiger Form zu mir.« Hoffmann hob sein halbvolles Bierglas und bedeutete dem Wirt, für Nachschub zu sorgen.

»Auch eins für Sie?«, erkundigte dieser sich bei Lisbeth, gelassen und unbeteiligt wie immer. Sie wollte dankend ablehnen, wurde jedoch von Hoffmann übertönt.

»Aber selbstverständlich!«, polterte er. »Man lässt seinen Vorgesetzten nicht alleine trinken. Für die Dame einen Likör!«

Um Himmels willen, keinen Likör! Seit ihrem Totalausfall bei dem Besuch ihrer Freundin Amelie wurde Lisbeth schon beim bloßen Gedanken daran schlecht.

»Ich hätte lieber auch ein Bier«, warf sie schnell ein, worauf Hoffmann seine Bestellung korrigierte und um zwei Obstler ergänzte. Sie wartete, bis der Wirt gegangen war, und beugte sich ein wenig nach vorn.

»Also gut, Herr Kommissar. Wenn Sie sich partout besaufen wollen, dann nutze ich die Gunst der Stunde und horche zur Abwechslung einmal Sie aus.«

»Ein Verhör? Da bin ich aber gespannt!« Er grinste aufmunternd. »Also, was wollen Sie wissen?«

Lisbeth dachte einen Augenblick nach. »Warum sind Sie zur Polizei gegangen?«

»Ach nö, das ist doch nicht Ihr Ernst! Ich dachte, Sie interessieren sich für spannendere Dinge.« Hoffmann warf sich in seinem Stuhl zurück und zog einen Flunsch.

»Ich finde die Frage durchaus spannend. Also, warum?«

»Tja, warum?« Er griff nach seinem Glas, leerte es in einem Zug und wischte sich über den Mund. »Weil ich keine Lust hatte, unter Tage Kohlenstaub zu fressen oder mir beim Stahlkochen die Finger zu verbrennen, deswegen. Auf'm Pütt hätt ich zwar mehr verdient – erheblich mehr –, aber das war nun mal nichts für mich. Die Polizeiarbeit interessierte mich schon eher, obwohl ich natürlich auch Geld verdienen wollte – wer will das nicht? Nur sieht's damit bei der Polizei leider mau aus. Aber ich habe mir gedacht, ich strenge mich besonders an, dann mache ich auch besonders schnell Karriere, und bei einem entsprechenden Posten würde sich das mit der schlechten Bezahlung schon relativieren.«

»Sie sind also zum Karrieremachen hierhergekommen?«

Hoffmann lachte laut. »Fräulein Pfau, nehmen Sie mich auf den Arm? Von der Landeshauptstadt Düsseldorf in die hinterste Provinz – was für eine Karriere!« Er schnappte sich einen Bierdeckel und begann damit herumzuspielen.

Lisbeth beobachtete ihn über den Rand ihres Glases hinweg. »Wenn Sie nicht gern hier sind, warum gehen Sie dann nicht einfach wieder zurück?«, erkundigte sie sich.

Er blickte auf und ließ seine weißen Zähne blitzen. »Genau das hab ich vor! Dazu muss ich nur einigen Leuten klarmachen, über welch herausragende Fähigkeiten ich verfüge. Leider fehlt mir dazu die Gelegenheit, solange ich in diesem Kuhkaff festsitze.« Mit seiner Linken warf er den Bierdeckel in die Luft und versuchte ihn mit der umgedrehten Hand wieder zu fassen zu bekommen, was jedoch misslang.

»Sie sind also nicht freiwillig hier, nehme ich an.«

»Sie haben's erfasst, Fräulein Pfau!« Er hielt inne und beugte sich vor. »Wollen Sie die Geschichte hören?«

»Unbedingt«, antwortete sie lächelnd.

Der Wirt brachte das frische Bier, und Hoffmann prostete ihr zu. Schaum tropfte auf die Tischdecke, was ihn jedoch nicht zu stören schien.

»Also gut«, begann er. »In Düsseldorf hatte ich einen Vorgesetzten, der kam aus Rastenburg. Da hätte man ja eigentlich schon gewarnt sein müssen.«

»Rastenburg? Sagt mir nichts.«

»Oben, im Osten. Hitlers Lieblingsecke.«

»Diese ganzen Ostgebiete sind mir so fremd wie China«, bekannte Lisbeth. »Ich weiß so gut wie nichts darüber.«

»Wolfsschanze«, half Hoffmann widerwillig nach.

»Ach so, das Führerhauptquartier! Davon weiß ich natürlich. Der tiefste braune Sumpf, meinen Sie.«

»Schön, eine so gebildete Mitarbeiterin zu haben.« Er lächelte jetzt. »Besagter Vorgesetzter kam also aus Rastenburg, und wir nannten ihn nur den ›131er‹. Der Spitzname bezog sich auf ein

Gesetz. Es verpflichtet den Staat, die Beamten und Angestellten, die nach 1945 entlassen worden sind, wieder einzustellen. Das betraf und betrifft auch die Übernahme von Polizisten aus den Ostgebieten. Die haben ja durch die Flucht ihre Arbeitsplätze verloren, weswegen ihnen nach dem neuen Gesetz in der schönen neuen Heimat ein Amt zusteht. Selbstverständlich nur, sofern sie Hitler nicht allzu sehr unter die Arme gegriffen haben. Sprich: Sofern sie nicht bei der Gestapo waren. Soweit die Theorie, aber wie das so ist, die Realität sieht anders aus, und wir haben uns einen schönen Schwung an Gestapo-Leuten eingehandelt. Zum Beispiel meinen Vorgesetzten.«

»Den 131er«, ergänzte Lisbeth.

»Richtig.«

»Aber was ist mit der Entnazifizierung?«, wandte sie ein.

»Tja, zunächst hat man alle Gestapo-Leute kategorisch ausgeschlossen, ihnen im Nachhinein aber einige Schlupflöcher gebohrt. Sofern sie nachweisen konnten, dass sie ›von Amts wegen‹ zur Gestapo versetzt wurden, sich also nicht etwa freiwillig beworben hatten, kamen sie doch noch in den Genuss dieser gesetzlichen Bestimmungen. ›Von Amts wegen‹ musste nun allerdings keineswegs heißen, dass die Versetzung gegen ihren Willen geschehen war, da wollte man nicht mehr so pingelig sein. Mein Vorgesetzter war auch so einer, der war zuerst bei der Schutzpolizei und wurde 1940 ›von Amts wegen‹ zur Gestapo versetzt. Zuletzt hat er dort vor allem Fälle von Heimtücke bearbeitet. Heimtücke – ausgerechnet!« Hoffmann lachte bitter.

»Was war daran so Besonderes?«

»Was wissen Sie eigentlich, Fräulein Pfau? Sind sie 1933 emigriert, oder woher kommen Ihre blinden Flecken?«

»Ich war vierzehn, als der Krieg aus war«, rechtfertigte sie sich. »Und Sie glauben doch nicht, dass in dem Bauernkaff, in dem ich aufgewachsen bin, auch nur einer richtig verstanden hätte, was die Nazis trieben! Das beruhte alles auf Hörensagen. Es gab niemanden, der einem diese ständig neuen Gesetze vernünftig hätte erklären können – sofern man in dieser Hinsicht überhaupt von Vernunft sprechen kann. Warum, wieso? Keine Ahnung. Der Hitler wollte nur das Beste für unser Volk, das war alles, was ich wusste. Ich war ja auch noch ein Kind und fand es schlimm, dass wir den Krieg verloren hatten. Plötzlich hieß es, in Deutschland gebe es nur schlechte Menschen, das erschien mir ungerecht. Und was diese geografischen Geschichten betrifft: Wir kannten kaum die nächste Kreisstadt – geschweige denn den Osten oder Frankreich oder gar Afrika. Von unserem Dorfschullehrer war da auch nicht viel zu erwarten, der war so alt und tüdelig, dass sie ihn nicht mal mehr zum Volkssturm eingezogen hatten. Wir mussten uns quasi selbst unterrichten, und wir hatten ja nichts – keine Bücher, keine –«

»Schon gut, schon gut, machen wir weiter mit der Geschichtsstunde«, fiel Hoffmann ihr ins Wort, winkte dem Wirt und orderte zwei weitere Biere und zwei Obstler dazu.

»Ab Ende 1934 gab es also dieses Heimtückegesetz der Reichsregierung«, fuhr er fort. »Es besagte, dass jegliche Kritik an Staat und Partei kriminalisiert und unter Strafe gestellt werden konnte. Da reichte ein blöder Witz, eine spitze Bemerkung, eine pessimistische Zukunftsprognose; nach Kriegsbeginn dann auch das Hören von ausländischen Radiosendern. Groß nachgegangen wurde diesen Vorwürfen nicht, die Denunziation war ausreichend, und davon gab es reichlich. Fürs Ahnden von schlechten Witzen war also mein Vorgesetzter zuständig, und er hat diese Aufgabe sehr ernst genommen – mit verheerenden Folgen für die Beschuldigten. Nach Kriegsende wurde er in einem ersten Verfahren von Zeugen schwer belastet; man stufte ihn als Hauptschuldigen ein, und er bekam drei Jahre Arbeitslager. Dann gab es allerdings ein Berufungsverfahren, das dieses Urteil wieder aufhob, und ein Jahr später wurde es schließlich ganz eingestellt. Das war 1951. Kurz darauf bescheinigte man ihm, zu den Begünstigten nach Artikel 131 zu gehören, und seiner weiteren Karriere stand nichts mehr im Wege.«

»So etwas hätte ich nicht für möglich gehalten«, empörte sich Lisbeth kopfschüttelnd.

»Ach, Pfauenküken, Ihre Naivität ist manchmal schon fast rührend«, spöttelte Hoffmann.

Sie ging nicht weiter darauf ein. »Woher haben Sie eigentlich Ihre Informationen über diesen Mann, sind die allgemein bekannt?«

»Liebchen, diese Dinge hängt man heute nicht mehr gern an die große Glocke. Es muss ja irgendwie weitergehen, und wir können nicht bei null anfangen, nicht wahr? Also Schwamm drüber. Halten wir den Deckel zu.« Seine Stimme troff vor Ironie. »Aber ich bin Polizeibeamter. Ich weiß, wie man recherchiert. Wie man den Deckel aufklappt.« Er kniff die Augen zusammen und kippte mit bedeutungsvoller Miene den Schnaps hinunter, den der Wirt soeben gebracht hatte. Lisbeth schob ihm auch ihr Gläschen hinüber, wobei sie mit Protest rechnete, der jedoch ausblieb. Hoffmann griff zu und schüttete auch den zweiten Obstler in sich hinein.

»Vitamine in ihrer konzentriertesten Form. Gesünder geht's nicht.«

»Gut und schön«, sagte sie. »Aber ich verstehe immer noch nicht, was das Ganze mit Ihnen zu tun hat.«

»Tja, das ist eine lustige Geschichte.« Er lachte trocken und begann wieder, mit seinem Bierdeckel zu spielen. »Vergangenes Silvester bin ich zu Wedig, das ist ein Tanzlokal, direkt an der Ludenberger Straße. Dort steppt der Bär, sage ich Ihnen. ›Bist du ledig, geh zu Wedig‹, sagt man in Düsseldorf. Na ja, hätt ich's mal besser gelassen, aber nachher ist man bekanntlich schlauer. Ich also hin, und es war die Hölle los, wie das so ist an Silvester. Es ließ sich auch ganz gut an, hab ein nettes Mädchen getroffen, die lachte so keck. Wir kamen ins Gespräch, alles ganz anständig, ihre Freundin war auch dabei. Wie dem auch sei, auf einmal seh ich den Abel in der Menge.«

»Den 131er.«

Hoffmann fixierte Lisbeth mit leicht glasigem Blick. »Bravo, Fräulein! Sie sind ja richtig clever. Aber den Namen vergessen wir mal ganz schnell wieder, der ist mir nur so rausgerutscht.«

»Welcher Name?«, tat sie unschuldig, und er musste schmunzeln.

»Also, da steht der 131er und schaut bitterböse zu uns rüber, und ich sage zu der Kleinen: ›Dem passt wohl nicht, dass wir beiden Hübschen uns so gut amüsieren‹, oder irgendwas in der Art, und sie lacht und fragt, ob ich den Mann kenne. ›Das ist mein Chef‹, sage ich, und sie lacht noch mehr. Na ja, es ging dann so weiter. Ich erzähle ihr, wie wir Kollegen ihn nennen und was er für Eigenarten hat. Zum Beispiel hat er immer mit der Nasenspitze gezuckt, ungefähr so.« Hoffmann schielte und ließ die Nasenflügel flattern, worauf Lisbeth in Gelächter ausbrach, sie fühlte sich an die Karnickel ihres Vaters erinnert.

»Das Fatale war, dass er zu der Zeit seinen rechten Arm in einer Schlinge trug«, fuhr Hoffmann fort. »Ein Reitunfall, hieß es, aber ich hatte da eine andere Vermutung, und die habe ich den beiden Damen gegenüber auch kundgetan.«

»Und zwar?« Lisbeth nahm einen großen Schluck Bier und sah ihn gespannt an. Er presste Zeige- und Mittelfinger seiner Linken flach unter die Nase und ruckelte mit seiner rechten ausgestreckten Hand, als ob er sie nur mit Gewalt unten halten könnte. Sie kicherte laut, bis Hoffmann seine pantomimische Darbietung beendete.

»›Der trägt die Schlinge, damit sein Arm nicht versehentlich jedes Mal hochschnellt, wenn er jemanden grüßen muss‹, habe ich gesagt.«

Wieder musste Lisbeth lachen.

»Jetzt lachen Sie!«, meinte Hoffmann mit gespieltem Ernst. »Die Damen haben auch gelacht. Sie haben sich köstlich amüsiert, wenn ich mal so sagen darf. Das ging noch eine Weile hin und her, und wir haben auf das neue Jahr angestoßen. Ich hab dann hinterher erfahren, dass das Mädel die Tochter vom 131er war.«

Lisbeth riss erschrocken Augen und Mund auf, was er jedoch nicht zu bemerken schien.

»Sie hat ihrem alten Herrn die Sache brühwarm gesteckt. Hätte sicher eine prima Gestapo-Petze abgegeben, die Kleine. Und hier kommt die Ironie des Schicksals ins Spiel: Das Heimtückegesetz war ja sozusagen wie für mich gemacht – diese dummen Witzchen über einen Repräsentanten des Staates –, nur gab es dieses schöne Gesetz leider nicht mehr. Oder zum Glück, kommt auf die Perspektive an. Jedenfalls war der Alte so wütend, dass er mich standrechtlich hätte erschießen lassen, so viel ist klar. Aber das konnte er ja nun nicht mehr. Also kein Genickschuss, stattdessen macht es ›Simsalabim‹«, Hoffmann holte aus und stieß beinahe die Gläser vom Tisch, »und ich wache auf und finde mich im reizenden Kaltenbruch wieder.«

Er verfiel in Schweigen und starrte die nassen Flecken auf der Tischdecke an; auch Lisbeth sagte nichts und überbrückte die unangenehme Stille damit, ihr Glas zu leeren. Das wievielte war es eigentlich? Der Kopf wurde ihr bereits schwer.

»Keine schöne Geschichte«, meinte sie schließlich und beugte sich über den Tisch zu ihm hinüber. »Das tut mir leid für Sie, ehrlich.«

Mit starrer Miene streckte er die Hand nach ihr aus und fasste sie am Kinn, doch sie entzog sich ihm sofort und war augenblicklich nüchtern.

»Herr Hoffmann«, sagte sie, um einen seriösen Eindruck bemüht. »Ich bedanke mich für Ihre Offenheit und die spannende Unterhaltung. Aber jetzt muss ich ins Bett.«

Er nickte nur, griff nach dem Schnapsglas und setzte es an die Lippen, obwohl es leer war.

»Noch eins!«, rief er und schwenkte das kleine Glas unkontrolliert durch die Luft. »Lasst uns auf unsere tapferen Jungs anstoßen, die die Türken plattgebügelt haben. Auf die zukünftigen Weltmeister! Und auf den 131er!« Er suchte ihren Blick. »Du auch, Fräulein Vogel! Den Gefallen musst du mir schon tun, wo wir doch hier auf Gedeih und Verderb zusammengeschweißt sind.«

»Ich denke, wir sollten jetzt schlafen gehen«, beharrte Lisbeth, stand auf und gab dem Wirt unauffällig ein Zeichen, er solle fernbleiben. »Wir haben einen anstrengenden Tag vor uns, da sollten wir ausgeschlafen sein.« Und nüchtern, setzte sie in Gedanken hinzu. Ihr Körper fühlte sich nachgiebig und seltsam schwer an, als wäre die Erdanziehung heute besonders stark.

»Du hast recht, Mädchen.« Hoffmann blickte zu ihr hoch. »Hätt gar nicht gedacht, dass du so vernünftig bist. Hätt eher angenommen, du bist so eine, die jedem Fensterputzer hinterherguckt. Eine, die –«

»Psst, Herr Kommissar!« Sie legte den Finger an die Lippen. »Das behalten Sie jetzt mal schön für sich.«

45.

Bis vor wenigen Stunden hatte Lisbeth ihre neue Aufgabe als ungeheuer spannend empfunden, dann war ihre Faszination unvermittelt in Abscheu umgeschlagen. Am liebsten hätte sie ihren Griffel in die Ecke geworfen und wäre gegangen.

Die Erschöpfung stand ihr ins Gesicht geschrieben, und vom vielen Schreiben und Tippen schmerzten ihr die Hände. Doch all das war nicht der Grund für ihre plötzliche Aversion gegen die Arbeit. Ihr eigentliches Problem hieß Rudi Kaminski und wurde bereits seit Stunden von Hoffmann in die Mangel genommen. Der junge Mann mit den schönsten Augen von Kaltenbruch. Der junge Mann auf dem Fahrrad.

Alles sprach dafür, dass Kaminski Grubers Mörder war, und gerade dieser Umstand stürzte Lisbeth in eine unangenehme Gefühlsverwirrung, die sich nicht legen wollte. Was sie fühlte, war eine widersprüchliche Mischung aus Abscheu für die Tat und Verständnis für die Gründe, Mitleid mit der Person und Missbilligung ihres Handelns, Sympathie für den Mann und eine Aversion gegen seine fortwährenden Ausflüchte.

Die Beweislage schien klar: Kaminskis Mutter war in den Fall involviert, Gruber hatte sie bedroht. Er hatte Gruber Vergeltung angedroht und ihn bereits einmal tätlich angegriffen, wie Kröger bezeugen konnte, und er hatte kein Alibi, schlimmer noch: Kaminski behauptete, unmittelbar nach Ende der Frühschicht mit dem Fahrrad heim nach Kaltenbruch gefahren zu sein, was jedoch nicht stimmen konnte. Eine Streife, die nach Gruber Ausschau gehalten hatte, hatte ihn nachmittags auf eben dieser Straße kontrolliert, doch zu diesem Zeitpunkt hatte das Schichtende bereits knapp zwei Stunden zurückgelegen. Kaminski hatte sich ganz in der Nähe einer Abzweigung befunden, die unmittelbar auf den breiten Feldweg traf, der zum See und zum Leitnerhof führte, kaum fünfhundert Meter entfernt von der Stelle, an der der tote Gruber einen Tag später gefunden worden war. Er habe gebummelt und dabei wohl die Zeit vergessen, erklärte er auf Hoffmanns bohrende Fragen hin, was ihn vollends unglaubwürdig erscheinen ließ. Aber gerade das ging Lisbeth nahe: Dieser junge Mann hatte so gar nichts von einem Mörder an sich. Er wirkte selbstbewusst, aber zurückhaltend, wusste sich auszudrücken und blieb auch in den Momenten höflich, in denen Hoffmann ihm zusetzte. Wenn er den Blick hob und zu Lisbeth hinübersah, was selten geschah, lief ihr ein leiser Schauer über die Haut. Vielleicht war es das, was sie am meisten durcheinanderbrachte, denn diese Empfindung konnte sie überhaupt nicht einordnen.

Laut Rechtsmedizin war Grubers Tod irgendwann in der Zeit zwischen Nachmittag und Abend des 15. Juni eingetreten, hieß es. Ziemlich genau zu der Zeit, in der Kaminski auf der Straße gesichtet worden war. Es passte also, das musste auch Lisbeth eingestehen.

Als Hoffmann ihn auf diesen Tatbestand aufmerksam machte,

erklärte Kaminski plötzlich, er habe zunächst eine der Arbeiterinnen nach Hause begleitet, weil er es nicht für richtig gehalten habe, sie in diesen gefährlichen Zeiten allein mit dem Rad fahren zu lassen. Wer diese Frau gewesen war, wollte er jedoch nicht verraten.

»Sie wollen uns den Namen der Frau nicht nennen, weil es sie gar nicht gibt«, schloss Hoffmann gelassen. »Oder sagen wir eher, weil Sie sie nicht nach Hause begleitet haben, sondern es vorzogen, das Übel bei der Wurzel zu packen und mit Stumpf und Stiel auszurotten, nicht wahr?«

»Nein.«

»Herr Kaminski! Ein Stück weiter die Straße runter gibt es eine Stelle, die den Blick bis zu dem Feldweg freigibt, auf dem Gruber gelaufen sein muss. Sie haben ihn dort gesehen und konnten nicht fassen, dass er noch immer frei herumlief. Also beschlossen Sie, dem Elend ein Ende zu machen, drehten um und fuhren die Abzweigung hinauf, Gruber entgegen. Ihre Reaktion ist absolut nachvollziehbar. Wer weiß, wie ich gehandelt hätte, wenn der Kerl erst auf meine Mutter losgegangen wäre und ich fürchten müsste, er täte auch noch jemand anderem etwas an, meinem Mädchen zum Beispiel. Oder was meinten Sie damit, als Sie von gefährlichen Zeiten sprachen? Mit Heinrich Leitner waren Sie auch befreundet, wie ich hörte. Vielleicht wollten Sie Ihren jungen Freund rächen.«

»Nein, nein und nein.«

»Wie?«

»Ich habe Gruber nicht umgebracht und würde auch nie jemanden umbringen. Ich habe kein Mädchen, und ich war nicht mit Heinrich Leitner befreundet. Wir kannten uns allenfalls gut.«

»Kaminski, Sie sind gewitzt, das muss man Ihnen lassen. Aber es nutzt Ihnen nichts.« Hoffmann schüttelte bedauernd den Kopf. »Mensch, Sie sind doch ein netter Kerl. Ich mag Sie, das sage ich ganz offen. Also packen Sie aus, dann setze ich mich für ein mildes Urteil ein, darauf gebe ich Ihnen mein Ehrenwort.« Er sah Kaminski eindringlich an. Vergebens.

»Einer von der Sorte, die ein paar Stunden länger braucht, bis sie weichgekocht ist«, meinte Hoffmann an Kröger gewandt, während Kaminski auf der Toilette war. Dann brachten sie ihn fort, um ihn dem Haftrichter vorzuführen.

Konnte Kaminski wirklich der Täter sein? Lisbeth kannte die Argumente, die dafürsprachen. Ein Leben zerstört wegen einem, der ohne triftigen Grund einem anderen das Leben genommen hatte, dachte sie niedergeschlagen. Doch sie hegte Zweifel daran, dass Kaminski die Tat wirklich begangen hatte. Das Motiv war doch mehr als zweifelhaft. Blieb eine Tat im Affekt. Aber dieser junge Mann wirkte nicht, als neige er zu Kurzschlussreaktionen. Oder ließ sie sich schlicht und einfach von seinen schönen Augen täuschen?

Voller Unwillen tippte Lisbeth das Vernehmungsprotokoll und war froh, als Hoffmann sie gegen Abend aufforderte, Feierabend zu machen. Obwohl sie in der vergangenen Nacht kaum geschlafen hatte, war sie nicht müde, sondern eher überdreht. Auf ihrem Zimmer würde sie es nicht aushalten, aber sie wollte auch nicht Gefahr laufen, erneut mit ihrem Vorgesetzten im Schankraum zusammenzutreffen, und beschloss daher, einen Spaziergang zu dem See zu machen, von dem sie nun bereits mehrfach gehört hatte. Laut den Beschreibungen durfte er nicht schwer zu finden sein.

Vielleicht böte sich sogar die Gelegenheit, ein bisschen zu baden. Hatte Kröger nicht so etwas erzählt? Als begeisterte Schwimmerin hatte sie immer einen Badeanzug im Gepäck, also ging sie zunächst zurück zum Roten Hahn, zog sich um und packte eine kleine Tasche, bevor sie loslief.

In flottem Schritt folgte sie dem Feldweg, der in Richtung Leitnerhof führte, und passierte irgendwann das abgeerntete Erdbeerfeld. Inzwischen war das Flatterband entfernt worden, nichts wies mehr auf ein Verbrechen hin, und doch war ihr nicht wohl an diesem Ort. Sie steigerte noch einmal das Tempo und war froh, als sie das Feld hinter sich gelassen hatte. Der Weg führte sie weiter durch eine kühle Senke, ein hügeliges Wäldchen hinauf. Zwischen grünem Laub sah sie bereits das Wasser glitzern und hatte bald das Ufer erreicht. Auf einem schmalen Steg saßen zwei junge Frauen, die eine blond, die andere dunkelhaarig. Lisbeth erfasste schnell, wer die beiden waren. Sie gesellte sich zu ihnen und begrüßte sie freundlich.

»Hallo, Lisbeth!« Marlene hob den Kopf und blinzelte gegen die Sonne. Sie schien ehrlich erfreut, Lisbeth zu sehen.

»Das ist ja ein wunderschönes Plätzchen hier. Polizeimeister Kröger hat mir davon erzählt, aber ich wusste nicht recht, ob ich herfinden würde.«

»Hat ja hingehauen«, bemerkte Dana Starck trocken.

»Wir kommen oft her«, erklärte Marlene, offenbar bemüht, Danas Unfreundlichkeit zu überspielen.

»Habt ihr keine Angst?«

»Wie meinst du das?«

Lisbeth wiegte den Kopf hin und her. »Man weiß ja nicht, wer sich derzeit in der Gegend herumtreibt. Da ist mir doch etwas mulmig zumute.«

»Ihnen passiert schon nichts«, meinte Dana beinahe abfällig.

Wie konnte sie sich da so sicher sein, fragte sich Lisbeth. Immerhin war Dana diejenige, die dem Tod ins Auge geblickt hatte und selbst bedroht worden war. Sie hätte allen Grund, Angst zu haben. Vielleicht fühlte sie sich sicher, weil Gruber tot war. Und weil sie wusste, dass von Grubers Mörder keine Gefahr für sie ausging. Womöglich kannte sie ihn sogar. Ob sich die Sache mit Rudi Kaminski bereits herumgesprochen hatte?

»Kaum einen Kilometer entfernt ist ein Mensch ermordet worden, aber niemand hat Angst«, beharrte sie. Sie fühlte sich von dieser Dana herausgefordert.

»Vielleicht hat's den Richtigen getroffen«, gab die prompt zurück und stand auf. »Bist du hier, um uns auszuhorchen?«

»Aber nein!« Jetzt lachte Lisbeth wieder. Sie musste auf der Hut sein. »In diesen Dingen wäre ich eine Niete«, behauptete sie. »Ich kann rein gar nichts für mich behalten, und wenn ich mal lüge, sieht man es mir sofort an. Meine Nase wird länger als die von Pinocchio.« Sie hielt sich die flache Hand vors Gesicht und ließ sie eine Armlänge nach vorn wandern. »Aber noch schlimmer sind die Ohren«, plapperte sie weiter. »Als Kind habe ich meiner Mutter einmal zehn Pfennige aus der Geldbörse gestohlen, weil ich unbedingt einen Lutscher haben wollte, den sie mir nicht gekauft hat. Als sie mich fragte, woher ich den Lutscher hätte, erzählte ich ihr, ein fremder Mann habe ihn mir geschenkt. Gott, war das eine Aufregung! Meine Mutter ist mit mir zu meinem Vater gegangen, und ich musste die Geschichte wiederholen. Er hat mich lange angesehen und dann gemeint, ich solle mich hinten auf seinen Schlepper setzen, als Warnleuchte, wegen der roten Ohren.«

»Muss ja ein lustiger Kerl sein, dein Vater.« Dana stand jetzt direkt vor ihr.

»Manchmal«, entgegnete Lisbeth, und alle Albernheit war plötzlich verflogen. »Ich geh schwimmen«, setzte sie sogleich hinzu, streifte ihr Kleid über den Kopf und stand im Badeanzug vor ihnen. »Kommt ihr mit?«

Ohne eine Antwort abzuwarten, verließ sie den Steg, schlüpfte aus ihren Sandalen und stürzte sich ins Wasser. Nachdem sie eine große Runde geschwommen war, kraulte sie auf die beiden jungen Frauen zu, tauchte unter und in unmittelbarer Nähe des Stegs wieder auf. »Ist ganz schön tief hier«, rief sie lachend und streifte sich ihr Haar aus dem Gesicht. »Nun kommt schon, ihr braucht nur zu springen!«

»Ich habe keinen Badeanzug dabei«, erklärte Marlene ausweichend.

»Na und? Es sieht dich doch niemand.«

»Aber ich springe nicht!«, rief Marlene und stand plötzlich im weißen Unterkleid da. Leichtfüßig lief sie über den Steg zurück ans Ufer und ging von dort aus ins Wasser.

»Das ist ja eiskalt!«

»Du musst schwimmen, dann wird dir warm.«

»Ich kann leider nicht schwimmen«, erklärte Marlene.

»Wenn ihr wollt, bringe ich es euch bei!« Lisbeth kraulte auf sie zu und begann mit Wasser zu spritzen. Marlene spritzte zurück, Tropfen sprühten im Abendlicht wie ein Perlenregen. Lachend sah sie sich nach Dana um, die auf dem Steg stehen geblieben war und sie mit missbilligendem Gesichtsausdruck beobachtete. »Nun komm schon, sei kein Spielverderber!«

»Morgen wird Heini beerdigt, und du amüsierst dich!«

Dana hatte nicht besonders laut gesprochen, aber Marlene schien sie sehr wohl verstanden zu haben. Für einen Moment erstarrte sie, dann watete sie an Land. Ihr Unterkleid war vor Nässe fast durchsichtig, BH und Schlüpfer zeichneten sich deutlich darunter ab. Ein nasses weißes Kleid, schoss es Lisbeth durch den Kopf. Hatte Kröger nicht gesagt, Gruber habe davon gesprochen?

Auch Lisbeth stieg aus dem Wasser. »Das hat gutgetan«, verkündete sie laut und bot Marlene ihr Handtuch an. Bald waren beide wieder angezogen. In der Abendsonne begann sie nach dem kühlen Bad zu frösteln, und sie beschloss, sich wieder auf den Heimweg zu machen.

»Hat mich sehr gefreut, euch hier zu treffen. Allein wäre mir doch etwas mulmig zumute gewesen. Ich geh dann mal. Macht's gut.« Lisbeth hob die Hand zum Gruß und bückte sich noch einmal nach einer leeren Schnapsflasche, die am Ufer gelegen hatte. Forstmeister Doppelkorn. War ihr diese Marke in Zusammenhang mit Gruber nicht schon einmal in einem der Protokolle untergekommen? Sie steckte die Flasche in ihre Tasche und steuerte über den schmalen Wiesenstreifen auf den Wald zu. Schon von Weitem registrierte sie die Gestalt, die sich ungeschickt hinter einem der Bäume zu verbergen versuchte.

»Hey du, ich seh dich!«, rief sie laut. Mit knatterndem Flügelschlag flog ein Schwarm Tauben auf. Der Junge stürzte aus seinem Versteck und setzte zur Flucht an. Es war Wolfgang Kaminski, wie Lisbeth wusste.

»Du brauchst gar nicht wegzurennen!«

Der Junge blieb abrupt stehen. »Ich renne nicht weg«, behauptete er trotzig. »Und ich hab nichts gemacht.«

»Wenn einer sich versteckt, hat er was zu verbergen.«

»Hab ich nicht.«

»Ein Spanner bist du!« Lisbeth holte ihn ein.

»Bin ich nicht! Ich habe Dana gesucht, aber dann hab ich euch gesehen und dachte, ihr glaubt bestimmt, dass ich euch beobachten will. Das war mir peinlich, und deshalb wollte ich umkehren.«

»Soso. Na, dann lauf mal zu ihr.«

Sie blickten beide zum See hinunter, doch die beiden jungen Frauen hatten sie offenbar nicht bemerkt.

»Nein, ich ... sie hat schon Gesellschaft, da will ich nicht stören.«

»Gehst du zurück ins Dorf?«

»Ich denk schon.«

»Wir können zusammen gehen, wenn du nichts dagegen hast.« Das hatte Wolfgang sehr wohl, wie ihm deutlich anzumerken war, doch er nickte tapfer. »Wenn du mich begleitest, fühle ich mich sicherer«, behauptete Lisbeth.

»Haben Sie Angst?«, fragte Wolfgang mit misstrauischem Gesichtsausdruck.

»Weißt du, ihr seid schon komisch hier.« Lisbeth blieb stehen. »Da ist ein Mensch ermordet worden, dann ein zweiter, aber ihr scheint euch keine Sorgen um eure eigene Sicherheit zu machen.«

Wolfgang entgegnete nichts, und sie setzte sich wieder in Bewegung. Schweigend liefen sie nebeneinander her, doch sie spürte förmlich seine Anspannung.

»Sie glauben also nicht, dass es mein Bruder war?«, fragte er plötzlich. Lisbeth zögerte mit der Antwort. Er wusste also von der Verhaftung. Natürlich wusste er davon. Wahrscheinlich war das ganze Dorf bereits informiert. »Noch ist er nicht verurteilt«, erklärte sie ausweichend.

»Wenn Sie glauben würden, er wär's gewesen, dann müssten Sie keine Angst haben«, gab Wolfgang zu bedenken. »Es sei denn, Sie haben das nur so dahergesagt.«

»Wolfgang, ich weiß es wirklich nicht. Es war dumm von mir, davon anzufangen. Lass uns von etwas anderem reden. Bist du schon mit der Schule fertig?«

»Ja, bald. «

»Und was willst du mal werden?«

»Früher wollte ich Polizist werden.«

»Aber jetzt nicht mehr?«

»Nein.« Sie hatten soeben das Erdbeerfeld passiert. »Ich bieg dann mal hier ab«, erklärte Wolfgang schnell. »Hab noch was auf dem Hof zu erledigen.« Und damit war er auch schon fort. Statt den Pfad zu nehmen, auf dem Gruber gefunden worden war, lief er über die frisch gemähte Wiese, kletterte unter dem Drahtzaun hindurch und trabte über die baumbestandene Kuhweide auf den Hof zu.

Sie hatte es nicht sonderlich geschickt angestellt, dachte Lisbeth, während sie ihm nachsah. Wie musste man sich fühlen, wenn der eigene Bruder wenige Stunden zuvor wegen Mordverdachts verhaftet worden war?

BERTA

46.

Berta Kaminski sah es als ihre Pflicht an, Heinrich Leitners Beerdigung beizuwohnen, daran änderte auch Rudis Festnahme nichts. Auffallen wollte sie jedoch um keinen Preis, weshalb sie spät kam und sich in der Kirche in die letzte Bank setzte. Auch ihre jüngeren Töchter hatte sie nicht mitgenommen, nur Elke, die Älteste, und ihren Sohn Wolfgang.

Als die Trauergesellschaft nach der Messe ins Freie strömte, harrte sie aus, bis alle das Kirchenschiff verlassen hatten, weshalb Elke bereits zu murren begann. Endlich draußen, nutzte sie sogleich ihre Chance und schlug sich zu ihren Freundinnen durch. Berta sah die Mädchen in sicherer Entfernung zu ihren Eltern beisammenstehen und im Flüsterton tuscheln. Nur Wolfgang blieb an ihrer Seite, auf ihn war Verlass.

Sie fand es richtig, dass er sie begleitete. Er half ja jetzt auf dem Leitnerhof aus, er hatte den Toten gekannt, und auch Gertrude Starcks Tochter kannte er.

Als der Trauerzug sich in Bewegung setzte, hätte Berta sich wohl bis ans Ende zurückfallen lassen, wäre dort nicht der Kommissar aus der Stadt gegangen, begleitet von Polizeimeister Kröger und einer jungen Frau mit rotblondem Haar. Mit denen wollte sie nun keinesfalls zusammentreffen, also erhöhte sie ein wenig das Tempo, und Wolfgang folgte ihr wie ein Schatten. Der Weg zur Grabstelle war nicht weit. Bertas Blick wanderte über die Menschenmenge und blieb an der Familie Leitner hängen: Da stand er, der alte Leitner. Bei ihrer Ankunft in Kaltenbruch noch ein Baum von einem Mann, war er deutlich sichtbar und vorschnell gealtert, mit krummem Rücken und seltsam ungelenken, mühevoll wirkenden Bewegungen. Er würde es wohl nicht mehr lange machen, hatte sie im Laden aufgeschnappt. Dicht neben Leitner stand Gertrude Starck, elegant wie eh und je im dunklen Sommermantel. Fast sah es aus, als würde sie ihn stützen. Dann war da die älteste Tochter, deren Namen Berta nicht wusste, mit dunkler Brille, die Zwillinge an der Hand. Hinter ihr Leitners verbliebener Sohn, schmallippig, mit scharf geschnittenem Gesicht. Auch Gertrude Starcks seltsame Tochter Dana stand dicht bei ihnen und Marlene, die freundliche Marlene, in Tränen aufgelöst.

Der Pfarrer sprach, die Sargträger taten ihren Dienst, ein letztes Gebet, dann war der furchtbare letzte Schritt getan. Die Familie hatte Heinrich unter die Erde gebracht.

Zum Leichenschmaus wollte Berta nicht mehr gehen. Sie kam sich fremd vor unter den Leuten, immer noch, ein Fremdkörper, der nicht hergehörte. Gemeinsam mit anderen an einem Tisch zu sitzen, dicht an dicht, nicht zu wissen, was sie sagen sollte, war ihr unangenehm, erst recht nach Rudis Verhaftung. Wolfgang war ihr da auch keine Hilfe, der war ja noch schweigsamer als sie und ging den Leuten aus dem Weg, wo er konnte. Auch um ihn sorgte sie sich, obwohl sie nichts sagte. Er wirkte fiebrig, und im Schlaf hatte er geschrien. Für einen Buben war er furchtbar empfindlich. Ein echtes Sorgenkind. Sie warf ihm einen verstohlenen Blick von der Seite zu: Ein Bild des Jammers gab er ab in seinen Hochwasserhosen, den einzigen ohne Flicken, die er besaß. Sein ärmliches Aussehen grämte sie, sie hätte ihren Kindern gern etwas Besseres geboten, doch plötzlich fuhr ihr ein anderes Gefühl dazwischen, so unpassend und deplatziert, dass sie sich fast schämte. Was sie spürte, war Triumph: Keines ihrer fünf Kinder hatte sie hergeben müssen, alle hatte sie durchgebracht in größter Not, alle lebten und waren wohlauf. Was zählten da Hochwasserhosen? Das Paradies gab es nur im Himmel, wenn überhaupt, der Strom der Sorgen versandete nie, aber der Fluss des Lebens auch nicht. Und die Kaminskis lebten. Sie lebten, und sie würden sich nicht unterkriegen lassen. Keiner von ihnen, auch Rudi nicht! Sie hatte erschrocken auf seine Verhaftung reagiert, war aber nicht wirklich überrascht gewesen. Die Vertriebenen waren an allem schuld. Alles Schlechte kam von ihnen, das war nun einmal so. Was im Dorf abhandenkam, wurde zuerst in der »Siedlung« vermutet, die im Grunde nicht mehr als ein Straßenzug war. Als machten die Zugezogenen sich nachts heimlich auf, um Fahrradreifen, Tortenplatten oder Salatköpfe zu stehlen.

In der Familie Kaminski wurde nicht geklaut, das war Berta wichtig. Sie selbst hatte nie etwas gestohlen, abgesehen von den Kartoffeln und dem Huhn damals, aber das war kein Diebstahl gewesen, sondern Mundraub. Hätte sie ihre Kinder etwa verhungern lassen sollen? Dass Wolfi damals Prügel kassiert hatte, weil er Hunger gehabt hatte, machte sie heute noch wütend. Nein, die Vertriebenen hatten gelitten, und sie litten noch. Doch welche Lehre zogen die Kinder daraus? Weigerten sich, Schlesisch zu sprechen, Bertas geliebte Sproach, die ihr so sehr fehlte, ohne die sie sich immer noch fühlte, als würde sie eine Rolle in einem Theaterstück spielen, das einfach nicht enden wollte. Mochten die Kinder sich noch so sehr wünschen, wie alle anderen zu sein, sie waren es nicht. Und nun hatte es also den Rudi erwischt, schlimmer als alle anderen. Viel schlimmer. Berta musste aufpassen, dass die Angst sie nicht überrollte. Sie musste tapfer sein. Doch so sehr sie sich darum bemühte, nicht aufzufallen, sie spürte die Blicke der Leute.

»Kommen Sie mit uns, Frau Kaminski.« Es war die Frau des Metzgermeisters Jülich, die sie angesprochen hatte.

»Nein, ich –«

»Nun kommen Sie! Trude Kuhnt hat uns einen Platz frei gehalten.« Frau Jülich fasste sie beim Arm, und ehe Berta es sich versah, fand sie sich an einem langen Tisch im Festsaal des Café Lütz wieder, links Frau Jülich, rechts Frau Kuhnt, gegenüber zwei Männer, die sie nur vom Sehen kannte, die sie aber namentlich grüßten. Irritiert grüßte Berta zurück.

Der Raum war knüppelvoll, die Serviermädchen kamen mit dem Ausschenken nicht nach und stellten die Kaffeekannen auf den Tisch. Nachdem alle Platz genommen hatten, wurde es leiser, doch schon bald stieg das Grundrauschen wieder an, und aus dem allgemeinen Gemurmel schnappte sie immer wieder Wortfetzen auf. Von gerechter Strafe war die Rede, von einer Schande für die Polizei, und ganz deutlich verstand sie, wie Egon Wirtz zu seinem Sitznachbarn sagte: »Endlich hat einer durchgegriffen.«

Sprachen diese Männer über ihren Sohn? Bertas Puls begann zu jagen. Der Junge konnte ein solcher Hitzkopf sein! Wenn er nur keine Dummheit gemacht hatte. Vielleicht hätte sie nicht mit ihm über die Sache reden sollen. Aber sie musste sich doch auch einmal mit jemandem besprechen. Und er war doch ein verständiger Mensch. Nein, so etwas konnte Rudi nicht getan haben, er glaubte an Recht und Gesetz. Die Sache würde sich schon klären. Das musste sie einfach.

»Noch ein Stückchen Streusel, Frau Kaminski?« Berta zuckte zusammen. Bevor sie antworten konnte, hatte ihr die Jülich ein Kuchenstück auf den Teller gehievt.

»Geht's denn voran mit den geplanten Miethäusern?«, erkundigte sich Frau Kuhnt, während sie ihr Kaffee nachschenkte. Soweit sie gehört habe, wolle man wohl im Herbst mit den Bauarbeiten beginnen, antwortete Berta und gab Zucker in ihre Tasse.

»Na, das wird auch langsam Zeit«, fand die Kuhnt. »Die sollten sich mal ein bisschen ranhalten. Ist ja kein Zustand in den Baracken.«

Wo war eigentlich Wolfgang abgeblieben? Berta sah sich suchend um, konnte ihn aber nicht entdecken. Offenbar hatte er sich nun doch abgesetzt. Elke hingegen war da, sie saß mit den anderen jungen Mädchen an dem Tisch direkt neben der Eingangstür. Auch Berta hätte diesen Tisch gewählt – er bot die günstigste Möglichkeit zur Flucht.

»Walther!« Trude Kuhnt zupfte ihren Mann am Arm, der sich gerade durch die engen Sitzreihen an ihr vorbeischob. »Walther, hier sitzt die Frau Kaminski, die kennst du doch. Sie arbeitet drüben auf dem Höhnerschen Hof, muss jeden Tag die ganze Strecke mit dem Rad fahren. Aber tüchtige Frauen können wir doch auch hier in Kaltenbruch brauchen, die müssen wir nicht mit dem Drahtesel übern Berg schicken, was meinst du?« Sie wandte sich kurz zu Berta um. »Was ist denn Ihre Arbeit da drüben?«

»Ich kümmere mich hauptsächlich um die Hühner«, erklärte Berta zurückhaltend.

»Hörst du, Walther? Ob Hühner oder Kühe – Vieh ist Vieh. Du weißt, dass ich mich nicht mehr so placken soll. Die Grete schafft's auch nicht allein.« Sie schaute wieder Berta an. »Wenn wir nur Töchter hätten wie Sie! Aber bei drei Buben, da bleibt viel liegen. Die halten nun einmal nichts von Haushaltsdingen.«

Bauer Kuhnt musterte Berta streng. »Kommen Sie am Montag rüber, dann können wir uns besprechen.«

»Am Montag muss ich zur Arbeit«, wagte sie einzuwenden.

»Dann morgen um neun. Vor der Kirch'.« Er nickte ihr noch einmal zu und ging weiter. Trude Kuhnt schenkte ihr ein triumphierendes Lächeln, und im gleichen Moment schnappte Berta den Namen ihres Sohnes auf. Dass ausgerechnet ein Zugezogener die Sache habe regeln müssen, das sei ein echtes Trauerspiel, befand ein hagerer Mann, den sie nicht kannte. Und alles nur, weil dieser Gockel aus der Stadt diesen Unsinn verzapft habe. Aus dem Dorf prügeln solle man ihn und sein Gefolge.

»Rainer, das ist hier nicht der richtige Ort, um über dieses Thema zu diskutieren«, hörte sie den Dorfpolizisten Kröger sagen, der noch anwesend war.

Berta trat der Schweiß auf die Stirn. Erst jetzt bemerkte sie, dass ihre Tischnachbarin sie angesprochen hatte. »Entschuldigung, was sagten Sie?«

»Ich sagte: Ihr Rudi ist ein guter Junge. Ganz bestimmt kommt er bald frei.« Frau Jülich legte eine Hand auf die ihre und nickte ihr aufmunternd zu.

WOLFGANG

47.

Mit dem Glauben hatte Wolfgang sich immer schwergetan. Schon als Kind war ihm Gott wie eine Erfindung der Leute vorgekommen, die ihnen immer dann in den Sinn kam, wenn sie sich etwas erhofften oder erbitten wollten.

Seit Dienstag war das anders. Seit Gott begonnen hatte, mit ihm zu sprechen. Erst leise, dann immer lauter, drängender. Du sollst nicht töten. Du sollst nicht töten, du sollst nicht töten, hallte es in seinem Kopf, bis alles andere in den Hintergrund trat, selbst seine Angst. Das fünfte Gebot. Dass es ausgerechnet Rudi getroffen hatte, konnte kein Zufall sein. Gott hatte seinen Finger erhoben und auf Wolfgang gezeigt: »Wenn du deine Sünde nicht eingestehst, werde ich deinen Bruder dafür büßen lassen.« Ein überdeutlicher Fingerzeig, um ihn auf den rechten Weg zurückzubringen.

Ausgerechnet Rudi, dem er so viel zu verdanken hatte! Wolfgang würde sein Abschlusszeugnis bekommen, nun doch. Gestern Morgen hatte ihn Lehrer Schürmann nach dem Gong zur ersten Pause beiseitegenommen.

»Hör zu, Kaminski. Wir wollen noch einmal Gnade vor Recht ergehen lassen«, hatte er erklärt. Was hätte es auch für einen Zweck, ihn länger als nötig in der Schule festzuhalten? Er würde nur den Verkehr aufhalten und die anderen vom Lernen ab. »Bei dir ist sowieso Hopfen und Malz verloren, Kaminski. Was sollen wir uns länger mit dir belasten.«

Rudis schlagfertige Argumente hatten Lehrer Schürmann offenbar überzeugt, und Wolfgang war ein Stein vom Herzen gefallen. Dass Schürmann ihn für einen Trottel hielt, spielte nun keine Rolle mehr. Das Kapitel Volksschule war endgültig abgeschlossen, und das war allein Rudis Verdienst. Wolfgang würde hingehen und die Wahrheit sagen. Noch heute. Jetzt gleich.

»Das wirst du nicht tun!« Dana fasste ihn harsch am Arm.

»Ich muss aber. Gott hat –«

»Du hast niemanden ermordet, Wolfi.«

»Bitte, Dana! Wir wissen es doch beide.«

»Nichts weißt du!« Sie ließ ihn los.

Wolfgang glaubte ihr kein Wort. Sie wollte ihn nur schützen, wie immer. Als er sich anschickte zu gehen, hielt sie ihn noch einmal zurück, sanfter diesmal.

»Ich wollte dich in dem Glauben lassen, dass du mich gerettet hast«, sagte sie leise. »Vielleicht hast du das ja auch wirklich, du warst so mutig! Dieser Gruber hätte mir bestimmt nichts mehr angetan, nachdem du ihn dir vorgeknöpft hast. Ich wollte dir das nicht streitig machen, verstehst du?« In ihrem Blick lag etwas Flehendes. »Du zweifelst immer so sehr an dir. Du solltest nicht denken, dass du auch diese Sache nicht richtig hinbekommen hättest. Aber wenn Gruber durchgekommen wäre, hätte er dich verraten. Das konnte ich auf keinen Fall zulassen. Du bist der beste Freund, den ich habe, Wolfi.«

»Was soll das heißen?« Wolfgang spürte, wie ihm das Blut aus dem Gesicht wich. Dana zögerte einen Augenblick.

»Du warst gerade gegangen, da habe ich Gruber brüllen hören. Ich bin noch mal raus aus dem Stall und rüber zum Silo, und von dort habe ich gesehen, wie du von hinten auf ihn zugesprungen bist. Er fiel um, und du hast dich sofort umgedreht und bist auf und davon, in Richtung See. Ich ging dann, um nachzusehen, was passiert war. Er lag im Gras, blutüberströmt. Aber er lebte noch, Wolfi. Er lebte. Neben ihm sah ich den Knüppel liegen, mit dem er hantiert hatte, und da hab ich's getan. Ich habe zugeschlagen. Die Handschuhe hatte ich noch an. Du weißt ja, ich wühle nicht gern im Dreck mit bloßen Händen.«

»Du bist hingegangen und hast den Rest erledigt? Ist es das, was du sagen willst?«

Dana nickte.

»Das erfindest du nur! Das hast du dir ausgedacht!«

»Er war nicht tot, Wolfi. Er war nicht tot!«

Wolfgang schluchzte auf, Tränen rannen ihm übers Gesicht. »Ich habe das Messer genommen und zugestochen. Wie konnte er da nicht tot sein?«

»Niemals – hörst du –, niemals wirst du jemandem etwas davon erzählen, hast du verstanden? Erinnere dich an dein Versprechen: Du bist Gruber nicht begegnet. Darauf kann ich mich verlassen.«

Wolfgang gab einen wimmernden Laut von sich.

»Wir müssen jetzt dichthalten, Wolfi. Niemand weiß davon. Es wird nicht herauskommen.«

»Aber was ist mit Rudi? Was ist mit meinem Bruder?«

»Rudi war es nicht, und deshalb werden sie ihm auch nichts nachweisen können.«

»Und wenn doch? Wenn sie den Falschen hängen?«

»Die Todesstrafe ist abgeschafft. Sag das gelegentlich deinem Gott, damit er auf dem Laufenden ist.«

»Wie kannst du so reden? Was ist los mit dir?«

»Man muss schützen, was man liebt, Wolfi. Das hat mir mal jemand beigebracht. Wir haben beide nichts weiter getan, als einander zu beschützen. Jetzt müssen wir nur Geduld haben. Es interessiert sich doch niemand wirklich für die Sache. Ein Ungeziefer weniger, das ist es, was die Leute denken, und die Polizei hat sicher bald auch anderes im Sinn.«

MARLENE

48.

Sie saßen am Tisch, das Essen war vorüber. Der Sonntag war früher der einzige Tag gewesen, an dem sie ihre Mahlzeiten gemeinsam in der guten Stube eingenommen hatten, doch seit Heinis Tod geschah dies auch unter der Woche: ein stillschweigendes Zeichen familiärer Verbundenheit. Sogar Renate kam jeden Abend rüber, bevor sie ihre eigene Tochter Gudrun zu Bett brachte, und meist wurde sie von der Metzgerstochter Brigitte begleitet, die jetzt ebenfalls täglich vorbeischaute. Alle Stühle waren besetzt, nur Heinis Platz blieb leer.

Dana stand auf, im Begriff, die Teller abzutragen, doch Martin bedeutete ihr mit einer Handbewegung, sich noch einmal zu setzen.

»Ich habe euch etwas zu sagen«, begann er seltsam feierlich, und Marlenes Herzschlag begann zu jagen. Sie griff nach ihrem Kreuzanhänger und umklammerte ihn fest.

»Wie ihr wisst, wird der Vater mir bald den Hof überschreiben. Er wird dann in die zweite Reihe treten, was er sich verdient hat. Und er braucht sich keine Sorgen um die Zukunft zu machen, ich bekomme das schon hin. *Wir* bekommen das schon hin.« Er räusperte sich. »Das ist es nämlich, was ich euch sagen wollte: Marlene und ich werden die Sache gemeinsam angehen. Wir werden heiraten. So sieht's aus.«

Für einen Moment schienen alle die Luft anzuhalten, dann zerriss ein hoher, scharfer Klagelaut die eisige Stille. Brigitte war aufgesprungen und stürzte weinend aus dem Raum. Niemand ging ihr nach, noch immer sprach niemand. Selbst die Zwillinge gaben keinen Mucks von sich. Marlene warf Dana einen hilfesuchenden Blick zu, doch die starrte sie nur an, bleich wie das Tischtuch, mit glühenden Augen.

Martin sah kurz zur Tür, durch die Brigitte verschwunden war, und machte eine unbeholfene Geste. »Ich wusste ja nicht, dass sie ...« Er brach ab und gab sich einen Ruck. »Aber an meinen Plänen ändert das natürlich nichts.« Sein verlegenes Lächeln wurde nur von Marlene erwidert, und er wandte sich an seinen Vater, der aschfahl geworden war. »Willst du uns nicht gratulieren, Vadder?«

Leitner antwortete nicht.

»Ich weiß, es ist nicht der günstigste Zeitpunkt, aber es muss ja weitergehen, und ich dachte, ihr freut euch ein bisschen über die Nachricht.« Martin bemühte sich um einen lockeren Ton, doch die wachsende Unsicherheit war ihm anzumerken.

»Schlag dir die Sache aus dem Kopf.« Gregor Leitners Stimme klang scharf.

»Wie?«

»Das wird nix. Schlag's dir aus dem Kopf!«

»Auf keinen Fall, Vater! Ich werde Marlene heiraten, ob es dir passt oder nicht!«

Leitner schlug mit der Faust auf den Tisch. »Noch bin ich hier der Herr im Haus!«

»Aber nicht mehr lang, Vadder! Und wen ich heirate, ist allein meine Sache!«

Der alte Leitner stemmte sich hoch. »Ihr werdet nicht heiraten, nicht jetzt, nicht später, niemals!«

»Aber, Onkel Gregor!« Marlene konnte nicht länger an sich halten. Nie hätte sie gedacht, dass er sie ablehnen würde. War sie etwa nicht gut genug für seinen Sohn? »Wir lieben uns, dagegen kannst du gar nichts tun.«

Der alte Leitner starrte sie an. »Martin ist dein Bruder, Mädel. Kapiert?« Er hinkte aus dem Zimmer und warf die Tür hinter sich zu, ein Schatten jenes Mannes, der er einmal gewesen war.

LISBETH

49.

Lisbeth und Hoffmann waren gerade erst aus dem Roten Hahn herübergekommen und hatten ihre Arbeit aufgenommen, als ein bildhübsches Mädchen die Wache betrat und forsch erklärte, sie wolle eine Aussage machen.

»Dann mal zu«, forderte Kröger, der ebenfalls bereits an seinem Schreibtisch saß, sie munter auf, worauf sie bemerkte, dass am besten gleich jemand mitschreiben solle.

»Keine Sorge«, versprach der Polizeimeister auf seine unerschütterlich gutmütige Art. »Wenn's wichtig ist, notieren wir uns das schon.«

»Hält die Polizei es für wichtig, dass Rudi Kaminski mich am letzten Dienstag nach Hause begleitet hat?«, fragte sie provokant und fügte hinzu, immerhin beschuldige man ihn, zur besagten Zeit einen Mord begangen zu haben.

Lisbeth spürte einen Stich in der Brust. War es Erleichterung oder Eifersucht? Vermutlich beides. Ein so schönes Mädchen! Und für eine Arbeiterin mit einem erstaunlichen Selbstbewusstsein gesegnet. Sie linste zu Hoffmann hinüber, der gerade aus dem Waschraum trat und wie elektrisiert stehen blieb.

»Das Fräulein sagt, Rudi Kaminski habe sie am Dienstagnachmittag nach Hause begleitet«, brachte Kröger ihn auf den Stand der Dinge und war damit auch schon abgemeldet. Fortan übernahm Hoffmann das Ruder.

Helga Loos hieß die junge Frau, neunzehn Jahre alt, geboren und aufgewachsen in Kaltenbruch. Seit zweieinhalb Jahren als Arbeiterin bei der Firma Schlüter beschäftigt, dort habe sie Rudi

Kaminski kennengelernt. Er habe nicht gewollt, dass sie nach Schichtende allein mit dem Rad nach Hause fahre – nicht, solange der Mörder nicht gefasst sei, schob sie nach und artikulierte ihre Worte sehr deutlich.

Hoffmann wandte ein, dass sich dennoch eine zeitliche Lücke auftue. Kaminski würde sicher keine zwei Stunden gebraucht haben, um sie heimzubegleiten.

»Er hat mich nicht direkt nach Hause gebracht«, korrigierte sie sich, nun doch eine Spur verlegen. »Wir haben noch ein wenig geplaudert.«

»Warum hat Kaminski diese harmlose Plauderei nicht erwähnt?«, wollte Hoffmann wissen. Lisbeth ahnte die Antwort bereits.

»Meine Eltern sind sehr streng«, erklärte Helga Loos prompt. »Sie haben mir solche Treffen strikt verboten.«

»Treffen mit jungen Männern im Allgemeinen oder insbesondere mit Kaminski?«

Die Loos schwieg einen Moment. »Jede Art von Verabredungen«, sagte sie dann. »Aber insbesondere solche mit Kaminski.«

»Gibt es einen Grund dafür?«

Sie räusperte sich mehrfach. »Es ist so, dass meine Eltern sich einen anderen Mann für mich wünschen«, brachte sie schließlich heraus.

»Irgendeinen? Oder einen ganz bestimmten?«

»Einen ganz bestimmten«, präzisierte sie, plötzlich so heiser, als wäre ihr die Antwort fast im Halse steckengeblieben. Dann brach es aus ihr heraus: »Wir sind gar nicht bis ins Dorf zurückgefahren, und es ist auch nicht bei der Plauderei geblieben. Wenn meine Eltern das erfahren, drehen sie mir den Hals um. Aber ich kann nun einmal nicht zulassen, dass Rudi für eine Tat ins Gefängnis geht, die er nicht begangen hat.«

»Wo hat denn das Stelldichein stattgefunden?«, hakte Hoffmann nach.

»Wir sind zum See runtergefahren«, erklärte die Loos. »Später hat Rudi mich dann nach Hause gebracht.«

Lisbeth versuchte, sich ganz auf ihre Schreibarbeit zu konzentrieren.

»An diesem See, sind Sie dort jemandem begegnet?«, fragte Hoffmann. Er wirkte sehr angespannt.

Helga Loos verneinte, korrigierte sich aber sofort. »Doch, jetzt, wo Sie es sagen: Da war jemand auf dem Steg.«

»Haben Sie denjenigen erkannt?«

»Nein, ich habe ihn nur von hinten gesehen. Ein Angler vermutlich.«

»Wieso Angler?«

»Er hatte eine Mütze auf, wie Angler sie tragen.«

»Und Sie haben keine Idee, wer das gewesen sein könnte?«

»Nein. Wir waren noch ein gutes Stück entfernt, und ich habe nicht genau hingeschaut. Eigentlich wollten wir runter zum Steg, aber als wir sahen, dass dort schon jemand saß, sind wir weitergefahren.«

»Wieder weg vom See?«

»Nein, zu einer anderen Uferstelle, über den Trampelpfad oben bei der Wiese.«

»Konnten Sie den Mann von dieser anderen Uferstelle aus sehen?«

»Nein, wir – wir wollten ja auch nicht gesehen werden.« Die Loos strich sich nervös das Haar aus dem Gesicht.

»Und war dieser Mann später noch da? Als sie wieder zurückkamen, meine ich?«

»Ja. Es sah aus, als ob er ein Nickerchen machte. Er lag auf dem Rücken und hatte sich etwas unter den Kopf geschoben, eine Tasche vielleicht. Aber so genau weiß ich das wirklich nicht.«

Hoffmann nickte. »Und Kaminski ist nicht zwischendurch mal weg gewesen?« Es lag eine vage Hoffnung in seiner Stimme. Er schien einfach nicht akzeptieren zu wollen, was er gerade gehört hatte.

»Nein!« Helga Loos schüttelte heftig den Kopf. »Er war die ganze Zeit bei mir.«

Der heimliche Abstecher zum See erklärte viel: Warum Kaminski sich erst zwei Stunden nach Schichtende auf den Heimweg gemacht hatte, warum er nahe dem Pfad angetroffen worden war, der sowohl zum Hof der Leitners als auch zum See führte, warum er nicht sagen wollte, was er getrieben hatte. Es erklärte jedoch nicht, wo Helga Loos eigentlich gesteckt hatte, als die Polizeistreife Rudi Kaminski angehalten hatte. Lisbeth konnte sich nicht erinnern, dass von einer weiblichen Begleitperson die Rede gewesen war.

Hoffmann bemerkte diese Informationslücke ebenfalls.

»Ich habe mich versteckt«, gab Helga Loos auf seine Nachfrage hin verschämt zu. »Als Rudi und ich vom See her auf die Landstraße eingebogen sind, habe ich einen Wagen kommen hören. Ich durfte doch nicht mit Rudi zusammen gesehen werden! Schon gar nicht an dieser Stelle, da hätte doch jeder sofort Bescheid gewusst. Also habe ich mein Rad flink hinter ein Gebüsch geschoben.«

»Aha, versteckt haben Sie sich!« Hoffmann machte ein Gesicht, als wäre es die originellste Idee aller Zeiten gewesen. »Nun ja, warum nicht? Ist ja nicht verboten.« Er zuckte die Achseln.

»Haben Sie denn von Ihrem Versteck aus mitbekommen, wie Rudi angehalten wurde?«

»Ja«, antwortete die junge Frau kleinlaut. »Der Polizeiwagen hielt keine drei Meter entfernt von mir.«

»Und das würden Sie gegebenenfalls auch vor Gericht aussagen?«

Helga Loos nickte nur.

»Wie bitte?« Hoffmann legte eine Hand ans Ohr.

»Ja«, sagte sie leise und wiederholte dann laut und deutlich: »Ja.«

Eine Weile herrschte Stille. Kröger zog eine Schublade seines Schreibtisches auf und starrte hinein, Hoffmann rieb sich die Wange. Lisbeth blickte stur auf ihre Notizen und versuchte, das flaue Gefühl in ihrer Magengrube zu ignorieren. Gegen eine wie die Loos war sie chancenlos. Wie Hoffmann sie angestarrt hatte! Und Rudi Kaminski hatte für sie den Helden gespielt. Nur Kröger war recht neutral geblieben, aber der zählte nicht.

Rudi Kaminski. Hatte ihr ihr Gefühl nicht gleich gesagt, dass er kein Mörder war? Er hatte sich nur zum Märtyrer gemacht für den Ruf dieses Mädchens. Schön blöd. Und zu schade, dass niemand so etwas für sie tun würde. Sie dachte an Dieter, ihren Verlobten. Oder ehemaligen Verlobten. Sie hatte ihm keine Chance gegeben, ihr Herz zurückzuerobern. Aber eigentlich hatte er es ja nie ganz besessen, auch wenn er sich immer benommen hatte, als wäre sie sein Besitz. Was Rudi Kaminski getan hatte, war das Gegenteil von Inbesitznahme. Er hatte die Dame seines Herzens beschützt und ihr alle Scherereien vom Hals gehalten. Würde sie diese Geschichte in einem Liebesroman lesen, wäre sie zu Tränen gerührt. Aber ihr Leben war kein Liebesroman.

»Bleiben die restlichen Stunden bis zum Abend«, sprach Hoffmann in ihre Gedanken hinein und brachte sie mit dieser Bemerkung wieder auf den Teppich. »Genug Zeit, um einem betrunkenen Taugenichts das Licht auszuknipsen.« Er drehte sich zu Kröger um. »Vielleicht hat Kaminski ja durchaus erkannt, wer da am Seeufer saß. Und hat ihn später abgefangen.«

Doch Hoffmanns schöne Theorie sollte bald zerplatzen wie eine Seifenblase. Er hatte nicht mit den Kaltenbruchern gerechnet.

Nachdem Helga Loos die Wache verlassen hatte, verging keine Viertelstunde, und der nächste Entlastungszeuge stand in der Tür. Er habe Rudi Kaminski am besagten Nachmittag exakt um Viertel nach drei auf der Straße getroffen und ein Bier mit ihm getrunken, berichtete ein gewisser Helmut Ritzel. Die genaue Uhrzeit wisse er, weil er just eine Minute zuvor von einem Passanten danach gefragt worden sei. Sie seien zum Laden geschlendert und hätten sich dort ein Bier besorgt, anschließend habe er Rudi zu Fuß bis vor die Haustür begleitet, wobei Rudi sein Rad geschoben habe.

Helmut Ritzel kam nicht allein, sondern hatte zwei weitere junge Kerle mitgebracht, die beteuerten, wiederum abends mit Rudi auf ein Bier beisammengesessen zu haben, auf einem Mäuerchen unweit des Neubaugebiets. Das gesellige Beisammensein sei bis in die Nacht gegangen, es sei ja recht mild gewesen und trocken geblieben.

Gegen Mittag kam ein Mann namens Egon Renk, deutlich älter als seine Vorgänger. Er habe gegen fünf bei den Kaminskis geklopft und nach Rudi gefragt, wegen eines kaputten Wasserhahns. Rudi habe prompt alles stehen und liegen lassen und sei mit ihm nach Hause gegangen, um den Schaden zu beheben. Das habe eine gute Stunde gedauert. Ob Renk wisse, was Rudi danach getan habe? Ja. Drei Burschen seien vorbeigekommen, die hätten einen Korb voller Bierflaschen dabeigehabt. Mit den jungen Männern sei der Rudi mitgegangen.

Dann kam Metzgermeister Jülich von nebenan herüber, um auszusagen, dass er wiederum gesehen habe, wie Rudi mit seinen Kumpels um die Häuser gezogen war, und in der Nacht habe er ihn heimgehen sehen.

»Als hätte das ganze Dorf nichts Besseres zu tun gehabt, als hinter vorgezogener Gardine den Sohn der Kaminski im Auge zu behalten«, fluchte Hoffmann.

Zur Kaffeezeit blickten sie auf einen lückenlosen Tagesablauf, so prall gefüllt mit Aktivität, dass Rudi Kaminski unmöglich die Zeit für einen Mord auf einem abseits gelegenen Feldweg geblieben sein konnte.

Lisbeth fragte sich, woher der plötzliche Enthusiasmus der Kaltenbrucher kam. Welches Interesse konnten sie daran haben, einem wie Rudi Kaminski aus der Patsche zu helfen? Hilfsbereitschaft? Mitleid? Ihr drängte sich ein ganz anderer Verdacht auf: Die Kaltenbrucher hatten aus Solidarität gehandelt, wie auch immer man diese werten wollte. Solidarität mit einem, den sie für den Täter hielten. Für einen, der Gruber nach dem kläglichen Versagen der Polizei seiner gerechten Strafe zugeführt und für Ordnung gesorgt hatte. So einen durfte man nicht hängen lassen.

»Es ist zum Mäusemelken!«, beschwerte sich Hoffmann bei Lisbeth. »Jetzt beginnen wir mit unseren Ermittlungen wieder von vorn.« Er nahm einen letzten Zug von seiner Zigarette und drückte sie übertrieben heftig im Aschenbecher aus. »Und ich verpasse schon wieder das Spiel unserer Nationalmannschaft.«

DANA

50.

Dana lag auf ihrem Bett, in Rock und Bluse, nur die Schuhe hatte sie abgestreift. Sie lag auf dem Rücken und starrte zum Fenster in das dichte Blattwerk hinaus, das das Licht nur spärlich hindurchscheinen ließ und grün färbte. Es wurde nie richtig hell in diesem Zimmer, solange die Kastanie Laub trug. Ihre riesigen Fingerblätter reichten so dicht ans Haus heran, dass man sie bei geöffnetem Fenster mit den Händen streifen konnte. Dana mochte dieses flaschengrüne Halbdunkel. Fast war es, als wäre das Zimmer Teil der Baumkrone, ein grüner Kokon, verborgen und geschützt vor den Blicken der Welt, und wenn der Wind durchs Geäst fuhr, wiegte er sich mit. Stetig tropfend verrann in diesem Kokon die Zeit, vollkommen inhaltsleer.

Der Schock. Es ist der Schock, sagte Dana sich. Marlene liebte Martin! Dieses unfassbare Geständnis, dessen ganze Tragweite sie noch immer nicht überschaute. Diese *beiden* Geständnisse, so unvereinbar wie Tag und Nacht. Martin also, niemanden sonst. Leitners Sohn. Und Marlene war Leitners Tochter.

Es waren zwei Königskinder, die hatten einander so lieb; sie konnten zusammen nicht kommen, das Wasser war viel zu tief. Immer wieder ging ihr diese Melodie durch den Kopf. Wurde sie jetzt verrückt? Und wenn schon, war es nicht gut so? War nun nicht alles geklärt, waren nicht alle Hindernisse beseitigt?

Schritte auf der Treppe. Die Schritte kamen näher, die Tür schwang auf.

GERTRUDE

51.

Gertrude trat ins Zimmer, geschäftig und in ihre Gedanken vertieft, einen Stapel Unterwäsche in den Händen. Sie erschrak, als sie Dana erblickte.

»Du bist hier? Fehlt dir was?« Dana antwortete nicht. »Bist du krank?«

»Nein.«

»Du gefällst mir nicht, Kind. Vielleicht sollten wir dich einmal gründlich untersuchen lassen. Es kann doch nicht sein, dass du –«

»Ich bin in Ordnung, Mutter.«

Gertrude hielt einen Moment inne, dann begann sie wortlos, die Wäsche in die Kommode zu räumen.

Offiziell teilten sich beide dieses Zimmer oder hatten das zumindest anfangs getan, als sie vor viereinhalb Jahren hier einquartiert worden waren – eingezogen traf es eher, fand Gertrude. Es war kaum ein Jahr vergangen, da hatte Dana das Zimmer faktisch für sich allein gehabt, zumindest in den Nächten, denn fortan hatte Gertrude mit Leitner das Bett geteilt. Nur ihre Wäsche bewahrte sie noch immer hier auf.

Sie schloss die Schublade und warf einen Blick in den Frisierspiegel, der über der Kommode hing. Nie konnte sie an einem Spiegel vorbeigehen, ohne hineinzusehen, und fast immer zog sie sich die Lippen nach. Nur für ein paar Tage hatte sie auf ihren Lippenstift verzichtet, so lange, bis Heini unter die Erde gebracht worden war.

»Man muss auf sich halten«, verkündete sie, wie jedes Mal, wenn sie Danas missliebige Blicke spürte. »Das solltest du auch,

Kind.« Sie wandte sich wieder ihrem Spiegelbild zu und presste die erdbeerroten Lippen aufeinander.

»Du hast es gewusst, oder?«

Überrascht drehte sie sich zu ihrer Tochter um. »Was sagst du?«

»Du hast von der Sache mit Marlene gewusst.«

»Nein, ich –«

»Mach mir nichts vor, Mutter.«

Gertrude zögerte, und die Stille weitete sich unangenehm im Raum. Schließlich gab sie sich einen Ruck. »Na wenn schon«, meinte sie achselzuckend. »Was kann ich dafür? Sie ist nicht mein Kind, ich bin nicht für sie verantwortlich!«

»Es wäre nie passiert, wenn alle Bescheid gewusst hätten.«

Gertrude löste sich von ihrem Spiegelbild und sah ihre Tochter an. »Wer hätte denn mit so etwas rechnen können? Das war doch nicht abzusehen!«

Dana setzte sich auf. »Ach nein? Das ganze Dorf hat darüber getratscht, dass Heini Marlene den Hof macht, und nichts war abzusehen?«

»Davon weiß ich nichts«, wehrte Gertrude ab. »Und es war doch nicht Heini!«

»Nein, es war sein Bruder, es war verdammt noch mal Martin!« Dana standen die Tränen in den Augen. »Warum ist keiner von euch ehrlich gewesen? Dann wäre all das nie passiert!«

»Dana, bitte! Wenn überhaupt, dann hätte Gregor es ihr sagen müssen, aber doch nicht ich! Das ist eine Familiensache, das geht mich nichts an. Also habe ich den Mund gehalten.«

»Wie typisch für dich: Den Dreck immer schön unterm Teppich liegen lassen! Wer weiß, vielleicht hast du gedacht, wenn's rauskommt, dann erbt noch einer mehr. Dann bleibt nicht mehr so viel für dich übrig, wenn du Leitner endlich rumgekriegt hast und er dich heiratet, bevor er stirbt. Also besser schön die Klappe halten.«

»Dana!« Wie konnte ihre Tochter es wagen? Ihr Verhältnis war zwar nie sehr innig, aber immer von Respekt geprägt gewesen.

»Immer bist du auf deinen Vorteil bedacht, und das soll jetzt anders gewesen sein? Das glaubst du doch selbst nicht!«

Gertrude versuchte, ruhig zu bleiben. »Was wirfst du mir vor, Dana?«

»Dass du Marlene im Stich gelassen hast. Genau, wie du es mit mir gemacht hast.«

»Mit dir? Was willst du denn –«

»Frau Kaminski hat ihre Kinder nicht im Stich gelassen!«, fiel Dana ihr ins Wort.

Gertrude holte tief Luft. »Die Kaminski?« Sie spuckte den Namen fast aus. Ihr Körper versteifte sich, ihr Gesicht geriet zur Maske. Die grobschlächtige Kaminski mit ihrem breiten Dialekt! Was hatte sie mit diesem Bauerntrampel zu schaffen? Gut, sie waren gemeinsam hier angekommen oder vielmehr angekarrt worden wie Vieh. Sie kamen beide aus Schlesien – Neumarkt lag nur gut dreißig Kilometer von Breslau entfernt –, beide hatte man sie hinausgeworfen, aus der Heimat, aus ihrem Leben. Beide waren sie schließlich in Kaltenbruch gestrandet, doch damit endeten die Gemeinsamkeiten auch schon.

»An der soll ich mich also messen, ja? Ist es das, was du meinst, Dana?« Ihr gelang es nicht mehr, ihre Wut zu zügeln. »Die hatte doch nichts, was sie hätte im Stich lassen können! Was die besaß, passte auf einen Handkarren, die konnte doch einfach gehen!«

»Das hättest du doch auch gekonnt, Mutter. Als es noch nicht zu spät war.« Dana hatte ganz ruhig gesprochen, doch in ihrer Ruhe wirkte sie noch eisiger. Unversöhnlich. »Zum Schluss haben sie dich dann ja doch rausgeworfen. Es war alles umsonst, dir ist nichts geblieben.«

»Mein Stolz ist mir geblieben«, erwiderte Gertrude mit hochgerecktem Kinn. »Und ich habe hier das Beste für uns rausgeholt, was rauszuholen war.«

Es hatte da einen rührigen Flüchtlingshelfer gegeben, Erwin Brandes mit Namen. Er hatte sich sehr für die Neuankömmlinge eingesetzt und sie in Schutz genommen gegen die ablehnende Haltung vieler Kaltenbrucher, gegen ihre Vorurteile und Ängste. Er hatte das Ziel verfolgt, alle so schnell als möglich in Lohn und Brot zu bringen, damit sie nicht die Hungerleider blieben, als die sie gekommen waren.

Der Mann war Gertrudes Charme hoffnungslos erlegen. Wie hätte er sich auch wappnen können? Sie war ihm ja um Längen voraus. Gertrude, die ein Lyzeum besucht hatte, die Goethe und Schiller zitieren konnte, die wusste, wie man Konversation betrieb und sich für einen Opernbesuch zu kleiden hatte, die das Klavierspiel und Bach-Sonaten liebte.

Dieselbe Gertrude hatte mit ansehen müssen, wie die Nazis ihre wunderschöne Heimatstadt wegen eines irrwitzigen Plans in Schutt und Asche legten. Sie gab es ja zu, der Irrwitz war ihr erst spät bewusst geworden, aber deshalb traf sie doch keine Schuld! Sie hatte mit ansehen müssen, wie die Russen ihr Klavier in Stücke hackten und mit ihren genagelten Stiefeln das Parkett marterten, wie dann die Polen Buchsbüsche und Rosenstöcke ausrissen und Hühner in den kleinen Garten hinterm Haus sperrten, wie sie Ziegen anschleppten, die die Treppe hinauf bis in den zweiten Stock kletterten und die Seidentapeten von den Wänden rupften. Hinterwäldler, die verlangten, dass sie ihnen schleimigen Grützbrei zum Frühstück kochte und ihre löchrigen Socken auswusch. All das hatte Gertrude erdulden und mit ansehen müssen, bis sie schließlich von ihrem eigenen Haus und Grund vertrieben und wie Gesindel davongejagt worden war. Alles ein und dieselbe Gertrude.

Brandes hatte sie und Dana zunächst in der Metzgerei Jülich untergebracht, wo sie in einem Zimmer unterm Dach Platz fanden. Gertrude half im Schlachtraum und putzte das Ladenlokal, war allerdings der Metzgersfrau von Anfang an ein Dorn im Auge. Brandes sah das Problem und tat viel dafür, Gertrude in Schlüters Besenfabrik unterzubringen, doch Gertrude hegte inzwischen andere Pläne.

Sie verstand zwar nichts von Landarbeit, aber ihr gefiel die Allee, die zum Hof der Leitners führte, weil sie sie an die Güter im Osten erinnerte, an Sommerfrische und fröhliche Fahrradtouren, an einen Ort, an dem anzukommen kein neuerliches Unglück bedeuten würde.

Und sie hatte zu träumen begonnen, träumte sich in die Rolle einer guten Seele für dieses Haus, für diese Familie, die die kürzlich verstorbene Mutter schmerzlich vermisste, für diesen gestandenen Mann, der in seiner Trauer einen verwahrlosten Eindruck machte. Gertrude glaubte fest an die Macht der Träume, und schließlich erwies sich Gregor Leitner als so wenig immun gegen ihren Charme, wie es zuvor Brandes gewesen war. So kam es, dass nicht etwa die Landarbeiterin Berta Kaminski mit ihren Kindern beim Bauern Leitner unterkam, bei dem es viel Platz und viel Arbeit gab, sondern die Putzmacherin Gertrude Starck, deren Familie in Breslau eins der vornehmsten Giebelhäuser direkt am Ring besessen hatte, dazu im Parterre ein Hut- und Pelzgeschäft, das einen hervorragenden Ruf in den besten Kreisen genossen hatte.

Aus der schönen Trudi, die sich die Nägel lackiert und sich Modetipps aus der *Constanze* geholt hatte, war zwar keine Bauersfrau, aber die Frau eines Bauern geworden. Wer hätte das geahnt!

»Wer konnte ahnen, was passieren würde?« Gertrude war ans Bett ihrer Tochter getreten und hob eine Bluse auf, die Dana achtlos hatte fallen lassen.

»Wer konnte ahnen, dass Martin sich an Marlene ranmachen würde?«, imitierte Dana sarkastisch ihren Ton. »Immer sagst du das, Mutter: ›Wer hätte so etwas ahnen können?‹« Dana schwang ihre Füße aus dem Bett und stand auf. »Wer hätte ahnen können, dass wir den Krieg verlieren würden? Wer hätte ahnen können, dass man ein Kind nicht allein auf die Flucht schicken darf!«

Gertrude erstarrte. Nie hatten sie geredet über diese Sache, nie hatte Dana ihr deshalb Vorwürfe gemacht. Es hatte ein stillschweigendes Einvernehmen gegeben, die Dinge ruhen zu lassen und keine alten Wunden aufzureißen. Die Zeit heilt alles, hieß es doch. Warum also ohne Not in der Vergangenheit herumstochern?

»Ich habe damals um dein Leben gefürchtet, Dana!«

»Um *mein* Leben?«

»Natürlich! Was glaubst denn du, wie es zuging in der Stadt?« Gertrude faltete eilig die Bluse und legte sie über ihren Unterarm. »Was glaubst denn du, wie es zuging, zu Fuß im Tiefschnee, ohne Essen, ohne Schlaf, von allen Seiten von Bestien umzingelt!«

»Ich habe nur an dich gedacht, Dana. In der Stadt war es zu gefährlich. Ich wollte nicht, dass dir etwas passiert.«

»Du wolltest nicht, dass mir etwas passiert! Ich war zehn Jahre alt, und du hast mich allein gelassen!«

»Du warst nicht allein, Dana.«

»Nein, du hast mich ja Elfriede aufgehalst, obwohl die schon genug zu tun hatte mit Käthe und den beiden Kleinkindern. Eins ist dann ja auch gleich in der ersten Nacht gestorben, und Käthe hat auch nicht viel länger durchgehalten. Keine Ahnung, was aus Elfriede und dem kleinen Mädchen geworden ist, die sind mir ja auch bald abhandengekommen.«

»Aber das ist doch nicht meine Schuld, Dana!«

»Nie hast du etwas wissen können, nie war irgendetwas deine Schuld!«

Gertrude schluckte hart. Wie konnte Dana so sein, ihre Tochter, ihr eigen Fleisch und Blut? Sie spürte die Hitze in ihren Wangen, auf ihrer Stirn hatten sich Schweißperlen gebildet. Hektisch griff sie nach der Bluse und faltete sie erneut. Ja, sie hatte durchaus Mitleid mit Marlene, die sie im Grunde viel besser verstand als ihr eigenes Kind. Ihr war auch bereits der Gedanke gekommen, dass sie Marlene vielleicht die Wahrheit hätte mitteilen sollen, rechtzeitig. Aber aus Familienangelegenheiten hatte man sich herauszuhalten. Was ging es schließlich sie an? Marlene war jung, sie würde darüber hinwegkommen. Gehörte es nicht zum Leben, über etwas hinwegzukommen, an dem man zu sterben glaubte?

Was uns nicht umbringt, härtet uns ab. Wie viel Wahrheit in diesem Spruch steckte!

»Es war allein deine Schuld, Mutter! Hast du gehört?« Dana war aufgesprungen und starrte sie hasserfüllt an.

»Das muss ich mir von dir nicht sagen lassen!« Gertrude holte aus. Es klatschte laut, als ihre Hand Danas Wange traf.

Dann eilte sie aus dem Zimmer und knallte die Tür hinter sich zu.

MARLENE

52.

»Raus hier, alle miteinander!«, kommandierte der alte Leitner, und alle verließen den Raum. Auch Marlene wollte gehen, doch er fasste sie am Arm. »Du bleibst da!«

»Lass mich!«, gab sie barsch zurück und versuchte sich frei zu machen.

»Bleib hier, ich hab mit dir zu reden.«

»Ich will aber nicht mit dir reden, *Onkel!*«

»Wir müssen die Sache klären, ein für alle Mal. Sonst beiß ich demnächst ins Gras, und du bereust zeitlebens, mich nicht früher gefragt zu haben. Die Wahrheit muss auf den Tisch.«

»Jetzt auf einmal? Nachdem du mein Leben zerstört hast?« Marlene sah ihn hasserfüllt an.

»Ich habe dein Leben nicht zerstört, Mädel. Dir hat es an nichts gefehlt, und das wird auch in Zukunft so sein, dafür sorge ich. Du bist jung, du wirst bald eine andere Liebschaft haben, dann lachst du über die Geschichte.«

»Lachen soll ich? So wie du über deine Liebschaften gelacht hast? Du hast meine Mutter sitzen lassen, du hast deine Ehefrau betrogen, und kaum war sie unter der Erde, hast du dir die Nächste gegriffen. Wer weiß, vielleicht hast du dir Gertrude auch schon vorher angelacht! Hast deine Frau schuften lassen, während Gertrude für dich die Beine breit gemacht hat!«

»Ich verbiete dir, so mit mir zu sprechen!«

»Du hast mir nichts zu verbieten!«, fauchte Marlene.

»Und ob!« Leitner trat ganz nahe zu ihr. »Ich bin dein Vater, ob es dir passt oder nicht. Du hast mir Respekt entgegenzubringen!«

»Respekt? Du willst, dass deine Kinder Respekt vor dir haben? Dafür, dass du Martin belogen hast, dass du ihm nie die Wahrheit gesagt und ihn in eine furchtbare Situation gebracht hast?«

»Ach was!« Leitner winkte ab. »Ihr werdet euch schon wieder einkriegen. Gelegenheit macht Liebe, heißt's doch. Jetzt ist die Gelegenheit eben vorbei. Bild dir nur nicht ein, dass Martin dir lang nachtrauern wird. Das Einzige, was dem wirklich wichtig ist, ist der Hof.«

»Martin ist nicht wie du!«

»Martin ist ein Mann, und er ist mein Sohn. Der Apfel fällt nicht weit vom Stamm, weißt du ja. Marlene, ein Mädel wie du wird schnell einen anderen Mann finden.«

»Martin ist der Einzige für mich«, erklärte Marlene standhaft. »Du wirst sehen, wir finden einen Weg. Er wird mich nie im Stich lassen.«

»Lene!« Leitners Stimme klang plötzlich weicher. »Wir sind eine Familie. Das waren wir doch immer.«

Marlene stand nur da, die Hände zu Fäusten geballt, und ihre Fingernägel bohrten sich ins Fleisch. »Hast du meine Mutter geliebt?«, fragte sie heiser.

Leitner dachte einen Augenblick nach. »Ich hab sie gerngehabt«, sagte er dann. »Bestimmt hätte ich sie geheiratet, aber da war nun schon einmal Ursula. Trotzdem, deine Mutter war eine tolle Person.«

»Und Ursula?«

»Ich habe meine Frau geliebt, egal, was sonst war. Aber manchmal reicht Liebe eben nicht.«

»Sie reicht nicht?«

Leitner schwieg.

»Hat Ursula es gewusst?«, fragte sie leise.

»Sie kam dahinter, dass deine Mutter und ich … nun ja. Daraufhin haben wir die Sache beendet. Ich habe erst später erfahren, dass deine Mutter schwanger war.«

»Später? Was heißt das?«

»Nachdem du geboren warst.«

»Und Ursula, wusste sie von mir?«

»Ja. Sie wusste, dass es dich gibt.«

Marlene nahm allen Mut zusammen. »Warum habt ihr mich aufgenommen?«

Leitner trat einen Schritt zurück. »Wir hatten eher zufällig erfahren, dass die alte Frau Berndt, deine Oma, gestorben war«, begann er. »Da hörten wir dann auch, was mit dir passiert war. Ich ... ich dachte doch immer, du würdest bei ihr leben.« Er hielt einen Augenblick inne. »Diese Sache mit dem Kinderheim ... Ursula meinte, man dürfe ein Kind nicht allein lassen. Und das stimmt ja auch. Und so haben wir's entschieden. Wir beide zusammen.« Er schaute Marlene in die Augen. »Lene, du bedeutest mir so viel wie meine anderen Kinder. Ich wollte, dass du ein gutes Leben hast, und das will ich noch. Vielleicht war es falsch, dir nicht die Wahrheit zu sagen, aber das ändert nichts.«

»Geh weg! Lass mich allein.« Marlene konnte die Tränen nicht zurückhalten. Eine Weile stand Leitner stumm da, dann verließ er den Raum und schloss leise die Tür.

Marlene weinte, weinte und weinte. Sie weinte um das Unglück ihrer Mutter und um die Frau, die sie aufgenommen hatte. Ursula Leitner hatte die Schmach erdulden und das alles durchmachen müssen, und doch hatte sie sich für sie entschieden, für das Kind, das nicht ihres war. Frau Leitner war nie die Liebe in Person gewesen, aber mit ihren eigenen Kindern war sie auch nicht anders umgegangen. Und sie hatte sich Marlene gegenüber nie etwas anmerken lassen, bis zuletzt nicht. Was hätte sie darum gegeben, sich bei ihr bedanken zu können. Aber es war zu spät. Und dafür schämte sie sich unendlich.

DANA

53.

Dana ging und schloss das Fenster, ihr war plötzlich eiskalt. Sie legte sich wieder hin, zog mit klammen Fingern die Decke bis übers Kinn. Ein breiter Lichtstrahl bohrte sich durch das Blattwerk der Kastanie und blendete sie. Das Zimmer war nicht mehr grün, sondern weiß. Weiß wie Schnee.

Dieser eiskalte Winter. Erst am 2. Januar hatten die Weihnachtsferien geendet, und nun, gerade einmal zwei Wochen später, schlossen die Schulen schon wieder. Dana, die im ersten Jahr die Cecilienschule in der Taschenstraße besuchte – eine höhere Schule für Mädchen – beunruhigte das sehr. Sie lernte gern, und der Unterricht gab ihr Halt, obwohl sich in letzter Zeit so vieles geändert hatte. Oder gerade weil sich so viel geändert hatte.

Was wusste sie schon vom Krieg? Dass man Breslau, ja ganz Schlesien, neidvoll den ›Reichsluftschutzkeller‹ nannte, weil es verschont geblieben war von den verheerenden Luftangriffen und der Zerstörung, die die Städte im Westen getroffen hatten, ja, das wusste sie. ›Reichsluftschutzkeller‹ – es sagte ihr trotzdem nicht viel, sie hatte noch nie in einem Luftschutzkeller oder Bunker gesessen. Doch dass nun Gefahr drohte, war nicht zu übersehen. Bereits seit dem vergangenen Herbst rollten lange Lkw-Kolonnen durch die Straßen, die mit Planen verdeckte Ladungen transportierten, dazu die vielen Lastautos, beladen mit Kisten und Säcken, die eilig in Keller geschleppt wurden.

Dann, vor acht Tagen, am 12. Januar, hatte der sowjetische Großangriff eingesetzt. Er war zu erwarten gewesen, auch das hatte Dana gewusst, aber als es hieß, er tobe an der gesamten Ostfront, herrschte helle Aufregung. Und nun war es also auch mit der Schule vorbei, an diesem 20. Januar, einem Samstag, die Stadt im Ausnahmezustand, die Straßen voller Menschen. Von überall kamen sie her, aus Pommern und Ostpreußen, auf der Flucht vor den Russen, und nun auch aus den nahen schlesischen Dörfern rechts der Oder, in denen man das Schlimmste befürchtete.

Dana stand am Fenster des Esszimmers und blickte auf den Ring hinunter: ein einziges Gewühl. Der Schnee war inzwischen graubraun statt weiß, und der eisige Wind fegte jede Menge Unrat über den Platz. Durch die Fensterfugen konnte sie ihn pfeifen hören, dazu unablässig die Durchsage aus den Lautsprechern: »Achtung! Achtung! Frauen und Kinder begeben sich zum Fußmarsch auf die Straße nach Opperau in Richtung Kanth!«

»Was ist passiert? Warum sollen alle gehen?«, fragte sie angstvoll die Mutter, die hinter ihr stand und ihr über die Schulter schaute.

»Wir werden uns gegen die Russen verteidigen, um jeden Preis«, antwortete Gertrude gefasst.

»Aber dann braucht doch niemand zu gehen!«

»Die Stadt ist zu voll, Kind. Wer soll denn kämpfen können, wenn alle Straße verstopft sind?«

»Müssen wir auch fort?« Dana war vor Schrecken ganz heiß geworden.

Doch ihre Mutter beruhigte sie: »Nein, wir bleiben. Es betrifft nur die, die in der Stadt keine Unterkunft haben, die müssen eben weiter.«

Keine zwei Tage später sollte sie ihre Meinung ändern. »Geh mit Elfriede«, sagte sie. »Sie wird auf dich aufpassen.«

»Und was ist mit dir?«

»Ich passe auf das Haus auf. Und ich kann den Laden nicht allein lassen.«

»Aber ich will nicht ohne dich gehen.« Dana umklammerte ihre

Mutter, doch die löste sich von ihr und hielt sie mit beiden Armen von sich.

»Du musst gehen. Es ist zu gefährlich.«

»Für mich ist es zu gefährlich, aber für dich nicht?«

»Du bist noch ein Kind.«

»Ich will aber nicht!«

»Schluss jetzt, Dana! Du tust, was ich sage!«

»Hör doch nur, was sie durch die Lautsprecher melden!«, schluchzte Dana. »Frauen und Kinder sollen gehen. Frauen auch. Nicht nur die Kinder.«

Gertrude biss sich auf die Lippen, dann fasste sie ihre Tochter unterm Kinn. »Elfriede ist doch eine Frau, oder etwa nicht?« Sie lächelte breit. »Und es ist ja auch nicht für lang. Wenn wir die Bolschewiken verjagt haben, kommt ihr zurück, und die Sache ist ausgestanden.«

Damit war alles gesagt. Die Mutter half ihr noch, ein paar Sachen einzupacken: Pullover, Strümpfe, Unterwäsche, einen warmen Rock, einen Schinken, einen Laib Brot und eine Thermoskanne mit Tee. Sie holte sogar einen Mantel aus dem Laden, einen lohfarbenen Kanin, der für eine sehr zarte Frau entworfen worden sein musste und der zehnjährigen Dana annähernd passte, denn sie war groß für ihr Alter. Gertrude drehte den Pelz nach innen, »damit er nicht so auffällt«, krempelte die zu langen Ärmel um und steckte sie eilig fest.

»Der wird dich schön warm halten, Kind. Aber pass auf, dass er nicht nass wird. Die Lederhaut verträgt das nicht.«

Aber pass auf, dass er nicht nass wird.

Wie hätte sie es verhindern sollen, während sie querfeldein durch puderfeinen Schnee pflügte, der ihr fast bis an die Hüfte reichte? Während sich die Mantelschöße um ihre Beine schlangen und sie fast zu Fall brachten, sodass sie sie hochraffen musste, bis ihre Arme so schwer und lahm waren, dass sie den Mantel einfach von den Schultern gestreift und fallen gelassen hatte?

Aber pass auf, dass er nicht nass wird.

Nein, irgendwann hatte sie das nicht mehr getan. Erst war der Mantel gefallen, dann sie selbst, halb ohnmächtig vor Erschöpfung. Erfrieren ist gar nicht so schlimm, hatte eine Mitschülerin einmal erzählt: Man schläft einfach ein. Aber so leicht war es nun doch nicht. Kaum eine Nacht war sie von zu Hause fort gewesen, da hatte sie bereits viele gesehen, die eingeschlafen waren und nicht mehr aufwachen würden, doch die hatten nicht ausgesehen, als wäre es ein schöner Tod gewesen.

Aber pass auf, dass er nicht nass wird.

Die helfende Hand, die sie aus dem Schnee zog und ihren Mantel aufhob, der greise Alte, der das Scheunentor zurückschob, um sie einzulassen, die Frau mit dem Säugling, die zur Seite rückte und ihr einen Platz zum Schlafen einräumte; eine weitere Hand, die ihr einen Schluck Kümmelschnaps einflößte: Sie hätte nicht überlebt ohne all das. Und trotzdem wäre sie fast gestorben. Mehr als einmal. Immer wieder. Aber all das war erst später geschehen.

Noch in Breslau hatte ihr die Mutter Handschuhe gereicht und zum Abschied eine Mütze aufgesetzt – echter Blaufuchs und sehr teuer. Darüber hatte sie Danas alte Wollmütze zu stülpen versucht, zum Schutz vor Neidern, wie sie gesagt hatte, aber die passte nicht über den voluminösen Pelz, also ließ sie sie weg.

Die Blaufuchsmütze war das Erste, was verloren ging. Da waren sie noch nicht einmal bis zum Freiburger Bahnhof gekommen: Dana, ihre Großtante Elfriede mit ihrer Tochter Käthe und den beiden Kleinen, die sie oben auf den Handwagen gesetzt hatte, ihr einziges Gepäck, mehr war nicht erlaubt. Käthe, Danas beste Freundin und Klassenkameradin, war zwei Wochen lang krank gewesen, zu krank, um in die Schule zu gehen, aber offenbar nicht krank genug, um sich bei zwanzig Grad unter null und eisigem Wind zu Fuß auf den Weg zu machen.

Wohin eigentlich? Zu Verwandten ins Sudetenland, erklärte Elfriede, zu einer gewissen Tante Marta, die sie aufnehmen würde. Dana hatte noch nie von ihr gehört.

An den Oderbrücken drängten sich die Menschen, und Dana

erblickte einen alten Milchlieferwagen, der mit Spreng- und Zündmitteln beladen war. Die Pioniere bereiteten die Sprengung der Brücken vor. Wie sollte sie wieder nach Hause kommen, wenn die Soldaten die Brücken sprengten, fragte sie sich in neuerlicher Panik und wäre um ein Haar umgedreht, doch zu dieser Stunde schien ganz Breslau stadtauswärts zu flüchten, und so traute sie sich nicht.

Hoch oben am Himmel kreisten die russischen Flieger, klein wie Insekten. Als Dana eben die Brücke passiert hatte, hatte der Wind ihr einen Zettel vor die Füße geweht. Schnell hatte sie ihn aufgehoben und ihn in den dicken Handschuhen verborgen. *Deutsche ergebt euch, es passiert euch nichts.*

Vor dem Freiburger Bahnhof, dessen Gleise in den Westen führten, war kein Durchkommen. Schon seit zwei Tagen hieß es, die Züge seien restlos überfüllt oder gingen überhaupt nicht mehr, aber alle wollten ihr Glück versuchen. Die Massen schoben und drängten so sehr, dass Elfriede Angst um den kaum ein Jahr alten Hans-Jürgen bekam, also hob sie ihn aus seinem warmen Säckchen und trug ihn auf dem Arm. Hans-Jürgen begann zu weinen, schrie jetzt ununterbrochen, und Dana war sicher, dass er fror. Kurzerhand setzte sie ihm ihre Pelzmütze auf, doch als diese ihm über die Augen rutschte, schrie er nur noch mehr und riss sie sich vom Kopf. Die Mütze fiel auf die Straße, geriet unter die Hufe eines Pferdes, dann unter die Räder des Karrens, den es zog. Dana bückte sich, wurde jedoch um ein Haar überrollt und konnte gerade noch rechtzeitig zurückspringen. Als der Karren vorbeigezogen war, war die Mütze fort.

In dem herrschenden Chaos entdeckte Elfriede einen Bekannten, einen Eisenbahner, der sich zu ihr durchkämpfte, sie am Arm fasste und beschwor, sofort umzukehren.

»Auf den Bahnsteigen trampeln sie die Kinder zu Tode«, berichtete er aufgelöst. »Gestern haben wir hier vierundzwanzig Kinder weggeholt, alle tot. Sind einfach auf den Treppen niedergetrampelt worden, dabei fahren längst keine Züge mehr.«

Also Essig mit der Zugfahrt. Sie schafften es aus dem schlimmsten Gedränge und beschlossen erschöpft, nach Hause zurückzukehren, aber man ließ sie nicht. Nachdem sie nun also schon einen halben Tag unterwegs gewesen waren, begann ihre Reise von vorn. Bei Einbruch der Dunkelheit reihten sie sich ein in den nicht enden wollenden Strom von Pferde- und Ochsenkarren, Autos und Schlitten, die im Schneckentempo dahinfuhren. Die Breslauer Frauen, Kinder und Greise aber fuhren nicht und wurden auch nicht gefahren: Sie marschierten zu Fuß, und der Tod marschierte mit.

Bald säumten umgekippte Karren und Kinderwagen die Chausseen, dazu Kisten, Säcke und Bündel. In der Ferne toste Gefechtsdonner, und als es vollends dunkel wurde, färbte sich der Himmel am Horizont rot. Der Russe versuchte, der schlesischen Heimat den Garaus zu machen, aber der Führer würde sich nicht unterkriegen lassen, Breslau würde nicht fallen, betete Dana inbrünstig.

Zuerst starb der kleine Hans-Jürgen, der in seinen nassen Windeln erfror. Sorgsam in seine Decke gewickelt, legte Elfriede ihn am Straßenrand ab, ein weiteres Deckenbündel zu den vielen, die dort bereits lagen. Elfriede tat es zwar heimlich und blieb danach ganz still, aber wie hätte dieses Unglück vor Dana und Käthe verborgen bleiben sollen? Käthe, die stündlich schwächer wurde, die glühte wie ein Kanonenofen, trotz der eisigen, stündlich schlimmer werdenden Kälte.

Endlich fanden sie Platz in einer Gartenhütte, und Elfriede versuchte, für das kleine Mädchen etwas von der Milch aufzutauen, die sie mitgenommen hatte, aber es war zu kalt.

In der überfüllten Hütte waren auch zwei junge Männer untergekommen – eher Jungen als Männer, vielleicht fünfzehn oder sechzehn Jahre alt. Sie gehörten eigentlich zum Volkssturm und hätten deshalb gar nicht hier sein dürfen, doch niemand sagte etwas. Die zwei beobachteten Elfriede und die Kinder eine Weile, dann standen sie auf und schlichen nach draußen. Dort liege ein Automobil, das nicht mehr fahrtüchtig sei, sagten sie, und sie wollten etwas probieren. Tatsächlich kamen sie bald wieder. Mit einem Gartenschlauch hatten sie das restliche Benzin aus dem Tank gesaugt, und nun spuckten sie es in den Spirituskocher, den sie dabeihatten. Dass es klappte, war wie ein kleines Wunder. Elfriede wärmte die Milch, dann tauten die Jungen Schnee auf und kochten daraus Tee. Ein Schlummertrunk, sagten sie, jeder im Raum bekam einen kleinen Schluck. Es gelang ihnen tatsächlich, etwas Schlaf zu bekommen.

Im fahlen Licht der Dämmerung stürmte eine Streife der Wehrmacht die Hütte, trat rücksichtslos auf die schlafenden Menschen, blendete mit ihren Stablampen in jedes Gesicht, bis sie gefunden hatte, wonach sie suchte.

Ein alter Mann schälte sich aus einem Tuch, das er gegen die Kälte um den Kopf geschlungen hatte, und hob flehend die Hände. »Lasst sie doch, es sind ja noch Kinder.«

Der Wehrmachtsoffizier holte aus und schlug ihm den Gewehrkolben ins Gesicht, so fest, dass Blut spritzte. »Sei froh, dass du so alt bist, Vaterlandsverräter!«, zischte er. Dann trat er dem Alten in die Rippen, man hörte es knacken. Die beiden jungen Burschen wurden gepackt und wie widerspenstige Hunde aus der Hütte geschleift. Dana fing noch den schreckgeweiteten Blick des einen auf, der ihr seinen Becher Tee gereicht hatte. Ein schmaler Junge mit dunklen Augen und einer Narbe an der Oberlippe.

»Warum hast du nur etwas gesagt?«, schimpfte die Frau des alten Mannes. »Hätt'st ihnen sowieso nicht helfen können.«

»Kinder«, nuschelte der Alte. »Sie töten unsere Kinder. Was ist nur geworden aus unserem Land?« Dann begann er zu weinen, und es schüttelte ihn am ganzen Körper.

Wieder unterwegs. Wieder Tag. Wieder Abend. Immer weiter ging die Reise. Ein Schneesturm setzte ein, der ihnen fast die Luft zum Atmen nahm und jedes Fortkommen unmöglich machte. Doch sie hatten Glück, ein Bauer wies ihnen einen Platz in seiner

Scheune zu, in der es sogar einen kleinen Ofen gab. Obwohl Käthe den größten Teil des Tages auf einem Karren hatte mitfahren dürfen, ging es ihr immer schlechter. Im Treck hatten sie einen Arzt getroffen, doch ihm fehlten Medikamente, und so hatte er nichts für sie tun können. »Sorgt dafür, dass sie zu trinken bekommt und es warm hat«, hatte er gesagt.

Der Bauer ließ sie nicht ins Wohnhaus, da es hieß, eine Typhusepidemie greife um sich, und Käthe sah schlimm aus mit ihrem glimmenden Fieberblick und dem wachsbleichen Gesicht. Immerhin brachte die Bäuerin ihnen etwas Brot und Milch.

Dann der nächste Morgen. Ohne Käthe. Sie mussten sich Spaten und Schaufel erbitten, um sie zu begraben, aber der Boden war so hart gefroren, dass sie es nicht schafften, ein Loch auszuheben. Widerwillig erklärte der Bauer sich bereit, sich der Sache anzunehmen, auch seine Familie saß schon auf gepackten Koffern.

Weiter ging es, obwohl es mehr ein Ziehen und Zerren, ein Schieben und Drängen als ein Laufen war. Dana musste unaufhörlich ein Auge auf Elfriede haben, die blicklos zu Boden starrte, dabei unablässig vor sich hin murmelte und das verbliebene Kind wie ein Gepäckstück hinter sich herzog, vollkommen unbeachtet in seinem Handwagen.

Das Mädchen tat ihr leid, und sie schenkte ihm eine Puppe, die sie im Straßengraben gefunden hatte. Körper und Gliedmaßen waren aus Stoff, der Kopf aus einem lederartigen Material genäht. Sie trug eine orange Hose, ein harlekinbuntes Hemdchen und ein schmutzig rosa Häkeljäckchen. Sonderlich hübsch war sie nicht, aber immerhin. Die Kleine lächelte, als sie ihr die Puppe reichte.

Das Wetter hatte sich beruhigt, der hohe Himmel strahlte in reinstem Blau, doch das Gleißen der schneebedeckten Felder machte sie fast blind. Weiter, nur weiter, mit tauben Gliedern und Herzen, nie auf direktem Weg, sondern immer da entlang, wo ein Durchkommen war. So gelangten sie nach Bolkenhain, wo sie auf einer Wiese unterhalb der mächtigen Burgruine Rast machten.

Ein Mann sagte ihnen, gerade komme ein leerlaufender Güterzug am Bahnhof an, der in Richtung Riesengebirge unterwegs sei. Wenn sie sich beeilten, könnten sie es noch schaffen.

Der Zug rollte bereits an, als sie den Bahnsteig erreichten. Dana sprang voraus in den offenen Viehwaggon, um das Mädchen in Empfang zu nehmen, das Elfriede ihr hochreichen wollte, doch Elfriede schaffte es nicht. Der Zug rollte weiter, der Abstand wurde größer und größer, und Dana war drauf und dran, wieder abzuspringen.

»Fahr voraus, Dana! Wir treffen uns bei Tante Marta!«, schrie Elfriede ihr nach. Der erste klare Satz, den sie von sich gegeben hatte seit Käthes Tod. Der Zug ratterte weiter, Elfriede wurde kleiner und kleiner, und mit ihr das Mädchen, bis sie beide zu einem Punkt geschrumpft und in der Ferne verschwunden waren.

Dana war allein.

Die Landschaft veränderte sich, immer höher ragten die mächtigen Kuppen des Riesengebirges auf. Doch die Fahrt war nicht von langer Dauer. Irgendwo auf freiem Feld stoppte der Zug. Maschinenschaden, hieß es; alle ungebetenen Fahrgäste wurden aus den Waggons gejagt. Dana sprang auf die Gleise und ging zu Fuß bis ins nächste Dorf, dann weiter, verwitterten Wegweisern und vage ausgestreckten Armen folgend, auf der Suche nach einer gewissen Tante Marta im Sudetenland.

Die Nacht brach herein, und es begann wieder zu schneien, immer heftiger, immer dichter fielen die Flocken. Dana bog vom Weg ab und steuerte auf ein fernes Licht zu. Die Schöße ihres Mantels hinderten sie am Gehen, sodass sie sie hochraffen und vor sich hertragen musste; bald ging ihr der Schnee bis an die Hüfte. Eisernen Willens kämpfte sie sich voran. Kämpfte, kämpfte, kämpfte. Dann gab sie auf.

Die helfende Hand, die sie aus dem Schnee zog und ihren Mantel aufhob, der greise Alte, der das Scheunentor zurückschob, um sie einzulassen, die Frau mit dem Säugling, die zur Seite rückte und ihr einen Platz zum Schlafen einräumte; eine weitere Hand, die ihr einen Schluck Kümmelschnaps einflößte: Dana überlebte auch diese Nacht. Und alle anderen, die danach kamen.

Sie schaffte es bis Trautenau, einer kleinen Stadt im Tal der Aupa, die man das »Tor zum Riesengebirge« nannte. Tatsächlich fand sich dort jene Tante Marta, von der Elfriede gesprochen hatte. Eine ältere Witwe, die Dana freundlich aufnahm, obwohl sie schon eine andere schlesische Flüchtlingsfamilie beherbergte.

Oma Marta, wie Dana sie bald nannte, wohnte in einer Seitenstraße des Ringplatzes mit seinen Laubengängen und dem mächtigen Rübezahlbrunnen, und sie kannte eine Menge Geschichten über den bärtigen Riesen. Die mussten als Ersatz herhalten für die ausbleibenden Nachrichten von Elfriede und der Mutter. Aus Breslau hörte man lediglich, dass die Stadt inzwischen von allen Seiten belagert sei und niemand mehr herauskomme.

Vor dem Schlafengehen zündete Oma Marta jeden Abend eine Kerze an und betete mit Dana für Gertrude, für Elfriede, für das kleine Mädchen und für alle Menschen, die auf der Flucht waren. Danach kochte sie Dana einen Schlummertrunk: heiße Milch mit einem Löffel Honig. Die half ein wenig gegen Heimweh und Sorgen, und allmählich erholte sich Dana von den Strapazen.

Nach den Schneeglöckchen kamen die Krokusse, denen die Osterglocken folgten, und mit ihnen rückte der Krieg wieder gefährlich nahe heran. Gegen Ende April standen die Russen schon auf der nördlichen Seite des Riesengebirges bei Hirschberg und Waldenburg, hieß es, und auch in Trautenau wurden nun Verteidigungsmaßnahmen ergriffen.

An Ostern wurde das eingekesselte Breslau bombardiert und zu weiten Teilen zerstört, am 6. Mai kapitulierte es. Die Festung war gefallen – vier Tage, nachdem Berlin aufgegeben hatte. Am darauffolgenden Tag wurde der Gauleiter Konrad Henlein aufgefordert, die Verwaltung des Sudetenlands in die Hände der Tschechoslowaken zu übergeben, woraufhin die Trautenauer Familien der Nazi-Funktionäre in aller Eile ihre Häuser räumten und aus der Stadt flohen. Einen Tag später, am 8. Mai 1945, war der Krieg offiziell zu Ende.

Dana wollte so schnell wie möglich nach Hause, doch Oma Marta ließ sie nicht gehen. Es sei zu gefährlich, warnte sie. Besser, die Mutter käme sie holen. Dass sie nicht einmal wussten, ob Gertrude noch lebte, sprachen sie nicht aus.

Oma Marta blieb standhaft, bis die Tschechen bald darauf anfingen, sich für das begangene Unrecht zu rächen: Partisanen marodierten durch die Straßen, Häuser gingen in Flammen auf, die ersten Deutschen wurden gefoltert und erschlagen. Bald tönte es lauthals von überallher: Man werde sie alle aus dem Land werfen. Was die alte Frau niemals für möglich gehalten hatte, trat ein: Ihre Heimatstadt war nicht mehr sicher.

»Geh, Kind!«, sagte sie zu Dana und gab ihr eine Karte, die sie bei einer Nachbarin aufgetrieben hatte. »Verstecke sie gut und halte dich auf Nebenwegen«, lautete ihr Rat, mit dem sie sich verabschiedete. Es war ein Abschied für immer, wie sich später herausstellen sollte. Tante Marta kam unter ungeklärten Umständen ums Leben, und ungeklärt würden auch die Umstände bleiben, unter denen Elfriede und das kleine Mädchen abhandengekommen waren.

Der Sommer machte das Reisen leichter, aber nicht ungefährlicher. Statt Eis und Schnee drohten nun die marodierenden Horden: Tschechen im Blutrausch, Rotarmisten im Siegesrausch, dazu allerlei Gesindel, das wie Ratten aus den Löchern hervorgekrochen kam und alles an sich riss, was nicht niet- und nagelfest war.

Zunächst hatte Dana Glück: Oma Marta hatte einen Kutscher aufgetrieben, der sie bis nach Schweidnitz mitnehmen sollte, was ihr drei Tage Fußmarsch ersparte. Die Fahrt verlief ohne größere Zwischenfälle, bis sie gegen Abend von einer russischen Patrouille angehalten wurden. Die Russen nahmen das Pferd mit und auch den Mann. Dana ließen sie gehen.

Ihr zitterten noch die Knie, als sie an der Furt eines Baches auf eine Frau und ihre zwei Töchter traf, die ebenfalls in ihr Heimatdorf zurückkehren wollten. Eines der beiden blonden Mädchen war etwas jünger als Dana, die andere vielleicht vierzehn oder fünfzehn Jahre alt.

»Du kannst genauso gut mit uns gehen«, sagte die Frau, und da sie ungefähr denselben Weg hatten, nahm Dana das Angebot dankbar an. Gemeinsam wanderten sie weiter und quartierten sich für die Nacht in einem verlassenen Bauernhaus ein, das bis auf die aufgebrochene Haustür nahezu unbeschädigt war.

Während die Frau ein paar Kartoffeln schälte, die sie im Keller des Hauses gefunden hatten, spielten die Schwestern im Haus Verstecken, und Dana schlief auf der Küchenbank ein. Sie erwachte erst, als es schon zu spät war. Motorengeräusche, dazu fremde Stimmen, rau und kehlig. Jemand hämmerte gegen die kaputte Tür, die sofort aufsprang. Polternde Schritte im Flur.

Dana schaffte es gerade noch bis zur Kellertür, hastete in völliger Dunkelheit die Stiegen hinab, stürzte beinahe, fing sich wieder, tastete sich voran und kauerte sich unter die Treppe. Wieder Stimmen, ein Poltern, als würden Möbel gerückt, dazu Gelächter und Geschrei, übertönt vom gellenden Kreischen der älteren der beiden Schwestern und der Stimme der Frau.

»Lasst sie, sie ist doch noch ein Kind!«

Wieder Heulen und Flehen, dann plötzlich Ruhe. Sekunden später schwang die Kellertür auf, mit dem eindringenden Lichtschein lösten sich diffuse Schemen aus der Dunkelheit. Die alten Holzstufen knarzten unter schweren Schritten, der Lichtkegel einer Taschenlampe schwenkte hierhin und dorthin. Ein kompakter Schatten fiel auf Dana. Der Lichtkegel wanderte direkt unter die Treppe. Der Mann lachte.

Geblendet schlug Dana die Arme vors Gesicht und drängte sich noch tiefer in den Winkel, doch er bückte sich und griff nach ihr.

»Du, komm, Frau!«

Sie wich ihm aus, krabbelte vor und zurück, und jetzt lachte er wieder, als wäre dies ein lustiges Fangenspiel. Er bekam sie an ihren langen Haaren zu fassen und zog sie daran heraus, schubste sie vor sich her, die Treppe hoch, in den Flur, wo bereits die anderen warteten. Eine johlende, grölende Meute, nach Alkohol stinkend wie er.

Nebenan hörte sie das ältere der beiden Mädchen schreien, ganz in der Nähe hämmerte wimmernd und flehend die Frau gegen eine Tür.

Was folgte, waren Schmerz und Scham und Schmerz; war Angst, bis alles in ihr abstarb, bis nichts mehr da war, das sich fürchten konnte. Was blieb, waren Schmerz und Leere.

Als die Küchentür erneut aufgestoßen wurde, dachte sie, dass sie nun sterben würde. Nicht bloß, wie man es dahersagte, wenn es einem schlecht ging, sondern wirklich sterben.

Jemand fasste sie bei der Schulter, drehte sie um und starrte ihr ins Gesicht. Ein schlitzäugiger Mongole mit knotiger Nase und einer hässlichen Narbe vom Ohr bis an die Oberlippe, die sein Gesicht in zwei Hälften zu teilen schien. Er ergriff ihren Arm und zog sie auf die Beine, zerrte sie weiter, in den Flur, zur Treppe. Die anderen Männer hatten sich jetzt offenbar in der guten Stube breitgemacht, unter ihr Gegröle mischte sich das Stöhnen der Frau. Und das Wimmern des Mädchens.

Als der mongolische Rotarmist merkte, dass Dana die Stufen nicht schaffen würde, warf er sie kurzerhand über seine Schulter und trug sie die Treppe hinauf. Ihre Nase grub sich in seinen Mantel, und sie nahm seinen Gestank nach Schnaps, nach Schweiß und nach Tier wahr. Er schleppte sie in eines der Schlafzimmer und warf sie wie einen Sack auf das zerwühlte Bett. Sie lag jetzt auf dem Rücken, ihre nackten, blutverschmierten Beine baumelten am Rand des Bettes herab.

Die Hände auf die Oberschenkel gestützt, beugte der Mann sich vor und starrte ihr erneut ins Gesicht. Er griff nach ihrem Kinn, bog ihr Gesicht nach links und nach rechts, murmelte Unverständliches, doch es klang eher mitleidig als berauscht. Jetzt wanderte sein Blick durch das Zimmer, fiel auf die Wäschetruhe in der Ecke gegenüber dem Fenster. Er zeigte mit dem Finger darauf. Als sie nicht aufstehen wollte, half er nach, ließ sie in die Kiste klettern und drückte ihren Kopf nach unten. Dann knallte der Deckel zu.

Am nächsten Morgen waren die Russen fort, und mit ihnen die ältere der blonden Schwestern.

»Sie haben sie verschleppt«, erklärte die Frau tonlos, die Tränen waren ihr bereits ausgegangen. Sie habe gehört, dass man die jungen Mädchen in Arbeitslager stecke und bis nach Sibirien schleife, sagte sie zu Dana, und dann sagte sie nichts mehr. Die Stunden tropften dahin.

»Sie haben noch ein anderes Kind, das Sie braucht«, sagte Dana schließlich. Es stimmte ja auch: Der Frau war es noch gelungen, ihre jüngere Tochter in einen Schrank einzusperren, wo sie die ganze Nacht unentdeckt geblieben war.

Das jüngste Geißlein ist dem Wolf entkommen, dachte Dana beim Anblick des Mädchens. Märchen konnten also doch wahr werden. Sie musste lachen bei diesem Gedanken, lachen und weinen, weinen und lachen, bis die Frau ihr eine Ohrfeige gab.

Schweigend zogen sie weiter. Die Frau sagte, es sei nicht mehr weit bis in ihr Heimatdorf, dessen Namen Dana sofort wieder vergessen hatte. Am Nachmittag durchquerten sie ein lichtes Waldgebiet und pausierten vor einer Jagdhütte. Über einer Feuerstelle hing ein Topf, in dem sie die mitgebrachten Kartoffeln garen wollten, die die Frau in der fremden Küche wieder eingesammelt hatte. Gerade war sie gegangen, um Holz zu holen, das hinter der Hütte aufgetürmt war. Dana schöpfte Wasser aus einem Regenfass und setzte sich zu dem blonden Mädchen auf einen der Baumstümpfe, die um die Feuerstelle gruppiert waren. Sie schnippelte gerade die Kartoffeln klein, als sie etwas rascheln hörte. Sekunden später trat ein Mann auf die Lichtung, und ihre Blicke trafen sich. Sofort sprang sie auf, fasste das Mädchen beim Handgelenk, wollte wegrennen, doch das Laufen fiel ihr noch immer schwer, und er war schneller als sie. Schon griff er nach ihr, brachte sie zu Fall, war über ihr.

Das blonde Mädchen schrie und schrie, gab aber Danas Hand nicht frei. Da ließ der Mann plötzlich von Dana ab, packte die Kleine und warf sie zu Boden, krallte sich mit einer Hand in ihr helles Haar, hielt ihr mit der anderen den Mund zu.

In diesem Moment traf ihn der erste Schlag, dicht gefolgt von einem zweiten, einem dritten, einem vierten und fünften. Dann war es vorbei.

Das Mädchen war aufgesprungen und klammerte sich an seine Mutter, und auch Dana rappelte sie hoch. Zu dritt standen sie da und schauten auf den Toten hinab: eine zerlumpte Kreatur in einer zusammengewürfelten Uniform. Stille trat ein, nur der schwere Atem der Frau war zu hören. Ihr Haar hatte sich aus ihrem Kopftuch gelöst, Blutspritzer liefen ihr die Wange hinab. Dana schaute auf und starrte sie ungläubig an.

»Man muss doch schützen, was man liebt«, sagte die Frau zu ihr. »Man muss kämpfen dafür, hörst du?«

Sie schleiften die Leiche hinters Haus und bedeckten sie notdürftig mit Holzscheiten. Sie streuten Laub über das Blut nahe der Feuerstelle und wuschen in der Regentonne den besudelten Spaten ab. Sie rafften ihre Sachen zusammen und flohen, hinaus aus dem Wald. Wenig später trennten sie sich.

Nach zwei weiteren Tagen erreichte Dana ohne weitere Zwischenfälle Breslau – bei allem Unglück ein Quäntchen Glück.

Es stimmte: Die Stadt lag in Trümmern. Vielerorts war sie nicht wiederzuerkennen, doch das Haus der Familie Starck war heil geblieben, und auch Gertrude lebte noch.

»Ich bin ja so froh, dass dir nichts passiert ist!« Sie schloss ihre Tochter in die Arme, doch Dana blieb steif. Auch die Mutter wirkte seltsam ungelenk, ganz so, als umarmten sich zwei Stöcke.

»Mein tapferes großes Mädchen!«, rief sie laut aus und wuschelte ihr durch das Haar. »Wie war ich erleichtert, als ich die Nachricht von Marta erhielt, dass es dir gut geht, dass du auf dem Heimweg bist! Du kannst dir nicht vorstellen, was wir hier durchgemacht haben. Alles kaputt, und jetzt auch noch die Polen im Haus.«

MARLENE

54.

Marlene saß breitbeinig da, in ihrer Arbeitskleidung, die Hände auf die Oberschenkel gestützt. Sie hatte schon eine ganze Weile so gesessen, gedankenverloren, unfähig, sich zu bewegen.

Als Martin in die Küche trat, schaute sie stumm zu ihm auf. Er wollte etwas sagen, brachte jedoch nichts heraus. Ihr Schweigen stand wie eine Wand zwischen ihnen.

Schließlich sprach Marlene doch. »Heini wollte mit mir fortgehen, wusstest du das?«

Martin erwiderte nichts.

»Er hat mir einen Heiratsantrag gemacht, an dem Tag, als er starb. Er hat gesagt, dass er es hier nicht mehr aushält, dass er alles hinter sich lassen und weggehen will. Mit mir.« Marlene wartete auf eine Reaktion, die jedoch ausblieb. »Ich bin mir sicher, er hat es ernst gemeint. Er hätte es wirklich getan. *Er* schon.«

»Mag sein, Marlene«, antwortete Martin kraftlos. »Aber Heini war auch ein Kindskopf. Er hatte viele spinnerte Ideen.«

»›Spinnert‹ nennst du deinen Bruder auf einmal?« Sie kniff die Augen zusammen und musterte ihn abschätzig. »Du redest schon wie dein Vater, Martin.«

»Wie *unser* Vater«, korrigierte er. »Und du weißt genau, dass ich nicht so bin wie er. Aber die Dinge sind nun mal, wie sie sind, daran können wir nichts ändern. *Ich* kann daran nichts ändern.«

»Du meinst also, wir müssen es hinnehmen?«

»Ja, verdammt! Wir sind Bruder und Schwester, Marlene. Was bleibt uns anderes übrig?«

»Wir sind Halbgeschwister. Und Heini hätte das sicher nicht geschert. Er hätte –«

»Warum bist du dann nicht mit ihm gegangen?«, brauste Martin auf. »Wärt ihr doch zusammen abgehauen, dann wäre mir viel erspart geblieben! Und vielleicht wäre Heini sogar noch am Leben, wer weiß!«

Marlenes Stimme brach, sie konnte nur noch flüstern. »Was sagst du da?«

»Du hast es doch gehört.«

Sie stand auf, stellte sich vor ihn hin und sah ihm in die Augen. »Das ist nicht dein Ernst, oder?«

Sein Blick glitt zu Boden, und er schüttelte den Kopf. »Tut mir leid, Marlene, mir sind die Nerven durchgegangen.«

»Gut. Und weiter?«

Er kreuzte seine Arme vor der Brust und sagte leise: »Nichts weiter.«

»Du gibst also auf?«

Sein Schweigen war Antwort genug.

Wie sehr sie sich danach sehnte, dass er sie in die Arme nehmen würde, dass sie einander Kraft geben und kämpfen würden! Wie sehr sie sich jetzt schon nach ihrem Leben sehnte, nach all dem, was sie umgab: dieser Küche, diesem Hof, der Kastanie vor dem Haus, den Tieren, sogar nach den Erdbeeren dort draußen.

Wie sehr es schmerzte. Ihr Leben in Trümmern, wieder einmal. Ihr Haus in Schutt und Asche und der liebste Mensch darunter begraben. Das erhoffte Wunder, das ausblieb. Verloren, alles, unwiederbringlich.

Wieder einmal.

DANA

55.

Ihre Mutter hatte nicht übertrieben: Es hatte sich tatsächlich alles geändert, das alte Leben gab es nicht mehr: keine Schule, keine Freundinnen, kein Klavierspiel, keinen Ladenbummel, kein Tollen im Park, keine ratternden Straßenbahnen mehr, keine Bootsfahrten auf den Kanälen, keine Sonntagsausflüge. Die Straßenbahnschienen unter Schutt und Asche begraben. Dafür viel Arbeit und sehr wenig zu essen. Und was niemand für möglich gehalten hatte, nicht einmal die Polen selbst, war eingetreten: Breslau war polnisch geworden. Es hieß auch nicht mehr Breslau, sondern Wrocław. Nunmehr waren sie Fremde in der eigenen Stadt.

Dem Sommer folgte der Herbst und mit ihm die erste große Vertreibungswelle, von der Mutter und Tochter jedoch verschont blieben. Derweil lebten sie in der Kammer unter dem Dach, die in früheren Zeiten einmal für das Dienstmädchen vorgesehen war. Und das waren sie ja nun auch: Dienstmädchen im eigenen Haus. Doch ihre Mutter gab die Hoffnung nicht auf: Eines Tages werde der Spuk ein Ende nehmen, sagte sie immer wieder, Recht und Gerechtigkeit würden wieder einkehren, sie würden ihren alten Platz wieder einnehmen und zurückbekommen, was ihnen zustehe. So verharrten Mutter und Tochter ein weiteres Jahr und sahen zu, wie immer mehr Deutsche aus der Stadt geworfen wurden, bis eines Abends die polnische Miliz vor der Tür stand.

»Dawai, dawai!« Der polnische Offizier machte eine Geste, dass sie ihm folgen sollten. Die Aufforderung traf beide nicht gänzlich unvorbereitet. Hoffnung hin oder her, vor der Realität konnte man die Augen nicht mehr verschließen, und so hatten sie für den Fall der Fälle bereits zwei Taschen gepackt, die abreisebereit im Flur standen. Nur den Schinken und die Kanne Tee vergaßen sie in der Eile.

»Dawai, dawai!«

Gerade als sie gehen wollten, kam die polnische Frau, die mit ihrer Familie nun in ihrem Haus wohnte, die Treppe hinuntergeeilt und sagte etwas zu dem Kommandanten, woraufhin dieser in scharfem Tonfall antwortete. Es folgte ein kurzer Schlagabtausch, der mit einem unwirschen Knurren des Mannes endete. Doch er verharrte auf dem Treppenabsatz und zündete sich eine Zigarette an, seine Männer taten es ihm nach und traten von einem Fuß auf den anderen. Sie warteten, bis die Polin mit einem verschnürten Stoffbündel wiederkam, das sie Dana in die Arme drückte. Dann ging es zum Bahnhof, wo man ein improvisiertes Sammellager eingerichtet hatte. Dort mussten sie die Nacht und den folgenden halben Tag über warten, ohne zu wissen, worauf. Es gab keine Heizung, und die Wasserleitung war eingefroren, sodass nicht einmal die Toiletten funktionierten. Auch Verpflegung gab es nicht.

Dann ging alles plötzlich sehr schnell: Sie wurden in die leeren Waggons eines Güterzuges getrieben, der bald darauf mit unbekanntem Ziel aus dem Bahnhof rollte. Arbeitslager, Sibirien? Wer konnte es wissen.

Mehrmals hielt der Zug stundenlang auf offener Strecke, weil die Lok wohl anderweitig benötigt wurde, aber aussteigen durften sie nicht. Kein Brot, kein Wasser, keine Toiletten. Immerhin das Paket der Polin: Brot, ein Stück Käse, polnische Wurst und Gebäck. Von der salzigen Wurst hätte Dana besser nicht gegessen, denn sie machte durstig, und zu trinken hatten sie nichts.

Dann rollte der Zug wieder, und irgendwann war klar, dass er gen Westen fuhr. Immerhin nicht Sibirien. Endlich liefen sie in einen Bahnhof ein, in dem sie aussteigen durften. Es gab Verpflegung für alle, und die Toten wurden ausgeladen.

Wieder mussten sie sich sammeln: Gepäckkontrolle, hieß es, was bedeutete, dass man ihre Taschen filzte und ihnen auch das Letzte von Wert nahm, das ihnen geblieben war. Dann ging es zur Entlausung. Eine gleichgültig dreinblickende Frau spritzte Dana ein weißes Puder unter den Mantelkragen, das sich überall verteilte. DDT, sagte jemand, was immer das heißen mochte. Sie alle sahen aus wie Max und Moritz, nachdem sie beim Bäcker ins Mehl gefallen waren, fand Dana, nur mit dem Unterschied, dass es hier nicht lustig zuging. Aber für Max und Moritz war es auch nicht lustig ausgegangen, fiel ihr ein.

»Alles einsteigen, der Zug fährt wieder ab!« Nach schier endloser Fahrt gelangten sie in die britische Zone, nach Helmstedt-Mariental, wo man sie in den Betriebsgebäuden des ehemaligen Fliegerhorstes unterbrachte. Wieder schickte man sie zur Entlausung, und nachdem sie verpflegt und registriert worden waren, ging die Reise weiter, komfortabler allerdings diesmal, im Personenzug, und niemand starb mehr unterwegs.

Es folgten einige neuerliche Umquartierungen, ein ungewisses Übergangsleben. Dann, an einem Mittwochmorgen, einem sonnigen Tag mit einem hohen, klaren Himmel, setzte ein Omnibus Mutter und Tochter vor dem Kaltenbrucher Rathaus ab. Sie stiegen vorn beim Fahrer aus, während hinten die Kinder der Kaminski aus dem Bus sprangen.

MARLENE

56.

Es klopfte.

Nein, sie würde nicht öffnen, und wenn sie noch so oft gegen die Tür pochten. Gertrude war bereits da gewesen, ebenso Renate, und natürlich Dana.

Sollten sie klopfen, dachte Marlene. Sie wollte niemanden sehen. Und nie wieder würde sie einen Fuß vor diese Tür setzen, allenfalls, um sich aus dem Fenster zu stürzen.

»Marlene, mach auf!«

Sie rührte sich nicht.

»Es reicht, Marlene. Wenn du nicht endlich öffnest, hole ich einen Hammer!« Danas Stimme. Eine solche Aktion war ihr glatt zuzutrauen, resolut, wie sie sein konnte. »Nun mach schon, Marli! Lass mich rein.«

Marlene ging zur Tür und drehte den Schlüssel, dann schlich sie zurück zu ihrem Bett. Die Klinke wurde heruntergedrückt, und Dana betrat das Zimmer, ein Tablett in den Händen. Sie stellte es auf dem Holzschemel ab und schloss die Tür hinter sich.

»Mein Gott, was für eine Affenhitze hier drin.« Mit einem Schritt war sie beim Fenster und riss es auf, doch die erhoffte Kühlung blieb aus, da die Sonne direkt ins Zimmer hineinschien.

»Ich habe dir etwas zu essen gebracht.«

»Ich habe keinen Hunger.«

»Du musst essen, das sagst du doch auch immer zu mir.« Marlene schaute auf. Dana wirkte bleich unter ihrer Bräune und beinahe ausgezehrt, als habe sie gerade eine schwere Krankheit hinter sich. Unter der Haut ihrer dünnen Arme zeichneten sich jedoch deutlich die Muskeln ab, und ihre Augen funkelten wie immer. »Du hast es nötiger als ich, Dana.«

»Jeder muss essen.«

Marlene sah kurz zu dem Tablett hinüber: ein Wasserkrug, ein Glas, ein Teller mit Schinkenbroten. Sie verspürte nicht den geringsten Appetit und konnte sich auch nicht vorstellen, jemals wieder Hunger zu haben, aber sie kam fast um vor Durst. Als hätte Dana ihre Gedanken gelesen, ging sie hin, schenkte ein Glas Wasser ein und reichte es ihr. Marlene nahm es dankbar an und leerte es in großen Schlucken. Sofort brach ihr der Schweiß aus, als ob das Wasser augenblicklich über ihre Haut verdunsten würde.

»Lass uns nach draußen gehen«, schlug Dana vor. »Hier ist es unerträglich heiß.«

Marlene schüttelte den Kopf. Sie wollte nicht raus.

»Dann komm mit in mein Zimmer, dort ist es kühler.« Dana fasste sie bei den Händen und zog sie hoch. Für einen kurzen Moment wehrte sich Marlene, doch Dana blieb beharrlich, und so gab sie nach. Ihr fehlte plötzlich die Kraft, Widerstand zu leisten. Sie war müde, so unendlich müde. Als hätte sie seit Nächten nicht geschlafen. Die Freundin führte sie hinaus, ein paar Schritte durch den Flur, in ihr eigenes Zimmer, fasste sie bei den Schultern und drückte sie sanft aufs Bett. Erschöpft sank Marlene zurück. Tatsächlich war es in diesem Zimmer viel besser auszuhalten als in ihrem eigenen. Die Kastanie vor dem Fenster hielt die Hitze ab und tauchte Möbel und Wände in dunkle Schatten.

Sie legte ihre Hände in den Nacken und betrachtete das fein verzweigte Gewirr von Blättern und Ästen. Ob es darin eine Art höhere Ordnung gab? Konnte es so etwas überhaupt geben: eine höhere Ordnung? Eine Art Vorbestimmung? Und wenn ja, was war dann für sie vorgesehen?

Dana, die den Raum noch einmal verlassen hatte, kam mit dem Tablett wieder, stellte es auf der Nachtkonsole ab und setzte sich zu ihr aufs Bett. Eine Weile schwiegen sie beide.

»Warum hat er das getan?« Marlene setzte sich auf. »Warum hat er Martin das angetan?« Sie konnte es noch immer nicht fassen.

»Martin?« Dana schüttelte verständnislos den Kopf. »In erster Linie war Leitner ja wohl unaufrichtig zu dir. Dich betrifft die Sache doch viel mehr.«

»Es betrifft uns beide, und Martin ...« Sie brach ab. »Warum, Dana? Warum hat Leitner nie etwas gesagt?«

Dana zuckte die Achseln. »So sind die Männer. Machen sich nicht viele Gedanken, und Unbequemlichkeiten gehen sie aus dem Weg.«

»Er hat seine Frau betrogen. Wie konnte er das tun?«

»Männer tun so etwas eben.« Dana schien darüber nicht annähernd so entsetzt zu sein wie sie.

»Und meine Mutter?«, fragte Marlene zweifelnd. »Sie ist eine Frau. Wie soll ich über sie denken?«

»Keine Ahnung. Vielleicht war sie einsam.«

»Vielleicht auch gewissenlos«, ergänzte Marlene deprimiert.

»Hast du sie so in Erinnerung?«

»Nein. Ganz und gar nicht.« Marlene schluckte hart, griff an ihre Brust und umklammerte den kleinen goldenen Anhänger.

»Deine Mutter hat dich gut behandelt?«

»Wie eine Prinzessin.«

»Dann sei ihr dankbar dafür, egal, mit wem sie's getrieben hat. Ich bin ihr auch dankbar, denn sonst gäbe es dich ja nicht.« Dana grinste breit, und Marlene versuchte es mit einem Lächeln, das jedoch im Ansatz erstarb. Ihr war so hundeelend zumute.

»Das Schlimme ist, dass ich sie nicht mehr fragen kann. Ich wüsste so gern mehr.«

»Wenn sie noch lebte, hieße das auch nicht unbedingt, dass sie dir die Wahrheit sagen würde«, erwiderte Dana, stand auf und holte noch ein Glas Wasser. »Meine Mutter lügt schon, wenn sie nur den Mund aufmacht.«

Marlene sah sie verwundert an.

»Schau nicht so!« Dana reichte ihr das Glas. »Du kennst sie

doch: Immer auf ihren Vorteil aus. Immer darauf bedacht, dass sie gut dasteht. Ständig betont sie, wie viel sie arbeitet, als wäre sie eigentlich zu Höherem bestimmt und ließe sich freiwillig dazu herab. Aber was tut sie schon? Liest Liebesromane, näht sich Rüschen an ihre Kleider und spielt mit den Zwillingen Schwarzer Peter, wobei ihr aber auch schnell die Lust vergeht, und schon sind die anderen wieder dran.«

»Das sind keine Lügen, Dana.«

»Sie lügt, glaub mir. Und sie denkt nur an sich. Das Pelzgeschäft, das sie in Breslau hatte, war ihr immer wichtiger als ich. Den Laden hat sie nie im Stich gelassen – mich dagegen schon.«

»Das muss hart für dich gewesen sein, ganz bestimmt. Aber ich verstehe nicht, was du mir damit sagen willst.«

»Auf andere ist kein Verlass, das will ich sagen. Nicht einmal auf die Eltern. Man muss die Dinge selbst in die Hand nehmen. Hilf dir selbst, dann hilft dir Gott, weißt du ja.«

Hilf dir selbst, dann hilft dir Gott. Das waren die Worte ihrer Mutter gewesen. Damals. »Ich kann nicht einfach untätig abwarten, bis dir eine Bombe auf den Kopf fällt«, hatte sie gesagt. »Du musst weg aus Köln, bis das Schlimmste vorbei ist.« Zu spät. Die Bomben waren ihnen auf den Kopf gefallen, und ihre Mutter hatte sie allein gelassen. *Hilf dir selbst, dann hilft dir Gott.* Wieder stiegen Marlene die Tränen in die Augen, und sie nahm schnell einen Schluck Wasser. Dana wartete, bis sie getrunken hatte, nahm ihr das Glas ab und stellte es beiseite. Dann beugte sie sich vor und strich ihr eine Haarsträhne aus der Stirn. »Sei nicht so verzagt, Marli. Wenn man muss, dann kann man alles hinter sich lassen, das hab ich selbst erlebt.«

Marlene schluchzte auf und schämte sich zugleich, dass sie sich so wenig im Griff hatte.

»Weine nur, wenn dir danach ist.« Dana griff nach ihrer Hand. »Aber es ist besser so, glaub mir.«

»Was soll ich dir glauben?«, begehrte Marlene auf, doch Dana hielt ihrem wütenden Blick stand.

»Martin war nicht der Richtige für dich.«

»Wie kannst du so etwas behaupten?« Mit einem Ruck zog Marlene ihre Hand weg, als hätte sie sich verbrannt.

»Es hilft dir nicht, wenn ich dir nach dem Mund rede«, beharrte Dana. »Er ist nicht der Richtige für dich, Punkt.«

Dana war nicht allwissend. Und sie hatte Probleme mit Gefühlen, das war Marlene klar. Trotzdem tat es gut, die Freundin an der Seite zu haben. Und zu wissen, dass sie ihr offen sagte, was sie dachte. Auch wenn sie das nicht immer hören wollte. Es tat gut, nicht mehr allein zu sein. Sie waren so sehr aneinander gewöhnt, auch wenn in der letzten Zeit eine merkwürdige Stimmung zwischen ihnen geherrscht hatte. Plötzlich kam ihr etwas in den Sinn: War ihr Dana vielleicht deshalb so fremd vorgekommen, so weit von ihr abgerückt und zugleich so vereinnahmend, weil sie selbst es gewesen war, die sich auf einen Irrweg begeben hatte? Hatte Dana dies erkannt und wollte sie wieder in die richtige Richtung lenken?

War Martin wirklich der Falsche für sie? *Der Apfel fällt nicht weit vom Stamm.* Leitners Worte. War sein Sohn tatsächlich so wie der Alte? Hatte er nur den Hof im Sinn? Allerdings hatte Dana falschgelegen. Sie hatte nicht Martin, sondern Heini im Verdacht gehabt, ihr Liebhaber zu sein. Es fragte sich nur, ob das so entscheidend war. *Der Apfel fällt nicht weit vom Stamm.* Beide waren sie Leitners Söhne.

»Und was Leitner betrifft«, unterbrach Dana ihren Gedankengang. »Immerhin kennst du jetzt deinen Vater, sieh es einmal so. Ich habe meinen nie kennengelernt.«

»Auf diese Art von Kennenlernen hätte ich gern verzichtet.« Marlene zog trotzig die Nase hoch, doch ihr war auch klar, dass Dana recht hatte.

»Das glaube ich dir. Aber sieh auch die Vorteile. Du musst jetzt einen klaren Kopf behalten, Marlene. Nur hier zu sitzen und zu schmollen ist keine Lösung. Bestehe darauf, dass er die Vaterschaft anerkennt, falls er es noch nicht getan hat.«

»Die Vaterschaft anerkennen? Warum sollte ich das einfordern? Er war nie mein Vater. Ich habe ihn nie so genannt.«

»Wie du ihn genannt hast, spielt keine Rolle. Dass du ihn beerben wirst, darum geht es. Du weißt selbst, wie es um ihn steht. Wenn er tot ist, verkaufst du deinen Anteil an Schlüter und bist alle Sorgen los. Du und ich, wir verlassen dieses Kuhkaff und fangen irgendwo noch einmal ganz neu an.«

»Wir?«

»Ja natürlich, wir beide. Arbeit finde ich überall.« Dana sah sie eindringlich an. »Wir brauchen die Männer nicht. Sie nutzen uns nur aus.« Was sollte Marlene von Danas Plänen halten? Sie wollte nicht weiter debattieren, nichts denken, nichts fühlen, nur vergessen. Vergessen, dass es dort draußen einen jungen Mann namens Martin Leitner gab, den sie niemals vergessen könnte. Ihren Halbbruder. Ihre Liebe.

»Du bist der wichtigste Mensch in meinem Leben.« Marlene erfasste Danas Worte nur halb. »Weißt du noch, wie du mich in Schutz genommen hast?«, fuhr Dana fort. »Damals, als ich in eure Klasse kam und alle mich behandelt haben wie eine Aussätzige, einschließlich der Rumpf?«

»Was sagst du?« Marlene sah auf und bemühte sich, Dana zu folgen.

»Die Rumpf. Ich musste gerade an sie denken. ›Das Fräulein aus Breslau ist wohl eine ganz Vornehme. Allerfeinstes Hochdeutsch und Klavierstunden – aber mehr Löcher in den Strümpfen als in einem Sieb. Und ihr Haar – da möchten wir gar nicht so genau hinschauen.‹« Dana ahmte die tiefe Brummbärstimme der Lehrerin nach und lachte leise. »›Bohnenstange‹ und ›Storch‹ haben sie mir nachgerufen, erinnerst du dich? ›Die frisst bestimmt Frösche‹, hieß es. Und weißt du noch, wie Kalle Brunner mir bei der Schulspeisung die plattgefahrene Kröte in den Suppenteller gelegt hat? Bah!« Dana schüttelte sich heftig und zog eine derart übertriebene Grimasse, dass Marlene lachen musste, obwohl ihr nicht danach war. »Du hast ihn geohrfeigt, Marlene. Vor allen anderen.

Aber das Beste war, als du Margarethe Schlüter angedroht hast, du würdest ihr ihre dicken Zöpfe abschneiden, auf die sie so stolz war, wenn sie noch ein einziges Mal fies zu mir wäre.« Dana streckte sich neben Marlene auf dem Bett aus und stützte ihr Kinn auf ihren Händen ab. »Am nächsten Tag hast du eine Schere mitgebracht, weißt du noch? So ein riesiges, scharfes Ding, wie im *Struwwelpeter*. Brauchtest sie nur kurz aufs Schulpult zu legen, und Margarethe hat nie wieder etwas Blödes zu mir gesagt. Da wusste ich, dass wir Freundinnen sind. Freundinnen fürs Leben.«
Da war es wieder, dieses klare, aufrichtige Lächeln in dem sonst so ernsten Gesicht, das Marlene lange vermisst hatte. »Du bist schön und du bist stark, Marlene. Du schaffst das.« Dana lächelte noch immer. Sie streckte ihre Hand aus und strich ihr über die Wange.

»Ach, Dana.« Marlene seufzte. »Was sollte ich nur ohne dich machen?«

»Ich bin ja da, Marli. Ich bin ja da.« Dana küsste sie auf die Stirn. »Und jetzt schlaf ein bisschen. Wenn man müde ist, ist einem doch immer zum Heulen zumute.« Sie setzte sich auf und schwang die Beine aus dem Bett.

Dankbarkeit. Das war es, was Marlene fühlte. Diese Freundschaft war ein Geschenk. Hilflos suchte sie nach Worten, doch bis auf ein gemurmeltes »Danke« fiel ihr vor Erschöpfung nichts ein. Sie ließ sich in die Kissen sinken und registrierte am Rande ihres Bewusstseins, wie Dana sie mit einem glatten, kühlen Laken zudeckte. Dann schlief sie ein.

GERTRUDE

57.

Gertrude stellte Leitners Kaffeetasse in die Spüle, räumte den Zuckertopf fort und warf seine kaum angerührte Stulle in den Eimer für die Schweine. Diese Sache mit Marlene schien ihm den Rest zu geben, er schlief kaum noch und hatte zweifellos starke Schmerzen, obwohl er nicht darüber sprach. Es war nicht leicht, seinen Verfall so hilflos mit ansehen zu müssen.

Das ganze Elend machte sie noch verrückt. Ihre Tochter war eisiger denn je, Marlene völlig von der Rolle. Dazu die viele Arbeit! Dass Gregor nicht mehr zupacken konnte, fiel schwer ins Gewicht, und auch Heini fehlte an allen Ecken und Enden. Zwar schuftete Martin Tag und Nacht, doch er konnte unmöglich alles allein schaffen. Der jüngste Sohn der Kaminski half zwar mit aus, aber er war ja fast noch ein Kind und würde auch wieder zur Schule gehen müssen. Immerhin sollte ab Montag ein neuer Knecht kommen, den Gregor im Nachbardorf aufgetrieben hatte. Das war zwar eine gute Nachricht, änderte aber rein gar nichts an der häuslichen Wirtschafterei.

Alle Welt dachte ja, sie lackiere sich den ganzen Tag die Nägel, wie Gertrude wusste, und das ärgerte sie sehr. Die erste Lektion, die sie nach ihrem Einzug gelernt hatte, war, dass die Arbeit auf einem Hof nie ausging. Sie besorgte den Haushalt, half im Stall, kümmerte sich um die kaum dem Kleinkindalter entwachsenen Zwillinge, was schon als alleinige Aufgabe reichen würde. Ohne die Hilfe der Mädchen ließe sich all das nicht bewältigen, doch Marlene hockte hinter verschlossener Tür, und auch Dana hatte sich ausgeklinkt nach dem Streit zwischen Mutter und Tochter, dessen Ursache Gertrude immer noch nicht recht begriff. Sie verstand einfach nicht, was in dem Mädchen vorging. Gewiss hatte Dana damals mehr erlebt und durchlitten, als gut für ein Kind war. Aber das hatten doch alle! Vielleicht war es ein Fehler gewesen, sie Elfriede mitzugeben, aber wie hätte Gertrude vorausahnen sollen, wie sich die Dinge entwickeln würden? Alle Welt hatte damals Fehler gemacht; sie hatte ihre Tochter doch nur schützen wollen. Das größte Risiko hatte sie selbst getragen, indem sie sich dem Räumungsbefehl widersetzt hatte, und für diese Entscheidung hatte sie bitter bluten müssen. Aber ihren Besitz im Stich lassen? Nie im Leben hätte sie das übers Herz gebracht! Als blutjunge Witwe, die sie gewesen war, hatten Haus und Geschäft ihre Lebensversicherung gebildet. Dass sie später trotzdem alles hatte aufgeben müssen, stand auf einem anderen Blatt. Doch nie hatte sie sich unterkriegen lassen, immer war sie bemüht gewesen, das Beste für sich und ihre Tochter herauszuholen. Sie beide hatten ein gutes Leben hier in Kaltenbruch, auch wenn sie nicht recht begriff, warum ein junger, begabter Mensch wie Dana sich damit zufriedengab. Das Mädchen war fleißig und konnte zupacken, doch sie war nun einmal keine Magd. Sie könnte noch einmal zur Schule gehen, eine Ausbildung machen, vielleicht sogar studieren. Gertrude hatte ihr ihre Unterstützung zugesichert, nur leider schien Dana keinerlei Ambitionen in diese Richtung zu haben. Auch ein Klavier hätte Gertrude ihr wieder besorgt, wogegen Leitner sicher nichts einzuwenden gehabt hätte, aber Dana hatte das Interesse am Klavierspiel verloren – wie an den meisten Dingen.

Auch ihren Umgang mit dem kleinen Kaminski, mit dem sonst niemand etwas zu tun haben wollte und der viel jünger war als sie, verstand Gertrude nicht.

Vielleicht würde sich jetzt etwas ändern, hoffte sie. Vielleicht hatte die tiefe Krise eine reinigende Wirkung und es kam wieder Bewegung in das festgefahrene Leben ihrer Tochter. Mit einem tiefen Seufzer griff sie nach dem Kittel, den sie ausschließlich zur Stallarbeit trug.

Eigentlich war Dana für die Versorgung der Schweine zuständig, aber Gertrude hatte beschlossen, heute alle fünfe gerade sein zu lassen und die Aufgabe selbst zu übernehmen. Zusätzlich zu all ihren anderen Verpflichtungen.

Sie hatte ihre Tochter am frühen Morgen mit Marlene sprechen gehört – in Danas Zimmer. Dana war es also gelungen, zu ihr durchzudringen – als Einziger aus der Familie. Vielleicht brauchten die beiden einfach Zeit, um einander wieder auf die Beine zu helfen. Zeit, die man ihnen lassen sollte.

Noch hinzu kam, dass die Silage für die Schweine verdorben war, was sonst angeblich nie passierte. Sie stank so schimmelig, dass die Tiere sich weigerten, sie zu fressen, und das durften sie laut Gregor auch nicht, weil sie krank davon würden. Was bedeutete, dass Gertrude nun zusätzlich Kartoffeln dämpfen musste.

Der Dämpfer stand in einem gekachelten Raum neben dem Schweinestall, in dem auch geschlachtet wurde. Gertrude schüttete Wasser in den Dämpfkessel und füllte die Kartoffeln ein. Sie holte einen Arm voll Brennholz, öffnete die Klappe des Brennofens, legte ein Knäuel wachsgetränkte Holzwolle hinein und wollte gerade das Holz darüberschichten, als sie etwas bemerkte. Aus der Öffnung lugte ein Fetzen Stoff. Gertrude spürte Ärger in sich aufwallen. Wer stopfte alte Lappen in den Ofen? Das qualmte doch nur, anstatt zu brennen. Sie zog an dem Zipfel, zog und zog. Der Zipfel wurde immer länger, eine Aschewolke stieg auf.

Gertrude erschrak zutiefst, als sie das blaubeige Blümchenmuster erkannte. Es war schmutzig und von braunroten Schlieren durchtränkt, die dem Stoff eine unangenehme Festigkeit verliehen. Was sie in Händen hielt, war ein Kleid, über und über mit getrocknetem Blut besudelt. Marlenes Kleid.

Ihre Hände begannen zu zittern, sie spürte ihre Knie weich werden. Für einen Moment schloss sie die Augen und versuchte, die Fassung zu wahren. Was hatte das zu bedeuten? Und was sollte sie jetzt tun?

Ehe sie eine Entscheidung fällen konnte, hörte sie eilige Schritte auf dem Hof. Sie sprang auf, griff nach einem leeren Futtersack und stopfte das Kleid hinein. Im selben Moment trat Dana durch die offene Tür. Sie schien außer Atem.

»Was machst du da, Mutter?« Ihr Ton war barsch.

Ich mache die Arbeit, die eigentlich du tun müsstest, dachte Gertrude, hielt sich jedoch zurück. Um jeden Preis wollte sie verhindern, dass Dana das Kleid sah. Die Entdeckung würde ihr in diesem Zustand ohne Zweifel noch mehr Kummer bereiten. Sie hing ja so an Marlene.

»Ich dämpfe Kartoffeln, Dana«, erklärte sie mit gespielter Ruhe.

»Aber das ist doch meine Aufgabe!«

»Vielleicht ist es heute wichtiger, wenn du Marlene beistehst, dachte ich.«

Dana starrte sie nur an. »Ich mach schon, Mutter.«

»Aber ich bin fast fertig.« Gertrude bückte sich, schichtete das bereitgelegte Holz ein, entzündete ein Streichholz und hielt es in die Öffnung; eine Flamme züngelte hoch. Sie schloss die Ofenklappe, richtete sich auf und klopfte ein paar feine Späne von ihrem Kittel. »Siehst du, schon gemacht.«

Dana erwiderte nur mühsam ihr Lächeln. Das Kind sah fiebrig aus mit seinem brennenden Blick. Immer noch. Zum wiederholten Mal dachte Gertrude, dass Dana vielleicht einen Arzt konsultieren sollte. Aber eine andere Art von Arzt, als Dr. Dresen es war.

»Alles in Ordnung, Mutter?«

»Sicher, warum fragst du?«

»Du bist ganz bleich.«

»Ach, weißt du, Kind ...« Gertrude strich sich das Haar aus der Stirn. »Die letzten Tage waren recht anstrengend, und ich werde auch nicht jünger. Gregor nimmt das Ganze sehr mit, er hat kaum ein Auge zugetan – und ich auch nicht.«

Dana sagte nichts dazu.

»Geh ruhig, Mädchen.« Sie deutete vage in Richtung Tür, doch Dana reagierte nicht. Gertrude seufzte. »Also gut. Wenn du dich unbedingt nützlich machen willst, dann feg die Asche auf dem

Boden zusammen.« Sie griff nach dem Futtersack und schickte sich an zu gehen. Für einen kurzen Moment trafen sich nochmals ihre Blicke. Warum war ihr Verhältnis zueinander nur so schwierig, fragte sich Gertrude. Sie liebte ihre Tochter doch. Ja, sie liebte sie, wenn auch auf eine nüchterne, distanzierte Art, wie ihr bewusst war. Ihren Gunter hatte sie mit Haut und Haar geliebt, wie hatte sie an diesem Mann gehangen, den ihr das Schicksal auf profanste Art und Weise entrissen hatte, ohne ihnen wirklich die Chance zu lassen, sich ein gemeinsames Leben aufzubauen.

Verliebt, verlobt, verheiratet, verwitwet – all das in nicht einmal zwei Jahren. Vielleicht waren ihre Gefühle nur eine jungmädchenhafte Schwärmerei gewesen, dachte sie manchmal. Wie hätte sie sie an der Realität messen können angesichts der kurzen Dauer ihrer Verbindung? Diese eine, verrückte, alles verzehrende Liebe, flüchtig wie ein Traum. Wie viel dauerhafter war später die Trauer gewesen! Nicht einmal über Danas Geburt hatte sie sich freuen können, so sehr hatte ihr das Herz geblutet.

Gertrude schob ihre Gedanken beiseite. Sie musste handeln. Wohin mit dem Sack? Ihn in den Müll zu werfen erschien ihr zu gefährlich. Wenn jemand zufällig aus Neugier hineinsah … Sie wünschte, sie hätte das Kleid nie entdeckt. Hektisch sah sie sich um, entschied sich für die Scheune, zwängte sich zwischen scharfkantigen Ackergeräten hindurch bis in die hinterste Ecke, in der eine morsche Holzkiste stand. Nur mit Mühe gelang es ihr, sie zu öffnen. Sie warf den Futtersack hinein, schloss den Deckel und atmete erleichtert auf.

LISBETH

58.

Mittagszeit. Die Sonne stand hoch, nur ein paar weiße Wolken zogen über den klaren Himmel. Es war wieder sehr warm geworden. Lisbeth machte die Hitze nichts aus, sie liebte das gleißende Licht, das Flirren der Luft, die sirrende Stille. Wenn dann noch ein Windhauch kam – herrlich!

Auf den Stufen der Polizeiwache blieb sie stehen, atmete tief durch und hielt ihr Gesicht in die Sonne. Sie hätte nicht gedacht, dass die Arbeit der Polizei so nervenzehrend sein würde – jedes Für und Wider musste zu Papier gebracht, jedes kleinste Detail festgehalten werden. Im Grunde ideal für jemanden, der gern tippte. Noch nie hatte Lisbeth so viel Text in die Maschine gehämmert wie in den Tagen nach ihrer Ankunft in Kaltenbruch. Seit Rudi Kaminski auf freiem Fuß war, fand sie sogar wieder Spaß an der Schreibarbeit, doch zwischendurch brauchte sie frische Luft, im wahrsten Sinne des Wortes. Hoffmanns ständige Qualmerei verursachte ihr Kopfschmerzen.

Sie sah nochmals auf die Uhr. Eine halbe Stunde blieb ihr bis zum Ende ihrer Mittagspause. Zeit genug, sich die Beine zu vertreten. Sie schlenderte die stille Straße entlang und steuerte auf den Kirchhügel zu, von dem man einen schönen Blick auf die umliegende Gegend hatte. Schon von Weitem erkannte sie die Gestalt, die einsam auf einer der Bänke saß. Es war Marlene Berndt. Der Schatten einer jungen Linde warf ein gesprenkeltes Muster auf ihr Gesicht und ihren Körper, sie wirkte bleich und in sich gekehrt.

Lisbeth trat zu ihr und fragte, ob sie sich setzen dürfe.

»Bitte.« Mit schwacher Geste deutete Marlene neben sich. Eine Weile saßen sie schweigend beieinander.

»Als du von deinem Verlobten erzählt hast, war ich sicher, dass mir eine solche Geschichte nie passieren könnte«, sagte Marlene auf einmal, den Blick stur geradeaus gerichtet. »Ich würde nur aus Liebe heiraten, dachte ich, und dass Martin mich lieben würde bis ans Ende unserer Tage.« Sie hielt einen Augenblick inne. »Unsere Beziehung war ein Geheimnis, weißt du? Wir wollten sie erst mit der Ankündigung unserer Hochzeit preisgeben.«

Martin also. Der junge Leitner. Lisbeth erinnerte sich, wie vertraut die beiden auf dem Polizeirevier beieinandergesessen hatten, wie der junge Leitner knurrend wie ein Wachhund auf Hoffmann losgegangen war, als er geglaubt hatte, dieser würde Marlene zu sehr bedrängen. Später hatte sie von ihrem Fensterplatz aus gesehen, wie die beiden einander umarmt und geküsst hatten, auf offener Straße, am helllichten Tag. Unter einem Geheimnis verstand sie eigentlich etwas anderes. Aber nun war offenbar alles vorbei. So ist das mit der Liebe, dachte sie. Nichts hält ewig.

»Er ist an allem schuld.« Marlenes Gedankensprung verwirrte Lisbeth. Von wem sprach sie? »Gregor Leitner. Er ist mein Vater.« Das Rätsel war mit einem Paukenschlag gelöst.

»Dabei hab ich immer gedacht, er wär mein Onkel.« Marlene lachte zynisch. »Ein Nenn-Onkel sozusagen, weil er mich doch bei sich aufgenommen hat: eine Waise. Aber ich war keine, wie ich seit gestern weiß.«

Lisbeths Überraschung legte sich schnell. Sie erinnerte sich an Frau Schlüters bedeutungsschwangere Miene, mit der sie von Leitners früherer Ehefrau gesprochen hatte. Die Betonung der Vorsilbe »Ehe« hatte keinen Zweifel daran gelassen, dass es noch andere Frauen gegeben hatte. Plötzlich erkannte Lisbeth das Problem.

»Wenn er dein Vater ist, dann ist Martin –«

»Mein Bruder, richtig«, ergänzte Marlene. »Mein Halbbruder. Und Heini auch.«

Lisbeth blies die Backen auf und atmete hörbar aus. »Das ist ein Ding.«

Marlene lächelte traurig. »Sie hätten mich aus Respekt meiner verstorbenen Mutter gegenüber aufgenommen, hat Leitner gesagt, und weil ich so ein nettes Kind gewesen sei. Das hat mir viel besser gefallen als diese Christenpflichtfloskel seiner Frau. Nun, es war alles gelogen. Was er gesagt hat, war gelogen. Sie hat sich da eher an die Wahrheit gehalten. Sie hat mich aufgenommen, obwohl sie wusste, dass ich ein Kuckuckskind bin. Und das Schlimmste ist: Ich hab ihr nicht einmal danken können dafür. Diese Vorstellung ist mir ganz schrecklich.«

Lisbeth dachte über ihre Worte nach. »Vielleicht hätte sie das gar nicht gewollt«, sagte sie nach einer Weile. »Es hätte ja nichts geändert an eurer Situation. Du bist ein guter Mensch geworden, Marlene. Das ist doch die schönste Belohnung, die sie bekommen konnte.«

»Sie ist tot.«

»Bestimmt hat sie schon vorher gewusst, dass es sich lohnt, sich für dich einzusetzen.«

»Meinst du?«

»Ganz sicher.« Sie schenkte Marlene ein aufmunterndes Lächeln und ließ einen Moment verstreichen. »Und Martin?«, fragte sie vorsichtig. »Was sagt er?«

Marlene schluchzte auf. »Das ist es ja! Er sagt, dass er mich liebt, er macht mir einen Heiratsantrag unten am See, er verplant sein ganzes Leben mit mir, und dann kommt einer daher und behauptet, wir seien Geschwister – und bums!, hat sich alles erledigt. ›Ja, wenn das so ist … dann trete ich natürlich vom Kauf zurück.‹«

»Martin hat dich nicht gekauft, Marlene.« Lisbeth konnte sich den Einspruch nicht verkneifen. »Aber es tut mir sehr leid für euch. Ehrlich.«

»Am liebsten wäre ich tot!«, schniefte Marlene.

»Nicht doch!« Lisbeth strich ihr tröstend über den Arm.

»Ich wünschte, es gäbe ein fürchterliches Gewitter, das alles aufwirbeln und blank pusten würde.« Widder Erwarten lachte Marlene plötzlich unter Tränen. »Mein Gott, ich hab solchen Durst!«

»Dagegen lässt sich etwas unternehmen.« Lisbeth sprang auf. »Warte einen Moment.« In großen Schritten eilte sie den Hügel hinab und bog in die Hauptstraße ein. Die letzten Schritte bis zum Laden rannte sie beinahe.

Mittagspause. Welch ein Pech! Lisbeth wollte schon wieder gehen, als sie drinnen eine Bewegung registrierte. Die Verkäuferin war noch da.

»Bitte!« Sie klopfte gegen die Scheibe. »Machen Sie noch einmal auf!«

Nach kurzem Zögern kam die Frau zur Tür und sperrte auf. Lisbeth bedankte sich überschwänglich.

»Könnte ich bitte zwei Flaschen Limonade bekommen? Ist sozusagen ein Notfall.«

Die Verkäuferin bedachte sie mit einem überaus kritischen Blick. »Sie sind von der Polizei, oder?«

»Sozusagen.«

Wieder zögerte die Frau. »Na ja, Sie tun auch nur Ihre Arbeit.« Sie schlurfte davon und kam kurz darauf mit dem Gewünschten wieder.

»Könnte ich das anschreiben lassen? Ich zahle heute Abend.« Die Verkäuferin schaute noch missmutiger drein. »Sie wissen ja, wo ich zu finden bin«, schob Lisbeth lächelnd nach. »Wenn Sie Ihr Geld nicht bekommen, kann Polizeimeister Kröger mich gleich an Ort und Stelle verhaften.«

Die Frau schnaubte nur. Lisbeth bedankte sich trotzdem und machte sich eilig auf den Rückweg. Marlene saß noch an ihrem Platz.

Bevor Lisbeth ihr eine der bauchigen braunen Flaschen reichte, griff sie in ihre Rocktasche, zog den Zimmerschlüssel vom Roten Hahn heraus und setzte den Schlüsselbart am Flaschenhals an. Eine geschickte Hebelbewegung, und der Kronkorken sprang ab.

»Donnerwetter!«

»Gelernt ist gelernt. Bitte sehr!«

»Wirklich nett von dir.« Marlene trank in großen Schlucken und wischte sich mit dem Handrücken über den Mund. »Ist meine Lieblingslimonade«, bemerkte sie. »Dana bringt sie mir manchmal aus dem Laden mit.«

»Ihr seid gut befreundet, oder?«

»Ja. Ich glaube, ich würde verrückt, wenn ich Dana nicht hätte. Sie tut alles für mich. Wirklich alles.« Marlene schüttelte den Kopf, als ob sie sich selbst darüber wundern würde. »Als wir noch zur Schule gingen, wurde ich immer von den Schlütertöchtern gehänselt«, erzählte sie. »›Bastard‹ haben sie mich genannt, weil ich nur ein angenommenes Kind war – das dachte ich damals zumindest. Aber wahrscheinlich haben's alle gewusst – nur wir Kinder vom Leitnerhof nicht.« Sie lachte bitter.

Lisbeth kam das Foto in den Sinn, das bei Schlüters auf dem Kaminsims stand: die drei jungen Frauen, vor blauem Sommerhimmel unbeschwert in die Kamera lächelnd. Sie dachte an Frau Schlüters Anspielung. Wahrscheinlich war es so, wie Marlene vermutete: Zumindest die Töchter des Hauses hatten es gewusst.

»Später haben die Schwestern es dann auf Dana abgesehen«, fuhr Marlene fort. »Aber da waren wir schon älter und wussten uns besser zur Wehr zu setzen. Ich zumindest. Und Dana hat sich's wohl von mir abgeschaut. Sie ist dann viel radikaler geworden, als ich es war.« Ein schwaches Lächeln umspielte ihren Mund. »Sie hat mich immer bis aufs Messer verteidigt. Beim Tanz in den Mai hat sich mal einer der Dorfburschen an mich rangemacht. Er hatte einen zu viel über den Durst getrunken und war sehr aufdringlich, wollte einfach nicht lockerlassen. Als Dana das mitbekam, griff sie sich prompt eine Holzlatte und schlug ihm damit ins Kreuz. Ohne Vorwarnung. Da hat er sich getrollt.« Sie lachte leise.

Lisbeth wusste nicht recht, was sie von dieser Geschichte halten sollte. Sie trank ihre Limonade aus und stand auf. »Ich muss wieder los, Marlene. Die Arbeit ruft.«

Marlene nickte nur.

Auf dem Rückweg zur Wache dachte Lisbeth an ihre eigene Familie, die sie hatte verlassen müssen, um ihr Leben zu leben. Heimweh überkam sie, so unvermittelt und heftig, dass sie stehen blieb und ihr Gesicht in ihren Händen barg. Was war nur mit ihr los? Sie seufzte laut auf und wischte den Schmerz beiseite. Der Schritt, den sie gegangen war, war nicht leicht gewesen, und auch die folgenden nicht.

Unvermittelt kam ihr Rohwedel in den Sinn. Sie hatte gerade beim Kaufhaus Herold in der Abteilung Einkauf angefangen und war furchtbar stolz auf diese Stelle gewesen. Bestellungen aufgeben, die Korrespondenz tippen – ein guter Job für eine, die gerade erst angefangen hatte mit ihrem Sekretärinnendasein und noch keinen Abschluss vorweisen konnte. Dann hatte Rohwedel sie zum Mittagessen eingeladen. Einen Vorgesetzten durfte man nicht vor den Kopf stoßen, also war sie mitgegangen. Auch das nächste und übernächste Mal. Ob sie nicht einmal zusammen ins Kino gehen wollten? Die Musik aus *Wenn der weiße Flieder wieder blüht* sei unvergleichlich. Lisbeth versuchte sich herauszureden, aber Rohwedel blieb hartnäckig. Bei einem Kinobesuch sei doch nichts dabei. Mitten in der Vorführung legte er ihr die Hand aufs Knie, doch sie schob sie herunter, ein ums andere Mal, bis er es sein ließ. Sie dachte, damit wäre die Sache ausgestanden, aber zu diesem Zeitpunkt war schon alles zu spät. Rohwedels Schwiegereltern in spe saßen unbemerkt ein paar Reihen hinter ihnen und waren keineswegs erbaut darüber, dass ihr zukünftiger Schwiegersohn mit einem anderen Mädchen ausging. Nach der Vorführung kam es zu einer unschönen Begegnung, bei der Lisbeth am liebsten im Boden versunken wäre. Er biege das schon wieder hin, erklärte Rohwedel am nächsten Morgen vollmundig, doch die Schwiegereltern wollten sich offenbar nicht verbiegen lassen. Es sei wohl besser, wenn sie die Abteilung wechsele, teilte er ihr drei Tage später mit. Ob sie an einer Stelle in der Miederwarenabteilung interessiert sei? Das sei sie keineswegs, hielt sie ihm tapfer entgegen, was allerdings nicht viel half. Plötzlich verschwand auf geheimnisvolle Art und Weise Korrespondenz, die sie angeblich nie erledigt hatte, andere war falsch adressiert. Nun war es nicht mehr Rohwedel, der das Gespräch mit ihr suchte, sondern der Leiter des Kaufhauses, der ihr dringend riet, sich in den Miederwarenverkauf einzuarbeiten. Andernfalls sehe man sich leider gezwungen, auf ihre Mitarbeit zu verzichten. Aber die Miederwaren reichten Rohwedels Verlobter offenbar nicht. Kaum hatte Lisbeth dort angefangen, äußerten angebliche Kundinnen, die sie noch nie zuvor gesehen hatte, Beschwerden über sie. So war ihre Kaufhauskarriere bereits gescheitert, ehe sie richtig begonnen hatte. Geblieben war ihr nur Amelie, die jedoch weit davon entfernt war, alles für Lisbeth zu tun.

HOFFMANN

59.

»Das nenn ich eine saftige Klatsche, die wir einkassiert haben: acht Treffer für die Ungarn!« Hoffmann hängte seinen Mantel an die Garderobe und stellte seine Tasche ab. »Was war das für ein Spiel? Pingpong? Wenn die Jungs so weitermachen, können wir den Titel vergessen.«

»Kopf hoch, Herr Kommissar! Eine Niederlage ist nicht kriegsentscheidend. Noch ist nicht aller Tage Abend.« Kröger stellte ihm eine Tasse Kaffee hin. »Passen Sie auf: Fritzchen geht über die Straße und findet einen Gummiknüppel –«

»Kröger!«

»Nein, nein, hören Sie zu! Fritzchen fragt also: ›Ist das Ihr Gummiknüppel, Herr Wachtmeister?‹ Der Polizist schaut nach und antwortet: ›Nein, Bub. Meinen hab ich verloren.‹« Kröger zeigte sein Pferdegrinsen. »›Meinen hab ich verloren!‹ Ist doch komisch, oder?«

»Wissen Sie, was komisch ist?« Hoffmanns Ton ließ keinen Zweifel daran, dass die Frage rhetorisch gemeint war. »Komisch ist die Sache mit dem Knüppel. Ich meine, was hatte Gruber überhaupt am Erdbeerfeld zu suchen, so nahe am Hof? Dort aufzutauchen glich doch einer Kriegserklärung. Er musste wissen, dass die Leitners ihn am liebsten tot gesehen hätten, die schrien doch nach Rache.« Er blies in seinen Kaffee und trank einen Schluck. »Nehmen wir trotzdem einmal an, er ging dorthin und Martin Leitner machte kurzen Prozess mit ihm. Der junge Leitner wird doch nicht so blöd gewesen sein, Gruber sozusagen direkt vor seiner Haustür liegen zu lassen! Selbst dem dümmsten Bauern –« Hoffmann unterbrach sich. »Die Sache ist so naheliegend, dass sie jedem, der halbwegs bei Verstand ist, klar sein müsste«, beendete er den Satz. »Gruber ist an Ort und Stelle gestorben, wie wir wissen, aber Martin hätte die Leiche doch wegschaffen können. Runter zum See beispielsweise, ein paar Steine an die Füße, fertig.« Hoffmann veränderte seine Sitzposition und rieb sich den schmerzenden Arm.

»Sie haben eine lebhafte Fantasie, Herr Kommissar.«

»Die braucht man in unserem Beruf.«

»Ich dachte immer, es zählen nur Fakten.« Kröger lächelte sanft.

»Eben nicht!«, rief Hoffmann aus. »Man muss alle Möglichkeiten durchspielen, und oft genug geht's nur nach der Methode ›Versuch und Irrtum‹. Die Einwände bezüglich des Tatorts gelten im Übrigen für jeden anderen, der Heinrich Leitner möglicherweise rächen wollte. Damit halst der Täter der Familie neue Probleme auf. Bedenken Sie: Alibis sind immer eine heikle Sache. Der Täter hat theoretisch sogar in Kauf genommen, dass Leitner junior in den Knast geht. Das kann er doch nicht gewollt haben.«

»Es sei denn, man hat sich abgesprochen«, wandte Kröger ein.

»Im Fall Martin Leitner waren es mindestens fünf Leute, die ihm ein Entlastungsalibi verschafft haben, nicht nur die Familie.«

»Wie bei Rudi Kaminski«, ergänzte Kröger.

»Wie bei Rudi Kaminski«, musste Hoffmann zugeben. »Dessen Rundum-Sorglos-Alibi ist ja auch fast zu schön, um wahr zu sein.«

Eine Weile sprach niemand, nur das Klackern der Schreibmaschine hallte durch den Raum.

»Vielleicht war es Notwehr«, sinnierte Kröger. »Gruber hat sie nochmals bedroht, und sie hat ihn daraufhin erstochen.«

»Sie sprechen von Dana Starck?«

Kröger nickte.

»Notwehr, indem sie sich von hinten anschleicht?«

»Eine Art vorausschauende Notwehr sozusagen. Ich stelle mir das so vor: Das Mädchen wird Zeugin des Mordes an Heinrich

Leitner, woraufhin Gruber sie bedroht. Wir versprechen ihr Schutz, der dann aber unterbleibt. Gruber läuft frei herum und hat Zeit, sich in aller Ruhe zu besaufen. Dabei beschließt er, diese Dana endgültig zum Schweigen zu bringen. Das muss keine besonnene Entscheidung gewesen sein – bei dem Promillepegel, den er im Blut hatte, ist eher vom Gegenteil auszugehen. Er nähert sich dem Hof, sie bekommt das irgendwie mit, schleicht sich von hinten an, und zack!« Kröger vollführte einen Fausthieb durch die Luft.

»Wäre eine Möglichkeit. Vielleicht war's auch jemand, der ihr nahestand, der die Sache sozusagen für sie erledigt hat«, spann Hoffmann den Faden weiter.

»Also muss es doch jemand vom Hof gewesen sein.«

»Wenn wir davon ausgehen, dass die Tat eine unmittelbare Reaktion auf Grubers Auftauchen war, vermutlich.«

»Aber sie hat ausgesagt, sie habe niemandem davon erzählt«, wandte Kröger ein.

»Haben Sie schon mal eine Frau erlebt, die dichthalten kann?« Herausfordernd schaute Hoffmann zu Lisbeth Pfau hinüber, die seinen Blick auffing. »Vielleicht hat die Starck die Geschichte erst ausgeplaudert, nachdem sie bei uns war«, fuhr er an Kröger gewandt fort. »Ist sie nicht ganz dicke mit dieser Marlene Berndt?«

Kröger nickte.

»Eine beste Freundin muss doch über alles im Bilde sein! Und erinnern Sie sich, wie die Kleine auf der Beerdigung geweint hat! Sie trauerte um Heinrich Leitner und war doppelt betroffen, weil sie ihn als Letzte lebend gesehen hat. Dann wird die Busenfreundin vom selben Täter bedroht – schlimmer geht's nimmer. Da zückt eine beherzte Natur vielleicht das Messer, was meinen Sie?«

Statt zu antworten, ließ Kröger sein Pferdeschnauben hören.

»Tja, die holde Weiblichkeit!« Hoffmann sah nochmals zu Lisbeth Pfau hinüber, doch sie ignorierte ihn und hackte stur in ihre Tasten. »Wir hatten sie bislang nur als Opfer im Blick, aber vielleicht lag hier unser Fehler. Laut Rechtsmedizin ist Gruber an Genickbruch gestorben. Vermutlich durch einen Schlag mit seinem eigenen Prügel. Grubers Stichwunden waren nicht ursächlich für seinen Tod, sagt Doktor Wolgast. Überlegen Sie, Kröger: Erst zustechen und dann noch mal mit dem Knüppel drauf – dieses Unentschlossene ist doch typisch weiblich. Und es zeugt davon, dass der mögliche Täter, oder vielmehr die Täterin, sich die Tat selbst nicht recht zugetraut hat. Sie sticht zu, das Opfer fällt hin und verliert seinen Knüppel. Sie hebt ihn auf und gibt ihm noch mal eins drüber nach dem Motto ›Doppelt hält besser‹. Die Theorie würde zusätzlich erklären, warum Gruber dort lag, wo er lag.«

Kröger blickte auf. »Nach der Tat die Nerven verloren und einfach weggerannt, meinen Sie.«

»Richtig.«

»Und die fehlenden Fingerabdrücke?«

»Das Messer haben wir ja nicht gefunden. Einschneidige Klinge, den Wundrändern nach zu urteilen. Könnte ein Haushaltsmesser gewesen sein. Ansonsten – Schutzhandschuhe, würde ich sagen. Vielleicht wollte die Dame sich einfach nicht die Finger schmutzig machen.«

»Warum hat sie den Knüppel nicht auch weggeschafft?«

»Tja. Es war ja Grubers Knüppel. Wenn sie Handschuhe trug, musste sie keine Angst haben, dass er Schlüsse auf sie zuließ – sofern sie überhaupt so weit gedacht hat.« Urplötzlich schob Hoffmann seinen Stuhl zurück. »Wir brauchen einen Durchsuchungsbefehl für das Hofgelände. Dürfte kein Problem sein, nachdem wir Kaminski als Täter ausschließen müssen. Aber es sollte schnell gehen. Falls es nicht ohnehin schon zu spät ist.«

DANA

60.

Wie ein heimlicher Brunnen murmelt mein Blut, immer von dir, immer von mir. Sie wusste nicht mehr, wo sie diese Zeilen gelesen hatte, doch sie hatten sich tief in ihr Gedächtnis gebrannt. Dieses immerwährende Flüstern, Raunen, Rauschen ihres Blutes! Aber sie war kein Brunnen, sie war ein tosender Wildbach. Marlene, Marlene, Marlene!

»Mein Herz schreit nach dir, Marlene.«

»Was sagst du?«

Die Sonne spiegelte sich als flimmernde Scheibe im schwarzen Wasser. Der Schweiß biss auf der Haut und rann ihr die Achseln hinab. Dana tat noch zwei Ruderschläge, dann ließ sie das Boot treiben.

»Wir zwei gehören zusammen, Marlene. Wir brauchen niemanden, nur uns. Heini nicht, Martin nicht und schon gar nicht den Alten. Wir sind frei!« Sie fing Marlenes ungläubigen Blick auf. »Ich werde für dich sorgen, Marli. Und ich werde dich nie enttäuschen.«

»So hör doch auf damit, Dana!«

»Du brauchst keine Angst zu haben. Ich habe auch keine. Und ich werde dir helfen, Marlene. Mir selbst habe ich auch geholfen.« Da war er wieder, dieser zweifelnde Blick. Wenn Marlene ihr doch nur vertrauen könnte! »Gruber«, flüsterte Dana. »Jetzt ist er weg.« Sie lächelte in sich hinein und griff wieder nach den Rudern. Mit ein paar kräftigen Schlägen steuerte sie auf die Mitte des Sees hinaus.

»Was war mit Gruber?«

»Er hat mir gedroht.«

»Gedroht? Warum?«

Dana hielt erneut inne und sah ihrer Freundin in die Augen. »Weil ich gesehen habe, wie er Heini umgebracht hat.«

»Heini? Du hast gesehen, wie …« Marlene schlug die Hände vor den Mund.

»Er sagte, er würde mich auch umbringen, wenn ich etwas verrate«, erklärte Dana und zog die Ruderblätter aus dem Wasser. Sie lehnte sich zurück und legte den Kopf in den Nacken. Mit gellenden Rufen glitt ein Greifvogel in großer Höhe über den See hinweg, schnatternd flog eine Ente auf.

»Niemand kann uns auseinanderbringen«, murmelte sie. »Niemand darf sich zwischen uns stellen.«

»Hast du Gruber getötet?«

Dana reagierte nicht. »Der stört uns nicht mehr«, verkündete sie kühl und setzte sich wieder auf. »Niemand stört uns mehr.«

»Dana, was redest du? Du machst mir Angst!«

Danas Blick wurde hart. »Wenn du selbst nicht auf dich aufpassen kannst, tue ich es für dich, Marlene. Man muss schützen, was man liebt, das habe ich irgendwann mal gelernt.«

»Dana, bitte, lass uns wieder an Land rudern.«

Dieser Jammerton, diese weinerliche Verzagtheit!

»Ich hatte mich hübsch gemacht für dich. Das Kleid, das du mir geschenkt hast, ich trug es zum ersten Mal. Und ich habe dir Limonade mitgebracht. Libella. Die trinkst du doch so gern.«

»Mein Gott, Dana. Du warst am Obststand?«

»Stell dir vor! Aber wie ich dort ankomme, steht da schon Heinrichs Traktor. Wie ihr poussiert habt, schon wieder! Als ob die Nacht nicht gereicht hätte!«

»Am See warst du auch?«

Dana antwortete nicht.

»Aber es war doch nicht Heini! Ich war mit Martin hier, du hast die beiden verwechselt!«

»Spielt das eine Rolle? Hast dir wohl beide warmgehalten, hast gedacht, man kann ja nie wissen. Was, Marlene?«

Dana begann wieder zu rudern, ungeschickt diesmal. Die Ruderblätter schlugen klatschend aufs Wasser, ein Tropfenregen ging auf sie hinab. »Marli, lass uns nicht die Zeit vergeuden. Lass uns Nägel mit Köpfen machen und unsere Verlobung bekannt geben.« Ihre Stimme klang jetzt hoch und falsch. »Dieser selbstverliebte Bauerntrampel! Du glaubst gar nicht, wie wütend er mich gemacht hat. So wahnsinnig wütend.«

Marlene stöhnte auf. »Ich fasse es nicht: Du hast mir die ganze Zeit hinterherspioniert.« Sie presste ihre Hände gegen die Stirn. »Und Gruber? Er war's gar nicht, oder? Sag die Wahrheit!«

Dana antwortete nicht.

»Du hast Heini erschlagen!« Marlene kreischte jetzt. »Du hast ihn umgebracht! Und Gruber hast du auch auf dem Gewissen!«

»Ich habe es für dich getan, Marlene.«

»Für mich? Das ist das Fürchterlichste, was ich je gehört habe!«

Dana streckte die Hand aus und berührte Marlene am Arm, doch sie schlug sie weg.

»Fass mich nicht an! Du ruderst jetzt sofort ans Ufer, und wir gehen zur Polizei.«

»Zu diesem aufgeblasenen Einfaltspinsel? Oder zu deiner schwatzhaften Freundin mit den roten Ohren? Im Leben nicht!« Dana stieß ein zynisches Lachen aus und wurde schlagartig ernst. »Ich hab dich so geliebt, Marlene! Ich hätte alles für dich getan. Wegen dir bin ich hiergeblieben, in diesem gottverlassenen Kaff. Habe auf alles verzichtet, weil ich dich nicht verlassen wollte! Aber du hast immer nur dich gesehen. Dein Leid war immer das größte. Wie undankbar du bist, Marlene! Hast mich am langen Arm verhungern lassen. Sieh mich an, bin ja nur noch Haut und Knochen. Aber jetzt ist Schluss damit.« Sie griff hinter sich. Auf einmal hielt sie ein kleines Beil in den Händen, holte blitzschnell aus und hieb auf den Bootsrumpf ein. Wasser strömte durch die geborstenen Planken, sehr schnell, immer mehr. Mit einem Aufschrei warf sich Marlene nach vorn. Das Boot schwankte, glitt schaukelnd zur Seite, brachte sie aus dem Gleichgewicht.

Sie fiel über Bord, tauchte wieder auf, schrie um Hilfe, schrie und schrie, bis Dana sie zu fassen bekam und ihren Kopf unter Wasser drückte.

HOFFMANN

61.

»Herr Kommissar?« Der junge Polizist aus Merfeld, den er bereits von seinem ersten Einsatz in Kaltenbruch her kannte, gab Hoffmann ein Zeichen. Er schien etwas gefunden zu haben.

Sie hatten erneut Verstärkung angefordert, und seit über einer Stunde durchkämmten sechs Polizisten den Hof, bislang ohne Erfolg. Hoffmann schwitzte in seinem neuen Perlonhemd. Es stank, überall auf dem Hof stank es. Er fragte sich, wieso man den Misthaufen so nah am Haus platziert hatte, das war ja, als würde man das Scheißhaus gleich neben der Küche bauen, weil man es dann vom Tisch nicht so weit hätte.

Gerade hatte er einen Raum betreten wollen, den er für eine Art Schlachtraum hielt, machte jedoch kehrt und folgte dem jungen Beamten in die Scheune. Nach dem gleißenden Sonnenlicht draußen mussten seine Augen sich erst an das dämmrige Halbdunkel gewöhnen. Um ein Haar wäre er über ein gitterartiges Etwas gestolpert, dessen rostige Spitzen geradezu nach Wundstarrkrampf schrien.

»Vorsicht!«, mahnte der Kollege. »Hier kann man sich überall verletzen.«

»Gut, dass du mich hinterher warnst«, grantelte Hoffmann vor sich hin und lavierte sich an den Gerätschaften vorbei in die hinterste Ecke, in der eine morsche Holzkiste stand. Der junge Polizist klappte den Deckel auf und deutete auf einen Sack, der darin deponiert war.

»Da ist was drin. Sieht verdächtig aus.«

»Holen Sie's raus.«

Der Kollege zog den Sack aus der Kiste, öffnete ihn und holte etwas hervor, das Hoffmann im ersten Moment für einen Fetzen Stoff hielt, einen Lappen vielleicht. Dann erkannte er, dass es ein Kleid war: ein geblümtes, tief ausgeschnittenes Jungmädchenkleid, über und über besudelt mit etwas, das wie getrocknetes Blut aussah.

Hoffmann pfiff durch die Zähne. »Mitnehmen«, wies er den jungen Beamten an und bahnte sich seinen Weg zurück ins Freie. Vor dem offenen Scheunentor blieb er stehen und winkte Lisbeth Pfau zu sich heran, die noch immer an der Stelle ausharrte, an der er sie zurückgelassen hatte. In diesem Moment erblickte er Gertrude Starck. Sie stand jetzt in der Tür, die von der Küche des Wohnhauses auf den Hof führte, und starrte zu ihnen herüber.

»Frau Starck?«

Sie reagierte nicht.

»Frau Starck, würden Sie bitte herkommen?«

Zögerlich setzte sie sich in Bewegung.

»Kennen Sie dieses Kleid?« Er deutete mit dem Kinn auf den Polizisten, der das Kleid in die Höhe hielt.

»Nein.« Sie schaute kaum hin.

»Bitte betrachten Sie es genauer.«

Ihr Blick blieb stur auf den Boden gerichtet. Eine Schar Hühner näherte sich ihnen, und ein besonders vorwitziges Exemplar pickte zwischen ihren Füßen herum. Hoffmann klatschte in die Hände, um es zu verscheuchen.

»Wir kriegen ohnehin heraus, wem es gehört, Frau Starck. Doch Sie könnten den Vorgang beschleunigen – in unser aller Interesse.«

Die Starck schluckte. Ihr Unterkiefer bebte. »Es ist Marlenes Kleid.«

»Ganz sicher?«

Sie nickte.

»O mein Gott!«

Hoffmann fuhr herum. Der Schreckensruf kam von einer jungen Frau, die urplötzlich auf dem Hof erschienen war. Die Tochter des Dorfmetzgers, wenn er sich recht entsann. Jülen oder Jülich. Brigitte oder Barbara.

»Was will die denn hier?«, raunzte er wenig galant. »Auf dem Gelände hat niemand etwas zu suchen, bis wir fertig sind!«

»Aber das Kleid hat Dana getragen!« Die Metzgerstochter wandte sich hilfesuchend an Kröger, der auf ihren Schrei hin ebenfalls zu ihnen gestoßen war. »Karl, bitte sag dem Herrn, ich bin sicher, dass Dana dieses Kleid getragen hat.«

Kröger blies hörbar die Luft aus. »Fräulein Jülich meint ...« Er brach verlegen ab.

»Wann war das?« Hoffmann schaute die Jülich direkt an.

»An dem Morgen, an dem's passiert ist. Das mit Heini.« Sie wirkte zwar eingeschüchtert, schien sich ihrer Sache jedoch sehr sicher zu sein. »Ich habe Dana im Dorf getroffen, und da hatte sie es an. Sie sagte, Marlene habe es ihr geschenkt, weil's ihr zu eng geworden sei.«

»Was erzählst du, Brigitte?«, fuhr die Starck dazwischen. »Ich habe dieses Kleid nie an ihr gesehen!«

Brigitte Jülich zuckte zusammen, blieb aber beharrlich. »Sie sagte, sie trage es zum ersten Mal.«

»Dana macht sich nichts aus Kleidern.«

»Aber wenn ich sie gesehen habe!« Nun brach die Jülich doch in Tränen aus, was Hoffmann wenig beeindruckte.

»Und danach? Kann es sein, dass sie es später noch mal getragen hat?«

Dazu freilich konnte Brigitte Jülich nichts sagen.

Gertrude Starck schüttelte den Kopf. »Nach Heinis Tod hat sie dieses Kleid ganz bestimmt nicht getragen. Wenn's nach ihr ginge, würde sie ohnehin nur in Hosen herumlaufen.«

Hoffmann ließ sich ihre Worte durch den Kopf gehen. »Wo ist Ihre Tochter eigentlich?«

»Die Mädchen sind vor ungefähr einer Stunde weg. Unmittelbar bevor Sie gekommen sind. Sie wollten zum See runter. Dana meinte, sie würden schwimmen gehen.«

»Schwimmen?«, mischte die Pfau sich nun auch noch ein. Hoffmann strafte sie mit einem strengen Blick, den sie jedoch geflissentlich ignorierte. »Die beiden können doch gar nicht schwimmen!«

»Das hat mich auch gewundert«, gab die Starck zu. »Aber Dana meinte, Sie hätten es ihnen beigebracht.«

»Ich?«

»Ja, Sie! Sie sind doch die junge Frau von der Polizei, oder etwa nicht?«

»Wann sollte ich den beiden denn das Schwimmen beigebracht haben?«, fragte die Pfau entgeistert.

Hoffmann räusperte sich laut. Diese Diskussion erschien ihm wenig zielführend. »Also, Frau Starck: Haben Sie eine Ahnung, wie dieses Kleid in den Sack –«

»Einen Augenblick, bitte«, fiel seine Mitarbeiterin ihm ins Wort und hob abwehrend die Hand. »Was hat Marlene dazu gesagt?«

»Marlene war nicht dabei. Sie redet ja nicht mehr mit uns, nur mit Dana.« Auch die Starck ignorierte Hoffmann jetzt völlig. Er spürte Wut in sich aufkeimen.

»Herrgott! Könnten wir das vielleicht später klären?«

»Entschuldigung, ich habe so ein ungutes Gefühl.« Die Pfau drückte dem verdutzten Kröger ihren Schreibblock in die Hand und lief los.

Hoffmann konnte es kaum glauben. »Kommen Sie sofort zurück!«, brüllte er, doch sie war bereits hinter der Scheune verschwunden. »Ist die jetzt völlig durchgedreht?« Er blitzte Kröger an, als wäre der an allem schuld.

»Merkwürdig«, sagte die Starck leise.

»Was?«

»Meine Tochter hat sich merkwürdig benommen.«

Hoffmanns Blick wanderte zwischen ihr und der Stelle hin und her, an der die Pfau gestanden hatte, dann nahm er erneut das

Kleid ins Visier. Dieses Jungmädchenkleid. Marlenes Geschenk an Dana, die es angeblich an jenem besagten Morgen getragen hatte. Ein Besuch im Dorf, ein Abstecher zum Obststand. Gruber, der just in diesem Moment Heini Leitner erschlug. Wie war das viele Blut an das Kleid gekommen? Und warum hatte Dana es versteckt? Eine Schockreaktion?

»Bin einfach vorbeigefahren und seh da einen liegen, und da hab ich angehalten. Verdammt, ich hab doch nur helfen wollen!« Gruber hatte das gesagt, bei ihrem ersten Zusammentreffen. Dann, später, zu Kröger: Sie sei ihm entgegengekommen. Dana. *Hinter* dem Obststand und *bevor* er dort eintraf. In einem weißen Kleid, klatschnass.

Aber dieses Kleid war nicht weiß.

»Der Stoff sieht ziemlich dünn aus«, wandte Hoffmann sich an die Starck. »Trägt man da was drunter?«

»Ja, ein Unterkleid«, antwortete sie knapp.

»Ist sonst noch etwas in dem Sack?«

Der junge Polizist schüttelte den Kopf.

Wie Hoffmann es auch drehte und wendete: Für dieses besudelte Kleid wollte ihm keine harmlose Erklärung einfallen. Selbstverständlich würde man die Untersuchung abwarten müssen, aber er war sich sicher, dass es sich um Blut handelte. Die Mädchen. Mit denen stimmte etwas nicht. Ganz und gar nicht.

»Fahren Sie mich zu diesem See«, wies er Kröger an, der nur auf diese Entscheidung gewartet zu haben schien.

»Zu Fuß sind wir schneller, Herr Kommissar.«

»Also gut, Abmarsch! Zwei Kollegen nehmen den Wagen und finden sich so schnell wie möglich vor Ort ein. Der Rest bleibt hier. Auch Sie, Frau Starck.«

Doch die Starck ließ sich nichts befehlen. Sie war bereits losgelaufen.

LISBETH

62.

Lisbeth rannte. Sie rannte vorbei am Erdbeerfeld, den Feldweg hinunter, am Waldrand entlang, durch die kühle Senke, den bewaldeten Hügel hinauf. Ungefähr auf Höhe der Kuppe hörte sie erstmals die Schreie. Sie steigerte ihr Tempo, sprang in großen Schritten hügelabwärts, sah jetzt endlich das Wasser, das Ufer, den Steg; inmitten des Sees zwei Köpfe, einer hell, einer dunkel, rudernde Arme, das Boot, nur wenige Zentimeter aus dem Wasser ragend. Es musste vollgelaufen sein.

Endlich erreichte sie den Steg, streifte noch im Lauf ihr Sommerkleid über den Kopf, schleuderte die Sandalen von den Füßen und tauchte mit einem Kopfsprung ins Wasser. Mit kräftigen Zügen kraulte sie in die Mitte des Sees auf Marlene zu, die sich an den Bootsrand klammerte und röchelnd nach Luft schnappte. Auf Armeslänge entfernt trieb Dana im Wasser. Auch sie hielt sich am Bootsrand fest, wirkte im Gegensatz zu ihrer wild zappelnden Freundin jedoch beinahe stoisch. Keine Frage, wer von beiden länger durchhalten würde.

Lisbeth näherte sich Marlene, worauf diese wild um sich zu schlagen begann.

»Ich bin's, Lisbeth! Ich werde dir helfen.« Sie streckte eine Hand nach ihr aus und berührte sie an der Schulter. Marlene keuchte.

»Ich werde dich jetzt sicher ans Ufer bringen, Marlene.« Sie fasste sie unter den Achseln. »Dana, ich bringe sie jetzt an Land und komme anschließend wieder. Halt dich einfach weiter fest. Das Boot wird nicht sinken, hörst du?« Sie wandte sich wieder an Marlene. »Vertrau mir und lass los.«

Doch Marlene ließ nicht los. Aus den Augenwinkeln registrierte Lisbeth eine schnelle Bewegung, und im selben Moment traf sie ein harter Schlag gegen die Schulter. Dana hatte ein Ruder gepackt und hieb damit auf sie ein.

Lisbeth löste sich von Marlene und tauchte unter. Mit zwei Zügen hatte sie Dana erreicht, packte sie und entriss ihr das Ruder.

»Wage es noch einmal, und ich lass dich absaufen!« Sie drehte ab und schwamm zu Marlene zurück, packte sie erneut unter den Achseln, zog sie vom Bootsrand weg und brachte sie mit kräftigen Beinstößen aus der Gefahrenzone. Vom Ufer drang jetzt aufgeregtes Stimmengewirr zu ihr herüber, und dann war auf einmal Hoffmann neben ihr.

»Lassen Sie mich machen.« Er schwamm dicht an sie heran und streckte eine Hand nach Marlene aus.

»Ich komme klar«, stieß Lisbeth zwischen schnellen Atemstößen hervor.

»Wirklich?«

»Rettungsschwimmabzeichen Silber. Holen Sie die andere.«

Hoffmann zögerte kurz, dann kraulte er weiter.

Inzwischen verhielt Marlene sich ruhiger und ließ Lisbeth gewähren. Bald spürte sie Grund unter ihren Füßen. Eifrige Hände packten sie und halfen ihr an Land. Als sie Marlene in Sicherheit wusste, legte Lisbeth sich auf den Boden, um einen Moment auszuruhen. Sie drehte den Kopf zur Seite und schaute gebannt auf den See hinaus. Da war ja auch Kröger, der ebenfalls in Richtung Boot unterwegs war. Als Brustschwimmer brauchte er eine Weile. Unterdessen hatte Hoffmann Dana erreicht, die wild um sich zu schlagen begann. Wasser spritzte auf, ein kurzes Handgemenge, dann herrschte plötzlich Ruhe. Hoffmann hielt Dana nun in sicherem Griff und schleppte sie, von Kröger begleitet, in Richtung Ufer.

Lisbeth schloss die Augen und wandte ihr Gesicht der Sonne zu. Ihr Herz schlug ruhiger, ihr Atem normalisierte sich. Wie aus der Ferne hörte sie Marlenes Schluchzen, die aufgeregte Stimme von Gertrude Starck, die der beiden uniformierten Polizisten, die ihr aus dem Wasser geholfen hatten und die nun Dana Starck in Empfang nahmen.

Ein Schatten fiel auf ihren Körper, jemand beugte sich über sie. Sie wusste, dass es Kröger war. Ohne die Augen zu öffnen, hob sie die Hand und machte das Victory-Zeichen.

HOFFMANN

63.

Ein strenger Geruch nach Farbe schlug Hoffmann entgegen, als er den Flur der Polizeiwache betrat.

»Was machen Sie da, Kröger?«

»Ich streiche die Wände, wie Sie sehen.«

»Aber warum?«

»Warum streicht man Wände, Herr Kommissar? Damit sie schöner aussehen, nicht wahr?« Kröger tauchte seine Farbrolle in den Eimer und rollte sie ein paar Mal auf einem Brett hin und her, das er wie eine Malerpalette vor sich hielt. »Das Fräulein Pfau hat mich auf die Idee gebracht.«

Das Fräulein Pfau. Hätte Hoffmann sich ja denken können. Ab und zu schien sie durchaus gute Ideen zu haben.

»Sie hat mir erklärt, dass ich es mir selbst schuldig bin, meinen Tag in angenehmer Umgebung zu verbringen«, gab Kröger sich auskunftsfreudig.

»In angenehmer Umgebung? Gehen Sie jetzt in Rente, oder wie?«

»Ach wo! Aber der Raum sah ja nun wirklich nicht mehr schmuck aus. Wenn ich jetzt allerdings einen Antrag gestellt hätte, dass einer mal die Bude streicht oder auch nur für einen Eimer Farbe, dann hätte das Jahre gedauert bis zur Bewilligung. Da greife ich lieber selbst zum Pinsel.«

Hoffmann blickte zu den Fenstern hinüber, durch die auf einmal eine Menge Licht ins Zimmer fiel. »Und was ist mit den Gardinen?«

»Die hat das Fräulein Pfau abgehängt.«

»So? Ihre hausfraulichen Qualitäten sind mir neu.«

»Meine Mutter hat sich doch die elektrische Waschmaschine zugelegt«, erklärte Kröger und wischte sich einen Klecks Farbe von der Wange. »Ein tolles Ding, sag ich Ihnen! Und da hat das Fräulein Pfau gemeint, wir sollten gleich mal ausprobieren, ob die Maschine auch den Gilb aus den Gardinen bringt.«

»Da dürfen wir aber gespannt sein«, entgegnete Hoffmann in falschem Ton, wohl wissend, dass Kröger keinerlei Ironie verstand. »Und wann geht's mit der Polizeiarbeit weiter? Wenn der Fußboden abgeschliffen ist? Oder gibt es noch Stuck für die Decke?«

»Wollen wir's mal nicht übertreiben, Herr Hoffmann! Die Arbeit ist bei mir noch nie zu kurz gekommen. Wenn man allein eine Polizeistation führt, hat man praktisch nie Feierabend.« Kröger erklomm die Leiter, die er aufgestellt hatte. Eine Weile sah Hoffmann ihm bei der Arbeit zu, dann schaute er sich nach seinen Akten um und fand sie in der Mitte des Raumes, wo Kröger sie auf einem Tisch aufgeschichtet und mit einer durchsichtigen Plane abgedeckt hatte.

»Hätte nicht gedacht, dass ihr Kaltenbrucher so verrückt seid.«

»Wie meinen, Herr Kommissar? Wegen dem bisschen Farbe?«

Hoffmann ging nicht darauf ein. »Eine Frau, fast noch ein Mädchen als Täterin! Zwei Morde, und um ein Haar ein dritter! Das ist doch kaum zu glauben.« Er schüttelte den Kopf. »Und dabei wies zunächst alles auf Gruber hin.«

Kröger stieg von seiner Leiter und rückte sie ein Stück nach rechts. »Wissen Sie, Herr Kommissar, eine Sache geht mir schon länger durch den Kopf.«

»Und zwar?«

»Der Gruber war ein Raufbold, und wo er hinkam, gab's Kasalla, aber wie soll ich sagen? Er war ein anständiger Schläger, hat immer nur die Fäuste benutzt, wie es sich für einen ordentlichen Zweikampf gehört. Nie war ein Messer im Spiel gewesen oder ein Knüppel, obwohl er oft den Kürzeren gezogen hat. Warum sollte solch ein Mann auf einmal die Axt nehmen und seinen Widersacher hinterrücks erschlagen? Das schien mir nie so recht ins Bild zu passen.«

»Schön, dass Sie jetzt mit diesem Hinweis rausrücken, Kröger! Aber seien Sie mal ehrlich: Passt eine mordende Furie etwa besser ins Bild? Wie brutal die zugeschlagen haben muss! Denken Sie nur an das viele Blut an ihrem Kleid – eindeutig Heinrich Leitners Blut, wie wir ja nun wissen. Nicht zu vergessen meine Stenorette, der sie den Garaus gemacht hat.« Hoffmann kramte seine Zigaretten hervor und zündete sich eine an, doch der beißende Farbgeruch verdarb ihm den Genuss. Er ging zurück nach draußen und setzte sich auf den Treppenabsatz. Wieder dachte er an Gruber, der inzwischen bestattet worden war. Schlüter hatte die Kosten für das Begräbnis getragen, war ihm zu Ohren gekommen.

Wie sie nun wussten, hatte Schlüter Gruber noch eine Chance gegeben. Gruber sollte mit dem Saufen aufhören und sich zum Entzug in ein Sanatorium begeben – das war die Bedingung gewesen, die Schlüter an eine Weiterbeschäftigung geknüpft hatte. Sie musste einem Mann wie Gruber vollkommen zuwider gewesen sein. Unfreiwillig beurlaubt, hatte er reichlich Zeit zum Nachdenken gehabt. Und zum Trinken. Mit Gewissheit ließ sich heute nichts mehr sagen, aber es war wohl anzunehmen, dass Gruber allmählich gedämmert haben musste, welche Rolle der jungen Dana Starck in dem Drama zugekommen war, für das man ihn verantwortlich gemacht hatte. Vom Alkohol enthemmt, hatte er auf seinem Rückweg vom See einen Abstecher zum Leitnerhof gemacht und einen Knüppel mitgenommen, nicht ahnend, dass der ihm zum Verhängnis werden würde.

Dort draußen am Erdbeerfeld musste Dana ihn bemerkt und sich entschieden haben, ihn zu beseitigen. Er habe sie bedroht, hatte sie ausgesagt. ›Vorausschauende Notwehr‹, hatte Kröger das genannt. Ein Griff in die Küchenschublade, ein geschicktes Anschleichmanöver, und Grubers Schicksal war besiegelt. Dass auch die Leitners als Täter verdächtigt würden, hatte Dana Starck dabei offensichtlich in Kauf genommen. Das Messer habe sie später im See entsorgt, hatte sie ausgesagt. Und das Kleid? Sie habe es verbrennen wollen, aber da sich keine günstige Gelegenheit gefunden hatte, habe sie es vorläufig in dem Futtersack versteckt.

Auch wenn Dana Starck in diesen Fragen kooperiert hatte, so blieb der Mord an Heinrich Leitner für Hoffmann doch rätselhaft.

Sie habe es ›aus Liebe‹ getan, hatte sie ausgesagt, viel mehr war nicht aus ihr herauszuholen gewesen. In den Kategorien normal fühlender Menschen traf es das Wort ›Eifersucht‹ wohl eher. Sie hatte Heinrich mit ihrer besten Freundin anbandeln sehen, war in Rage geraten und hatte ihn hinterrücks erschlagen, kaum dass er allein gewesen war. Dann war sie geflohen, ganz so, wie sie es bei der Vernehmung geschildert hatte. Allerdings nicht, um sich vor Gruber in Sicherheit zu bringen. Sie hatte jenen Fluchtweg gewählt, weil sie gehofft hatte, nicht entdeckt zu werden. Doch dann hatte Gruber sie im Vorbeifahren auf dem kurzen Stück zwischen Obststand und Trampelpfad gesehen. Und damit sein eigenes Todesurteil unterschrieben.

Eifersucht. So lautete auch Marlene Berndts Vermutung. Dana habe sich heimlich angeschlichen und ihren freundschaftlichen Austausch mit Heinrich missdeutet. Gruber hingegen habe sie aus Selbstschutz umgebracht. Schließlich sei sie auch auf sie, Marlene, losgegangen, nachdem sie ihr ihre Taten gestanden habe, das erhoffte Verständnis jedoch ausgeblieben sei. Wie gut, dass Boote nicht so einfach absoffen, dachte Hoffmann und zündete sich eine neue Zigarette an der alten an. Marlene Berndt hatte wirklich Glück gehabt.

Und doch passte das Motiv der verschmähten Liebe nicht zu dieser Dana. Es passte auch ganz und gar nicht zu dem, was Martin Leitner und dessen Schwester Renate ausgesagt hatten. Nach ihren Worten hatte Dana Heinrich nicht ausstehen können, und die Abneigung hatte offenbar auf Gegenseitigkeit beruht. Dass Dana in heimlicher Liebe zu ihm entbrannt war, hielten sie für ausgeschlossen. Statt Liebe also Männerhass als Tatmotiv?

Gertrude Starck hatte ausgesagt, ihre Tochter Dana habe während des Krieges furchtbare Dinge erlebt. Seitdem sei sie – hier hatte die Starck innegehalten und lange nach einem Wort gesucht, um schließlich den Ausdruck »anders« zu wählen. Sie sei anders als andere Mädchen. Reservierter. Weniger gefühlig.

Selbstverständlich war Hoffmann als Polizist das Elend bekannt, das die deutschen Frauen und Mädchen zum Ende des Krieges und danach ereilt hatte: die Übergriffe, die Grausamkeiten, die Vergewaltigungen. Zigtausende teilten dieses Schicksal, viele hatten Selbstmord begangen, entweder, um sich den Verbrechen zu entziehen, oder weil sie mit dem Erlebten nicht fertigwurden. Vielleicht ertrugen diese Frauen und Mädchen auch die Scham nicht, oder gar die Schuldgefühle. Wer konnte den Betroffenen schon in die Köpfe schauen? Wer wollte die mühsam verheilten Wunden wieder aufreißen? Was geschehen war, war geschehen und nicht mehr zu ändern. Den Mantel des Schweigens darüberzubreiten, schien Hoffmann die gnädigste Lösung. Nur eines schien ihm gewiss: Wären alle diese Frauen »anders« geworden, wie Gertrude Starck sich ausgedrückt hatte, welch ein Heer männermordender Bestien würde das Land bevölkern! Nein, dieser Theorie konnte er nichts abgewinnen.

Und was, wenn es diese Marlene war, um die sich alles gedreht hatte? Wenn eine Frau für eine Frau gemordet hatte? Doch wie sollte man eine Frau für sich beanspruchen wollen, die sich erwiesenermaßen zu Männern hingezogen fühlte, wie es normal und natürlich war? Hoffmann verwarf den Gedanken wieder.

Raserei. Ein Fall von Raserei, so musste es gewesen sein. Ihn würde nicht wundern, wenn man bei ihr eine Geisteskrankheit diagnostizierte. Er drückte seine Zigarette aus und stand auf. Vor seiner Abreise hatte er noch ein paar Dinge zu klären.

Als er den Wachraum betrat, war Kröger bereits mit der Stirnwand fertig. Die weiße Farbe wirkte fast grell in ihrer Reinheit. Kröger stieg von der Leiter, begutachtete sein Werk und dreht sich zu Hoffmann um: »Wie finden Sie's?«

»Großartig«, lobte Hoffmann. »Willkommen in der modernen Zeit.«

Kröger nickte zufrieden. »Ach, übrigens: Kennen Sie den, Herr Kommissar?«

»Ja, kenn ich«, antwortete Hoffmann wie aus der Pistole geschossen. Einen Augenblick lang war Kröger sprachlos, dann lachte er gutmütig, und Hoffmann fiel in sein Lachen ein.

LISBETH

64.

»Was war noch mal das andere, das Sie gemacht haben? Das Rettungsschwimmabzeichen und ...« Hoffmann sah Lisbeth fragend an.

»Aquarellmalerei«, ergänzte sie lächelnd.

»Aquarellmalerei! Wirklich wahnsinnig nützlich. Sie können sicher fantastische Phantomzeichnungen anfertigen.«

Sie lachten beide. Vor einer guten Stunde waren sie von Kaltenbruch aufgebrochen, und die Rückfahrt gestaltete sich vergleichsweise flott. Das Hochwasser war abgeflossen, die Behelfsbrücke inzwischen aufgebaut. Hoffmann gab sich ungewohnt gut gelaunt und begann sie auszuhorchen. Zunächst wich sie ihm aus und behauptete, dass es über sie nicht viel zu sagen gebe, doch damit ließ er sie nicht durchkommen.

»Fräulein Pfau, ich habe meine Seele vor Ihnen entblößt, ich habe Ihnen das größte Fiasko meiner beruflichen Laufbahn verraten«, erklärte er betont theatralisch. »Zwar nicht ganz nüchtern, aber immerhin.«

»Der 131er.«

»Korrekt. Nach so viel Offenheit sind Sie mir wohl ein paar schnöde Fakten schuldig. Also: Was treiben Sie in Ihrer Freizeit? Haben Sie noch andere Hobbys als Schwimmen und Aquarellmalerei? Leben Ihre Eltern noch? Besuchen Sie sie oft? Sind Sie irgendwie verbandelt? Das sind doch keine Geheimnisse! Ich selbst bin übrigens solo, nebenbei bemerkt. Aber nicht, dass Sie sich jetzt falsche Hoffnungen machen.«

Lisbeth grinste in sich hinein. Hoffmann hatte Humor, wenn er wollte, und er konnte durchaus unterhaltsam sein. Hinter der überheblichen Fassade schien ein ganz netter Kerl zu stecken, einer, der interessiert und vielleicht sogar mitfühlend war. Und da erzählte sie ihm die Geschichte. Nicht die ganze, beileibe nicht, nur das, was man preisgeben konnte, ohne seine Seele zu entblößen, wie Hoffmann sich ausgedrückt hatte. Im Grunde nicht viel mehr, als sie Marlene erzählt hatte. Aber es war ein Unterschied, ob eine Frau sich einer Frau gegenüber öffnete oder einem Mann, dazu einem, der zur Blasiertheit neigte und außerdem der Vorgesetzte war.

»Im Ernst: Sie sind getürmt?« Hoffmann klang belustigt, und sie bereute ihre Offenheit sofort. »Und Ihre Eltern wissen nicht einmal, wo Sie stecken?« Sein Spott schlug in Nachdenklichkeit um. »Es ist nicht selbstverständlich, eine Familie zu haben, wissen Sie. Manchmal wünschte ich, ich hätte noch eine. Und was Sie betrifft – Sie müssen sich ja nicht mit Ihren Eltern verstehen, aber Sie sollten sie wissen lassen, wo Sie stecken. Das ist meine Meinung.«

Lisbeth schwieg betreten, und er drehte das Radio laut. »Pack die Badehose ein«, sang Conny Froboess. Hoffmann pfiff leise mit und klopfte im Takt zur Melodie aufs Lenkrad. Seiner Hand schien es besser zu gehen.

Familie. Wie sehr Lisbeth in den letzten Tagen mit diesem Thema konfrontiert worden war. Die Leitners. Die Kaminskis. Die Starcks. Sie dachte an Marlene. Wie bitter hatte sie für die Erkenntnis bezahlen müssen, keine Waise zu sein! Aus einem guten Onkel war ein zweifelhafter Vater geworden, aus einem zukünftigen Ehemann ein Halbbruder. Kein guter Tausch, da nicht anzunehmen war, dass die beiden je eine geschwisterliche Beziehung zueinander aufbauen würden. Als wäre das nicht genug, hatte Marlene auch noch ihre beste Freundin verloren, was aber niemand, wirklich niemand zu erwähnen für notwendig befand.

Lisbeth dachte an Dana und an das, was ihre Mutter über sie gesagt hatte. Dass sie wohl Schlimmes erlebt habe, damals, auf der

Flucht. Lisbeth wusste, was erlebte Gewalt für Menschen bedeutete, sie hatte selbst üble Dinge gesehen. So viel erduldetes Leid. Doch Dana Starck hatte nicht länger erduldet, sondern zugeschlagen. Unerbittlich, gnadenlos, ohne Empfinden für Recht und Unrecht. ›Aus Liebe‹ habe sie den Mord an Heinrich Leitner begangen, hatte sie ausgesagt, und für Lisbeth lag klar auf der Hand, dass Marlene gemeint war. Hoffman hatte sich da weniger einsichtig gezeigt. Dass eine Frau wegen einer anderen Frau mordete, ging einem Mann offenbar nicht in den Kopf. Raserei. Das war seine Erklärung für die Tat gewesen, an der sie jedoch Zweifel hegte. Rasende Eifersucht, ja. Aber blindes Wüten? Dana hatte sehr kalkuliert gehandelt, die Kontrolle war ihr nie abhandengekommen. Und sie war schlau. Umso mehr wunderte sich Lisbeth, dass sie den Mord an Gruber nicht besser zu vertuschen gewusst hatte.

Welch eine deprimierende Geschichte! Ein reinigendes Gewitter hätte beizeiten durch dieses Kaltenbruch fahren, alles aufwirbeln und blank pusten sollen, wie Marlene es sich gewünscht hatte. Nicht nur durch Kaltenbruch, sondern durch ganz Deutschland, setzte Lisbeth in Gedanken hinzu. Beizeiten, vor gut einundzwanzig Jahren, bevor Marlene und Dana und Heinrich und die Kaminski-Kinder und Millionen andere zur Welt gekommen waren, bevor man ihre jungen Leben hatte vergiften können. Bevor man ihrer aller Leben vergiftet hatte.

»Ich kann's nicht mehr hören.« Hoffmann drehte das Radio leiser. Friedel Hensch und die Cyprys sangen *Heideröslein,* den aktuellen Superhit, der überall gespielt wurde. Die Fahrt ging ihrem Ende entgegen. Sie passierten die Stadtgrenze, und Hoffman chauffierte Lisbeth nach Hause. Er stieg aus, öffnete die Motorhaube und hob Lisbeths Köfferchen heraus.

»Haben wir es also hinter uns gebracht.« Es war das erste Mal, dass sie einen Anflug von Verlegenheit bei ihm zu erkennen glaubte.

»Danke, dass Sie mir die Chance gegeben haben.«

»Ganz meinerseits.« Er reichte ihr lächelnd die Hand. »Ruhen Sie sich ein bisschen aus, und am Montag sehe ich Sie dann in meinem Büro. Pünktlich.«

»Wird gemacht!«

Er war schon im Begriff, wieder einzusteigen, als ihm noch etwas einfiel. »Nutzen Sie die Zeit und bringen das mit Ihren Eltern in Ordnung.«

»Eye, eye, Sir!« Sie tippte sich an die Stirn.

»Wir sehen uns, Pfauenküken!«

Komischer Kauz, dachte sie, während er davonfuhr. Aber man konnte sich an ihn gewöhnen. Sie nahm ihren Koffer, stieg die drei Stockwerke hinauf, sperrte auf, betrat ihr Zimmer, stellte ihren Koffer ab und sah sich um. Ihr kleines Reich. Kaum größer als das Zimmer im Roten Hahn. Eng und dunkel und ein bisschen muffig riechend. Zeit, dieses Loch und die Breuninger hinter sich zu lassen und sich nach etwas Besserem umzuschauen.

Sie hatte Arbeit, sie hatte Geld. Sie würde ihre Abendkurse wieder besuchen und bald ihre Prüfungen ablegen. Sie war keine Bittstellerin mehr, sie brauchte sich nicht klein zu machen. Und verstecken musste sie sich auch nicht.

Vielleicht stimmte es, was Hoffmann gesagt hatte. Vielleicht hatten ihre Eltern ein Recht zu erfahren, wo sie steckte. Sie würde nach Hause fahren. Nicht an diesem Wochenende, und vielleicht nicht am nächsten. Aber bald. Sie würde Ordnung in ihr Leben bringen, ein für alle Mal. Vielleicht sogar mit Dieter reden, ihm die Sache erklären – sofern er sie ließ. Und dann sehen, was noch kommen würde in diesem Leben, das so viele Möglichkeiten bereithielt.

Zeit für einen Kaffee, entschied sie. Zeit für einen Besuch im Lorenzo. Auf einen Espresso und einen Eisbecher Venezia – das wäre jetzt genau das Richtige. Eine Belohnung hatte sie sich verdient.

GERTRUDE

65.

Gertrude war die Einzige, die Dana regelmäßig besuchte. Eine Mutter war eine Mutter, egal, was passierte. Anfangs hatte ihre Tochter sie nicht sehen wollen, aber sie war beharrlich geblieben, und irgendwann hatte Dana nachgegeben.

So saßen sie nun einander gegenüber, Gertrude wie immer gut gekleidet, geschminkt, mit perfekt frisiertem Haar, wenn sie auch nicht ganz verbergen konnte, wie unwohl sie sich in ihrer Haut fühlte, sobald sie das Gefängnisgelände betrat.

»Der Frühling ist spät dran in diesem Jahr, es ist noch immer recht frisch, vor allem nachts.« Sie deutete mit einer knappen Kopfbewegung auf die vergitterten Fenster – oder vielmehr auf das, was jenseits von ihnen lag – und unterdrückte ein Seufzen. Selbst ein Gespräch über das Wetter war beschämend! Während sich draußen das Rad des Lebens weiterdrehte, herrschte hier Stillstand für alle Zeit. Sommer oder Winter, Sonne oder Regen, was bedeutete das innerhalb dieser Mauern schon?

»Ich habe dir ein Schälchen Erdbeeren besorgt, die ersten auf dem Markt. Aber man darf ja nichts mitbringen hier. Vielleicht geben sie es dir später.« Sie musterte ihre Tochter. »Du bist noch dünner geworden. Bekommst du genug zu essen?« Das fragte sie jedes Mal, wurde ihr bewusst.

Wie immer antwortete Dana: »Sie lassen uns hier nicht hungern.«

Das nachfolgende Schweigen stand wie eine Wand zwischen ihnen.

»Warum hast du das Kleid damals nicht verbrannt?«, fragte

Dana plötzlich. »Du musst es im Kartoffeldämpfer gefunden und in den Sack gesteckt haben. Warum?«

Gertrude blickte auf ihre Hände. Die Frage hatte sie sich selbst oft genug gestellt. »Ich wusste nicht, dass es deins war, Dana.«

»Und wenn es nicht meins gewesen wäre?«

»Ich weiß nicht. Heini. Ich dachte, er hätte ein Recht darauf, dass sein Tod bestraft würde.«

»Aber du bist damit nicht zur Polizei gegangen.«

»Nein. Ich war mir ja nicht sicher, wie die Dinge zusammenhingen.«

»Du warst dir nicht sicher, ob ich es war?«

Gertrude hob abwehrend die Hände. »Ich möchte diese Frage nicht beantworten, Dana.«

»Verstehe.« Ihre Tochter begann, auf ihren Lippen herumzubeißen.

»Lass das, Kind! Du bist schon ganz wund. Was du bräuchtest, wäre ein bisschen Lippenpomade. Gibt's hier so etwas denn nicht?« Gertrude stiegen die Tränen in die Augen. Nun doch. »Mein Gott, wie weh mir das tut! Ich kann's kaum mit ansehen. Wie kann man nur so leben, so ohne jedes bisschen –«

»Bitte, Mutter!« In Danas Stimme schwang Verdruss mit, aber auch Hilflosigkeit. »Es tut mir leid, dass ich dein Leben zerstört habe.« Dieser Satz war noch nie gefallen. Betroffen hielt Gertrude inne.

»Du hast nicht mein Leben zerstört, sondern deins«, erwiderte sie mühsam beherrscht.

Dana nickte nur und nagte weiter an ihrer Lippe. »Also gut, reden wir von deinem Leben.« Eine falsche Heiterkeit lag plötzlich in ihrer Stimme. »Was macht das Geschäft?«

Gertrude schnäuzte sich in ihr Taschentuch. »Die Sache mit dem Lastenausgleich für unser Breslauer Haus scheint jetzt anzulaufen«, berichtete sie und bemühte sich um Fassung. »Ich verspreche mir zwar nicht allzu viel davon, wenn man bedenkt, was das Haus einmal wert war, aber man darf die Hoffnung nicht aufgeben. Wer weiß, vielleicht kann ich irgendwann sogar die kleine Wohnung kaufen, in die ich mich eingemietet habe, wie ich dir erzählt habe. Die Arbeit in der Boutique gefällt mir nach wie vor. Meine Chefin ist gelernte Schneiderin, sagte ich das schon? Wir ergänzen uns recht gut und haben bereits Pläne geschmiedet, wie wir das Geschäft ausbauen können.«

»Hört sich vielversprechend an.«

»Ja. Ich bin zufrieden.«

»Und Leitner? Fehlt er dir?«, fragte sie ein wenig sanfter und ohne diesen sarkastischen Unterton.

Gertrude besann sich eine Weile. Egal, was die Leute gedacht hatten: Nie hätte sie sich mit einem Mann eingelassen, den sie verachtete. Sie hatte ihn gemocht, diesen bärbeißigen Kauz. Und ein ansehnliches Mannsbild war er gewesen. Damals. »Leitner ist kein schlechter Kerl«, sagte sie. »Ich habe ihm nichts vorzuwerfen. Nach alldem, was vorgefallen war, musste ich seinen Wunsch nach einer Trennung akzeptieren.«

»Hast du noch Kontakt?«

»Hin und wieder zu Renate. Sie hat die Zwillinge zu sich genommen. Und sie ist wieder schwanger.«

»Das freut mich.«

»Ja. Es ist schön für sie.«

»Und Martin?«

»Kann sein, dass er sich bald mit Brigitte verlobt. Renate hält das zumindest für möglich.«

»Mit Brigitte, sieh einer an!« Danas Mundwinkel zuckten kaum merklich. »Und Wolfgang? Weißt du etwas über ihn?«

»Der kleine Kaminski? Der geht bei Schlüter in die Lehre, wie ich hörte. Was er genau macht, kann ich dir nicht sagen.«

»Eine Ausbildung, das ist gut«, murmelte Dana abwesend.

»Er hat dir am Herzen gelegen, nicht wahr?« Gertrude langte über den Tisch und ergriff die Hand ihrer Tochter. »Ist er gar nicht hier gewesen, um dich zu besuchen?«

»Doch.«

»Dann hast du mit ihm sprechen können?«

Dana schüttelte den Kopf. »Ich wollte nicht an der Vergangenheit rühren.«

Gertrude seufzte tief. »Ach, mein Mädchen! Was haben wir nicht alles durchgemacht!« Die Berührung währte zwei, drei Sekunden, dann lösten sich beide gleichzeitig voneinander. »In Kaltenbruch wird alles wieder gut, dachte ich, und dass du ein glücklicher Mensch werden würdest«, fuhr Gertrude fort. »Hab dich schon vor mir gesehen, in einem Kleid aus Schleierleinen, mit einem schlesischen Brautstrauß in der Hand, zum Andenken an die alte Heimat. Klatschmohn und Kornblumen, weißt du noch?« Sie lächelte traurig. »Nie hätte ich für möglich gehalten, dass es einmal so enden würde. Du hättest nicht –«

»Mutter, bitte!« Gertrude sagte nichts mehr. »Und Marlene?« Dana flüsterte fast.

Nur mit Mühe gelang es Gertrude, ihre Mimik unter Kontrolle zu halten. »Wir sollten nicht über sie reden, Kind.«

Dana beugte sich vor. »Ich möchte nur wissen, ob es ihr gut geht, Mama.«

»Sie ist weggezogen aus Kaltenbruch. Wohnt jetzt in Bonn und macht eine Ausbildung zur landwirtschaftlich-technischen Assistentin, oder wie das heißt.«

»Tatsächlich?« Dana schien ehrlich verblüfft. »Dann wird also doch keine Bäuerin aus ihr.«

Gertrude wunderte sich über diese Aussage. Nach dem Familiendrama war ja absehbar gewesen, dass Marlene nicht in den Leitnerhof einheiraten würde.

»Es ist eine Arbeit im Labor«, erklärte sie ausweichend. »Aber genau kenne ich mich da nicht aus. Jedenfalls, Leitner zahlt das Zimmer und noch ein bisschen was, damit sie über die Runden kommt, bis sie mit der Ausbildung fertig ist.«

»Merkwürdig.«

»Findest du?«

»Ja. Ich wäre nie darauf gekommen, dass sie sich für diese Art von Arbeit interessieren könnte. Aber jetzt, wo du es sagst, finde ich es ganz passend. Sie hat mir mal ganz begeistert erzählt, wie die Welt unter dem Mikroskop so aussieht.« Danas Lächeln wirkte beinahe gelöst.

Sie tauschten noch ein paar Floskeln aus, und Gertrude verabschiedete sich. Wie schwer es für sie war, das zu ertragen! Sie war dankbar, ihre Tochter gesehen zu haben, und zugleich heilfroh, wieder gehen zu können.

MARLENE

66.

Es war später Nachmittag. Wie so oft saß Marlene an ihrem gewohnten Platz im Pharmakognostischen Institut und machte die notwendigen Chromatogramme für den folgenden Tag fertig. Konzentriert trug sie ihre gelösten Proben auf Filterpapier auf, betupfte es mit den erforderlichen Substanzen und hängte es anschließend in das Lösungsmittel ein. Der charakteristische Geruch des Phenols erfüllte den Raum, sie konnte es beinahe schmecken. Morgen früh würde sie die Chromatogramme aus ihrem Bad nehmen und trocknen, um sie anschließend mit diversen Indikatoren zu besprühen, die es ihr erlauben würden, ihre Inhaltsstoffe zu bestimmen. Marlene mochte diese Arbeit: Man konnte nie sicher sein, was dabei herauskam. Je größer die Überraschung, desto mehr konnte sie sich für das Ergebnis begeistern.

Fertig. Marlene blickte auf. Der Chromatografieraum befand sich im Souterrain des Instituts, und wenn sie aus dem Fenster schaute, sah sie die Füße und Beine der Menschen, die durch die Nußallee spazierten. Meist waren es die Botanik- und Landwirtschaftsstudenten, die von einer zur anderen Vorlesung hasteten. Im Moment ging dort niemand vorbei, die Vorlesungen waren vorüber.

Marlene wollte sich gerade ans Aufräumen machen, als ihre Freundin Evi ihren Kopf durch die Tür steckte.

»Immer noch beschäftigt?«

»Ich räume gerade auf.«

»Und, kommst du später?«

Sie reagierte nicht sofort.

»Sag nicht, du hast es vergessen!« Evi zog einen Flunsch.

»Aber nein, wie könnte ich!« Marlene tat empört, obwohl ihr die Verabredung tatsächlich fast entfallen war. War es überhaupt eine Verabredung? Fest zugesagt hatte sie nicht. Evi wollte ihr unbedingt ihren neuen Schwarm vorstellen, einen Landwirtschaftsstudenten, den sie kürzlich kennengelernt hatte. Geplant war ein Bummel durch die Stadt, verbunden mit einem kleinen Imbiss irgendwo in einem netten Lokal.

»Arno bringt einen Kommilitonen mit«, verkündete Evi gerade. »Ein netter Kerl. Gerd heißt er, könnte genau dein Typ sein.« Sie kniepte Marlene zu. »Du kommst also?«

»Ich überleg's mir.«

»Na, na! Du kannst dich nicht immer so einigeln und nur an die Arbeit denken, Marlene.«

»Aber ich bin zufrieden. Und du weißt, was ich von Verkuppelungsversuchen halte.«

Evi runzelte die Stirn und rieb sich nachdenklich das Kinn. »Wenn ich es mir recht überlege, stehen deine Chancen bei Gerd doch nicht so gut«, verkündete sie prompt. »Friederike Schmalz hat angedroht, uns zu begleiten. Du kennst sie ja: Sie wird sich auf ihn stürzen und ihn in Beschlag nehmen. Da kommst du gar nicht zum Zug, Marlene. Kannst also schön für dich allein hinter uns hertrotten.« Evi konnte sich das Grinsen nicht verkneifen. »Also, wir treffen uns um sechs am Botanischen Garten. Wenn du nicht kommst, rede ich nie wieder ein Wort mit dir.«

»Das Risiko kann ich natürlich nicht eingehen«, lenkte Marlene ein.

»Dann bis gleich.« Evi war so schnell verschwunden, wie sie gekommen war. Wenig später verließ auch Marlene das Gebäude und machte sich auf den Heimweg zu ihrem Zimmer in Poppelsdorf. Es war fast sommerlich warm, und die Nußallee stand bereits in vollem Laub. Nussbäume gab es hier zwar längst nicht mehr – sie waren schon vor Jahrzehnten morsch geworden, wie es hieß –, doch man hatte sie durch Linden ersetzt, die bereits eine stattliche

Größe erreicht hatten. Marlene mochte die herzblättrigen Bäume, die sie mit ihrem dichten Laub an die Kastanie auf dem Leitnerhof erinnerten. An die lauen Abende, die sie unter jenem Baum verbracht hatte, an seinen grünen Schatten. Sie dachte an Gregor Leitner, an den Anruf vor zwei Tagen. Er liege im Krankenhaus und wünsche, seine Kinder zu sehen, hatte Renate erklärt. *Alle* seine Kinder. Sie müsse sich auf ihre Prüfungen vorbereiten und habe keine Zeit, hatte Marlene versucht, sich herauszureden, worauf Renate in ein ungemütliches Schweigen verfallen war.

Das Schweigen hatte sich schließlich so ungemütlich in der Leitung ausgebreitet, dass Marlene letztendlich doch eingewilligt hatte. »Also gut, ich komme.«

Der Begegnung mit diesem Mann, den ›Vater‹ zu nennen Marlene noch immer nicht über die Lippen brachte, sah sie mit äußerst gemischten Gefühlen entgegen, und ihre Zusage begründete sich eher in der Sorge, sie könnte ihre Weigerung eines Tages bereuen, als dass sie einem echten Bedürfnis entsprungen wäre. Doch nun war es entschieden. Mit Professor Lauffner war bereits geklärt, dass sie morgen gegen Mittag Feierabend machen würde, um den Ein-Uhr-Zug zu erwischen, der vom Hauptbahnhof abging. Renate würde sie vom Bahnsteig abholen und auch ihre Tochter Gudrun und die Zwillinge mitbringen. Den Krankenbesuch würden sie dann alle gemeinsam machen. Immerhin, auf die Kinder freute Marlene sich. Sie hatte sie lange nicht gesehen.

Gertrude sei auch bereits zu Besuch in der Klinik gewesen, hatte Renate zu berichten gewusst. Gertrude? Ja, Gertrude. Als Renate gekommen war, um dem Vater frische Wäsche zu bringen, habe sie bei ihm am Bett gesessen. Das Leben ging weiter, dachte Marlene. So oder so.

Eine Windböe fuhr durch die Straße, wirbelte Staub auf und blies ihr das Haar ins Gesicht. Sie streifte es zurück und hörte plötzlich Heini sagen: »Heute wieder Krauskopfwetter?« Heini mit seinem frechen Grinsen und den schnoddrigen Sprüchen. Er fehlte ihr. Immer noch.

Wie ein dumpfer Schmerz hatte sich der Tod in ihr eingenistet, dachte Marlene manchmal. Auch wenn sie mit ihm zu leben gelernt hatte, er war immer da. Heini, ihre Mutter, Frau Leitner, die kleine Erika, ihre Lehrerin Fräulein Lorenz: All die toten Seelen hausten in irgendeinem verborgenen Winkel, kaum sichtbar, wenn die Sonne hoch stand, doch wenn sie sank, traten ihre Schatten umso deutlicher hervor. Und manchmal konnte sie ihre Stimmen hören. *Krauskopfwetter*. Es war eigenartig: Ihre Gedanken hingen in letzter Zeit mehr an ihm als an Martin. Als wäre ihre Liebe nur eine Episode gewesen, vergänglich wie die Kirschblüte im Hagelschauer. Wie sie sich getäuscht hatte in ihrem Glauben an die ewige Liebe! Nun, heute wusste sie es besser: Gefühle waren wandelbar, sie verblassten, sie waren vergänglich. Über Monate hinweg war ihr Kummer wie eine klaffende Wunde gewesen, die sich nicht hatte schließen wollen, aber nach und nach war sie doch geheilt. Und sie fühlte sich stark genug, Martin gegenüberzutreten am morgigen Tag.

Und Dana? Welche Wunde hatte sie hinterlassen? Wenn Marlene an sie dachte, verspürte sie vor allem Widerwillen und Abscheu, ja, Angst, doch dahinter verbarg sich noch etwas anderes. Eine tiefe Sehnsucht. Wehmut. Ihr fehlte die Freundschaft, die innige Verbundenheit mit einem Menschen, die sich über die Jahre entwickelt hatte. Sie fehlte, trotz allem, was vorgefallen war. Fast fühlte Marlene sich betrogen, als hätte man ihr einen Schatz entwendet und nur eine staubige Leere hinterlassen. Und da waren Bilder, die sich nicht zurückdrängen ließen: Dana, wie sie ihr mit konzentriertem Blick die Erdbeerflecken aus dem Gesicht wischte, während sie gemeinsam die Marmelade einkochten, und ihr urplötzlich einen Kuss auf die Stirn drückte, ganz so, wie sie es selbst oft bei den Zwillingen getan hatte. Sie selbst, mit hohem Fieber das Bett hütend; Dana, die ihr fürsorglich die Kissen aufschüttelte, sorgsam darauf bedacht, dass ihr die Clownsnase nicht herunterfiel, die sie sich aufgesetzt hatte. Dana und sie, nebeneinander auf dem Rücken im Gras liegend, mit den Köpfen hoch in den Wolken, bis eine Armee von Ameisen über sie hergefallen war. War all das nicht wahrhaftig, war ihrer beider Verbundenheit nicht echt gewesen? Waren all diese Erinnerungen wertlos, weil sie in einer Tragödie geendet hatten? Marlene seufzte tief. Sie hatte aufgegeben, auf all diese Fragen eine Antwort finden zu wollen. Was änderte das schon. Was blieb, waren diese seltsam disparaten Gefühle und der Nachhall des Schreckens, der an jenem Nachmittag am See bis in jede ihrer Zellen gedrungen war. Am Ende hatte Dana sie vernichten wollen. Und sie hatte es beinahe geschafft. Doch Marlene lebte, und sie war stark. Sie fragte sich oft, ob das vielleicht ihre Bestimmung war: sich immer wieder ins Leben zu kämpfen. Sich aufzurappeln, dem Elend den Rücken zuzudrehen und weiterzugehen. Man musste den Blick nach vorn richten, wenn man vorankommen wollte. Nur nach vorn. Sie trat aus dem Schatten der Linden und ließ die Nußallee hinter sich. Vor einem der eleganten Stadthäuser mit ihren winzigen Vorgärten hielt sie kurz inne, um einen Pfingstrosenstrauch zu bewundern, der in voller Blüte stand. Das Leben ging weiter, so oder so. Was sprach dagegen, sich an einem so schönen Tag mit Evi und den anderen jungen Leuten zu treffen? Nichts. Es gab keinen Anlass, sich jedes Vergnügen zu versagen. Sie wollte nicht freudlos verdorren, ohne jemals geblüht zu haben, dachte Marlene beinahe trotzig. Sie wollte blühen, prächtig wie diese Pfingstrosen.

— ENDE —

Danksagung

Der Ort Kaltenbruch ist Fiktion, fiktiv sind auch alle agierenden Figuren. Die Handlung ist jedoch angelehnt an reale historische Ereignisse.

Mein Dank gilt den Menschen, die mir ihre Kindheits- und Jugenderlebnisse des Zweiten Weltkriegs und der Nachkriegsjahre geschildert haben, was manchmal nicht ohne Tränen möglich war.

Ich danke ferner der Zeitzeugin Inge Lachmann für das wunderbare 50er-Jahre-Frühstück und die anregenden Gespräche, die ich mit ihr führen durfte. Ihr und ihrem Vorbild verdankt Marlene ihre Ausbildung.

Im Haus Schlesien in Königswinter brachte Silke Findeisen mir das Thema Flucht und Vertreibung nahe und prüfte wohlwollend die Textpassagen zu diesem Thema.

Herr Dr. Martin Rüther vom NS-Dokumentationszentrum der Stadt Köln gab mir wertvolle Hinweise zur Bombardierung Kölns in den letzten Kriegsjahren.

Bei Fragen zur Polizeiarbeit durfte ich wieder auf die Unterstützung von EPHK Thomas Zirngibl bauen.

Mein Sohn Louis Küpper hat mich mit militärhistorischem Know-how bei der Recherche entlastet.

Meine blitzgeschwinde Agentin Anna Mechler hat mich mit viel Enthusiasmus begleitet und die richtigen Entscheidungen getroffen.

Christine Steffen-Reimann vom Verlag Droemer Knaur forderte mit wertvollen Hinweisen und Anregungen meine Kreativität heraus. Ohne sie wäre dieses Buch nicht in seiner jetzigen Form erschienen.

Meine wunderbare Lektorin Dr. Clarissa Czöppan hat sich dem Text mit großer Umsicht, Sorgfalt und mit viel Fingerspitzengefühl gewidmet.

Bedanken möchte ich mich natürlich auch bei meiner Familie, die den oftmals schwierigen Spagat zwischen Schreiben und Leben mitgetragen hat.

»Unterhaltungslektüre mit Informationsgehalt«
nrd.de

Mechthild Borrmann

TRÜMMERKIND

Roman

Steineklopfen, Altmetallsuchen, Schwarzhandel.

Der 14-jährige Hanno Dietz kämpft mit seiner Familie im zerstörten Hamburg der Nachkriegsjahre ums Überleben. Viele Monate ist es bitterkalt, Deutschland erlebt den Jahrhundertwinter 1946/47. Eines Tages entdeckt Hanno in den Trümmern eine nackte Tote – und etwas abseits einen etwa dreijährigen Jungen. Der Kleine wächst bei den Dietzens auf. Monatelang spricht der Junge kein Wort. Und auch Hanno erzählt niemandem von seiner grauenhaften Entdeckung. Doch das Bild der toten Frau verfolgt ihn in seinen Träumen.

Erst viele Jahre später wird das einstige Trümmerkind durch Zufall einem Verbrechen auf die Spur kommen, das auf fatale Weise mit der Geschichte seiner Familie verknüpft ist …

Finde den Killer, sonst bist du tot:
ein teuflischer Auftrag für
den jüdischen Kommissar Oppenheimer

Harald Gilbers

GERMANIA

Roman

Berlin 1944: In der zerbombten Reichshauptstadt macht ein Serienmörder Jagd auf Frauen und legt die verstümmelten Leichen vor Kriegerdenkmälern ab. Alle Opfer hatten eine Verbindung zur NSDAP. Doch laut einem Bekennerschreiben ist der Täter kein Regimegegner, sondern ein linientreuer Nazi.

Der jüdische Kommissar Richard Oppenheimer, einst erfolgreichster Ermittler der Kripo Berlin, wird von der SS reaktiviert. Oppenheimer weiß, dass sein Leben am seidenen Faden hängt. Erst recht dann, wenn er den Fall lösen sollte. Fieberhaft sucht er nach einem Ausweg …